猎魔人

轻蔑时代 | 卷四 修订本

[波兰] 安杰伊·萨普科夫斯基 著
乌兰 小龙 译

CZAS POGARDY
BY ANDRZEJ SAPKOWSKI

CZAS POGARDY

Copyright © 1995 by Andrzej Sapkowski
Published in agreement with Andrzej Sapkowski c/o Patricia Pasqualini Literary Agency,
through The Grayhawk Agency Ltd.
Simplified Chinese translation copyright © 2020 by Chongqing Publishing House Co.,Ltd.
All rights reserved.

版贸核渝字（2020）第24号

图书在版编目（CIP）数据

猎魔人.卷四,轻蔑时代/(波)安杰伊·萨普科夫斯基著；乌兰,小龙译.
—修订本.—重庆：重庆出版社,2020.8
书名原文：Czas pogardy
ISBN 978-7-229-15144-7

Ⅰ.①猎⋯ Ⅱ.①安⋯②乌⋯③小⋯ Ⅲ.①长篇小说—波兰—现代
Ⅳ.①I513.45

中国版本图书馆CIP数据核字（2020）第118996号

猎魔人 卷四：轻蔑时代（修订本）
LIEMOREN JUANSI: QINGMIE SHIDAI（XIUDING BEN）

［波兰］安杰伊·萨普科夫斯基 著 乌兰 小龙 译

联合统筹：重庆史诗图书信息咨询有限责任公司
责任编辑：邹 禾 方 媛
责任校对：陈 琨
封面插图：陈越林
装帧设计：谢颖设计工作室

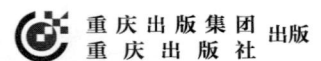

重庆出版集团 出版
重庆出版社

重庆市南岸区南滨路162号1幢 邮政编码：400061 http://www.cqph.com
重庆出版社艺术设计有限公司 制版
重庆豪森印务有限公司 印刷
重庆出版集团图书发行有限公司 发行
E-mail:fxchu@cqph.com 邮购电话：023-61520646
全国新华书店经销

开本：890mm×1230mm 1/32 印张：11.625 字数：200千
2020年8月第1版 2020年8月第1次印刷
ISBN：978-7-229-15144-7
定价：86.80元

如有印装问题，请向本集团图书发行有限公司调换：023-61520678

版权所有 侵权必究

Czas pogardy
轻 蔑 时 代

目录 Spis treści

第一章 1

第二章 50

第三章 114

第四章 166

第五章 220

第六章 282

第七章 317

Vedymin，即北方人口中的"猎魔人"，是一群神秘而强大的战斗牧师，可能是德鲁伊的旁支。在民间传说中，他们天生具备魔法能力，身体素质远超常人，据说会对抗邪灵、精怪及所有黑暗势力。事实上，由于使用武器的能力无人可及，北方部族的统治者在交战时经常雇佣他们。有人相信，猎魔人会自我催眠或服用麻醉剂，从而进入恍惚状态，可以全身心投入战斗，对痛楚甚至重伤全无反应，这进一步坚定了人们对于他们拥有"超凡力量"的迷信。有种理论声称猎魔人是突变或改造的产物，但未获证实。他们更是许多北方传奇故事中的英雄人物（参见佛罗伦斯·德兰诺伊《北方人的神话与传说》一书）。

——《世界最大百科全书》第十五卷
艾芬伯格与塔尔伯特　著

第一章

与刚入行的年轻人聊天时,阿普利盖特经常告诫他们:想靠信使这份工作糊口,你需要两样东西——金头脑和铁屁股。

金头脑必不可少,阿普利盖特教育年轻的信使们,因为绑在胸口、藏在衣服下的皮袋里只适合存放不太重要的信息,这类信息可以放心地记录在不甚可靠的信纸或抄本上。而真正重要并隐秘的信息——事关重大的信息——必须由信使谨记在心,并只向收件人陈述。陈述时必须逐字不差。那些字句有时远远算不上简单,连念对都很困难,更别提牢记了。为了牢牢记住,为了不在陈述时念错,信使必须拥有真正的金头脑。

至于铁屁股,哦,每个信使过不了多久就将深有体会。等你在马鞍上骑个三天三夜,沿路跑上一两百里,必要的话还要穿过荒郊野外,你就明白铁屁股的好处了。当然啦,你不会一直坐在马鞍上,偶尔还要下马歇歇,毕竟人的耐力再好,马还是要休息的。但等你歇息完毕,爬回马鞍上时,你的屁股就会大喊:"救命啊!要死了!"

"可现在谁还需要骑马信使呢，阿普利盖特师傅？"年轻人有时会惊讶地发问，"从温格堡到维吉玛，最快的马也要四天，甚至五天。但温格堡的巫师发消息给维吉玛的术士要多久？半个小时，有时还不到。信使的马可能跑断腿都到不了，但巫师的消息却总能送达。它们不会迷路、不会迟到，也不会被弄丢。如果每个国王的宫廷里都有巫师，信使还有什么用？没人需要信使了，阿普利盖特师傅。"

有一段时间，阿普利盖特也觉得自己彻底没用了。他已经三十六岁了，个头矮小、壮硕结实、不怕吃苦，而且——不用说——他有副金头脑，完全可以另找个工作养活自己和老婆，攒点儿钱给两个尚未出阁的女儿做嫁妆，顺便接济一下已经出嫁的女儿——她男人时运不济，做生意接连亏本。但阿普利盖特完全不想从事其他行业。他这辈子只想做王家的骑马信使。

在被人遗忘、可耻地赋闲许久之后，阿普利盖特再次受到重用。通衢大道与林间小路上又重响起马蹄声。像过去一样，信使们带着消息，再度来往于城镇之间。

阿普利盖特明白个中缘由。他看到许多，也听到许多。人们希望他立刻忘掉传达过的信息，哪怕重刑之下也不要想起。但阿普利盖特全都记得。他明白君王突然不再借助魔法和巫师传信的原因——信使传递的消息都是王家绝密，而君王不再信任巫师，不敢把秘密交托给他们。

君王与巫师的关系为何遇冷，阿普利盖特并不知情也不甚关心。在他看来，君王与巫师都是不可理喻的生物，行为很难预测——尤其是在世道艰难的时候。如今的世道就很艰难，这点没人能否认，对来往于城堡、城镇与王国之间的人来说更是如此。

大道上有许多军队。几乎每走一步都能撞见步兵或骑兵队伍，每个指挥官都暴躁、紧张、粗鲁且狂妄自大，仿佛整个世界的命运都维系于他一人。城市和城堡里则满是全副武装的士兵，昼夜不停地疯狂操练。贵族与城主们平时不见踪影，如今却没完没了地巡视城墙与庭院，愤怒得好似风暴到来前的黄蜂。他们发号施令，叫骂连连，甚至拳打脚踢。无论白天与黑夜，总有马车载满补给，笨重地驶向要塞与堡垒，卸完货物又迅速原路返回。一群群活泼的马驹，刚满三岁就被赶出马厩，在大道上扬起阵阵灰尘。它们还没习惯马嚼子与武装骑手，便告别了最后的自由时光，这给马童增加了许多工作，也给过路人平添了不少麻烦。

简而言之，炎热而沉寂的空气中充满了战争的气息。

阿普利盖特踩着马镫站起身，四下张望。山脚下有条波光粼粼的河，蜿蜒穿过牧场与树丛，森林在河对岸向南延伸。时间紧迫，信使催促马匹继续赶路。

他已在路上奔波了两天。之前他去了崔托格，返回时正在哈吉要塞休息，王室的命令与信函就追了上来。他连夜离开要塞，沿庞塔尔河左岸大道策马疾驰，并于破晓前穿过泰莫利亚边境。现在已是第二天中午，他抵达了伊斯米纳河畔。要是弗尔泰斯特国王身在维吉玛，阿普利盖特当晚就能将信函送到他手中。不幸的是，国王不在都城，而在两百里外的南方城镇马里波。阿普利盖特深知这一点，因此一到白桥地区，他便离开向西的大路，穿过森林前往艾尔兰德。他冒了很大的风险，因为松鼠党仍在森林中流窜，一旦落入他们手中，或进入弓箭射程内，下场都将十分凄惨。但王家信使必须冒险，这是他的职责。

从六月起就没下过雨,伊斯米纳河水位下降了许多,所以他毫不费力地过了河。他沿森林边缘前行,最后找到一条小路,由维吉玛城发源,通往东南方的玛哈坎山脉——那座山遍地都是矮人的铸造厂、熔炉和聚居地。路上有不少马车,不时还有骑兵小队飞驰而过。阿普利盖特释然地吐出一口气——人类越多,松鼠党就越少。泰莫利亚与这支精灵游击队已经打了整整一年,由于不断在森林中遭到围剿,松鼠党决定化整为零,分散成更小规模的部队。这些小分队从不接近繁忙的道路,更不会伏击路上的行人。

不到黄昏,他便赶到艾尔兰德公爵领的西部边境,这是个十字路口,位于扎瓦达村附近。由此前往马里波的路线又平直又安全,四十二里长的林间小路人来人往,路面结实。十字路口处还有间小酒馆,他决定休息一晚,顺便歇歇马。他很清楚,只要明天一早出发,就算不用使劲儿打马赶路,他也能在日落前看到马里波城堡红色塔顶上那些银黑相间的三角旗帜。

他取下鞍座,亲自给母马洗刷一番,才叫马童牵它去马厩。他是王家信使,决不允许别人碰自己的马。他吃了一大份香肠煎蛋,外加四分之一条黑麦面包,用一夸脱麦酒冲下肚。他听大伙儿闲聊,内容五花八门,毕竟来自天南海北的旅人都聚在了这间小酒馆里。

阿普利盖特听到,多尔·安格拉的麻烦继续升级,莱里亚骑兵与尼弗迦德马队冲突再起。莱里亚女王米薇大声谴责尼弗迦德帝国的又一次挑衅行为,并向亚甸国王德马维请求援助。崔托格城公开处决了一位瑞达尼亚男爵,罪名是暗中勾结尼弗迦德皇帝恩希尔的密使。在科德温王国,松鼠党突击队集结大股兵力屠灭了利达堡。为替死难者报仇,阿德·卡莱人又发动一场清洗,杀掉了都城中将近四百非人种族居民。

　　与此同时,来自南方的行商提到辛特拉移民前往泰莫利亚集会,在维赛基德元帅的旗帜下悲恸哀悼、放声号哭。他们证实,卡兰瑟王后最后的血脉、"幼狮"希瑞菈公主确已死于非命。

　　还有人提到更黑暗、更不祥的流言。在艾德斯伯格地区的好几个村子里,农夫给奶牛挤奶时竟然挤出了鲜血,而在黎明时分的雾气中,有人看到可怕的征兆"毁灭处女"。传说中驰骋于天际的鬼魂大军"狂猎"在布鲁格出现,位置就在树精禁地布洛克莱昂森林。众所周知,狂猎本身便是战争的先兆。有人还在布利姆巫德海角见到一艘幽灵船,船上有个恐怖的身影——一个黑骑士,头盔的装饰仿佛振翼的猛禽……

　　信使没再听下去,他太累了。他回到自己的普通客房,裹紧毯子,很快坠入梦乡。

　　他在黎明时起床,走进庭院时不禁一愣——他并非第一个准备离开之人,这倒有些不寻常。井旁站着一匹鞍鞯齐全的黑色骟马,旁边有个女人,一身男装,正在水槽中洗手。听到阿普利盖特的脚步声,女人转过身,用湿手拢起浓密的黑发甩到脑后。信使欠欠身,对方略微点头,算是还礼。

　　他走进马厩,结果差点撞上另一位早起的客人。是个女孩,戴着天鹅绒软帽,正牵着一匹长有斑纹的灰色母马往庭院走。女孩揉揉脸,打个呵欠,慵懒地靠在马肩上。

　　"哦天哪,"经过信使时,她嘟囔道,"估计我会在马背上睡着……我会累昏过去……嗯啊……"

　　"等马跑起来,冷风自会让您清醒。"阿普利盖特从架子上取下马鞍，谦恭地说道，"一路顺风，小姐。"

女孩扭头看着他，好像刚刚注意到他的存在。她的大眼睛如翡翠一般碧绿。阿普利盖特将鞍褥盖在马背上。

"祝您旅途平安。"他说。平时他并不健谈，也算不上热情，这会儿却觉得有必要跟人说说话，哪怕对方是个昏昏欲睡的小女孩。也许因为他独自一人跑了太久，或者这女孩跟他的二女儿有些相像。

"愿诸神保佑你们，"他补充道，"保佑你们远离意外和坏天气。你们只有两个人，还都是女的……如今世道不太平，就连大道也危机四伏。"

女孩瞪大碧绿的双眼。信使见状不由脊背发凉，全身打了个冷战。

"危险……"女孩突然换上截然不同的声音，"危险悄然而至。它张开灰色的羽翼飞扑直下，你却听不到半点声音。我做了个梦。沙子……沙子被阳光烤得滚烫。"

"什么？"阿普利盖特抱着马鞍，愣住了，"小姐，你说什么？什么沙子？"

女孩身子打战，用手揉了揉脸。斑纹灰马晃晃脑袋。

"希瑞！"庭院里的黑发女人一边调整黑色骟马的肚带，一边尖声喊道，"快点儿！"

女孩打个呵欠，冲阿普利盖特眨眨眼，似乎为他出现在马厩而惊讶。信使什么也没说。

"希瑞，"女人重复道，"你睡着了吗？"

"马上就来，叶妮芙女士。"

等阿普利盖特终于装好马鞍，牵着马走回庭院时，女人和女孩都不见了。一只公鸡发出长而沙哑的啼鸣，一条狗在狂吠，树丛中还有布谷鸟在欢叫。信使跨上马鞍,忽又想起那个昏昏欲睡的碧眼女孩,还有她奇怪的话语。危险悄然而至?灰色的羽翼?滚烫的沙子?女孩的脑子估计有点毛病,他心想。这段日子,这种事已经不新鲜了:战乱频发,姑娘们被流浪汉或其他坏蛋糟蹋,从此变得疯疯癫癫……没错,她肯定疯了。或者只是太困了,在睡梦中被人叫起,还没完全清醒。大清早的,人在半睡半醒间往往会说些稀奇古怪的胡话……

他再度全身发抖,肩胛骨中间也传来一阵刺痛。他用拳头揉了揉后背。

尽管两膝无力,但一回到马里波大道,他立刻狠踢马腹,策马狂奔。时间依然紧迫。

信使在马里波也没休息多久,不到一天,风又在他耳畔尖声呼啸。他的新坐骑——在马里波的马厩里挑选的杂色骟马——奋力奔跑,脑袋冲前,尾巴在臀后飘飞。路旁的柳树飞速掠过。装着外交信函的小包裹紧贴在阿普利盖特胸口,他的屁股隐隐作痛。

"操!摔断你的脖子,你这狗杂种!"一个车夫一边大骂,一边奋力拉住牲畜的缰绳——它被狂奔的骏马惊到了,"慌什么慌,有鬼跟在你屁股后头啊?跑啊,蠢货,接着跑,早死早投胎!"

阿普利盖特擦擦眼睛,拭去迎风流出的泪水。

就在昨天,他将信函交到弗尔泰斯特国王手中,并复述了德马维国王的秘密口信。

"德马维致弗尔泰斯特。多尔·安格拉已一切准备就绪。乔装的军队正在等待命令。预计日期：七月新月后第二晚。两天后船只将抵达对岸。"

一群乌鸦飞过大道，嘎嘎叫个不停。它们飞向东方，飞向玛哈坎山脉和多尔·安格拉，飞向温格堡。在路上，信使无声地背诵泰莫利亚国王命令他转述给亚甸国王的绝密口信。

"弗尔泰斯特致德马维。第一，取消作战计划。那些夸夸其谈的家伙准备召开会议，他们打算在仙尼德岛会面并商谈。这次会议将带来许多改变。第二，寻找幼狮的行动可以取消。已经证实，幼狮已死。"

阿普利盖特踢马狂奔。时间依然紧迫。

狭窄的林间小道挤满了车子。阿普利盖特放慢速度，跟在队伍最后。他知道自己没法强行通过，但也不想回头绕路：那会浪费更多时间。无论穿过泥泞的林地，还是绕过前方的障碍，看来都不是好办法，何况天已经快黑了。

"发生了什么？"他问最后那辆货车上的两个车夫。他们全都上了年纪，其中一个正在打盹儿，另一个像快死了一样。"有人遭到袭击吗？难道是松鼠党？说话啊！我急着赶……"

两个老车夫不及作答，队伍前方的树林间便传来一阵叫嚷。车夫们跳上车，一边骂骂咧咧，一边冲牛马扬起鞭子。队伍徐徐前进，打盹的老车夫醒了过来，活动活动下巴，训斥一声骡子，用缰绳抽抽它们的屁股。另一个半死不活的老头也来了精神，掀起草帽露出眼睛，望向阿普利盖特。

"我记得他，"老头说，"那个急性子。喂，小伙子，你真走运，来得正是时候。"

"是啊。"另一个老车夫说。他又扭扭下巴，催促骡子前进。"时间刚刚好。要是中午过来，你就得跟我们一起停下，等待放行。我们都很着急，但也只能等。封路的时候没法赶路，对吧？"

"封路？为什么？"

"因为附近有只残忍的食人怪物，小伙子。当初有个骑士骑马经过，只带了一个男仆，结果被那怪物当头扑倒。听人说，它把骑士的脑袋连同头盔生生拧了下来，还把马匹开膛破肚。只有男仆侥幸逃脱，他说那头猛兽凶残极了，搞得道上血流成河……"

"什么怪物？"阿普利盖特勒住马，好跟两个车夫齐头并进，继续谈话，"是龙吗？"

"不，不是龙，"戴草帽的车夫答道，"有人说是蝎尾狮之类。男仆说它会飞，大得吓人，而且残忍！我们本以为它吃完骑士就会飞走，可是没有！据说那婊子养的往路中间大咧咧一坐，嘶嘶号叫，露出满口尖牙……于是这条路就像塞住的酒壶嘴，谁也过不去了。不管谁遇到那头恶魔，都只能丢下车子，没命地逃走。眼下排队的马车足有三分之一里格长，而且你也看到了，小伙子，周围都是灌木丛和泥塘，没法绕路，没法回头。我们只能坐等……"

"管事的呢？"信使轻蔑地问，"他们就这么傻乎乎地看着，而不是抄起斧头长矛赶走那怪物，或直接宰了它？"

"唉，有人试过了。"老车夫驱赶着骡子，队伍移动的速度明显加快，"护卫商队的三个矮人，还有四个打算去卡瑞亚斯要塞参军的新兵。结果怪物把矮人撕得粉碎，至于那几个新兵……"

"……跑得可快了。"另一个老车夫帮他说完,激动地吐了口唾沫。那团唾沫飞出很远,精准地从两头骡子的屁股间穿过,落到地上。"没等看清蝎尾狮长啥样就跑喽,听说有一个还拉了裤子。哦,瞧啊,瞧,小伙子。就是它!那边!"

"嚷什么?"阿普利盖特有些恼火,"你说那个拉裤子的?我没兴趣……"

"不是!是那头怪物!怪物的尸体!他们正把它抬上马车!看见没?"

阿普利盖特从马镫上站起身。尽管天色渐暗,看客众多,但他还是看到士兵们抬着一具庞大的黄褐色尸体。那头怪物长着蝙蝠般的翅膀,蝎形长尾无力地垂到地上。伴着欢呼声,士兵们将怪物尸体抬高,扔到马车上。拉车的马匹躁动起来,尸臭和血腥气令它们不安地嘶叫扭动。

"快点!"为首的军官冲老车夫喊道,"继续走!别挡道!"

白胡子车夫一声吆喝,骡子拉起货车,在满是辙印的路上颠簸前行。阿普利盖特用脚跟轻踢马腹,走在旁边。

"看起来,士兵们结果了那头怪物。"

"才不是。"老车夫答道,"那些士兵只会冲人大呼小叫,说些'停下!走吧!'之类的废话。他们也不会急着对付怪物,因为他们请来了猎魔人。"

"猎魔人?"

"是啊,"另一个老车夫确认道,"有人记起曾在村子里见到一个猎魔人,于是他们派人去请。没多一会儿,他就骑马从我们身边经过,头发是白色的,表情很吓人,背着一把利剑。不到一小时,前面有人大喊说很快就可以通行了,因为猎魔人砍死了怪物。果不其然。就在我们准备动身时,小伙子你就来了。"

"哎呀,"阿普利盖特心不在焉地应道,"我在道上跑了这么多年,还从没见过猎魔人呢。有人亲眼看到他打败了怪物?"

"我看到了!"一个男孩,头发乱糟糟的,从另一边跟上了货车。他骑着一匹带斑点的灰色瘦马,有笼头但没装马鞍。"我全看到了!我当时就在最前面,跟士兵一起!"

"瞧瞧他,一个流鼻涕的小鬼,"赶车的老车夫说道,"脸上奶水还没干。再听听他的口气,想讨打吗?"

"放过他吧,老人家。"阿普利盖特插话道,"马上要到十字路口了,我还得去卡瑞亚斯,现在不打听一下猎魔人的事以后就没机会了。说吧,孩子。"

"是这样,"男孩让马儿在货车旁小跑,开口道,"猎魔人找到军官,说他叫杰洛特。军官说不管你叫啥,能快点儿干活就好,还把怪物的位置指给他看。猎魔人上前看了一眼。那怪物离他超过五弗隆远,但他只张望一下,就说是头大得离谱的蝎尾狮。还说只要付两百克朗,他就马上宰了它。"

"两百克朗?"另一个老头差点被噎住,"他疯啦?"

"军官也这么说,只是用词比较委婉。猎魔人说杀蝎尾狮就得这个价,到哪儿都一样,还说那怪物会在路上一直待到审判日降临。军官说他不会付这么多,他可以等那怪物自己飞走。猎魔人说不可能,因为它又饿又生气,就算飞走也会很快回来,因为这是它的狩猎领……领……领地……"

"你这浑小子,哪来这么多废话?"赶车的老头发起火来。他想用握住缰绳的手擤鼻涕,却没能成功。"快告诉我们到底发生了什么!"

"我不正在说嘛!猎魔人说了,怪物不会飞走,它整晚都会留在这儿吃那个死骑士,慢慢地吃,仔细地吃,因为骑士穿着盔甲,啃起肉来很费劲。于是几个商人走了出来,七嘴八舌地跟猎魔人讨价还价,说他们会找人凑钱,先付他一百克朗。猎魔人说那可是蝎尾狮,老危险了,叫他们省下那一百克朗擦屁股去,他才不会为这点儿钱出生入死。然后军官开始发火,说真他妈见鬼,猎魔人生来不就要出生入死吗?猎魔人生来不就是干这个的吗?就像屁股天生用来拉屎一样。但我看得出,那些商人生怕猎魔人一气之下离开,就说愿意付一百五十克朗。于是猎魔人拔出长剑,头也不回,沿路朝那怪物走去。军官在他身后比画个驱邪的手势,还往地上吐口唾沫,说真搞不懂,天底下怎么会有如此可憎的生物。有个商人说,如果军队能肃清挡路的怪物,而不是跑到森林里抓捕精灵,谁还需要找猎魔人嘛……"

"又讲废话。"老车夫打断他,"说你看到什么就行了。"

"我看到,"男孩骄傲地说,"猎魔人骑了一匹带白斑的栗色母马。"

"管它什么马!你看到猎魔人怎么砍死怪物了?"

"呃……"男孩支吾起来,"没有……我被人群挤到后面。人人都在大喊大叫,马也受惊了,这时……"

"我说啥来着?"老车夫轻蔑地说,"他连屁都没看见,这个小鼻涕精。"

"但我看到猎魔人回来了!"男孩愤愤地说,"那个军官倒是全看见了,他的脸白得像鬼一样,还跟手下人小声嘀咕,说一定是魔法或精灵的把戏,不然普通人挥剑怎么可能那么快……猎魔人走了回来,从商人手里接过酬劳,然后上马离开了。"

"唔。"阿普利盖特轻声道,"他走了哪条路?是去卡瑞亚斯吗?如果是的话,也许我能追上他,至少看他一眼……"

"不是。"男孩答道,"他在十字路口转道去了多里安,走得很急。"

猎魔人很少做梦,就算做了醒来也会基本忘光,哪怕是在做了噩梦之后——其实只要他做梦,通常都是噩梦。

这一次也是噩梦,但猎魔人至少记得一些细节。在诸多模糊不清又令人不安的形体当中,有个影子清晰地显现出来,模样怪异而充满不祥,话语费解又满怀恶意。是希瑞,但不是他记忆中来自凯尔·莫罕的希瑞。她策马飞奔,银灰色的头发随风飘荡——正如他们在布洛克莱昂森林初见时那样,只是她的头发更长了。她骑马经过时,他想对她大喊,却发不出声音。他想追上去,大腿以下却像陷进了泥塘。希瑞似乎没看见他,径直打马狂奔,冲进黑夜,冲进奇形怪状的赤杨与活物般挥舞枝条的柳树之间。他看到她身后有追兵。一匹黑马紧随而至,马上坐着个黑甲骑士,头盔饰有猛禽的双翼。

他动弹不得,也没法出声,只能眼睁睁看着翼盔骑士追上希瑞,揪住她的头发,将她拽下马鞍,拖着她飞驰而去。他眼睁睁看着希瑞因痛苦而扭曲的脸,看着她嘴唇扭曲,发出无声的哭泣。*醒醒!* 他无法忍受这样的噩梦,只好大声命令自己。*醒醒!快醒醒!*

他醒了。

他一动不动躺了很久,回忆梦中的一幕幕。然后他坐了起来,从枕头下取出一只钱袋,飞快地清点那些十克朗一枚的硬币。昨天的蝎尾狮换来一百五十克朗。在卡瑞亚斯附近的小村,村长委托他杀了一头雾妖,付了五十克朗。巴多夫的几位居民请他消灭附近的狼人,同样是五十克朗。

一只狼人五十克朗,数目相当可观,因为活儿很简单。那只狼人甚至没有反抗。它被猎魔人驱赶到没有其他出口的山洞里,然后跪在地上,等着对方手起刀落。猎魔人甚至有点不好意思。

但他需要这笔钱。

不到一个小时后,他在多里安镇的街头骑马缓行,寻找那条熟悉的小巷,还有那块熟悉的招牌。

招牌上写的是"柯德林格与芬恩,法律咨询及相关业务",但杰洛特清楚得很,柯德林格与芬恩从事的生意与法律几乎毫不沾边,而这对合伙人自身有大把的理由离法律或执法官越远越好。至于这两人的客户是否明白"咨询"这个词的含义,他也深表怀疑。

矮楼底层没有任何入口:只有一扇闩死的门,后面多半是马车房或马厩什么的。想要进去,你首先得绕到建筑物后部,走进满是鸡鸭的泥泞庭院,从那儿下几级台阶,穿过一条狭窄的地道,再经过一段昏暗拥挤的走廊。然后,你才能看到一扇坚固的镶钉红木大门,硕大的黄铜门环做成狮头的形状。

杰洛特敲敲门,然后飞快地抽回手。他知道,门里的机械装置能透过门钉间的暗孔射出二十枚一寸长的铁刺。理论上说，铁刺只会在有人撬锁，或者柯德林格与芬恩按下触发装置时射出，但杰洛特清楚一个多次印证过的事实：所有机械装置都不可靠，它们总在不该运作时运作，反之亦然。

这扇门肯定装有某种装置——也可能是魔法——可以辨认来客。就像今天，他叩响门环，没听到门内传来询问，也没人要他开口，门就开了，柯德林格站在门口。应门的总是柯德林格，不是芬恩。

"欢迎，杰洛特，"柯德林格说，"进来吧。不用贴着门框，我已经把安全装置拆掉了。几天前就有零件坏了。它突然触发，在一个小贩身上钻了几个窟窿。赶紧进来。你有活儿要交给我？"

"不。"猎魔人说着，走进宽敞昏暗的前厅。这里一如既往地散发着淡淡的猫味儿。"不是给你。给芬恩。"

柯德林格大笑起来，这也证实了猎魔人的猜测：芬恩根本不存在，只是用来蒙骗修士长、郡长、收税员和柯德林格厌恶的其他人的。

他们走进办公室，这里光线更亮一些，因为它位于最顶层，大半个白天，阳光都会照进紧闭的窗户。杰洛特坐进客户专用的椅子。

在杰洛特对面，柯德林格坐进橡木书桌后面的软垫扶手椅。他自诩"律师"，声称凡事都能做到。无论是谁，一旦有了困难、遇到麻烦，都可以来找柯德林格，然后很快就能收到贸易伙伴欺瞒自己、从事不法行为的证据，或得到无须担保与抵押的贷款，或发现在长长的债权人名单中，只有自己得到了声明破产的欠债方的赔偿。他能赢得遗产，即便富有的叔叔威胁一个子儿也不会留。他会打赢继承权官司，哪怕最坚决的亲戚也会出人意料地收回自己的要求。他的儿子会离开地牢，纵然证据确凿仍能找回清白，或在证据突然消失的情况下被无罪释放。只要柯德林格和芬恩插手，证据总会神秘蒸发，证人也会突然修改先前的证词。追求他们女儿的骗婚者会转移目标。他们妻子的情人、或勾引他们女儿的混混则会在不幸的意外中断手断脚——至少断一只手。他的死敌或其他麻烦制造者会就此收手，甚至以后不会再有人见过或听说过他们。没错，只要你有麻烦，你就可以前往多里安镇，找到柯德林格与芬恩的办事处，敲响红木门。"律师"柯德林格会站在门口，矮小瘦削，头发斑灰，脸色病态苍白，好像很少出门呼吸新鲜空气似的。柯德林格会带你去他的办公室，然后坐进扶手椅，抱起一只黑白相间的大公猫，放到膝上轻轻抚摸。

他们两个——柯德林格与公猫——会用同样黄绿色的双眼，带着同样令人不安且不快的眼神，打量着客户。

"我收到了你的信，"柯德林格与公猫一起，用黄绿色的眸子上下打量着猎魔人，"丹德里恩也来过了。几周前他经过多里安，向我透露了一点你的担心。但他没说多少。真的，没多少。"

"是吗？真让我吃惊。我第一次听说丹德里恩也能管住他的嘴。"

"丹德里恩说得少，"柯德林格板起脸，"因为他知道得也少。他甚至没把知道的东西全说出来，因为你明确禁止过。你为何对人如此缺乏信任？更别提我还是你的同行。"

这话显然惹恼了杰洛特。柯德林格可以假装没看见，但他的猫不行。它睁大眼睛，露出白色的尖牙，发出几不可闻的嘶嘶声。

"别招惹我的猫。"律师轻轻摸猫，安慰着它，"我叫你同行让你不高兴了？但这是事实。我也是个猎魔人。我也帮人摆脱怪物和可怕的麻烦。而且我也会收钱。"

"这可不一样。"杰洛特忍住公猫恼人的目光，低声说道。

"的确。"柯德林格表示赞同,"你是过时的猎魔人,而我是遵循时代精神的现代猎魔人。所以你很快会失业,而我的生意蒸蒸日上。很快这世上就不会再有吸血妖鸟、翼龙、安卓噶兽和狼人了,但无赖永远不会绝种。"

"可是柯德林格,你帮助的对象大多也是无赖。有麻烦的穷人雇不起你。"

"穷人一样雇不起你。穷人谁都雇不起,所以才叫穷人。"

"你的说法真是逻辑分明,而且如此新颖,简直让我着迷。"

"真话一直拥有这等效力。还有一个真相是:我们这一行的原则和关键就是认钱不认人。你那套做法已经过时了,而我的生意却会发展壮大。"

"好吧好吧。我们还是谈正事吧。"

"是该谈正事了。"柯德林格点点头,又摸摸那只猫,后者弓起脊背,发出响亮的呼噜声,爪子用力按着他的膝盖。"但我们得把事务按照重要程度排个序。首先,我的朋友,费用是二百五十诺维格瑞克朗。你钱够吗?还是说你光顾着救助有困难的穷人了?"

"首先,我们得确认你的水平是否值这些钱。"

"那你自己决定吧,"律师冷冷地说,"最好快点儿。等你想好了,请把钱放到桌子上,然后再说其他的。"

杰洛特从腰间解下钱袋丢过去,动作一点也不优雅。袋子落到桌上,硬币叮当作响。公猫轻巧地跳下柯德林格的膝盖,跑开了。律师数都没数,直接把钱袋扫进抽屉。

"你吓到我的猫了。"他的话里带着毫不掩饰的责备。

"请原谅,我还以为钱币声最不可能吓到它。告诉我你发现了什么。"

"那个里恩斯，"柯德林格开始讲述，"就是让你很感兴趣的那位，是个相当神秘的角色。我查出他曾在班·阿德的巫师学院学习过两年，但因为偷东西被赶出了学院。像以往一样，科德温王国的情报机构一直等在学院外，里恩斯当然也接受了招募。我不知道他为科德温的情报部门做过些什么，但巫师学院的退学生向来会被训练成杀手。这些与你知道的有出入吗？"

"完全没有。继续。"

"我的下一条情报来自辛特拉。在卡兰瑟王后统治时期，里恩斯曾在辛特拉的地牢服过刑。"

"原因是？"

"因为欠债，你能相信吗？不过他没待多久，因为有人替他连本带利还清了欠款，又把他弄出了监狱。整个交易在银行进行，他的资助人匿名到场。我本想查清那人的身份，但与四家银行交涉之后，我放弃了。把里恩斯弄出来的人是个行家，为了不暴露身份，他花费了不少精力。"

柯德林格沉默下来，用手帕掩住嘴巴，响亮地咳嗽着。

"战争刚刚结束，里恩斯阁下便又突然出现在索登、安格林和布鲁格。"咳嗽了一阵，柯德林格擦擦嘴唇，又低头看看手帕，再度开口，"他完全变了个人，至少言行举止与挥霍的金钱数量都有了很大改变。但是，尽管身份早已不同，这个厚颜无耻的狗崽子却没有丝毫掩饰的意思：他还用'里恩斯'这个名字。这人开始专心寻找某个特定团体，准确地说，是一个年轻的女性团体。他拜访了安格林辖区的德鲁伊教徒，就是收养战争孤儿的那些。不久之后，有人在附近的森林里找到一位德鲁伊残缺不全的尸体,身上有被拷打的痕迹。后来,里恩斯出现在河谷地区……"

"我知道。"杰洛特插嘴道,"我知道他对河谷那户农家做了什么。我付你二百五十克朗不是要听这些。到目前为止,我没听过的只有巫师学院和科德温的情报机构,其余我都知道。我知道里恩斯是个残忍的杀手。我知道他是个自大的无赖,连化名都懒得用。我知道他为某人效劳。可是,柯德林格,他的雇主究竟是谁?"

"是个巫师,他把里恩斯弄出了地牢。你自己说过——丹德里恩也确认过——里恩斯会用魔法。真正的魔法,不是巫师学院退学生懂的那点皮毛。也就是说,有人在支持他,给他配备了各种护身符,多半还秘密训练过他。某些官方承认的从业巫师会在私下收他这样的学徒与听差,叫他们干些非法的脏活儿。在巫师的行话里,这叫'豢养'。"

"在巫师的豢养下,里恩斯应该会用伪装魔法。但他既没改名,也没改换容貌,甚至没把被叶妮芙烧伤的疤痕去掉。"

"这恰好证明他是被豢养的。"柯德林格咳嗽几声,用手帕擦拭嘴唇,"因为魔法伪装根本不算伪装:只有一知半解的人才会用那东西。如果里恩斯用魔法护罩或幻象面具隐藏身份,会立刻触发魔法警报,而现在几乎每座城市的大门都配备了这种警报。巫师能立刻察觉幻象面具的存在,即便在人堆里,里恩斯也会吸引他们的注意力,就像耳朵冒火、屁股喷烟一样醒目。所以我重复一遍:里恩斯在为某个巫师卖命,他现在的行事方式就是为了避免其他巫师的注意。"

"有人说他是尼弗迦德帝国的探子。"

"我知道。比如说,瑞达尼亚情报机构的首脑迪杰斯特拉就这么认为。迪杰斯特拉很少出错,所以我们可以假设,他这次也说对了。但一种身份与另一种身份并不抵触。巫师的听差也可以是尼弗迦德帝国的探子。"

"你是说,有个官方认可的巫师通过里恩斯为尼弗迦德帝国打探消息?"

"胡说八道。"柯德林格咳嗽几声,专注地看着手帕,"为尼弗迦德帝国打探消息的巫师?为了什么?钱吗?可笑。指望恩希尔皇帝获胜,然后在他手下加官进爵?更荒唐了。谁都知道,恩希尔·瓦·恩瑞斯对巫师十分提防。在尼弗迦德帝国,巫师所受的待遇,这么说吧,跟马夫差不多,权力也不比马夫大更多。我们那群刚愎自用的巫师怎么可能为这样的皇帝卖命?菲丽芭·艾哈特,可以对瑞达尼亚的维兹米尔王发号施令;萨宾娜·葛丽维希格,在科德温的亨赛特王发言时敢一拳砸到桌上,命令国王闭嘴;还有洛格伊文的威戈佛特兹,最近竟以事务繁忙为由,回绝了亚甸的德马维王——他们会吗?"

"说重点,柯德林格。这些究竟跟里恩斯有什么关系?"

"很简单。尼弗迦德的情报机构想招徕某个巫师的听差,以此拉拢那个巫师。就我所知,里恩斯绝不厌恶尼弗迦德帝国的钱财,而且多半会不假思索地背叛他的主子。"

"你这才是胡说八道。里恩斯只要背叛一次,他的巫师主子便会得知,里恩斯会被立刻绞死。这还算他走运。"

"你的想法像个孩子,杰洛特。没人会绞死间谍,只会利用他们。你可以把假情报塞给他们,让他们充当双重间谍……"

"那就别说连孩子也懒得听的废话,柯德林格。我对情报工作和政治都没啥兴趣。里恩斯一直找我的麻烦,我要知道原因及幕后主使。看来幕后主使是个巫师,但究竟是谁?"

"还不知道,但我很快就会查清。"

"'很快'?"猎魔人喃喃道,"对我来说却太迟了。"

"我有什么法子?"柯德林格严肃地说,"你陷入了困境,杰洛特,但来找我是正确的:我知道怎么帮他人解困。事实上,我已经开始着手了。"

"真的?"

"真的。"律师把手帕举到唇边,咳嗽起来,"你要明白,我的朋友,除了巫师及尼弗迦德帝国,这场游戏还有第三方。有人拜访过我。那些人——听好了——是弗尔泰斯特王手下情报机构的探子。他们有了麻烦:国王命令他们搜寻某位失踪的公主。那些探子发现,找她一点也不容易,于是决定招募一位擅长解决难题的专家。而向专家说明情况时,他们暗示某个猎魔人可能对失踪的公主相当了解,说他甚至可能知道她的下落。"

"那位专家怎么说?"

"他首先表示惊讶。尤其令他震惊的是,按照传统,先前提到的猎魔人本该被关进地牢,在严刑拷打之下说出他所知的一切,甚至为了让审问者满意,凭空编出许多故事。但事实并非如此。探子说上级禁止他们这么做。他们解释说,猎魔人的神经系统异常敏感,一旦遭受拷打——他们描述得可谓绘声绘色——大脑里的某根血管就会爆裂,然后一命呜呼。但上级确实命令过他们寻找那位猎魔人。他们发现这项任务同样棘手。专家赞扬了探子良好的判断力,并告诉他们,两周后再回来找他。"

"他们照做了?"

"当然照做了。那位专家——也就是现在将你视为客户之人——向探子们提供了有力的证据，表明猎魔人杰洛特过去没有、将来也不可能与失踪的公主有任何关联。专家还找到一个证人，他亲眼见到公主香消玉殒——希瑞菈公主，卡兰瑟的孙女，帕薇塔的女儿，早在三年前就死于安格林的难民收容所。她死于白喉病，临死前还承受了巨大的痛苦。恐怕你不会相信，但那些泰莫利亚探子聆听证人讲述时，眼眶中都噙满泪水。"

"我的眼中也噙满了泪水。但我想，那些泰莫利亚探子肯定不会——或者不想——付你超过二百五十克朗吧？"

"你的讽刺让我心痛，猎魔人。我帮你摆脱了困境，你非但不感激，还要伤我的心。"

"请原谅，我很感激。但柯德林格，弗尔泰斯特王为何命令探子搜寻希瑞？假如他们找到她，又会怎么做？"

"哦，你的头脑真够迟钝的。当然是杀了她嘛。他们把她当成辛特拉王位的觊觎者，对这种人，只有一种处理办法。"

"这可说不通啊，柯德林格。辛特拉的王位早跟王宫、城市与整个国家一起化成了灰烬。现在统治那儿的是尼弗迦德帝国。弗尔泰斯特很清楚这一点，其他国王也一样。一个根本不存在的王位，希瑞怎么觊觎？"

"来吧，"柯德林格站起身，"我们一起找出这个问题的答案。在此期间，我会给你一个信任我的理由……那幅画上有什么，让你这么感兴趣？"

"画上有许多窟窿，像被啄木鸟连啄了几个月。"杰洛特看着书桌对面墙上的金框画像，"上面还有个少见的傻瓜。"

"那是先父。"柯德林格脸上略微露出苦相，"的确是个少见的傻瓜。我把他的画像挂在这儿，就为经常见到他，好引以为戒。来吧，猎魔人。"

他们来到走廊。公猫原本躺在地毯中间，一只后爪弯成奇怪的角度，正舔得热火朝天。它看到猎魔人，立刻爬了起来，消失在走廊的黑暗里。

"杰洛特，猫为什么不喜欢你？是不是跟你的……"

"是。"他打断道，"没错。"

一块红木墙板悄无声息地滑开，露出一条秘密通道。柯德林格先行进入。墙板在他们身后合拢，无疑是用魔法驱动，但二人并未被笼罩在黑暗中。光芒从密道另一头传来。

密道尽头的房间又冷又干，空气中飘浮着尘灰与蜡烛的味道，沉重而压抑。

"来见见我的搭档，杰洛特。"

"芬恩？"猎魔人笑道，"你在开玩笑吧。"

"哦，我可没有。承认吧，你以为芬恩根本不存在！"

"没这回事。"

紧挨低矮天花板的书柜和书架间传来一阵嘎吱声，片刻过后，一台奇特的工具出现在杰洛特眼前。那是一把带轮子的高背椅，上面坐着个小矮子，瘦削的肩膀顶着不成比例的大头。那人没有双腿。

"介绍一下，这位是雅各布·芬恩，"柯德林格说，"饱学的法律学家，我的搭档兼重要同事。这位是我们的客人与客户……"

"……利维亚的杰洛特，猎魔人。"矮个子微笑着替他说完，"一点儿也不难猜。我跟进这案子有几个月了。跟我来，阁下们。"

他们跟着嘎吱作响的椅子，走进书柜的迷宫。书柜上装满了书籍，就连牛堡大学的图书馆都会眼红。杰洛特判断，这些古籍应该是柯德林格与芬恩两家历经数代人努力才收罗来的。他为对方表现出的信任而高兴，也为终于有机会与芬恩见面而欣喜。但他清楚，尽管芬恩是实实在在的真人，其形象却有一部分纯属虚构。想象中的芬恩——柯德林格从不犯错的挚友——本该经常前往海外，而眼前这个法学专家却只能坐在椅子里，多半从没离开过这栋矮楼。

房间中央，灯光格外明亮，还有张低矮的讲台，就算坐着那张怪椅子也能够着，上面堆满了书籍、羊皮与牛皮纸卷、厚厚的纸张、成瓶的墨水、成捆的羽毛笔及数不清的神秘器具。但并非所有东西都令人费解，杰洛特认出了制作印章的模具，还有擦除公文内容的钻石锉。讲台中间放着一台小型连发投石弩，旁边则是用抛光水晶制成的大号放大镜，上面盖着一块丝绒。这种放大镜相当罕见，且价格不菲。

"芬恩，找到新东西了？"

"算不上。"芬恩微笑着说。他的笑容十分和蔼，讨人喜欢。"我把里恩斯可能的雇主清单缩减到二十八名巫师……"

"先不管那个，"柯德林格赶忙打断他，"眼下我们对另一件事更感兴趣。请你为杰洛特指点迷津：为什么四个王国的探子会对失踪的辛特拉公主展开大规模搜索。"

"那个女孩的血管里流着卡兰瑟王后的血。"芬恩露出惊诧的表情，仿佛这事本该不言自明，"她是王族末裔，而辛特拉王国拥有可观的战略价值和政治影响力。让王位觊觎者待在势力范围外会引发诸多不便，如果她受到敌人的感化，可能还会招来危险。比方说，尼弗迦德帝国的感化。"

"据我所知，"杰洛特说，"辛特拉的律法禁止女性继位。"

"的确如此。"芬恩赞同,随后笑了笑,"但女人可以成为别人的妻子和男性继承人的母亲。四个王国的情报机构都已得知里恩斯在疯狂搜寻那位公主,他们相信,他的目的正是如此,所以四大王国决定阻止公主嫁做人妇并生儿育女——用一个简单但行之有效的办法。"

"可公主已经死了。"柯德林格说。聆听芬恩解说时,他看到杰洛特的表情发生了变化。"密探们探查到这一点,于是叫停了搜捕行动。"

"只是暂时的。"猎魔人努力保持冷静,让语气不带任何感情,"谎言迟早会被揭穿。另外,王家密探只是参与游戏的一方而已。那些探子——你自己说的——寻找希瑞只为打乱其他人的计划,而其他人恐怕不会轻信这条假情报。我雇你是要确保那个孩子的安全。你有什么计划吗?"

"我们确实有个想法。"芬恩瞥了眼搭档,见对方没有阻止他的意思,便继续说道,"我们想把一条消息散播出去——谨慎而广泛地散播出去——就说不管希瑞菈公主还是她的任何男性子嗣,都没有权力继承辛特拉的王位。"

"在辛特拉,女人向来没有继承权。"柯德林格又压住一阵咳嗽,解释道,"只有男人才可以。"

"完全正确。"渊博的法学家赞同道,"杰洛特刚才也这么说。这是自古相传的律法,就连女魔头卡兰瑟也无法废除——虽说她尝试过。"

"她想用阴谋废除这条律法,"柯德林格用不容置疑的语气说,又用手帕擦擦嘴唇,"非法的手段。解释一下,芬恩。"

"卡兰瑟是达格拉德国王与艾达莉亚王后的独生女。双亲死后,她极力反对贵族阶层的干预,因为他们只将其看作下一任国王的妻子,而她却想成为至高无上的统治者。考虑到习俗律法与延续王朝的需要，她勉强答应嫁给一位王子，与配偶共同执政，当然了，后者的地位将与傀儡无异，于是老贵族们表示反对。当时的卡兰瑟有三个选择：发动内战；让位给另一家系的继承人；或是嫁给艾宾王国的王子罗格纳。她选择了第三条，然后……在罗格纳的陪伴下，卡兰瑟开始了对全国的统治。她生来不愿屈服于人，也不甘心自己的女性身份。她是'辛特拉的雌狮'。虽然罗格纳才是名义上的统治者，但从来没人叫过他'雄狮'。"

"卡兰瑟非常努力想生个儿子，"柯德林格接过话头，"但事与愿违。她生下了女儿帕薇塔，随后两次流产，她知道自己再也没法生儿育女了。她的全部计划化为泡影。这就是女人的宿命，饱受蹂躏的子宫毁灭了她比天还高的野心。"

杰洛特脸色一沉。"柯德林格，你说话真够粗鲁的。"

"我知道，但更粗鲁的是现实。罗格纳开始追求其他年轻公主，只要屁股大好生育就行，最好来自从曾曾祖母算起便多子多孙的家族。卡兰瑟发现自己的地位正在动摇。每一顿饭、每一杯酒都蕴藏着死亡，每次狩猎都可能以不幸的意外作结。有不少证据暗示，辛特拉雌狮决定主动出击，于是罗格纳死了。当时的王国正天花肆虐，国王之死没引起任何人惊讶。"

"有点明白了。"猎魔人看似心平气和地说，"我知道你们想谨慎而广泛地散播什么消息了。你们想声称希瑞是下毒者和杀夫者的外孙女？"

"别想太多，杰洛特。继续，芬恩。"

"卡兰瑟救了自己的命，"芬恩微笑着说，"但王冠却比从前离她更远。罗格纳死后，雌狮企图攫取绝对权力，但贵族阶层再度强烈反对，理由仍是不可违背传统与律法。坐在辛特拉王位上的应是国王，而非女王。最后的结果很明显：只要年幼的帕薇塔长到有一丁点儿像女人，她就必须嫁给适合成为新任国王之人。他们不会再为无法生育的卡兰瑟安排第二场婚姻，辛特拉雌狮最多只能当上王太后。更让她无法容忍的是，帕薇塔的丈夫说不定会完全夺走王太后的权力。"

"我又要开始粗鲁了。"柯德林格警告说，"卡兰瑟拖延了帕薇塔的婚期。女孩十岁和十三岁时各有一次订婚机会，但都被母亲破坏了。贵族阶层要求帕薇塔在十五岁生日之前必须出嫁，卡兰瑟只能同意，但她的目的已经达到了。帕薇塔当了太久处女，春心萌动，以致被亲近她的第一个男人破了瓜——对方还是个被人下咒的怪物。其中涉及一些超自然状况，预言、巫术、承诺……还有意外律什么的？我说得对吗，杰洛特？接下来的事你应该还记得。卡兰瑟把一位猎魔人带去辛特拉王国，后者惹出了好一番是非。猎魔人不知自己被人操纵，稀里糊涂地为怪物乌奇翁驱除了诅咒，让他与帕薇塔结成连理，也让卡兰瑟保住了王座。帕薇塔嫁给怪物的事实——尽管魔法已被解除——令贵族们大为震惊，连雌狮与伊斯特·图尔塞克结婚都顾不上管了，毕竟史凯利格群岛的王公比流亡的乌奇翁体面得多。就这样，卡兰瑟继续统治王国。而伊斯特与所有岛民一样，对辛特拉雌狮太过尊敬，从不反对她的任何决定，他本人又懒于国王的职责，干脆将统治权拱手让出。卡兰瑟则凭借各种药剂与灵药，把丈夫拖到床上日夜欢愉。她想统治到人生的最后一天，就算当不上王太后，有个儿子也很好嘛。但我先前说过了，纵然心比天高，可惜……"

"对，你说过了，不用再重复一遍。"

"可惜太迟了。帕薇塔公主——怪人乌奇翁的妻子——甚至在结婚典礼上都穿着宽松到可疑的裙子。卡兰瑟也改变了原先的计划:就算不能通过自己的儿子统治王国,那帕薇塔的儿子也行啊。可帕薇塔生的还是女儿。这算什么?诅咒吗?当然帕薇塔还可以生儿育女,我是说,原本可以,因为后来发生了不可思议的意外,帕薇塔与怪人乌奇翁在一场无法解释的海难中双双死去。"

"柯德林格,你是不是暗示得太多了?"

"我只想解释清楚状况,仅此而已。帕薇塔死后,卡兰瑟悲痛欲绝,但她的悲伤没能持续太久。外孙女成了她最后的希望。帕薇塔的女儿希瑞菈。希瑞,这个小恶魔的化身,把王宫搅得天翻地覆。在有些人眼里,她是个小宝贝儿,尤其在那些老人眼中,因为她跟孩提时的卡兰瑟实在太像了。但在其他人看来……她却是个换生儿,是怪物乌奇翁的女儿,其所有权还属于某个猎魔人。现在我们要说到重点了:卡兰瑟的小宠儿与她亲自培养的接班人,得到的待遇与卡兰瑟本人几乎相同,可在某些人眼里,这幼狮虽流着雌狮之血,却依然没有继承王位的资格。希瑞菈是个不该出生的孩子。帕薇塔的婚姻是错误的结合,她让王室血统混入了出身不明的流亡者的劣等血统。"

"你还真是能言善辩,柯德林格。但事实不是这样。希瑞父亲的血统一点也不低劣,他是个王子。"

"你说什么?我都没听说过。他来自哪个王国?"

"南方王国之一……梅契特……?对,没错,他来自梅契特。"

"有意思。"柯德林格喃喃道,"梅契特自古以来就位于尼弗迦德帝国的边境地区,是麦提那行省的一部分。"

"但它是个王国,"芬恩插嘴道,"由国王统治。"

"是被恩希尔·瓦·恩瑞斯统治。"柯德林格纠正道,"坐在王位上的人得对恩希尔惟命是从。既然说到这个,你去查查恩希尔扶植的国王是谁。我不记得了。"

"这就查。"芬恩说着,推动椅子上的轮子,吱吱嘎嘎地朝一只书柜挪去。他取下一大捆厚厚的卷轴,开始查看,看完直接丢到地板上。"唔……在这儿。梅契特王国。王族的纹章四等分,主色是天蓝与赤红,第一和第四部分是银色的鱼,第二和第三部分是同样的王冠……"

"让纹章学见鬼去。芬恩,查查国王,国王是谁?"

"'公正的'豪耶特。以选举的方式……"

"……被尼弗迦德的恩希尔选中。"柯德林格冷冷地断言道。

"对……就在九年前。"

"不是他。"律师飞快地盘算一下,"我们要找的不是他。他的前任是谁?"

"稍等。找到了。埃克斯帕克,死于……"

"死于急性肺炎,肺部被恩希尔的刺客或'公正的'豪耶特用匕首刺穿。"柯德林格再次展示出他的洞察力,"杰洛特,埃克斯帕克这个名字让你想起什么没有?他就是乌奇翁的父亲?"

"对。"猎魔人思索片刻,"埃克斯帕克。我记得多尼是这么称呼他的父亲。"

"多尼?"

"乌奇翁的真名。他是个王子,是埃克斯帕克的儿子……"

"不对。"芬恩盯着卷轴说,"所有儿女都有记录。婚生子:奥姆、戈姆、托姆、霍姆、冈萨雷斯。婚生女:艾丽娅、瓦莉娅、妮娜、鲍琳娜、玛尔维娜、艾姬缇娜……"

"我收回对尼弗迦德皇帝和'公正的'豪耶特的诽谤。"柯德林格严肃地宣布,"埃克斯帕克并非死于谋杀,而是纵欲过度而死。我猜他还有私生子女,对吧,芬恩?"

"的确,还不少。但没有多尼的名字。"

"没指望你能找到他。杰洛特,你的乌奇翁不是真正的王子。就算埃克斯帕克有这么一个私生子,他也无权使用王子头衔——尼弗迦德的立场暂且不论,光是奥姆、戈姆,还有冈萨雷斯那帮婚生子就不会承认他,更别说婚生子生下的众多合法子嗣了。严格地讲,帕薇塔的婚姻的确是场错误。"

"所以,作为错误婚姻的结晶,希瑞也就无权继承王位喽?"

"完全正确。"

芬恩转动轮子,吱吱嘎嘎地来到讲台前。

"这只是个理论依据。"他抬起硕大的脑袋,"纯属理论而已。别忘了,杰洛特,我们既不是在为希瑞菈公主争取王冠,也不是在剥夺她的继承权。我们散播谣言是为让人知道,即便利用这个女孩,也没法得到辛特拉的王位,如果有人一意孤行,必定会招来许多反对和质疑声。这个女孩将不再是政治游戏中的重要棋子,她会变成无名小卒。这样一来……"

"他们就会留她一命。"柯德林格面无表情地替他说完。

"从严格意义上讲,"杰洛特问, "你们的理论依据有多大说服力?"

芬恩看看柯德林格,又看看猎魔人。

"不算太大。"他承认道,"尽管血统不纯,希瑞菈毕竟是卡兰瑟的外孙女。在普通的王国,她也许会被赶下台,但如今的局势并不普通。雌狮血脉拥有显著的政治价值……"

"血脉……"杰洛特擦擦额头,"柯德林格,'上古血脉之子'是什么意思?"

"我不知道。有人这么称呼过希瑞菈?"

"对。"

"谁?"

"是谁不重要。这是什么意思?"

"Luned aep Hen Ichaer,"芬恩推着轮子离开讲台,突然开口道,"或许不该用'之子',而该是'上古血脉之女'。唔……上古血脉……我听过这个说法。记不太清了……我想应该跟某个精灵预言有关。在某些版本的伊丝琳预言中——比较古老的那种——我记得提到过上古精灵血脉,或者说'Aen Hen Ichaer'。但我们没有预言的完整文本,只能向精灵打听……"

"够了,"柯德林格冷冷地打断他,"别一心多用,芬恩。别同时把太多铁块放进火炉,也别同时研究太多不解之谜。暂且这样吧,多谢你。再见了,我们收获良多。杰洛特,劳驾跟我一起回办公室。"

"太少了,对吗?"回到办公室,坐进椅子之后,猎魔人确认道。律师坐在书桌后面,面对着他。"酬劳不够多,对吗?"

柯德林格从桌上拿起一个星形金属物体,在指间翻转几下。

"没错,杰洛特。研究精灵预言对我没有任何好处,完全是浪费时间和资源。我必须跑到精灵中间寻找联络人,因为除他们之外,没人真正懂得他们的著作。大多数情况下，精灵手稿全是复杂的符号和藏头诗，有时还有密文。上古语的特点就是模棱两可——这已经是委婉的说法了——而把这种语言写成文字，甚至会有十种不同的含意。对那些想洞察精灵预言的人类，精灵向来没有协助的兴趣。如今这个世道，人类在森林里跟松鼠党流血厮杀，大屠杀也屡见不鲜，光是接近他们都很危险。而且这危险来自双方。精灵会把你当作间谍，人类会指控你背叛……"

"要多少钱，柯德林格？"

律师沉默片刻，依然把玩着那个金属星星。

"百分之十。"最后他说。

"什么的百分之十？"

"别装傻，猎魔人。事态越来越严重了，局势比从前更混乱，而所有人都不清楚状况时，酬金自然也很难计算，这样一来，抽成就比固定的酬金更合理。不管你在这个任务中得到多少酬劳，我都要百分之十，减去你已经付我的部分。要不要签份合同？"

"不用。我不希望你赔本。零的百分之十还是零，柯德林格，我亲爱的朋友，这个任务我分文不收。"

"重复一遍，别再装傻了。我不相信你做这些不为私利，也不相信这事背后没有利益……"

"你相不相信不关我事，但我不会跟你签合同，也别提什么抽成了。说吧，你帮我搜集这些信息要多少钱。"

"换作别人跟我这么说话，我早把他踢出去了，"柯德林格咳嗽几声，"因为他肯定是要蒙骗我。但我落伍的猎魔人朋友，高贵而幼稚的无私很适合你。是你的风格，完全过时，奇妙而可悲，会让你白白送死……"

"别再浪费时间了。多少钱,柯德林格?"

"照旧。总共五百。"

"抱歉。"杰洛特摇摇头,"我一时拿不出这么多。至少眼下不行。"

"第一次见面时,我就向你提出过一个建议。现在我可以重复一遍。"律师缓缓地说着,手上仍在把玩那颗星星,"来为我工作吧。你会得到想要的信息,以及其他好处。"

"不,柯德林格。"

"为什么?"

"你不会明白的。"

"这次你伤的不是我的心,而是我的职业荣誉。大言不惭地说,我相信自己没有不明白的事。做个彻头彻尾的混球是我们这行的根本,你却坚持认为你那过时的谋生方式比我优越。"

猎魔人笑了。"完全正确。"

柯德林格又剧烈地咳嗽一阵,他擦擦嘴唇,低头看着手帕,然后抬起黄绿色的双眼。

"你仔细看过讲台上那份巫师和女术士的名单了?那些就是有可能雇佣里恩斯的人。"

"看过了。"

"没彻底核实之前,我不会把这份清单交给你。别被你看到的内容影响了。丹德里恩跟我说过,菲丽芭·艾哈特也许知道里恩斯的雇主是谁,但她不肯吐露秘密。菲丽芭不会保护软弱的老家伙,所以里恩斯的雇主肯定是个重要人物。"

猎魔人一言不发。

"当心，杰洛特。你眼下很危险。有人在耍弄你。有人能精确预测你的行动，甚至可以间接操纵你。不要屈服于傲慢和自以为是。耍弄你的既不是吸血妖鸟，也不是狼人；不是米舍莱兄弟，更不是里恩斯。上古血脉之子，见鬼。好像辛特拉的王位、巫师、国王和尼弗迦德帝国还不够似的，现在又多了精灵。你得想办法脱身了，猎魔人，用他们预料之外的行动挫败他们的计划。切断那条疯狂的纽带——别让自己再跟希瑞菈扯上关系，把她留给叶妮芙，你自己回凯尔·莫罕，保持低调，躲在群山之间。而我会冷静又不慌不忙地研究精灵手稿。等我找到关于上古血脉之子的信息，查清相关巫师的身份，你再带酬劳过来。我们一手交钱，一手交货。"

"我等不了。那个女孩有危险。"

"的确如此。但我知道，在找她的人眼中，你是块绊脚石。一块必须无情除去的绊脚石。等他们干掉了你，自然会想办法对付那个女孩。"

"或者等我脱身，躲进凯尔·莫罕之后。柯德林格，我付你这么一笔酬劳，不是要听取这样的建议。"

律师继续把玩金属星星。

"光是为你今天付出的酬劳，我已经忙了好一阵子，猎魔人。"他压下一阵咳嗽，"我给你的建议经过周密的考虑。躲进凯尔·莫罕，销声匿迹，叫寻找希瑞菈的家伙得手吧。"

杰洛特眯起眼睛笑了笑，但柯德林格并未退缩。"我知道自己在说什么。"他对杰洛特的眼神和笑容无动于衷，"那些家伙会找到你的希瑞，做他们想做的事。而与此同时，她和你却会平安无事。"

"麻烦解释一下。长话短说。"

"我找到一个女孩，出生于辛特拉的贵族家庭，在战争中失去双亲。她待过难民营，如今在帮布鲁格的一位布商量度并裁剪布料。她只有一个特别之处：与'辛特拉幼狮'的某张画像颇为相似……想看看吗？"

"不，柯德林格，我不想。我也不允许你用这种方式解决问题。"

"杰洛特，"律师闭上了眼睛，"你这又何必？如果你真想救希瑞……就不该这么露骨地表现出轻蔑。不，这么说不大准确。应该说，你有什么资格蔑视我呢？轻蔑的时代即将降临，我的猎魔人朋友，人人都行可鄙之事，你必须学会适应。我提出的解决之道很简单。一个人死，一个人活。你心爱之人会活下去，素不相识的女孩死掉……"

"那我该蔑视谁呢？"猎魔人打断他，"为了心爱之人蔑视我自己？不，柯德林格，放过那个女孩，让她继续量布吧。毁掉那张画像，烧了它。我的二百五十克朗血汗钱已经被你扫进了抽屉，看在它的分上，想想别的办法。我还需要信息。叶妮芙和希瑞已经离开了艾尔兰德，我相信你知道这事。我也相信，你知道她们要去哪儿，知道谁在追她们。"

柯德林格用手指敲打桌面，咳嗽一声。

"狼忽视警告，还想继续狩猎。"他说，"真正的猎手将美味的腌鱼挂在树上，充当诱饵。但狼认不清自己已成猎物的事实，径直朝它扑去。"

"又是这一套。说重点。"

"听你的。七月初，仙尼德岛的加斯唐宫将召开巫师集会，不难猜出叶妮芙也会参加。她很明智地一直转移，不使用魔法，所以很难确认行踪。但她一周前还在艾尔兰德,依我的计算,她三四天之内就会赶到荀斯·维伦,仙尼德岛距那儿只有投石之遥。去荀斯·维伦途中,她肯定会穿过锚地村。如果你即刻出发,还有机会追上追赶她的人。反正肯定有人在追赶她嘛。"

"那些人,"杰洛特恶狠狠地笑了,"有没有可能是王家密探?"

"不,"律师看着手里的金属星星,"不是密探。也不是里恩斯,他比你聪明,自从跟米舍莱兄弟惹出那场骚动后,他就躲了起来,保持低调。而追赶叶妮芙的是三个受雇于人的暴徒。"

"你应该认识他们吧?"

"全都认识,所以我建议你:别招惹他们,也别赶去锚地村。我会动用手头所有联络人和关系,设法贿赂那些暴徒,改写他们的合同。换句话说,我会鼓动他们转而对付里恩斯。如果我成功……"

他突然闭嘴,用力甩出手臂。金属星星呼啸着划过空气,噌的一声钉进肖像画,正中老柯德林格的额头——它在画布上撕开了一道口子,小半部分嵌进了墙壁。

"还不赖吧?"律师咧嘴笑道,"这叫'猎户镖',外来发明,我练习一个月了,现在从不失手。很有用的。三十尺内,这颗小星星可以一击毙命,还能藏在袖子或帽檐里。猎户镖是尼弗迦德情报部门的配备品,一年前开始使用。哈哈,如果里恩斯真是尼弗迦德的探子,却被猎户镖钉进鬓角,那场面一定很有趣……你不想说点什么?"

"不想,这是你的事。二百五十克朗已经进你的抽屉了。"

"当然。"柯德林格连连点头,"既然你这么说,那我就放手处理喽。让我们默哀片刻吧,杰洛特,用短暂的沉默哀悼里恩斯即将到来的死亡。见鬼,你皱眉做什么?你对死者就没有半点敬意吗?"

"我当然有。我尊重死者,所以听不得傻瓜拿这种事开玩笑。你想过自己会怎么死吗,柯德林格?"

律师剧烈地咳了好一阵,又盯着手帕看了很久,然后抬起目光。

"当然,"他平静地说,"我想过,而且是仔细想过。但我的想法跟你没有任何关系,猎魔人。如此说来,你会赶去锚地村吗?"

"会。"

"拉尔夫·布伦登,外号'教授'。海默·坎特。小亚夏。你对这些名字有印象吗?"

"没有。"

"这三人都是用剑的好手,比米舍莱兄弟厉害得多,所以我建议你使用更可靠的长射程武器,比如这种尼弗迦德飞镖。想要的话,我可以卖你几枚。我有的是。"

"多谢,但不必了。这东西不实用,飞出去声音太大。"

"这种呼啸声能影响心理,让目标因恐惧而动弹不得。"

"也许吧,但也会提醒对方。换作是我,就有充分的时间避开。"

"看到飞镖正面打来,也许你可以。我知道你能躲开箭矢⋯⋯但从背后的话⋯⋯"

"背后也一样。"

"鬼扯。"

"那我们赌一把。"杰洛特冷冷地说,"我转过身,面对你愚蠢的父亲,你朝我丢猎户镖。如果打中算你赢,打不中算你输。你输了,就得想办法解译精灵手稿,查清关于上古血脉之子的信息。而且要快,还得准我赊账。"

"如果我赢了呢?"

"你仍然要去解译,然后把信息告诉给叶妮芙,她会付你钱。无论如何你都不赔本。"

柯德林格打开抽屉,又取出一枚猎户镖。

"你觉得我不会跟你打赌。"他用的是陈述语气,而非疑问。

"不。"猎魔人笑了,"我相信你会接受。"

"我懂了,你这是激将法。可你忘了吗?我做事向来没有顾虑。"

"没忘。毕竟轻蔑的时代即将降临,而你总会追随时代的浪潮与精神。你不是说我有种过时的天真吗?我听进去了,所以打算冒个险。当然,我也希望真能因此得到一些好处。你怎么说?要赌吗?"

"赌。"柯德林格捏住金属星星的一角,站起身来,"在我心里,好奇永远胜过判断力,更别提毫无理由的仁慈了。转过去。"

猎魔人转过身,看着满是窟窿的肖像和插在画布里的猎户镖。他闭上双眼。

飞镖呼啸而过,砰地嵌进距画框四寸远的墙上。

"该死!"柯德林格咆哮起来,"你这婊子养的,居然动都不动!"

杰洛特转过身,一脸坏笑。

"干吗要动?你这一镖失了准头,我听得出来。"

旅店里空空荡荡。一个带黑眼圈的年轻女人,羞怯地侧身坐在角落的长凳上,正给孩子喂奶。一个宽肩膀男人,也许是她丈夫,坐在一旁背靠墙壁打盹。还有个人坐在火炉旁的阴影里,旅店光线昏暗,阿普利盖特看不清他的长相。

旅店老板抬起头，看到阿普利盖特，也注意到他的服饰及胸口的亚甸王族纹章，脸色顿时一沉。阿普利盖特早就习惯了。身为王家信使，他有资格索要一匹坐骑。王家法令写得很清楚：信使有权在任何一座城镇、村庄、旅店或农庄要求更换新马，拒绝者将遭受严惩。当然了，信使必须留下自己的马，并为新马写张收条，马主人可以由此向治安官提出申诉并得到补偿。但这种事谁也说不准，因此信使总会看到厌恶又焦虑的脸：他会不会要求交换马匹？会不会带走我们的戈尔达，从此不见踪影？还是抢走我们从小养大的美人儿？或被宠坏的乌木？当马匹装好鞍鞯，被牵出马厩时，阿普利盖特不止一次见过大哭大闹、不愿离开童年玩伴的孩子，也见过成年人苍白的脸上写满了愤懑与无助。

"我不换马。"他直截了当地说。旅店老板似乎松了口气。"只想弄点吃的，赶路让我饿坏了。"信使补充道，"你的锅里有什么？"

"还剩点稀粥，马上给您端。请坐吧。需要床铺过夜吗？天色很晚了。"

阿普利盖特在考虑。两天前他见到了汉索姆，对方也是信使，二人按命令交换了口信。汉索姆接管了给德马维王的信函和口信，随后策马狂奔，穿过泰莫利亚和玛哈坎，前往温格堡。阿普利盖特则收下了给瑞达尼亚的维兹米尔王的口信，正在前往牛堡和崔托格的路上。他还要赶三百里。

"我吃完继续赶路。"他答道，"今晚是满月，道路也很平坦。"

"您说了算。"

端来的粥又淡又稀，但信使不在乎。他在家里可以品鉴妻子的厨艺，赶路时却从不挑剔。他的手指握缰绳握得发麻，这会儿笨拙地捏着勺子，慢慢地喝粥。

在炉边打盹的猫突然抬起头，嘶嘶地叫。

"你是王家信使？"

阿普利盖特打了个哆嗦。提问者是那个坐在阴影里的男人，他走了出来，站到信使身旁。他的头发像牛奶一样白，额上缠着一条皮带，身穿镶银的皮夹克和高筒靴，背后有把剑，剑柄的圆头在右肩上方闪闪发光。

"你要走哪条路？"

"走王家要我走的路。"阿普利盖特冷冷地回答。对于这种问题，他一向如此作答。

白发男人沉默一会儿，仔细打量着信使。他的脸苍白得不自然，还有双异常漆黑的眸子。

"我想，"最后，他用令人不快、带些沙哑的嗓音开口，"王家给你的命令应该是尽快赶路吧？或许你该马上走？"

"跟你有什么关系？你是谁，为何催我赶路？"

"我谁也不是，"白发男人露出坏笑，"也没催你赶路。但如果我是你，就会尽快离开这儿。我不希望你遭遇任何不幸。"

对于这种言论，阿普利盖特也有百试不爽的回答，简短又直接。他不会咄咄逼人，而是冷静又明确地提醒对方：王家信使的雇主是谁，胆敢对王家信使出手的人会有什么下场。但白发男人的语气让他放弃了平时的回答。

"阁下，我的马需要休息。至少一两个钟头。"

"的确。"白发男人微微颔首，随后抬起头，仿佛在聆听脑海里的声音。阿普利盖特也竖起耳朵，却只听到蟋蟀的鸣叫。

"那就休息吧。"白发男人正了正斜挎在胸口的剑带,"但别到马厩前的院子去。无论发生什么,千万别去。"

阿普利盖特忍住追问的打算,本能地觉得最好别多嘴。他朝粥碗低下头,继续挑拣浮在粥面上的几小块猪肉。再抬头时,白发男人已经离开了房间。

过了一会儿,马厩前响起马嘶和马蹄声。

三个男人走进旅店。看到他们的同时,老板擦拭酒杯的动作也匆忙起来。抱孩子的女人靠近昏睡的丈夫,用手肘捅醒他。阿普利盖特抓住放腰带和短剑的凳子,朝自己拉近。

三人走向吧台,目光锐利地打量店里的顾客。他们走得很慢,马刺和武器叮当作响。

"欢迎几位好阁下。"老板清清嗓子,"我该如何为各位效劳?"

"就用伏特加吧。"其中一位答道。他矮小结实,两条长臂仿佛猿猴,背后是两柄交叉的泽瑞坎马刀。"教授,你也来一杯?"

"再乐意不过。"另一人正了正架在鹰钩鼻上的金框眼镜,镜片是淡蓝色水晶。"只要酒里没有其他添加物。"

老板为他们倒酒时,阿普利盖特看到他的双手在微微颤抖。那三人背靠吧台,不慌不忙地用陶杯喝酒。

"亲爱的老板,"其中一人突然开口,"我猜不久前有两位女士经过,然后快马加鞭赶往苟斯·维伦,对吧?"

"经过的人多了。"旅店老板含糊地回答。

"我提到的两位女士,你不可能注意不到。"戴眼镜的男人缓缓地说,"其中一位是黑发,非常漂亮,骑黑色骟马。另一位比较年轻,金发,碧眼,骑斑点灰母马。她们来过吗?"

"没有。"阿普利盖特插嘴道。他突然浑身发冷。"她们没来过。"

灰色羽翼。危险。滚烫的沙子……

"你是信使?"

阿普利盖特点点头。

"打哪儿来?往哪儿去?"

"打王室命令我来的地方来。往王室命令我去的地方去。"

"你这一路没遇见我提到的女人?"

"没有。"

"你否认得太快了。"第三个人厉声说道。他又高又瘦,像根支撑豆藤的木杆,头发是黑色的,仿佛覆满油脂,闪闪发光。"而且在我看来,你根本没打算仔细回想。"

"算了,海默。"眼镜男摆摆手,"他是个信使,你就别自找麻烦了。老板,这地方叫什么名字?"

"锚地村。"

"这儿离苟斯·维伦的测距是多少?"

"您说什么?"

"那儿离这儿多少里?"

"我没仔细算过。不过,大概要三天……"

"骑马?"

"坐马车。"

"嘿!"矮个子突然低声喊道。他站起身,透过敞开的店门看向马厩前的庭院。"教授,外头来了个凶神恶煞的家伙。会是谁?难道是……"

眼镜男也看向庭院,神情骤然变得紧张。

"对。"他嘶声道,"毫无疑问是他。看来我们撞大运了。"

"等他进来?"

"他不会进来。他看到我们的马了。"

"他知道我们是……"

"安静,亚夏。他在说话。"

"给你们一次机会。"院子里传来一个声音,略显沙哑却十分有力。阿普利盖特立刻认出了声音的主人。"你们可以派个人出来,告诉我你们的雇主是谁,然后你们可以直接骑马离开。或者一起出来也可以。我在这儿等。"

"婊子养的……"黑发男人咆哮道,"他知道了。我们怎么做?"

眼镜男把杯子缓缓放回吧台。

"拿人钱财,与人消灾。"

他朝手心吐口唾沫,活动一下手指,拔出剑来。另外两人见状也亮出兵器。旅店老板张嘴想要大叫,但看到蓝色镜片后的冰冷视线,立刻闭上了嘴。

"谁都别动,"眼镜男嘶声道,"也别出声。海默,开打以后,你想办法绕到他身后。很好,伙计们,祝我们好运。出去吧。"

呻吟声、踩踏声、刀剑交击声随即响起。接着是一声让人寒毛倒竖的尖叫。

旅店老板脸色惨白。黑眼圈女人也跟着尖叫,把婴儿贴紧胸口。火炉后的猫爬起身,弓起背脊,尾巴上的毛也蓬了起来,活像一把刷子。阿普利盖特不由坐到凳子一角,把短剑放到膝头,但没有拔出。

踩踏地板声、呼啸声、金铁交鸣声再度从庭院里传来。

"你……"有人在狂吼。那原本是句恶毒的侮辱,但其中的绝望多于愤怒。"你这……"

剑刃破空声。紧接着,高亢刺耳的尖叫撕裂了空气。然后是沉闷的"砰"的一声,仿佛满满一袋谷子摔到地上。拴马桩那边传来嘚嘚的蹄声,马儿受惊发出嘶鸣。

木头地板又是"砰"的一声。有人在奔跑,脚步匆忙而沉重。抱婴儿的女人抓紧丈夫,旅店老板后背紧贴墙壁。阿普利盖特抽出短剑,但将武器藏在桌下。飞奔之人朝旅店径直跑来,显然很快就会出现在门口。但没等他到达,剑刃破空声再次响起。

那人尖叫着冲进房门,像被门槛绊了一下,费力地向前蹒跚了几步,重重摔倒在大厅中央,震起了地板缝里的积尘。他的脸缓缓贴上地面,双臂压在身下,双腿在膝盖处弯曲。水晶眼镜啪嗒一声摔在地板上,裂成细小的蓝色碎片。他的身下涌出一汪闪光的深色液体。

没人动弹。没人叫喊。

白发男人走进旅店。

他将手中的剑娴熟地收回背后的剑鞘,走向吧台,懒得再看地上的尸体一眼。旅店老板瑟缩一下。

"这些恶徒……"白发男人用沙哑的嗓音说,"这些恶徒都死了。等行政官来了,或许会发现有人在悬赏他们的人头。这笔钱就让他自己看着办吧。"

旅店老板赶忙点头。

"说不定,"片刻之后,白发男人说,"恶徒的同伙或朋友会来询问出了什么事。告诉他们:是被狼咬的。一头白狼。记得补充一句,叫他们留神背后。总有一天,他们回头也会看到狼。"

三天后,过了午夜,阿普利盖特才赶到崔托格城门。他非常愤怒,因为他在护城河前浪费了太多时间,嗓子都喊哑了——卫兵却可耻地睡着了,为他打开城门时显得极不情愿。他把一肚子火都发了出来,把那些家伙三代以内的亲人骂了个遍。然后他愉快地听到,守城指挥官被吵醒后,开始为他对卫兵的母亲、祖母及曾祖母的指控增添新的细节。当然了,维兹米尔王不可能立刻召见他,这反而称了他的心。他指望一觉睡到晨钟响起呢。只可惜,他想错了。

对方没给他安排住处,反而催促他去卫兵室。等待他的并非国王,而是一个身材臃肿的家伙。阿普利盖特认识他:迪杰斯特拉,瑞达尼亚国王的密友。信使也知道,原本只能告知国王的口信,迪杰斯特拉有权听取。阿普利盖特把信函交给他。

"你带口信来了?"

"是的,大人。"

"说。"

"德马维致维兹米尔。"阿普利盖特闭上双眼,复述道,"首先:伪装部队已准备就绪,静待七月新月后第二个夜晚到来。小心别让弗尔泰斯特拖我们后腿。其次:那些诡计多端又夸夸其谈的家伙在仙尼德岛召开会议,但我不会出席,建议你也别去。第三:幼狮已死。"

迪杰斯特拉咧嘴一笑,手指敲打着桌面。

"这是给德马维王的信函。还有一条口信……竖起耳朵听好,一字不差地复述给你的国王。只能说给他本人听,除此以外任何人都不行。

明白吗?"

"明白,大人。"

"口信如下:维兹米尔致德马维。你必须让伪装部队按兵不动。发生了一次背叛。烈焰于多尔·安格拉集结了一支军队,正在等待借口。复述一遍。"

阿普利盖特复述了一遍。

"很好。"迪杰斯特拉点点头,"明天日出你就出发。"

"我赶了五天的路,大人。"信使揉揉屁股,"我能否睡到上午……如您允许的话?"

"现如今,你的德马维王晚上睡得着吗?你看我睡了吗?伙计,冲你这句话,我就该朝你脸上来一拳。有人会给你拿吃的,然后你可以去干草堆躺一会儿,但你黎明就得出发。我已下令为你准备一匹纯种小公马,骑上它就像驾驭风。别一脸苦相,心怀感激拿好这只钱袋吧,免得你说维兹米尔是小气鬼。"

"谢大人。"

"经过庞塔尔河边森林时一定当心,有人看到松鼠党在那儿活动。不过那附近本来也不缺强盗。"

"啊,我知道,大人。呃,三天前我看到……"

"你看到什么了?"

阿普利盖特飞快地汇报了锚地村事件。迪杰斯特拉侧耳聆听,有力的前臂交叠在胸前。

"教授……"他思忖道,"海默·坎特、小亚夏……被一个猎魔人干掉……在锚地村,前往荷斯·维伦途中。换句话说,在前往仙尼德岛和加斯唐宫的路上……还有幼狮已死?"

"有问题吗,大人?"

"没有。"迪杰斯特拉抬起头,"至少跟你没什么关系。休息吧。黎明时出发。"

阿普利盖特吃过东西,躺了一会儿,但始终没合眼。等到破晓时分,他出了城门。小公马确实跑得很快,但太不安分。阿普利盖特不喜欢这种马。

他的左肩胛骨与脊柱中间突然一阵奇痒。在马厩过夜时,肯定有只跳蚤咬了他。可惜他的手够不着。

小公马蹦跳嘶鸣,信使用马刺踢踢马腹,叫它飞奔起来。时间依然紧迫。

"Gar'ean,"卡尔布雷小声说道,他正躲在树枝后面窥探大路,"En Dh'oine aen evall a strsede!"

托露薇尔一跃而起,把剑系在腰间,用靴尖捅捅亚伊文的大腿。后者正倚在树洞里打瞌睡,爬起身时,滚烫的沙子灼痛了他的手。

"Que suecc's?"

"路上有个骑手。"

"一个?"亚伊文拿起弓和箭袋,"卡尔布雷,只有一个?"

"只有一个。越来越近了。"

"解决他。Dh'oine少一个算一个。"

"算了吧。"托露薇尔拉住他的衣袖,"何必呢?我们的任务是侦察并与突击队会合。为什么谋杀过路的平民?这也算为自由而战吗?"

"当然算。靠边儿。"

"如果路上有具尸体,所有经过的巡逻队都会提高警惕。军队会来追杀我们。他们会监视所有渡口,我们到时连过河都难了!"

"骑马经过这路的人很少。等他们找到尸体,我们早就走远了。"

"骑手走远了。"树上的卡尔布雷说,"有吵架的时间,还不如射他一箭。现在没办法了。他已经跑出两百步远了。"

"看不起我这六十磅的强弓?"亚伊文拨动弓弦,"还有这三十寸的利箭?再说了,根本不到两百步,最多一百五。Mire, que spar aen'le."

"亚伊文,算了吧……"

"Thaess aep,托露薇尔。"

精灵扭转帽子,免得钉在上面的松鼠尾巴挡住视线。随后,他飞快而有力地拉开弓弦,举到右耳边,仔细瞄准,松手放箭。

阿普利盖特没听到箭矢破空声。那是一根"寂静之箭",镶着又长又细的灰色羽毛,箭杆上开有凹槽,使其不易弯曲,且重量更轻。锐利的三棱箭头带着强劲的力道射中信使的后背,刺入左肩胛骨与脊柱中间。箭头设计成特殊的角度,射进身体后,箭尖会像螺钉一样旋转深入,破坏肌肉组织,切断血管,粉碎骨头。阿普利盖特扑倒在马颈上,软软地滑向地面,活像一袋羊毛。

路上的沙子被阳光烤得滚烫,连触碰一下都会灼痛手掌。但信使已经感觉不到了。他死了。

要说我了解她，恐怕有点夸张。我想，除了那位猎魔人和那位女术士，没人真正了解她。初次见到她时，尽管当时的状况极不寻常，她也并没给我留下太深印象。我也知道许多人第一次见到那女孩，立刻就能察觉到追随其后的死亡气息。但在我看来，她再普通不过，虽然我明知事实并非如此。因此我试着去辨明——发现——感受——她的不同寻常之处，却什么也没发现，什么都感觉不到。至于随后发生的悲剧事件，当时也看不出任何预兆、征兆或说先兆。那些事件之所以发生，既因为她的存在本身，也是她的行为所致。

——《诗歌的半世纪》

丹德里恩　著

第二章

就在森林尽头的十字路口，地上钉着九根木杆，每根顶部都有个平放的车轮，轮缘和轮轴绑满了东西。车轮上还挤满乌鸦与渡鸦，在不停地啄咬、撕扯着什么。由于木杆的高度和拥挤的鸟群，旁观者只能猜测那些难以辨认的残骸都是啥——是尸体，不可能是别的。

希瑞转过头，厌恶地皱起鼻子。风从木杆的方向吹来，也带来了弥漫在十字路口的尸体腐烂的恶臭。

"真是奇妙的风景。"马背上的叶妮芙略微探出身子，往地上吐口口水，全然忘记不久之前，自己因希瑞做了同样的事而严厉责骂过她。"景色别致，气味宜人。可干吗要在荒郊野外？这东西通常都架设在城墙外。我说得对吗，好心的阁下们？"

"他们是松鼠党，尊贵的女士。"她们在十字路口偶遇的行商匆忙解释道。他正给自己的花斑马套上挽具，马后面是满载的货车。"是精灵。我是说，木杆上那些。所以杆子才会立在森林旁边，作为对其同党的警告。"

"这是不是说明，"女术士看着他，"被人带来时，那些松鼠党俘虏还活着……"

"我的女士，很少有精灵会任由自己被活捉。"商人插嘴道，"有时士兵确实会把俘虏带到城里，那是为了震慑非人种族居民。等他们看过松鼠党在城镇广场被拷打，就不会再有兴趣加入了。如果精灵在战斗中被杀，尸体就会被带到十字路口，像这样挂到木杆上。有时他们被捕的地方非常远，到这儿就已经散发出……"

"想想吧，"叶妮芙厉声道，"出于对死者尊严和遗体的尊重，他们禁止我们练习死灵法术。他们理应得到尊重与安宁，还有约定俗成、符合礼仪的葬礼……"

"女士，您说什么？"

"没什么。我们走吧，希瑞，离开这儿。呸，这臭味都要黏到我身上了。"

"咿——我也是。"希瑞驱马快步绕过行商的马车，"让马跑快点儿吧！"

"好吧……希瑞！跑归跑，可别摔断脖子！"

◆━━━◆━━━◆

她们很快看到了城市——高墙环绕，尖塔危耸，塔顶闪闪发光。城市另一边是大海，灰绿色的海面反射着上午的阳光，点点白帆散落其中。希瑞在砂土覆盖的悬崖边勒住马，站到马镫上，贪婪地呼吸着微风及其裹挟的气息。

"苟斯·维伦。"叶妮芙在她身边停下马，"终于到了。好了，该回路上去了。"

她们让马沿路慢跑，将几辆牛车和背着沉重柴捆的路人甩到身后。等她们远离所有人，在路上独自行进时，女术士却放慢了速度，招呼希瑞停下。

"过来。"她说，"再近点儿。牵好缰绳，拉住我的马。我得松开双手。"

"为什么？"

"我说了，牵好缰绳，希瑞。"

叶妮芙从鞍囊里取出一只小银镜，擦拭几下，低声念出一句咒语。镜子飘离她的手心，浮在空中，停留在马颈上方、女术士面前。

希瑞敬畏地呼出一口气，舔了舔嘴唇。

女术士又从鞍囊里掏出梳子，摘下软帽，精神十足地梳起头发。接下来几分钟，希瑞保持沉默。她知道叶妮芙梳头时不许别人打扰。她那一头看似凌乱却迷人的浓密卷发，需要相当多的精力和时间打理。

女术士再次把手伸进鞍囊。她戴上一副钻石耳环，双手各套了一只手镯。她取下披巾，解开衬衫的几粒纽扣，露出脖子和饰有黑曜石星星的黑色缎带。

"哈！"希瑞终于忍不住了，"我知道你在做什么！你想在进城前好好打扮一下！我说得对吗？"

"嗯，说得对。"

"那我呢？"

"你什么？"

"我也想打扮一下！我要梳头……"

"戴上帽子。"叶妮芙厉声喝道，目光不离马儿头顶的镜子，"像之前一样。把头发塞进去。"

希瑞愤愤地哼了一声，但还是照做了。她早就学会分辨女术士说话的语调。她能听出什么时候可以抗议，什么时候不可以。

叶妮芙终于梳理完额前的发丝，又从鞍囊里取出个小巧的绿色玻璃罐。

"希瑞，"她换上较和缓的语气，"我们是在乔装旅行，而且旅途尚未结束，所以你必须用软帽藏住头发。每道城门都有人仔细盘查来往行人。你明白吗？"

"不明白！"希瑞拉住女术士的黑色骗马，壮着胆子反驳道，"你打扮得这么漂亮，城门守卫的眼珠子都会掉出来！这种乔装还真少见！"

"我们要去的城市是苟斯·维伦。"叶妮芙笑道，"我在苟斯·维伦不需要乔装——应该说，恰恰相反。但你不一样。你不能给人留下任何印象。"

"盯着你的人也会看到我！"

女术士拔出玻璃罐的塞子，丁香和醋栗的味道立刻飘散出来。她把食指伸进去，将罐里的少许东西涂到眼睛下面。

"只怕，"她脸上依然带着神秘的笑容，"不会有任何人注意到你。"

◀━━▶

骑手与马车在吊桥前排起长龙，旅人们聚在门房周围，等待卫兵搜身。一想到可能要等上很久，希瑞不禁抱怨起来。叶妮芙却在马鞍上坐得笔直，让马小跑前进，目光高高越过旅人们的头顶——他们迅速为她让道，还纷纷鞠躬行礼。身穿锁甲的卫兵注意到女术士，立刻为她放行，还用矛杆敲打那些执拗地不肯让开，或者动作太迟缓的家伙。

"这边，这边，尊贵的女士。"一名卫兵叫喊起来。他看看叶妮芙，脸泛红晕。"请走这边。让开，让开，你们这些乡巴佬！"

卫兵队长匆匆走出门房，脸色阴沉而愤怒，但一看到叶妮芙，他立刻涨红了脸，瞪大眼睛，张开嘴巴，然后深深地鞠了一躬。

"尊贵的女士，我谦卑地欢迎您造访苟斯·维伦。"他含混不清地说着，挺直了背脊，目不转睛地盯着女术士，"在下听凭您的差遣……我该如何为您效劳？您是否需要护送？或者向导？需要我为您找什么人吗？"

"这些就不必了。"叶妮芙在马鞍上挺直身子，低头看着他，"我不会在这座城市停留太久。我要去仙尼德岛。"

"当然，女士。"刚才的卫兵一边嘀咕，一边左脚倒右脚，目光始终无法从女术士脸上移开。其他卫兵也盯着她看。希瑞自豪地挺胸抬头，却发现没人看她，好像她压根不存在。

"好的，女士。"卫兵队长也重复一遍，"去仙尼德岛，是啊……参加集会。好的，我明白。那我祝您……"

"谢谢。"女术士驱马前进，显然对卫兵队长的祝愿毫无兴趣。希瑞跟在她身后。叶妮芙经过时，卫兵纷纷鞠躬致意，却连看都不看希瑞一眼。

"他们甚至没问你的名字。"希瑞赶上叶妮芙，一边嘟囔，一边小心翼翼地在满是车辙的泥地上打马前进，"你给他们施了法术？"

"不是他们,是给我自己。"

女术士转过脸,希瑞不由惊呼一声。叶妮芙的双眼闪着紫罗兰色的光,面容明艳照人,美到令人目眩——那是充满挑逗、危险而不自然的美。

"那个小绿罐,"希瑞明白了,"里面是什么?"

"魅力灵膏,一种炼金药,或者说是在特殊场合使用的乳霜。希瑞,你非要让马踩进路上的每个水坑吗?"

"我想把马蹄后面的距毛洗干净。"

"已经一个月没下雨了。坑里只有泔水和马尿,没有雨水。"

"啊啊……告诉我,你干吗要用灵药?外表对你来说就这么……"

"这里是苟斯·维伦,"叶妮芙打断他,"这座城市的繁荣多亏了巫师和女术士。说实话,大部分功劳应该归于女术士。你也看到这儿的人如何对待我们了。但我不想自报家门,也不想证明自己的身份。我宁愿让他们第一眼就认出我。过了那栋红房子往左转。希瑞,让马放慢速度,别踩到路边的孩子。"

"可我们为什么来这儿?"

"我刚才告诉你了。"

希瑞哼了一声,奋力思考了一会儿。随后她抿着嘴唇,靴跟狠狠踢进马腹。她的母马突然加快脚步,差点撞上一辆从旁经过的马车。车夫站起身子,正准备报以一长串极其专业的谩骂,但一看到叶妮芙,便立刻坐了回去,专心研究起自己的木鞋。

"再这么搞一次,"叶妮芙一字一句地说,"我们就要惹上麻烦了。你就像只没长大的山羊。真让我丢脸。"

"明白了。你想送我去某间学院或孤儿院,对吧?我不去!"

"闭嘴。有人在看着呢。"

"他们看的是你,不是我!我不去学院!你答应一直陪我的,现在又打算丢下我一个人?我不想独自一人!"

"你不会一个人的。学院里有很多跟你同龄的女孩,你会交到许多朋友。"

"我不要朋友。我只想跟你在一起,再说……我以为我们……"

叶妮芙突然转头看着她。

"你以为什么?"

"我以为我们是去见杰洛特。"希瑞挑衅地仰起头,"我很清楚你这一路都在想啥,还有你每晚为什么叹气……"

"够了!"女术士嘶声道,愤怒的眼神令希瑞把脸埋进了马鬃,"别太过分了。需要我提醒你吗?你还没到可以违抗我的时候!有脾气就冲自己发。现在你只要服从,我说什么你就做什么。明白没?"

希瑞点点头。

"我说这些是为你好,一直都是。所以你必须服从我,认真听我教诲。这么说够清楚吗?好了,停马。我们到了。"

"这就是你说的学院?"希瑞抬头看着建筑物雄伟的正面,嘟囔道,"这是……"

"别多嘴。下马,注意你的言行。这不是学院。学院在艾瑞图萨,不在苟斯·维伦。这是一家银行。"

"我们来银行干吗?"

"自己想。快听我的话下马,别踩进水坑!别管马了,那是仆人的活儿。摘下手套,没人会戴着骑马手套进银行。看着我,希瑞。把帽子摆正,理好衣领,后背挺直。还有,如果不知道你的手该干吗,那就什么也别干!"

希瑞唉声叹气。

跑出大门、前来协助的仆人都是矮人,他们争先恐后地鞠躬行礼。希瑞好奇地打量着对方。虽然他们矮小敦实,留着大胡子,但看起来一点也不像她的朋友亚尔潘·齐格林和他的"小伙子们"。这些仆人看上去灰扑扑的,着装统一,毫无特色,而且一副毕恭毕敬的样子,这一点在亚尔潘和他的"小伙子们"身上根本看不到。

她们走进银行。魔法灵药的效力仍未褪去,因此叶妮芙的外貌立刻引起了轰动。又一群矮人匆忙赶来,向她鞠躬致敬,奉承地表示欢迎,表示自己乐意效劳。直到一个衣着奢华的白胡子胖矮人出现,骚动才算平息下去。

"我亲爱的叶妮芙!"矮人用洪亮的嗓音吼道。他肌肉发达的脖子上挂着一条叮当作响的金链子,比白胡须还要长上许多。"真是个惊喜!真让我荣幸!请到我办公室来。你们这群家伙都别傻站着,回去干活儿,算你们的账去。威弗里,送瓶'纽夫堡'去我的办公室。哪一年的?……你知道我要哪一年的。快点儿,现在就去!这边,这边,叶妮芙,能见到你真让我高兴。你看上去……哦,该死,简直美到令人窒息!"

"你也一样,"女术士笑道,"你保养得很好,吉安卡迪。"

"那是自然。这是我的办公室,请进。不,不,你先请。这是规矩,你明白的,叶妮芙。"

办公室有些昏暗,但凉爽宜人,气味跟希瑞记忆里抄写员雅尔的塔楼一般无二——墨水和羊皮纸的味道,还有覆盖在橡木家具、织锦和旧书上的灰尘气息。

"请坐吧。"银行家为叶妮芙拉开桌边那张沉重的扶手椅,好奇地瞥了眼希瑞。

"唔……"

"给她拿本书,莫尔纳。"女术士察觉到他的目光,满不在乎地说,"她很喜欢书。她会坐在桌子那头,绝不打扰我们。是不是啊,希瑞?"

希瑞懒得回答。

"唔唔,书。"矮人热切地说着,走向一个满是抽屉的储物箱,"看看我们都有什么?哦,账簿……不,这不行。关税和港务费……也不行。贷款与赔偿金?不行。咦,这书怎么在这儿?天知道……不过应该可以。给你,小姐。"

这本书叫《生物论》①,十分古旧且破破烂烂。希瑞小心翼翼地打开封面,翻了几页,很快就有了兴趣,因为其中提到许多不可思议的怪物和野兽,还有各式各样的插图。在接下来的时间里,她努力一心二用,在看书的同时偷听女术士和矮人的谈话。

"莫尔纳,有我的信吗?"

"没有。"银行家给叶妮芙和自己各倒了一杯酒,"没有新到的信。一个月前,我把最后那几封用老办法送出去了。"

"我收到了,谢谢。有没有别人对我的信感兴趣?"

"这儿倒没有。"吉安卡迪·莫尔纳笑道,"不过亲爱的,你的怀疑并非毫无依据。维瓦尔第银行那边私下告诉我说,有人数次企图追

---

① 在《世界边缘》这一节中,下波萨达村的女先知历代相传一本古书,上面记载了各种奇异生物(具体参见"猎魔人"系列卷一《白狼崛起》)。这本《生物论》便是那部古书的抄本之一。

踪那些信的去向。他们在温格堡的支行也有报告，说有人想追踪你所有私人账户的资金流动。他们发现有个员工行为不轨。"

矮人停下话头，浓眉下的双眼看向女术士。希瑞竖起耳朵。叶妮芙一言不发，手里把玩着那颗星形黑曜石。

"维瓦尔第银行没能深入调查。"银行家压低声音说道，"也许是不能，也许是不愿。那个被收买的职员醉酒掉进水沟淹死了。一场不幸的意外。真可惜。太快了，也太草率……"

"现在惋惜也没用了。"女术士撇撇嘴，"我知道谁对我的信和账户感兴趣。至于维瓦尔第那边，就算他们调查也发现不了什么。"

"既然你也这么说……"吉安卡迪拨弄自己的大胡子，"你要去仙尼德岛吗，叶妮芙？参加巫师集会？"

"没错。"

"为了决定世界的命运？"

"别这么夸张。"

"现在可是谣言四起啊。"矮人冷冷地说，"而且事态横生。"

"说说看，只要不是什么秘密。"

"从去年开始，"吉安卡迪摸着胡子说，"税收政策就出现了怪异的波动……我知道你对这个不感兴趣……"

"继续。"

"人头税、冬营税①，这些由军方直接征收的税费都增加了一倍。每个商人和企业家还要向王家金库缴纳'格罗特什一税'。这是全新的

---

①军队收取的税务，用于在冬天替士兵安排住处。

税种：每收入一枚诺布尔，就要上缴一枚格罗特①。除此以外，矮人、侏儒、精灵、半身人的人头税和烟囱税进一步增加。如果他们从事贸易生产，还要强征'非人种族捐税'，每一百格罗特的收入就要收取十枚。这一来，我有百分之六十的收入要上缴给王家。我的银行，包括所有支行，每年要向四大王国缴税六百马克。这么说吧，这个数字相当于一位富有的公侯为其名下所有地产缴纳税款的三倍。"

"人类不用给军队多缴捐税吗？"

"不用。他们只缴冬营税和人头税。"

"也就是说，"女术士点点头，"军队与松鼠党开战的费用，全由矮人和其他非人种族买单。这事在我意料之中。但税收跟仙尼德岛集会有什么关系？"

"你们每次集会过后，总会有事发生。"银行家低声道，"每次都是。这次我希望情况能反过来。我希望你们的集会能阻止某些事。举例来说，如果物价上涨能停止的话，我会非常高兴。"

"说详细点。"

矮人靠向椅背，十指交扣在胡须遮盖的肚皮上。

"我在这行干了很多年，"他说，"足够让我把特定的物价波动和特定的事件联系起来。最近宝石价格在急速上涨，因为市场需求量变大了。"

"为了避免汇率和货币价值波动，你们平时不都用现金兑换宝石吗？"

"是这样没错。宝石还有一项优势。一袋钻石只有几盎司重，可以

---

①诺布尔和格罗特均为荀斯·维伦使用的货币。

放进口袋,价值大概相当于五十马克。同等的钱币却重达二十五磅,要用中等大小的口袋才装得下。虽然价值相同,揣一小袋宝石可比扛一大袋金币容易得多,逃跑时也更快,还能空出两只手。千万不要小看这一点。必要的话,你可以一手搂着老婆,另一只手打人。"

希瑞轻轻哼了一声。叶妮芙立刻狠狠瞪她一眼,叫她安静。

"也就是说,"叶妮芙抬起头,"某人正准备逃跑。我想知道他们要逃去哪儿?"

"最可能是去遥远的北方。亨佛斯、柯维尔和波维斯。首先因为远,其次因为那都是中立国家,而且跟尼弗迦德关系良好。"

"我懂了。"女术士的嘴角浮出一丝坏笑,"你把腰包里的钱换成宝石,打算带上老婆逃去北方……会不会早了点?哦,别介意。告诉我吧:还有什么涨价了?"

"船。"

"什么?"

"船。"矮人笑着重复道,"海岸地区所有船工都忙着造船,是弗尔泰斯特王的军需官下的订单。他们出手大方,新订单不断增加。如果你有闲钱的话,叶妮芙,拿去投资造船业吧。那可是座金矿。你完全可以用树皮和芦苇造船,再以上等松木帆船的价格卖给军方,获利跟军需官平分……"

"别开玩笑了,吉安卡迪。告诉我,这是怎么回事。"

"这些船都被送往南方。"银行家看着天花板,漫不经心地说,"送去索登和布鲁格,送去雅鲁加河。但我听说,这可不是用来捕鱼的。船被藏进东岸的森林。听说军队正用大量时间操练登船与登陆,当然眼下还只是操练而已。"

"啊哈。"叶妮芙咬住嘴唇,"为什么选在那儿?雅鲁加河可是在南边。"

"军队的担心不无道理。"矮人瞥了眼希瑞,低声说道,"如果恩希尔·瓦·恩瑞斯皇帝听说战船下水,肯定不会大喜过望。有些人相信他会大发雷霆,因此试航最好尽可能远离尼弗迦德边境……见鬼,至少等到收获季结束嘛。要是庄稼收割完毕,我就能松口气了。可惜啊,如果真有事发生,肯定会在收获季之前。"

"谷物入仓之前。"叶妮芙缓缓地说。

"没错。光是残株可没法让马吃饱,粮草充足的要塞也能抵挡更长时间的围攻。今年气候宜人,收成会很好……没错,气候好得出奇。阳光炽热,雨水充沛……而雅鲁加河在多尔·安格拉部分的水位很浅,无论哪边都能轻松渡河。"

"为什么是多尔·安格拉?"

"我希望,"银行家捋捋胡须,目光锐利地打量着女术士,"我希望能信任你。"

"你永远都可以信任我,吉安卡迪。一如既往。"

"为什么是多尔·安格拉?"矮人缓缓说道,"因为莱里亚和亚甸啊,他们同泰莫利亚是军事同盟关系。弗尔泰斯特出钱造那么多船,总不可能全留给自己用,对吧?"

"嗯,"女术士缓缓说道,"我想也不是。多谢你提供的信息,莫尔纳。谁知道呢,也许你说得对。也许在集会中,我们能想出改变世界和人类命运的方法。"

"别忘了矮人,"吉安卡迪哼了一声,"还有他们的银行。"

"尽量不忘。既然说到这个……"

"我洗耳恭听。"

"我有些开销要解决,莫尔纳。但如果我动用在维瓦尔第银行的账户,恐怕又会有人淹死,所以……"

"叶妮芙,"矮人打断她,"你在我这儿想贷多少都没问题。温格堡大屠杀过去很久了,也许你都忘了,但我永远不会。吉安卡迪家族无人遗忘。你要多少?"

"一千五百泰莫利亚奥伦,转账到锡安凡尼利银行在艾尔兰德的支行,收款方是梅里泰莉神殿。"

"交给我吧。这么转账很精明,给神殿捐款不用收税。还有呢?"

"艾瑞图萨学院每年收多少学费?"

希瑞侧耳聆听。

"一千两百诺维格瑞克朗。"吉安卡迪说,"还要加上学杂费:每名新生大概两百克朗。"

"涨得真够狠的。"

"所有东西都在涨价。好在他们不再刁难学生了,她们在艾瑞图萨过得就像女王,而且半个城市都靠她们过活——裁缝、鞋匠、糖果商、日杂商……"

"我知道。汇两千克朗到学院户头,匿名,附带一条口信,就说是新生的注册费和当年的学费。"

矮人放下羽毛笔,看看希瑞,露出会心的微笑。希瑞假装专心阅读,同时竖起了耳朵。

"叶妮芙,就这些了?"

"再给我三百诺维格瑞克朗,要现金。为了仙尼德岛的集会,我至少需要三套衣裙。"

"要现金干吗?我给你开张五百克朗的汇票。进口衣料最近也在疯涨,你又不穿羊毛和亚麻。如果你还需要别的——不管是你,还是艾瑞图萨的准新生——我的店铺和仓库都随时恭候。"

"谢谢。你看几成利息比较合适?"

"利息?"矮人抬起头,"你的利息早就预付给吉安卡迪家族了,叶妮芙。就在温格堡。这事别再提了。"

"我不喜欢欠账,莫尔纳。"

"我也一样。但我是商人,矮人里的生意人。我知道什么是义务,也知道它的价值。所以重复一遍:这事别再提了。你的要求,我一定办到,包括你还没提出的要求。"

叶妮芙扬起一边眉毛。

"一位被我视作家人的猎魔人,"吉安卡迪笑道,"最近去了多里安城。我听说他欠一个放债人一百克朗。而那个放债人恰好在我手下干活。我会取消他的债务,叶妮芙。"

女术士瞥了眼希瑞,面露苦相。

"莫尔纳,"她冷冷地道,"别做多余的事。恐怕他早就不在乎我了,可如果听说债务取消,他肯定会恨我入骨。你也了解他,不是吗?他那么在乎荣誉。他去多里安是多久以前的事?"

"差不多十天前。然后有人在小沼地见到他。听说他从那儿去了希伦顿,有几个农夫委托他干活。跟往常一样,要他杀什么怪物……"

"跟往常一样,他们会付他花生当酬劳。"叶妮芙的语气略微变了变,"跟往常一样,这些还不够他的医药费。一切照旧。莫尔纳,如果你真想为我做点什么,试试这个:联系一下希伦顿的农夫,提高报酬,让他活得下去。"

"一切照旧。"吉安卡迪哼了一声,"如果哪天他发现真相呢?"

叶妮芙盯着希瑞,后者也看向这边,懒得再假装对《生物论》很感兴趣。

"他会从谁那儿……"她喃喃道,"发现真相呢?"

希瑞垂下目光。矮人意味深长地笑了笑,摸摸胡须。

"去仙尼德岛之前,你要不要去一趟希伦顿?当然了,我是说碰巧路过?"

"不。"女术士转过头,"我不会去的。换个话题吧,莫尔纳。"

吉安卡迪再次摸摸胡须,看向希瑞。女孩垂下头,咳嗽一声,在椅子里扭扭身子。

"可不是嘛,"他说,"是该换个话题了。但这孩子显然厌倦了书本,也厌倦了我们的谈话。只怕换个话题会让她更心烦:世界的命运、矮人的命运,以及他们银行的命运。对一个女孩、一个艾瑞图萨未来的毕业生来说,这些东西太无聊了……让她舒展舒展翅膀吧,叶妮芙。让她去城里转转……"

"哦,太好啦!"希瑞大喊道。

女术士露出恼怒的神色,正要开口反驳,突然却改了主意。虽然不太肯定,但希瑞觉得,正是矮人银行家说话时的眼色影响了叶妮芙的决定。

"让她领略一下古城苟斯·维伦的奇妙景观。"吉安卡迪露出欢快的笑容,"去艾瑞图萨之前,她理应享受一下自由的时光。我们也可以继续讨论……唔……关于某人本质的话题。不,我不是叫她独自一人,虽然这座城市很安全。我会为她安排一位同伴兼护卫。我的年轻雇员之一……"

"请原谅,莫尔纳。"叶妮芙不理他的笑容,"我觉得,在这种时候,即便是治安良好的城市,矮人的出现也会……"

"我没打算找个矮人。"吉安卡迪愤愤地说,"我说的雇员是位可敬的商人的儿子,是如假包换的人类——请原谅我的用词。你以为我只雇用矮人吗?嘿,威弗里!把法比奥叫来,动作快!"

"希瑞,"女术士走到她身边,略弯下腰,"别做出可笑的举动,别让我蒙羞。还有,记得安静,明白吗?答应我,你会注意自己的言辞举止。别光点头。说出口才叫承诺。"

"我答应你,叶妮芙女士。"

"时时留意太阳的位置。正午就回来。必须准时。如果……不,我觉得不会有人认出你,但要是发现有人观察你时太过仔细……"

女术士把手伸进口袋,掏出一块绘有符文、打磨成沙漏形状的绿玉髓。

"放进口袋,别弄丢了。万一出现突发事件……还记得咒语怎么念吧?不过要谨慎使用:护身符启动时会发出强大的魔力,启用期间魔力也会持续传出。如果附近有人能感知到魔法,你不但无法藏身,反而会更显眼。哦,再带上这个……如果你想买点什么的话。"

"谢谢您,女士。"希瑞把护身符和钱塞进口袋,饶有兴趣地打量着冲进办公室的男孩。他的脸上长着雀斑,栗色卷发搭在灰色职员制服的高领上。

"这位是法比奥·塞克斯。"吉安卡迪介绍说。男孩彬彬有礼地鞠了一躬。

"法比奥,这位是叶妮芙女士,我们的贵宾和重要客户。这位受她监护的年轻女士想游览我们的城市,你要陪着她,作她的向导和护卫。"

男孩又鞠一躬,这次是对希瑞。

"希瑞,"叶妮芙冷冷地说,"请你站起来。"

希瑞有些吃惊地站起身,因为她懂得相关的礼节,知道自己没必要起身。但她很快理解了叶妮芙的用意。那个职员看起来跟希瑞同龄,但比希瑞还要矮上一头。

"莫尔纳,"女术士说,"你到底要谁照顾谁?就不能找个高大些的雇员吗?"

男孩涨红了脸,质询地看向他的上司。吉安卡迪认可地点点头。男孩又鞠了一躬。

"尊贵的女士,"他讲话流利,充满自信,"我也许个子不高,但您可以信任我。我非常了解城区、郊区及周边地区的情况。我会尽我所能照看好这位年轻女士。如果我——小法比奥·塞克斯,法比奥·塞克斯之子——尽我所能做事的话,就算……很多年长的男孩也没法与我相提并论。"

叶妮芙看了他一会儿,转身面对银行家。

"祝贺你,莫尔纳,"她说,"你很会挑选雇员。你将来一定会感激这位年轻职员的。没错,是金子总会发光。希瑞,我就把你放心地交给法比奥之子法比奥了,因为他是个认真可靠的男人。"

男孩的脸一下子红到头发根。希瑞觉得自己也脸红了。

"法比奥,"矮人打开一个小箱子,叮当作响地翻找起来,"这儿有半个诺布尔和三枚——两枚——五格罗特①。如果年轻女士有什么需

---

①"五格罗特"即面值为五的格罗特货币。

要，你尽管用。如果不需要，你就还回来。很好，你们可以走了。"

"正午回来，希瑞。"叶妮芙提醒她，"一刻也不准迟。"

"记住了。我记住了。"

------◆━━━◆━━━◆------

"我叫法比奥。"他们跑下楼梯，来到繁忙的街道上时，男孩说，"你叫希瑞，对吧？"

"对。"

"希瑞，你想看苟斯·维伦的什么地方？主干道？金匠巷？海港？还是集市广场？"

"全部。"

"唔……"男孩认真思考了一下，"可我们正午前就得回来……可以去一下集市广场，今天正好是赶集日：你能看到海一样多的奇妙物件！但首先，我们去爬城墙吧，那儿能看清整个海湾和著名的仙尼德岛。听起来如何？"

"那就走吧。"

街道上充斥着车轮的滚动声、牛马沉重的蹄声，还有制桶工滚桶的声音，所有人都在忙碌，喧嚣让希瑞有些不知所措。她笨拙地离开木制的步道，踩进深及脚踝的烂泥和垃圾。法比奥想拉她的胳膊，但被她抽开了手。

"我不用别人扶！"

"唔……当然。继续走吧。我们正在主干道上。它叫卡多大街，跟两道城门相连——主城门和海港门。走那边可以到市政厅。看到那座有黄金风向标的塔楼没？还有那边，挂着五颜六色的招牌，那是一间名叫'宽衣解带'的旅店。不过我们，呃……不会去那儿。我们走这边，从蜿蜒街的鱼市抄近道过去。"

他们转进一条窄街，来到被房屋环绕的一个小型广场。这里到处都是货摊和大小各异的桶子，全都散发出强烈的鱼腥味。这个市场繁忙喧闹，摊主和顾客奋力抬高嗓门，好盖过头顶海鸥的鸣叫。墙角趴着几只猫，装出对鱼完全不感兴趣的样子。

"你的监护人，"穿行于货摊之间，法比奥突然开口，"真的很严格。"

"我知道。"

"她不是你的直系亲属，对吧？一眼就能看出来。"

"是吗？怎么看出来的？"

"她太漂亮了。"法比奥用年轻人特有的方式做出回答，漫不经心但率直到残忍。希瑞猛地扭过头，但没等她还以颜色，比如对法比奥的雀斑或身高做出尖刻的评论，男孩就拉着她穿过手推车、桶子和货摊，一路上还向她介绍：广场上方的棱堡叫盗贼棱堡，建造它的石料取自海床，棱堡下方生长的植物叫车前草。

"你真安静，希瑞。"他突然说。

"我？"希瑞装出震惊的神色，"才没有！我在专心听你说话。很有趣，不是吗？但我想问……"

"说吧。"

"这儿离……离艾瑞图萨城远吗？"

"一点也不远。艾瑞图萨也不是城市。等我们爬上城墙，我指给你看。瞧，那儿就是上去的台阶。"

城墙很高，台阶很陡，法比奥满头大汗，气喘吁吁。这不奇怪，因为他一路就没有停过嘴。希瑞也因此知道，环绕苟斯·维伦的城墙是新近筑造的，比城市本身新得多，而这古城则是许久以前由精灵建造的。她还发现，城墙足有三十五尺高，是用粗凿石料和未经烧制的砖块砌成的所谓"空心城墙"，这种构造最适合抵御攻城槌的撞击。

爬上城墙，清新的海风扑面而来。受够了城中污浊沉重的空气，希瑞欢快地呼吸起来。她用双肘挂着城垛，俯视着被各色船帆点缀的海港。

"法比奥，那是什么？那座山！"

"那就是仙尼德岛。"

仙尼德岛似乎并不远，但它一点也不像岛屿，更像一座巨大的金字塔，底座则是立在海床上的巨型石柱。金字塔周围环绕着螺旋扭结的道路，还有之字形的台阶与阶地。阶地上遍布果园和花园，绿意盎然，仿佛燕巢般紧贴石面的绿地中间还耸立着白色的高塔，以及一片回廊拱绕的建筑物的华丽圆顶。那些建筑完全不像由石头砌成，更像直接在岩坡上凿刻出来的。

"都是精灵建造的，"法比奥解释说，"据说他们借助了魔法。但在所有人印象中，仙尼德岛一直属于巫师。你看那儿，小岛最高点附近，那些闪亮的穹顶就是加斯唐宫。几天后，那儿将召开巫师大会。你再看最高处，那座有城垛的塔叫托尔·劳拉，海鸥之塔……"

"能走陆路上岛吗？看起来它离陆地很近。"

"哦，可以。海湾和岛之间有座桥，不过被树挡住了，从这儿看不着。看到山脚下那些红色屋顶没？那是洛夏宫，桥就通到那儿。你得先穿过洛夏宫，然后沿路走到上层阶地……"

"那些可爱的回廊和小桥呢?还有花园?它们是怎么附着在岩石表面的?……那座宫殿叫什么?"

"艾瑞图萨,你刚刚还问来着。那就是专为年轻女术士开办的著名学院。"

"哦,"希瑞说着,舔舔嘴唇,"就是那儿啊……法比奥?"

"嗯。"

"你见过去那儿上学的年轻女术士吗?我是说,艾瑞图萨学院?"

男孩看着她,显然很吃惊。

"没,从来没有!没人见过!她们不能离岛,不能进城,外人也进不了学院。就算市长和治安官有事要找女术士,他们也只能到洛夏宫。洛夏宫在阶地最底层。"

"跟我想的一样。"希瑞点点头,看着艾瑞图萨闪闪发光的屋顶,"那儿才不是什么学院,是监狱,是建在岛上,建在石头和悬崖上的监狱。它是个监狱,就这么简单。"

"我想也是。"思索片刻后,法比奥承认,"从那儿出来是挺难的……但也不对,在岛上跟在监狱不一样。毕竟学生都是女孩,她们需要保护……"

"为什么?"

"呃……"男孩一时语塞,"我是说,你知道的……"

"不,我不知道。"

"哦……我觉得……你想啊,希瑞,没有人强行把她们关进学院。她们肯定是自愿留下的……"

"那是自然。"希瑞露出淘气的微笑,"只要愿意,她们就可以留在那所监狱;如果不愿意,她们当然不会允许自己被关在那儿。这没什么可说的。你只需选择正确的逃跑时机，但必须在进去之前，因为一旦上岛，一切就太迟了……"

"什么？逃跑？她们能跑到哪儿……"

"她们，"她打断他，"也许确实没地方可去，那些可怜鬼。法比奥？有个叫……希伦顿的城市在哪儿？"

男孩惊讶地看着她。

"希伦顿不是城市，"他说，"而是一座大型农庄。那儿的果园和菜园为附近所有城镇提供蔬菜水果。那里还有鱼塘，养鲤鱼和别的鱼。"

"这儿离希伦顿有多远？该走哪条路？指给我看。"

"你问这个干吗？"

"拜托，指给我看就好。"

"看到那条向西的路没？有很多货车那条？它就到希伦顿，大概十五里，全程穿过森林。"

"十五里。"希瑞重复一遍，"如果有匹好马，不算远……谢谢，法比奥。"

"谢我做什么？"

"别介意。带我去集市广场吧，你答应过的。"

"走吧。"

◆━━━◆━━━◆

希瑞从没见过像苟斯·维伦集市广场这样又拥挤又吵闹的地方。与之相比，他们早先经过的鱼市简直像神殿一样安静。它大得惊人，又挤得惊人。希瑞本以为只能离远了看看，压根不可能进去，法比奥却拉着她勇敢地挤进人群。希瑞立刻感到一阵头晕。

商贩在大吼，顾客吼得更凶，迷路的孩子哭号不停。牛的哞哞声，羊的咩咩声，家禽的咯咯和呱呱声搅成一团。矮人工匠专心致志地敲打金属板，一有工夫停下喝口小酒，嘴里就开始骂骂咧咧。广场角落传来长笛、小提琴和扬琴的乐声，显然是有吟游诗人和乐师在演奏。更夸张的是，人群里有人不停吹着号角，但那家伙明显不是什么乐师。

为了躲开尖叫着从旁经过的猪，希瑞踢到一笼子小鸡，差点被绊倒。片刻之后，她被路人推了一把，踩到个柔软的东西，后者喵的一声惨叫，吓得她后退一步，结果差点被一头又高又臭、长相骇人的可恶畜牲踩伤。那畜牲扭着毛发蓬松的侧腹，把周围人尽数挤开。

"那是什么东西？"她哼哼一声，拼命站稳身子，"法比奥？"

"骆驼。别害怕。"

"我才不怕！一点都不！"

希瑞好奇地四下打量。她看到几个半身人，正在众人围观之下用山羊皮制作华丽的酒囊。两个半精灵摆出货摊，那些漂亮的玩偶让她爱不释手。她看到用孔雀石和碧玉制作的器具，贩售者却是个粗鲁阴沉的侏儒。她用专业眼光兴致勃勃地审视着铁匠打造的刀剑。她看着女孩们编织柳条筐，心里断定没有比劳作更可怕的事了。

号角声终于停了。估计那家伙被人杀了。

"味道好香，是什么？"

"甜甜圈。"法比奥摸摸口袋，"来一个？"

"来两个。"

小贩递给他们三个甜甜圈，收下一枚五格罗特，找零四枚铜币，又把其中一枚掰成两半，收了一半回去。希瑞在人群中拼命站稳，一边狼吞虎咽第一个甜甜圈，一边看着小贩掰开铜币。

"有句俗话，"她开始吃第二个，"叫'半个铜板都不值'，是不是这么来的？"

"没错。"法比奥几口吃完他的甜甜圈，回答道，"再没有比格罗特面值更小的钱了。你家那边没人用过半格罗特吗？"

"没有。"希瑞舔舔手指，"我家那边用杜卡特金币。掰铜币真是太蠢了，而且毫无意义。"

"为什么？"

"因为我还想吃一个。"

塞满李子酱的甜甜圈就像最神奇的炼金灵药，让希瑞的心情由阴转晴，热闹的广场不再令她害怕，她甚至开始喜欢这里了。现在不是法比奥拖着希瑞，而是希瑞拉着法比奥朝最拥挤的地方走。那儿有个人，站在木桶堆成的临时讲台上，正对人群发言。发言者的身材用"臃肿"形容还嫌不够。看到那剃光的脑袋和棕灰色的长袍，希瑞认定他是个游方教士。她以前见过这类人——他们时不时便会造访艾尔兰德的梅里泰莉神殿。女祭司南尼克对他们的称呼永远都是"狂热的蠢货"。

"世上只有一种律法！"矮胖的僧侣咆哮道，"神圣律法！整个世界都要服从这种律法，大地上居住的所有生命都一样！咒语和魔法皆违反神圣律法！所有巫师注定都要灭亡，神谴之日已近，天空将会降下火雨，摧毁他们邪恶的小岛！洛夏、艾瑞图萨和加斯唐宫将会倒塌，连同聚集其中策划阴谋的异教徒一起！高墙将会倾塌……"

"然后我们就得重建该死的墙壁。"希瑞身边的砌砖匠嘀咕道。他的罩衫上沾着不少石灰。

"我要奉劝善良又虔诚的诸位,"教士继续喊道,"别相信巫师,也别向他们求教或求助!别被他们漂亮的外表和出色的口才蒙骗,因为说实话,巫师就像粉刷过的坟墓,外表美丽,内里却只有腐肉和枯骨!"

"瞧他唾沫横飞的熊样!"一个挎着一篮胡萝卜的年轻女人评论道,"他跟巫师这么不对付,肯定是看人家眼红了。"

"那是当然。"砌砖匠附和道,"瞧他那长相,脑袋跟鸡蛋似的,肚皮都快垂到膝盖了。巫师们却很英俊,不会发福也不会秃头……至于女术士,哦,她们那么美……"

"因为他们把灵魂卖给魔鬼,换来了美貌!"一个腰带上别着制鞋锤的矮小男人喊道。

"你这蠢鞋匠!要不是艾瑞图萨的女士们,你早就去要饭了!多亏她们,你才能吃饱饭!"

法比奥拉着希瑞的袖子,又一次返回人群,这次他们来到广场中央。他们听到敲鼓声,还有要求众人安静的叫喊。虽然人群全然没有安静的意思,木头平台上的公告员却一点儿也不在意。他有副训练有素的大嗓门,而且懂得如何运用。

"告知你们身边的人,"他大声说着,摊开一卷羊皮纸,"半身人雨果·安斯巴赫已被通缉,他曾为'松鼠党'那些邪恶精灵提供住处和饮食。还有贾斯汀·英格瓦,矮人铁匠,曾为那些恶徒打造箭头。市长宣布,通缉此二人,务必将他们捉拿归案。谁能抓到他们,赏金五十克朗。谁敢给他们提供食物或庇护,将被视为共犯,遭受同样的惩罚。若他们在哪个村庄被捕,所有村民都将缴纳罚金……"

"谁会给半身人提供庇护?"人群里有人大喊,"应该去农场把他们全抓起来,把非人种族统统关进地牢!"

"他们该去的不是地牢,而是绞架!"

公告员又朗读了几条市长和市议会颁布的公告,希瑞没了兴趣,正要离开人群时,突然感觉有人在摸她屁股。这显然不是什么意外,因为那只手既无耻又老练。

拥挤的人群本该让她无法转身,但在凯尔·莫罕,希瑞早就学会了如何在狭窄场所活动。尽管引起了不小的躁动,她还是成功转过了身。那个光头年轻教士站在她身后,脸上挂着无耻的微笑。"怎么?"那笑容似在说,"你想怎样?你只能涨红脸并就此作罢,不是吗?"

显然,教士没跟叶妮芙的学生打过交道。

"管好你的爪子,死秃子!"希瑞气得脸色发白,"摸你自己的屁股去,你这……你这粉刷过的坟墓!"

趁那教士被人群挤着没法动弹,希瑞本想踢他一脚,但法比奥阻止了她,拉着她匆匆远离教士和事发现场。见她气得浑身发抖,他递过几块撒着白砂糖的油煎饼。希瑞立刻冷静下来,把刚才的事抛到了脑后。他们站在一个货摊旁边,这个位置可以看到一座配有颈手枷的绞刑台,只是没有犯人。绞刑台装饰着花环,一群吟游诗人正在上面表演,他们打扮得五颜六色,活像一群鹦鹉,正起劲儿地拉着小提琴,吹奏长笛和风笛。一个黑发年轻女子身穿金属片装饰的背心,又唱又跳,摇着手鼓,用小巧的便鞋踩着节拍。

路边女巫赤着双脚,

毒蛇一咬大事不妙,

蛇儿小命白白送掉，

女巫依然活蹦乱跳。

聚在绞刑台前的人群放声大笑，还和着节奏拍起双手。卖油煎饼的小贩又往锅里丢了几块面饼。法比奥舔舔手指，拉着希瑞的袖子走开了。

广场上的货摊多到数不清，到处都是美味的食物。他们各吃了一个奶油面包，又分吃了一条熏鳗鱼，接下来是一种奇怪的食物——先在油里炸，又用铁钎串起。然后他们停在几桶泡甘蓝前，假装要买很多、所以得先行品尝的样子。他们吃了个够，却什么都没买，气得摊主骂他们是"一对儿小杂种"。

继续往前走，法比奥用剩下的钱买了一小篮香梨。希瑞抬头看看天，断定正午还没到。

"法比奥？墙边那些帐篷和棚屋是干什么的？"

"杂耍表演。想看吗？"

"想。"

第一个帐篷前聚了很多人，他们正激动地走来走去。帐篷里传来长笛声。

"黑皮肤的莱拉……"希瑞努力分辨帐篷上一行歪歪扭扭的字，"会在舞蹈中揭示身体的全部秘密……什么乱七八糟的！能有什么秘密……"

"好啦，走吧。"法比奥的脸略微发红，连忙催促她往前走，"啊，你瞧，这边更有趣。有个占卜师能替人算命。我还有两枚格罗特。应该够……"

"别浪费钱。"希瑞不屑地说,"什么预言能值两枚格罗特?想预知未来,你得先成为女先知。预知是了不起的天赋。一百个女术士里,拥有预知能力的不超过一个……"

"有个占卜师预言说,"男孩插嘴道,"我大姐会结婚,这事果然成了。别做鬼脸,希瑞。来吧,我们去算算命……"

"我不想结婚,也不想算命。天这么热,帐篷里又全是焚香味,我才不要进去。你想去就自己去吧,我在外面等。我只是不明白你干吗想听预言。你想知道什么?"

"呃……"法比奥有点语无伦次,"我主要想知道……能不能去旅行。我想旅行。我想看看整个世界……"

他会的,希瑞心想,突然感到一阵头晕目眩。他会乘巨大的白帆船远航……前往无人造访的王国……法比奥·塞克斯,探险家。他会用自己的名字命名一处海角,那是一块至今尚未得名的大陆的最远端。他会结婚,养育一儿三女。到了五十四岁,他会死在异乡,远离家园与所爱之人……死于某种至今尚未得名的疾病……

"希瑞!你怎么了?"

她揉揉脸,感觉自己像在水中穿行,正从深邃冰冷的湖底浮向水面。

"我没事……"她嘟囔一句,扫视四周,意识也恢复了清醒,"有点头晕……因为天太热,还有帐篷里飘出来的焚香味……"

"我看是因为泡甘蓝吧。"法比奥严肃地说,"我们不该吃那么多。我的肚子也不太舒服。"

"我没事!"希瑞大声说道,用力抬起头。她真的感觉好些了,刚刚浮现于脑海的念头如消散的旋风,无迹可寻。"走吧,法比奥。我们走。"

"想吃梨吗？"

"当然想。"

一群十来岁的孩子正用陀螺游戏赌钱。陀螺顶端密密地缠上一条细绳，玩家要用灵巧的手法拽动绳子——效果跟甩鞭子一样——让陀螺旋转，并沿白垩笔画出的圆形路径前进。说到转陀螺，大多数史凯利格群岛的男孩，加上梅里泰莉神殿全部的见习女祭司，都不是希瑞的对手。她正考虑要不要加入游戏，叫那些男孩把钱和打着补丁的裤子都输个精光时，一阵响亮的喝彩声吸引了她的注意力。

在帐篷和棚屋尽头，有个外观奇特的半圆形围场，夹在城墙和几段石头台阶中间。六尺长的木杆撑起几块帆布充当"围墙"，其中两根木杆间有个入口，一个穿短上衣、条纹长裤和水手靴的高大麻脸男人挡在那里。一小群人在他身前转悠，有人把几枚铜币丢进麻脸男人手中，然后消失在帆布后。麻脸男人把钱丢进一只大口袋。他摇晃钱袋，用沙哑的嗓音吆喝着。

"瞧一瞧看一看欸！来这边！你会亲眼看到神明最可怕的造物！无与伦比的恐怖！活生生的石化蜥蜴，来自泽瑞坎沙漠的恶毒怪物，魔鬼的化身，贪婪的食人猛兽！诸位，那可是你们见所未见的怪物，才捕获不久，用小艇从海外运来。亲眼见识一下恶毒的石化蜥蜴吧，机不可失失不再来！过这村没这店！最后一次机会！只要区区十五格罗特，就能进去观赏！带小孩的女人只收十格罗特！"

"哈！"希瑞挥手赶走几只围着梨子转悠的黄蜂，"石化蜥蜴？还是活的？一定要看看。我只在书上见过。来吧，法比奥。"

"我身上没钱了……"

"我有。我帮你付。来吧，我们进去。"

"这些可不够。"麻脸男人看着掌中的四枚五格罗特，"每人十五格罗特。只有女人带小孩才有优惠。"

"他，"希瑞用梨子指指法比奥，"就是小孩。我是女人。"

"抱孩子的女人才行！"麻脸男人咆哮道，"快点儿，再给我十格罗特，你这小鬼头，不然就滚，别挡着后面人。抓紧时间，伙计们！只剩三个空位了！"

帆布围场内部，众人在舞台周围聚成一圈。舞台用木板搭成，上面放个木头笼子，笼子上盖着毛毯。最后几名观众入场后，麻脸男人跳上舞台，抓起一根长木杆，挑起毯子，混合了动物内脏与爬行动物体味的恶臭顿时扑面而来。观众们抱怨着后退几步。

"诸位，你们的做法很明智。"麻脸男人说，"别太靠近，它非常危险！"

狭小的笼子里躺着一只硕大的蜥蜴，全身覆盖着奇形怪状的黑色鳞片，身体蜷成一个球。麻脸男人用木杆敲敲笼子，那只爬行动物扭动起来，鳞片擦过笼子的木条。它伸长脖子，发出刺耳的嘶鸣，露出满嘴锐利的白牙，与其口部周围的漆黑鳞片形成鲜明的对比。观众的吸气声清晰可闻。有个女人——看穿着像是个货摊主——臂弯里的蓬毛小狗尖声吠叫。

"仔细看好，诸位。"麻脸男人叫道，"这样的怪物不在我们城市周围栖息，你们应当庆幸！这头可怕的石化蜥蜴来自遥远的泽瑞坎！别再靠近了，虽然它关在笼子里，吐息却能叫人中毒！"

希瑞和法比奥终于挤进围观的人群。

"石化蜥蜴是全世界最毒的野兽！"舞台上的麻脸男人手拄木杆，

像个手持长戟的卫兵,"石化蜥蜴乃爬虫之王!如果它们再多一些,整个世界就会被破坏殆尽!幸好这种怪物极其罕见:只有小公鸡生下的蛋里才能孵出。诸位也清楚,不是每只小公鸡都能下蛋,只有把自己当成母鸡,朝别的公鸡噘起屁股的家伙才有机会。"

听到这句精彩——还有点低级——的笑话,观众们哄堂大笑。唯一没笑的人是希瑞,她始终盯着那头怪物。喧闹声让它烦躁地扭动身体,用力撞击笼身,用牙齿啃咬木条,甚至企图在狭小的笼子里伸展翅膀。

"那颗小公鸡下的蛋,"麻脸男人续道,"还得由一百零一条毒蛇孵化!等石化蜥蜴破壳而出时……"

"那不是石化蜥蜴。"希瑞嚼着香梨说。麻脸男人斜眼看了看她。

"……等石化蜥蜴破壳而出时,"他续道,"它会吞掉巢里每一条蛇,吸取它们的毒液,却不受任何伤害。它会变得浑身剧毒,不光牙齿和利爪,连吐息都能杀人!如果一个马上骑士用长枪刺中石化蜥蜴,毒素会沿枪杆而上,当场杀死骑手和坐骑!"

"这真是最假的谎话。"希瑞吐出果核,大声说道。

"这是最真的事实!"麻脸男人抗议道,"它会杀死他们,杀死坐骑和骑手!"

"是啊是啊!"

"安静,小姐!"抱狗的女摊主喊道,"别插嘴!我们只想观赏和聆听!"

"希瑞,别说了。"法比奥小声说道,用手肘捅捅她。希瑞朝他哼了一声,又从篮子里抓过一只梨。

"所有动物,"麻脸男人抬高嗓门,盖过观众们渐渐频繁的低语,

"听到石化蜥蜴的嘶叫,都会立刻逃之夭夭。所有动物,就算是龙——我在胡说什么?——就算鳄鱼也怕石化蜥蜴。至于鳄鱼有多可怕,见过的人都知道。唯一不怕石化蜥蜴的动物是貂。貂看到石化蜥蜴出现在野外,会全速跑进森林,寻找只有它知道的一种草药,然后吃下去。这一来,它就不怕石化蜥蜴的剧毒,还能将其啃咬至死……"

希瑞轻蔑地大笑几声,发出长长的、带着侮辱意味的噪音。

"嘿,那位万事通小姐!"麻脸男人大吼道,"如果不想听,你可以立刻走人!没人逼你听,也没人强迫你看石化蜥蜴!"

"那不是石化蜥蜴!"

"哦是吗?那它是什么,万事通小姐?"

"是翼龙。"希瑞丢掉梨梗,舔舔手指,"一只普通翼龙。一只年幼、瘦小、饥饿又肮脏的翼龙。就是翼龙,仅此而已,在上古语里叫Vyverne。"

"哦,瞧瞧!"麻脸男人喊道,"多聪明的小杂种!闭上你的嘴,不然我……"

"嘿。"一个头戴丝绒软帽、身穿侍从的短上衣、但没佩戴家族纹章的金发少年开口。他用手臂挽着个纤弱苍白、一身杏色衣裙的女孩。"别着急,这位捕兽师!别威胁这位高贵的女士,不然我用剑剥了你的皮。话说回来,这里确实有股欺骗的味道!"

"什么欺骗,年轻的骑士大人?"麻脸男人恼火地说,"她在撒谎,这个可恶的……我是说,这位出身高贵的年轻女士弄错了。它的确是石化蜥蜴!"

"是翼龙。"希瑞重复道。

"什么'鸡龙'?明明是石化蜥蜴!看看它可怕的外表,听听它的嘶叫，再瞧瞧它是怎么啃咬笼子的！看看这牙齿！我得说，它的牙齿就像……"

"就像翼龙的牙齿。"希瑞反驳道。

"既然你这么不讲道理，"麻脸男人瞪着她，目光凶狠得连真正的石化蜥蜴也会叹服，"那就上来！上台，让它冲你吹口气！你敢嘲笑它的剧毒，就让我们看着你断气！来啊，上来！"

"没问题。"希瑞甩开法比奥的手，上前一步。

"我不允许！"金发侍从大喊道。他抛下杏色衣裙的女伴，挡在希瑞面前。"不能这样！您这样太冒险了，美丽的女士。"

希瑞从没听别人这么称呼过自己。她微微涨红了脸，看着年轻人，冲他眨眨眼睛——同样的动作，她对抄写员雅尔也做过好几次。

"一点儿都不冒险，高贵的骑士。"尽管叶妮芙警告在先，她依然露出挑逗的微笑，"也不会有任何意外。所谓的剧毒吐息完全是哗众取宠。"

"但我还是希望站在您身边。"年轻人手按剑柄说道，"好保护您……可以吗？"

"当然可以。"希瑞回答。不知为何，杏衣少女的怒容让她心情愉悦。

"保护她的人应该是我！"法比奥挺起胸膛，挑衅地看着那个侍从，"我也要站在她身边！"

"大人们，"希瑞得意扬扬，鼻子都快翘到天上去了，"请体面些。别挤。这地方容得下所有人。"

在观众的窃窃私语中，希瑞勇敢地走向笼子，身后紧跟着两名男孩，她的脖颈几乎能感受到他们呼出的气息。翼龙愤怒地嘶吼挣扎，爬行动物的体臭钻进他们的鼻孔。法比奥倒吸一口凉气，希瑞却没退缩。她靠上前，伸出一只手，几乎碰到笼子。怪物扑向木条，用牙齿啃咬。人群再次骚动，有人叫出了声。

"看到没？"希瑞转身，得意地双手叉腰，"我死了吗？所谓的剧毒怪物毒死我了吗？它要是石化蜥蜴，我就是……"

看到法比奥和侍从突然发白的脸，她立刻住口，匆忙转身。笼子的两根木条已被愤怒的怪物生生扯弯，生锈的钉子都被顶了出来。

"快跑！"她用尽全力大喊，"笼子要坏了！"

人群惊叫着冲向门口。有几位试图扯开帆布逃出去，却跟别人撞成一团，叫嚷着摔了个人仰马翻。希瑞正要跳下舞台，侍从却抓住她的胳膊，两人晃晃悠悠绊了几步，连同法比奥一起摔到地上。女摊主的蓬毛小狗焦虑地吠叫起来，麻脸男人吐出一长串生动的骂人话，不知所措的杏衣少女一声尖叫，足能刺穿耳膜。

笼子的木条噼啪几声断开，翼龙费力地钻了出来。麻脸男人跳下舞台，想用木杆把它捅回去，但那怪物只一爪便拍得他木杆脱手，接着多刺的尾巴一抽，那张麻脸顿时血肉模糊。它嘶嘶叫着，展开破破烂烂的翅膀飞下舞台，双眼始终盯着正奋力爬起的希瑞、法比奥和侍从。杏色衣服的少女仰面昏倒。希瑞绷紧身子，准备一跃而起，却发现已经来不及了。

那只蓬毛小狗救了他们的命：它狂吠着挣脱女主人的臂弯——后者摔倒在地，被自己的衣裙缠住——朝怪物扑去。翼龙嘶叫着仰起身，用爪子按住幼犬，身子则像蛇一样飞快地扭动，牙齿咬紧小狗的脖颈。小狗惨叫起来。

侍从摇摇晃晃地跪坐起身，摸向身侧，但没能找到剑柄。希瑞的反应可就快多了,她用闪电般的速度拔出侍从的剑,转过身子。翼龙抬起脖子,小狗的脑袋挂在尖利的牙齿上。

希瑞在凯尔·莫罕学会的技巧仿佛自行活了过来,完全不用她细想。她一剑砍中惊讶的翼龙的腹部,然后转身躲过还击。怪物倒在沙地上,鲜血四溅。希瑞从它身上一跃而过,熟练地避开甩来的尾巴,坚定、精准而有力地砍中怪物的脖颈。她又往后一跳,本能地——虽然此刻已毫无必要——曲线前进,再挥一剑,砍断它的脊骨。翼龙痛苦地蠕动几下,身子不再动弹,但蛇一样的尾巴仍在抽打地面,扬起阵阵沙尘。

希瑞将染血的长剑飞快地塞回侍从手里。

"危险过去了!"她朝拼命逃窜和被帆布缠住的观众大喊,"怪物死了!这位英勇的骑士杀死了它……"

她突然喉咙发紧,胃里翻江倒海,眼前一片漆黑。有个东西狠狠击中她的后背,让她牙关紧咬。她茫然地扫视四周。那东西竟然是地面。

"希瑞……"法比奥跪在她身边,低声说道,"你怎么了?老天,你的脸好白……"

"可惜,"她喃喃地说,"我看不到自己的脸。"

人群围拢过来。有人用木棍和拨火棍捅捅翼龙的尸体,有人帮那麻脸男人包扎伤口,其他人开始歌颂侍从的英勇之举:说他是无畏的屠龙勇士,说只有他保持清醒的头脑,阻止了一场大屠杀。侍从唤醒杏色衣裙的少女后,依然目瞪口呆地盯着剑刃上干涸的血迹。

"我的英雄……"杏色衣裙的少女搂住侍从的脖子,"我的救星!我的宝贝儿!"

"法比奥，"希瑞看到巡城官冲进人群，无力地说，"扶我起来，我们快走。快。"

"可怜的孩子……"他俩偷偷钻出人群，一个戴帽子的胖女人对他们说道，"哦，你们运气真好。要不是那位英勇的年轻骑士，你们的母亲肯定会伤心的！"

"打听一下，这是谁的年轻侍从？"一个系皮围裙的手艺人大喊，"他理应得到骑士的腰带和马刺！"

"给那捕兽人戴上颈手枷！他应该被鞭打！竟敢把怪物带进城市，带进人群……"

"水，快点儿！这个女孩又晕倒了！"

"我亲爱的福福！"女摊主突然哀号一声，朝蓬毛小狗的尸体弯下腰，"我可怜的小甜心！拜托，谁去抓住那个小丫头，是她惹恼了翼龙！她去哪儿了？抓住她！你们不该责怪那个捕兽人。都怪她！"

不少人自告奋勇，带着几名巡城官挤出人群，扫视周围。希瑞终于不再眩晕了。

"法比奥，"她低声说道，"我们分头行动。等会儿在来时的巷子碰头。如果有人拦你问话，你就说不认识我，对我一无所知。"

"可是……希瑞……"

"快走！"

她用拳头捏住叶妮芙的护身符，低声念出启动咒语。还好它立刻生效，不然就糟了。巡城官挤过众人，朝她走来，这时却突然停下脚步，一脸困惑。

"真他妈见鬼了。"一位巡城官惊讶地说，目光依然看向希瑞这边，"她去哪儿了？我刚才还看到她……"

"那边,在那边!"另一个巡城官指着错误的方向大喊。

希瑞转身走开,肾上腺素的大量分泌与护身符的启用让她头晕,四肢也虚弱无力。护身符完美地发挥出作用:没人看到她,没人察觉她的存在。一个人都没有。也正因如此,在被推挤、踩踏和踢到了无数脚之后,她才钻出人群。她在千钧一发之际避开从货车上丢下的箱子,还差点被一把草叉戳瞎眼睛。她终于懂了,魔法有好处也有坏处,而且缺点跟优点一样多。

护身符的效力没能维持多久。希瑞的力量不足以控制它,也没法延长咒语持续的时间。幸运的是,咒语失效得很是时候——就在她离开人群,看到在巷子等她的法比奥的那一刻。

"哦天哪,"男孩说,"哦我的老天哪,希瑞。你在这儿。我还担心……"

"你不用担心。快,我们走。正午已经过去了。我该回去了。"

"你对付怪物真有一手。"男孩钦佩地看着她,"动作快如闪电!你在哪儿学会的?"

"什么?是那个侍从杀死了翼龙。"

"不是这样。我看到……"

"你什么也没看到!拜托,法比奥,别告诉任何人。任何人,尤其是叶妮芙女士。哦,如果被她知道,我就倒霉了……"

她陷入沉默。

"那些人说得对。"她指指身后的集市广场,"我惹恼了翼龙……都是我的错……"

"不,不对。"法比奥用坚定的语气说,"笼子早就破破烂烂了,翼龙随时都会跑出来:也许一小时以后,也许明天,也许后天……它现在跑出来反而更好,因为你救了……"

"是那个侍从做的!"希瑞尖叫道,"那个侍从!你什么时候才能记住?告诉你,如果你敢告发我,我就把你变成……变成……变成可怕的东西!我懂法术!我会把你变成……"

"停!"有人在他们身后喊道,"你说得够多了!"

说话的女人有着柔顺整齐的黑发、明亮的双眸和纤薄的嘴唇,肩头披着一条淡紫色短披肩,用榛睡鼠的毛皮镶边。

"这位学生,你怎么不在学院里?"她用冰冷洪亮的声音发问,尖锐的目光打量着希瑞。

"等等,蒂莎娅。"另一个女人说道。她较为年轻,个子高大,一头金发,身穿低胸领口的绿色衣裙。"我没见过她。我觉得她不是……"

"不,她是。"黑发女人打断她,"我敢肯定她就是你的学生,丽塔。你不可能认识所有学生。她是趁宿舍搬迁的混乱时溜出洛夏宫的学生之一。她很快就会承认。好了,学生,我在等着呢。"

"什么?"希瑞皱起眉头。

女人抿紧双唇,拉平袖口。

"你的隐身护身符是从哪儿偷来的?还是别人给你的?"

"什么?"

"别考验我的耐心。姓名,班级,还有你导师的名字。快说!"

"什么?"

"你在装傻吗,学生?你的名字!你叫什么名字?"

希瑞咬紧牙关,双眼闪现出绿光。

"安娜·英格博佳·克罗普斯托克。"她厚着脸皮低声道。

女人扬起一只手,希瑞突然知道自己为何恐惧了。曾有一次,叶妮芙受够了希瑞无休无止的抱怨,向她演示了麻痹咒语的运作方式。那次的感受令她极度不快。这次也一样。

法比奥无力地喊了一声,朝她冲去,金发女子却飞快地抓住他的领口。男孩挣扎起来,但那女人的手就像铁钳。希瑞也动弹不得,身体像在地上生了根。黑发女人弯下腰,明亮的双眸紧盯她的眼睛。

"我不赞成体罚,"她冷冰冰地说着,再次抚平袖口,"但我会好好鞭打你一顿,学生。不是因为你违反命令、偷东西和旷课,不是因为你没穿统一制服,不是因为你跟男孩在一起,更不是因为你对他讲了禁止提及的话题。你被鞭打,因为你没能认出一位高阶女术士。"

"不!"法比奥尖叫起来,"别伤害她,尊贵的女士!我是吉安卡迪·莫尔纳银行里的职员,这位年轻女士是……"

"闭嘴!"希瑞大喊,"闭……"但对方的封口咒施放得既迅速又粗鲁。她的嘴里尝到了血味。

"哦?"金发女人放开法比奥,温柔地抚平他弄皱的领子,催促道,"说吧,这位自大的年轻女士是谁?"

哗啦一声,水花飞溅,玛格丽塔·劳克斯-安蒂列钻出浴池。希瑞目不转睛地盯着她。她不止一次见过叶妮芙的裸体,还以为不会再有人比叶妮芙的身材更凹凸有致。但她错了。面对不着寸缕的玛格丽塔·劳克斯-安蒂列,就连女神和宁芙的大理石雕像也会自叹不如。

女术士提起一桶冷水,浇在自己双乳之上。她甩甩身上的水,骂了句下流话。

"小姑娘,"她招呼希瑞,"拜托递我条毛巾。还有,别再生我的气了。"

希瑞余怒未消地哼了一声。法比奥说出她的身份之后,两个女术士拖着她穿过大半个城市,一路都在嘲笑她。当然了,到了吉安卡迪银行,事实很快得到澄清。女术士向叶妮芙道了歉,请求对方的原谅。她们解释说,为了给巫师集会的参加者提供住宿,艾瑞图萨的学生暂时搬到洛夏,有些学生便趁搬迁混乱时溜出仙尼德岛,跑到城里游玩。玛格丽塔·劳克斯-安蒂列和蒂莎娅·德·维瑞斯察觉到希瑞护身符的魔力,错把她当成了旷课的学生。

女术士向叶妮芙再三道歉,却没对希瑞讲过一句对不起。叶妮芙听着她们的致歉,双眼始终看着希瑞,让她羞愧得双耳发烫。法比奥更惨,吉安卡迪·莫尔纳狠狠地训斥了他一顿,令男孩双眼含泪。希瑞很同情他,同时又为他骄傲:法比奥遵守了诺言,对翼龙的事只字未提。

原来,叶妮芙跟蒂莎娅和玛格丽塔是老相识,两位女术士邀她去银鹭旅店一聚——那是苟斯·维伦城内最上等、最奢华的旅店,蒂莎娅·德·维瑞斯就下榻于此。出于个人原因,她还没动身登岛。玛格丽塔·劳克斯-安蒂列则是艾瑞图萨学院的院长,她接受蒂莎娅的邀请,暂时与之同住。旅店真的超级豪华,地下室甚至有自用的公共浴室,被玛格丽塔和蒂莎娅整个包下,她们为此也付出了昂贵到令人发指的费用。她们还邀请叶妮芙和希瑞共同入浴。随后几个钟头,四人一起泡了浴池,又轮流去蒸汽间里流了汗,并且自始至终都在聊天。

希瑞递给女术士一块毛巾。玛格丽塔轻轻捏捏她的脸颊。希瑞又哼了一声，哗啦一声跳进洋溢着迷迭香气味的浴池。

"她游泳的样子像只小海豹，"玛格丽塔坐在木制躺椅上，在叶妮芙身边伸了个懒腰，笑着说，"身材则像水泽仙女。叶娜，你打算把她交给我？"

"不然我干吗带她来这儿？"

"我该让她去哪个班？她有基础吗？"

"有。但她可以从头学起，像其他人那样。对她没坏处。"

"这很明智。"蒂莎娅·德·维瑞斯说。她正忙着重新摆放大理石桌面上的杯子，那些杯子上凝了一层薄薄的水汽。"真的很明智，叶妮芙。她会发现，跟其他学生从头学起会更轻松。"

希瑞钻出浴池，坐在池边，拧干头发，双脚踢水。叶妮芙和玛格丽塔懒洋洋地聊天，不时用浸过冷水的毛巾擦脸。蒂莎娅体面地裹着一块浴巾，没加入对话，似乎正在专心致志地整理桌子上的物件。

"尊贵的女士们，鄙人致以最谦卑的歉意。"旅店老板的声音突然从天花板传来，"原谅我冒昧地打扰，但……有位军官有要事想与德·维瑞斯女士商谈。看来这事刻不容缓！"

玛格丽塔·劳克斯-安蒂列咯咯大笑，朝叶妮芙眨眨眼。她俩同时扯下腰间的浴巾，做了个异常醒目的挑逗姿势。

"请那位军官进来。"玛格丽塔忍住笑意大喊，"随时欢迎，我们准备好了。"

"孩子气。"蒂莎娅·德·维瑞斯摇摇头，叹了口气，"遮住身子，希瑞。"

军官走了进来，可惜女术士的恶作剧落了空。军官看着她们时既不尴尬，也没面红耳赤或目瞪口呆，因为对方也是个女人——高大，苗条，留着一条黑色长辫，腰间悬着一把剑。

"女士，"女军官语气生硬，朝蒂莎娅·德·维瑞斯微微鞠躬，身上的锁甲叮当作响，"我来向您汇报。您的指示已经完成，请允许我返回驻防部队。"

"可以。"蒂莎娅简短地回答，"感谢你的护送与帮助。祝你一路平安。"

叶妮芙在躺椅上坐直身子，看着女军官肩上黑、金、红三色相间的花饰。

"我认识你吗？"

女军官僵硬地鞠躬，抹了抹满是汗水的脸。浴室里很热，而她还穿着锁甲和皮制束腰外衣。

"我以前常去温格堡，叶妮芙女士。"她说，"我叫蕾拉。"

"看那花饰，你隶属于德马维王的特殊部队。"

"是的，女士。"

"你的军衔是？"

"上尉。"

"不错。"玛格丽塔·劳克斯-安蒂列大笑，"德马维的部队终于开始提拔有卵巢的士兵了，真令人欣慰。"

"我可以告退了吗？"女军官挺直背脊，手按剑柄。

"可以了。"

"我在你的语气里听到了敌意，叶娜。"片刻之后，玛格丽塔说，"你跟那位上尉有旧怨？"

叶妮芙站起身，从桌上拿起两只高脚杯。

"你没看到十字路口那些木杆？"她问道，"你肯定看到了，也肯定闻到了尸体腐烂的恶臭。是他们的主意,他们的杰作。她和她在特殊部队的属下干的。一群虐待狂!"

"现在在打仗,叶妮芙。蕾拉肯定多次见到她的战友倒下,或是活生生地落入松鼠党的魔爪。他们会捆住俘虏的手臂,把他们吊在树上,当成练箭的靶子。他们会戳瞎俘虏的眼睛,阉割他们,用营火烧灼他们的双脚。法尔嘉自己肯定不会为松鼠党的暴行感到羞愧。"

"特殊部队的手段跟法尔嘉是很相似,但这不是重点,丽塔。我并不同情那些精灵的命运,也清楚打仗是什么样子,但我知道如何赢得战争的胜利。战争是由心怀信念与牺牲的决心、为祖国和家园奋斗的士兵赢来的。但不是她那样的士兵,不是为了金钱、不能也不愿牺牲自己的雇佣兵。他们甚至不懂何谓牺牲,就算懂得也不屑一顾。"

"叫她跟她的热忱与不屑见鬼去。这跟我们有什么关系?希瑞,穿上得体的衣服,到楼上再给我们拿瓶酒。今天我想一醉方休。"

蒂莎娅·德·维瑞斯叹口气,摇摇头。这个动作没能逃过玛格丽塔的双眼。

"幸好我们已经毕业了,"她吃吃地笑道,"亲爱的女士。我们可以想做什么就做什么。"

"当着未来学生的面吗?"蒂莎娅语气严厉,"我还在艾瑞图萨当校长时……"

"我们记得,记得。"叶妮芙笑着打断她,"想忘也忘不掉。拿酒去,希瑞。"

在楼上等酒时,希瑞目送女军官带着四名士兵离开。她羡慕又神往地看着他们的站姿、表情、穿着和武器。就在这时,留着黑辫子的上尉蕾拉跟旅店老板争吵起来。

"我没法等到天亮!我也不在乎大门锁没锁。我现在就要离开。我知道旅店马厩有个后门,我命令你立刻打开!"

"可有规定……"

"我不管什么狗屁规定!我奉了高阶女术士德·维瑞斯的命令!"

"好吧好吧,长官。别喊了,我去开……"

所谓后门,其实是条狭窄封闭、装有门板的通道,直通城墙外。希瑞看到老板打开后门,蕾拉及其部下纵马奔入夜色。然后,她从仆人手中接过酒瓶。

希瑞陷入深思。

"哦,终于。"玛格丽塔欢快地说。但没人知道她是指希瑞终于回来了,还是希瑞终于拿来了酒。希瑞把玻璃瓶放到桌上——明显放错了位置,蒂莎娅·德·维瑞斯立刻挪动了一下。叶妮芙倒酒时,又一次打乱了桌上的布局,蒂莎娅又重新整理。想想蒂莎娅当校长时的样子,希瑞就不寒而栗。

叶妮芙和玛格丽塔继续聊天,毫不吝惜地痛饮瓶中之酒。希瑞知道,等会儿自己又该去拿酒了。她一边听着女术士的交谈,一边思考。

"不,叶娜,"玛格丽塔摇摇头,"看来你的消息不大灵通。我把拉尔斯甩了。他已经是过去式了,用精灵语说就是'Elaine deireadh'。"

"所以你想喝醉?"

"那是理由之一。"玛格丽塔·劳克斯-安蒂列承认,"我很伤心。

我没法隐瞒这事。毕竟我跟他在一起有四年了。可我必须甩掉他，我们之间已毫无希望……"

"尤其是，"蒂莎娅·德·维瑞斯哼了一声，盯着酒杯里晃动的金色葡萄酒，"拉尔斯结婚以后。"

"在我看来，这不算什么。"玛格丽塔耸耸肩，"所有年纪够大、有魅力又让我感兴趣的男人都结了婚。我没法阻止自己。拉尔斯爱过我，我得说，时间还相当长……喔，我能说什么呢？他太不知足，限制了我的自由，而我光想到一夫一妻就想吐。但话说回来，我是在效仿你，叶娜。还记得在温格堡的谈话吗？你决定跟那个猎魔人分手，我建议你三思。我当时跟你说，爱情不是随随便便就能找到。但你说得对：爱情是爱情，生活是生活。爱情会过去……"

"别听她的，叶妮芙。"蒂莎娅冷冷地说，"其实她又哀怨又悔恨。你知道她为什么没去参加艾瑞图萨的宴会吗？因为她羞于独自出席，因为相伴她四年的男人没法陪着她。那个让别人嫉妒的男人。那个因为她的忽视而离开的男人。"

"也许我们可以换个话题。"叶妮芙用不经意的语气建议道，只是语调不太自然，"希瑞，再给我们倒点酒。哦见鬼，这酒瓶真小。麻烦你帮我们再拿一瓶。"

"拿两瓶。"玛格丽塔大笑道，"作为奖励，你也可以喝点儿。你可以坐到我们身边，省得离那么远抻着耳朵听。去艾瑞图萨之前，你可以在这儿提前上课。"

"上课？"蒂莎娅翻了个白眼，"看在诸神的分上！"

"嘿，安静，亲爱的女士。"玛格丽塔拍拍自己湿乎乎的大腿，装出生气的样子，"现在我才是院长！谁叫毕业考试时你让我及格的？"

"我很后悔。"

"我也是！想想吧，不然我就能当个自由女术士，像叶娜一样，用不着累死累活教那些学生，用不着给哭闹的小鬼擦鼻子，也不用跟无礼的学生斗嘴。希瑞，听我说，记在心里。女术士永远都要采取行动，至于是对是错，以后自然知道。但你必须行动，必须勇敢地捏住人生的后脖颈。相信我，小家伙，懒散和犹豫不决只会让你后悔。你不该为自己的行为或决定后悔，即便它们偶尔会导致悲伤与遗憾。看看你面前这位拉长面孔、迂腐地纠正一切的严肃女士吧。她是高阶女术士蒂莎娅·德·维瑞斯，曾是几十位女术士的导师。她教导她们如何行动，教导她们优柔寡断会……"

"够了，丽塔。"

"蒂莎娅说得对，"叶妮芙的眼睛仍看向浴室一角，"够了。我知道你因为拉尔斯的事而心情低落，但还是别再说教了。希瑞有的是时间学习大道理，但她现在不在学院。希瑞，再去拿瓶酒。"

希瑞站起身。她的衣服很整齐。

她也彻底下定了决心。

◆━━━◆━━━◆

"什么？"叶妮芙尖叫起来，"你说她走了是什么意思？"

"她命令我……"旅店老板背抵墙壁，脸色苍白地嘟囔道，"她命令我给马上鞍……"

"你怎么这么听话？甚至不来问问我们？"

"女士！我怎么知道？我以为是您下的命令……我完全没想

到……"

"你这该死的蠢货！"

"冷静，叶妮芙。"蒂莎娅伸手扶额，"别被愤怒冲昏了头。现在是晚上，他们不会让她出城门的。"

"她叫我开了后门……"旅店老板小声说道。

"然后你就开了？"

"因为集会嘛，女士。"旅店老板垂下目光，"城里全是巫师……大家都很害怕，没人敢挡他们的道……我怎么敢拒绝她？她说话跟您一样，女士，语气分毫不差。而且她的样子……没人敢打量她的双眼，更别提问问题了……她跟您太像了……简直一个模子刻出来的……她还管我要笔墨，写了封信。"

"拿来！"

蒂莎娅·德·维瑞斯抢过信，大声念道：

叶妮芙女士：

请原谅。因为想见杰洛特，我去了希伦顿。去学院前，我想再见他一面。请原谅我没听您的话，但我非去不可。我知道您会惩罚我，但我不想因犹豫不决而后悔。如果一定要悔恨，也该是因为我的行为与决定。我是个女术士。我会捏住人生的后脖颈。等条件允许，我会回来的。

希瑞

"就这些？"

"还有条附言。"

请转告丽塔女士，她不用在学院帮我擦鼻子了。

玛格丽塔·劳克斯-安蒂列难以置信地摇摇头。叶妮芙咒骂起来。旅店老板脸色通红，嘴巴大张。骂人的话他听得多了，这一次却是前所未闻。

◆━━◆━━◆

风从陆地吹向海洋。一团团云朵飘过月亮，悬停在森林上空。通往希伦顿的道路笼罩在黑暗中，为策马奔驰平添了许多危险。希瑞让马转为小跑，但还不至于让它慢步前进。她在赶时间。

风暴的咆哮声从远处传来，地平线不时被闪电照亮，显露出锯齿状的树梢线。

她勒马停下。前面是个岔路口——道路分成两条，看上去一般无二。

法比奥怎么没提岔路的事？但话说回来，我从没迷过路。我总是知道该走哪条路……

可我现在为什么毫无头绪？

一片硕大的阴影悄然滑过头顶，希瑞的心脏跳到了嗓子眼。马儿嘶叫一声，朝右边的岔路飞奔而去。片刻过后，她打马停住。

"只是猫头鹰而已。"她喘着粗气，让自己和马儿都平静下来，"只是普通的鸟儿……没什么可怕的……"

风更猛了，乌云彻底遮蔽了月亮。但在她面前，在狭长的路上，在这敞开的林木间，仍有亮光闪耀。她让马跑得更快，马蹄下沙土飞扬。

没过多久，她被迫再次停步。前面是悬崖和海洋，熟悉的圆锥形岛屿耸立在海面之上。从她所站之处，看不到加斯唐、洛夏和艾瑞图萨的灯火。她只能看到仙尼德岛最高处那座孤零零的高塔。

托尔·劳拉。

一道炫目的闪电将阴暗天空与塔尖连接在一起，片刻后，雷声响起。托尔·劳拉怒视着她，塔上的窗口仿佛红色的眼睛。有那么一瞬间，塔里仿佛燃起大火。

托尔·劳拉……海鸥之塔……它的名字为什么叫我这么害怕？

狂风摇曳周围的树木，树枝飒飒作响。希瑞抬起头，灰尘和树叶拍打她的脸颊。她让喷着鼻子、烦躁不安的马转过身，自己的方向感也渐渐恢复。仙尼德岛上的建筑面朝北方，因此她正朝西前进。昏暗中，沙土道路像条明亮的白色缎带。她让马儿再度飞奔。

借着一道闪电，希瑞突然看到几个骑手。黑暗、模糊的身影正从道路两侧接近。又一声雷鸣过后，她听到一声呼喊。

"Gar'ean！"

她不假思索地勒紧缰绳，驱使马儿再次转身，疾驰而去。身后传来呼喊、口哨、马嘶和沉重的蹄声。

"Gar'ean！Dh'oine！"

马儿飞奔，狂风扑面，蹄声噼噗。黑暗中，白色树干在路边飞快掠过。闪电。雷鸣。闪电光芒一闪，两个骑手试图挡住她的去路。其中一个伸出手，想抓住她的缰绳。对方的帽子上钉着一条松鼠尾巴。希瑞用脚跟狠踢马腹，抱住马颈，冲力让她几乎落下马背。闪电。身后响起呼喊和口哨声,然后是隆隆的雷声。

"Spar'le,亚伊文!"

快跑,快跑!好马,再快点儿!闪电。雷鸣。道路再现分岔。走左边!我从不迷路!又一处分岔。走右边!跑啊,马儿!快点儿,再快点儿!

道路转为上坡,马蹄下的沙土变成沙砾。尽管希瑞不断催马,可它还是慢了下来……

她在丘顶扫视四周。又一道闪电照亮道路,路上空无一人。她侧耳聆听,但只听到风吹动树叶。又一阵雷声。

一个人都没有。松鼠党……那只是在科德温的回忆。莎依拉韦德的玫瑰……是我的想象。根本没有活人。没人追我……

风在吹。这风从陆上吹来,她心想,吹在我的右脸……

我迷路了。

闪电。光芒照亮了漆黑的仙尼德岛,照亮了岛旁的海面。还有托尔·劳拉,海鸥之塔。那座塔像磁石一样吸引了希瑞……但我不想去那座塔。我要去希伦顿。我必须见到杰洛特。

闪电再次划破天空。

一匹黑马伫立在她和悬崖之间。马上坐着个骑士,头盔饰有猛禽的双翼。那对翅膀突然拍打起来,猛禽飞上天空……

辛特拉!

恐惧让她动弹不得。她的双手紧紧抓住缰绳。闪电。黑骑士猛踢马腹。他的脸上有张骇人的面具。翅膀拍打……

不等她催促,马儿自行飞奔。闪电照亮黑暗。森林眼看到了尽头。马蹄下传来水花声和淤泥的嘎吱声。猛禽在她身后拍翼。越来越近……越来越近……

马如风驰电掣,令她双眼流出泪水。闪电撕裂天空,在一闪即逝的光芒中,希瑞看到路旁的赤杨和柳树。不,不是树。它们是赤杨之王的仆从。是追赶在后、盔顶羽翼拍打不休的黑骑士的仆从。道路两边的畸形怪物朝她伸出粗糙多瘤的手臂,疯狂地大笑,张开黑色的巨口。希瑞将整个身体趴在马颈上。枝条呼啸掠过,抽打她的身体,撕扯她的衣服。扭曲的树干嘎吱作响,空洞的巨口张开,发出尖利而轻蔑的大笑……

辛特拉的幼狮!上古血脉之子!

黑骑士已追到身后,希瑞感到他的手正抓向她的长发。她大喊一声,催马奋力往前一跃,穿过一道看不见的屏障,踩倒一片芦苇,然后脚下一绊……

她及时扯住缰绳,在马鞍上坐直身子,拖着喘息不停的马转过身。她发出狂乱而愤怒的尖叫,拔剑出鞘,在头顶挥舞。已经没有辛特拉了!我也不再是孩子!我不再软弱无助!我不允许……

"我不允许!我不准你再碰我!你永远不准再碰我!"

伴着哗啦和嘎吱声,她的坐骑落进深及马腹的水中。希瑞身子前倾,一声高喊,敦促马儿重新回到堤道。池塘,她心想。法比奥提过鱼塘。这儿就是希伦顿。我找到了。我从不迷路……

闪电。她身后是堤道,前方则是锯齿般直指天空的林墙。什么人都没有。打破寂静的只有呼啸的狂风。她听到一只惊惶的鸭子,在湿地里嘎嘎乱叫。

没有人。堤道上一个人都没有。没人跟着我。只是幻影,是场噩梦,是辛特拉的回忆。纯属我的想象。

远处亮起几点微光。是灯塔？还是火堆？是农庄。希伦顿。门户紧闭的农庄。只要再走一会儿……

接连几道闪电。一道，两道。又是一道。每道闪电后都没有雷声。狂风突然止歇。马匹嘶鸣几声，晃晃脑袋，人立而起。

黑暗的天空中迅速亮起一条乳白色缎带，像蛇一样蠕动不休。风又开始吹拂柳树，扬起片片树叶与枯草。

远处的亮光消失了——有的是突然熄灭，有的缓缓暗淡下去——沼泽地里反而映出千万点蓝色火花。马儿喷着鼻息，长嘶一声，在堤道上狂奔起来。希瑞只求自己不要摔下马背。

划过天空的缎带上，出现了许多模糊而骇人的骑手的身影。它们越来越近，形象也越来越清晰。骑手的头盔上摇晃着水牛角和破破烂烂的羽冠，死灰色的面具下是更显苍白的皮肤，胯下的骷髅马裹着褴褛的马衣。一阵强风呼啸着吹过柳树，闪电的利刃劈开黑色的天空。风声越来越响。不，不是风声。是鬼魅般的歌声。

这支骇人的队伍调转方向，径直朝她冲来。骷髅马的马蹄扰乱了沼地的鬼火。狂猎之王冲在队首，疾驰而来，只剩枯骨的脑袋戴着顶锈迹斑斑的头盔，空洞的眼窝里燃烧着青灰色的火焰，破旧的斗篷在风中鼓动。它的项链仿佛晒干的空豆荚，敲在锈蚀的胸甲上咔嗒作响。据说这条项链曾嵌有珍贵的宝石，但在跨越天空的疯狂追逐中，宝石早已脱落，化作了星辰……

这不是真的！它并不存在！这是噩梦，是幻影，是错觉！纯属我的想象！

狂猎之王踢踢骷髅战马的马腹，发出狂野而骇人的大笑。

哦，上古血脉之子！你属于我们！你是我们的！加入我们的行列，加入我们的狩猎！我们会策马飞奔，奔向末日，奔向永恒，奔向存在的终结！天真的混沌之女啊，你是我们的！加入我们，享受狩猎的狂喜！你是我们的。你是我们的一员！我们才是你的归宿！

"不！"她大喊道，"走开！你们这些死人！"

狂猎之王哈哈大笑，朽坏的牙齿在生锈的颈甲上方咔嗒作响，空洞的眼窝闪着青灰色的光。

没错，我们是死人。而你就是死亡本身。

希瑞抱紧马颈。她根本用不着催马。坐骑感觉到幽灵的追赶，以近乎疯狂的速度在堤道上撒腿狂奔。

———◆━━▶━◀━━◆———

希伦顿农夫、半身人伯尼·霍夫梅耶拨开浓密的卷发，听着远处的雷声。

"真够危险的。"他说，"风暴这么大，雨却一滴没下。闪电肯定会劈中什么地方，然后就是一场大火……"

"是该下点儿雨了。"丹德里恩叹口气，紧紧鲁特琴的琴栓，"空气干得拿把刀子都能切开……我的衬衫黏着后背，蚊子还在咬我……但我猜风暴就快过去了。它一直在绕圈，绕圈。不过刚才，北边确实有闪电，应该是在海上。"

"闪电劈中了仙尼德岛，"半身人确认道，"而且是岛上的最高点。那座塔——托尔·劳拉——不知为啥总能引来闪电。只要风暴稍大点儿，那塔就会着火。它到现在都没塌，还真是个奇迹……"

"因为魔法，"吟游诗人言之凿凿地说，"仙尼德岛上的一切都蕴含魔法,就连石头都有。巫师也从来不怕闪电。我在说什么呢?伯尼,你知不知道他们能抓住闪电?"

"得了吧!你又胡扯,丹德里恩。"

"要是我胡扯,就让闪电劈……"诗人突然住口,不安地抬头看看天,"就让鹅来啄我好了。告诉你吧,霍夫梅耶,巫师能抓住闪电。我亲眼见过。老格拉茨,在索登山上被杀那位,曾在我面前抓住一道闪电。他拿来一条又细又长的金属,一头挂在塔顶,另一头……"

"你应该把另一头插进瓶子。"霍夫梅耶在游廊上转悠的儿子突然开口。他是个小个子半身人,浓密的乱发像公羊绒毛一样蜷曲。"玻璃做的细颈大瓶,就是我爸酿酒的那种瓶子。这样闪电就会沿着金属线传进瓶里……"

"进屋去,富兰克林!"农夫大吼,"这个点儿你该上床了!快到半夜了,明天还有活儿干!还有,要是再胡扯什么细颈大瓶和金属线,小心我拿皮带抽你!叫你接下来两星期坐都没法坐!佩崔妮亚,把他弄进去!再给我们拿点啤酒!"

"你们已经喝得够多了。"佩崔妮亚·霍夫梅耶气呼呼地说,把游廊上的富兰克林拖进屋,"全都醉醺醺的。"

"别唠叨了。留心看那猎魔人来没来。我们得好好招待他。"

"猎魔人来了,我自然会给他拿啤酒。"

"小气的母牛。"霍夫梅耶用老婆听不到的声音嘟囔道,"她那一家人——紫苑草甸的比伯威特家族——每个都是小气鬼,一毛不拔……不过猎魔人去得真久。他去了鱼塘那边,然后就不见了。真奇怪。有天傍晚,辛尼娅和塔吉玲在院子里玩,你知不知道他是怎么打量她们的?他那会儿的表情也很奇怪。至于现在……我觉得他是想一个人待着,所以才出去的。他在我这儿借住,也是因为我的农场离其他农场很远。你了解他,丹德里恩,你觉得……"

"我了解他吗?"诗人拍了下脖子上的蚊子,拨动鲁特琴弦,凝视着鱼塘边柳树的黑色轮廓,"不,伯尼,我不了解他。我相信没人了解他。但他确实有心事,这我看得出来。他为什么来这儿,来希伦顿?为什么到仙尼德岛附近?而昨天,我提议骑马去仙尼德岛旁的苟斯·维伦城,他想都没想就拒绝了。他为什么留在这儿?莫非你们答应给他丰厚的酬劳?"

"怎么可能?"半身人嘟囔道,"说实话,我都不相信这儿有怪物。是有小孩淹死在鱼塘里,但他可能只是脚抽筋了,可所有人都开始大呼小叫,说有水鬼或奇奇摩啥的,所以得找个猎魔人……而他们承诺的酬金又少得可怜。但他又做了什么?整整三晚在堤道转悠,白天就睡觉,一言不发,像稻草人似的看着房子和孩子们……太古怪了。我得说,简直诡异。"

"你说得对。"

闪电划过天空,照亮了庭院与农庄。有一瞬间,堤道尽头的精灵宫殿废墟白光闪烁。几秒钟过后,鱼塘上方响起隆隆的雷声。狂风顿起,吹得鱼塘边的树木和芦苇摇曳不止,沙沙作响。水面泛起涟漪,睡莲的叶子也晃动起来。

"风暴好像朝这边来了。"农夫抬头看看天空,"也许巫师用魔法把风暴赶离了小岛。听说这会儿,岛上起码有两百个巫师……丹德里恩,你觉得他们会在岛上商量什么?会有什么好事吗?"

"对我们而言?恐怕不是。"吟游诗人用拇指拨弄琴弦,"那种集会啊,一般就是个时装表演会,流言蜚语满天飞,还有诽谤和内讧

——关于魔法该向大众普及还是仅限精英使用的争执,侍奉国王的巫师和宁愿在远处向国王施压的巫师之间的口角……"

"哈!"伯尼·霍夫梅耶说道,"要我说,集会带来的电闪雷鸣比这场风暴多多了。"

"也许吧。可这跟我们又有什么关系?"

"确实跟你无关。"半身人阴郁地说,"因为你整天也就弹弹鲁特琴,鬼叫几声。世界在你眼里只有韵律和音符。可就在上个星期天,一群骑手践踏了我的卷心菜和芜菁田。连着两次。军队追赶松鼠党,松鼠党逃离军队,两边都选择从我的菜地经过……"

"森林着火时,别为卷心菜悲伤。"诗人吟诵道。

"你,丹德里恩,"伯尼·霍夫梅耶皱眉看着他,"每次你说这种话,我都不知道该哭、该笑,还是该照你屁股来一脚。我没说笑!而且我告诉你,难熬的日子就要来了。大路边竖着火刑桩和绞架,田地和林间小路躺着尸体。老天爷啊,这个国家简直就像法尔嘉那时候。这还叫人怎么活?国王的手下白天来,威胁说谁帮松鼠党谁就得上火刑架;到了晚上,精灵则会出现,看谁敢对他们说不!他们会给出诗意的承诺,说我们会看到染成红色的夜空。他们诗意得令人作呕。总而言之,他们就像两堆火,把我们夹在中间烤……"

"你指望巫师集会能改变这些?"

"是啊。你自己也说过,巫师分成互相争斗的两派。有时他们会阻止国王,结束战争和动乱。毕竟三年前,跟尼弗迦德帝国讲和的正是那些巫师。也许这次……"

伯尼·霍夫梅耶陷入沉默,侧耳聆听。丹德里恩也按住颤动的琴弦。

猎魔人走出堤道的阴暗处，缓缓朝屋子走来。闪电再次照亮天空。雷声响起时，猎魔人已踏上游廊。

"怎么样，杰洛特？"丹德里恩试图打破难堪的沉默，"找到怪物没？"

"没有。今晚不适合追踪。动荡又混乱，让人不安……我累了，丹德里恩。"

"哦，那就坐下休息。"

"你没明白我的意思。"

"的确。"半身人嘟囔着望向天空，专心倾听，"今晚是个动荡之夜，空气里有股邪恶的气息……棚子里的牲畜焦躁不安……风中还有尖叫声……"

"是狂猎。"猎魔人轻声说道，"关紧百叶窗，霍夫梅耶阁下。"

"狂猎？"伯尼惊恐地问，"那些鬼魂？"

"别害怕，狂猎会从高处经过。它们在夏天只会掠过高空，但孩子也许会惊醒，因为狂猎会带来噩梦，所以最好关紧百叶窗。"

"狂猎，"丹德里恩担忧地仰望天空，"预示着战争。"

"胡说八道。那是迷信。"

"等等！就在尼弗迦德攻打辛特拉之前不久……"

"安静！"猎魔人猛地坐直身子，摆手叫他闭嘴，凝视着黑暗。

"怎么了……"

"有骑手。"

"见鬼。"霍夫梅耶吸了口气，从椅子上一跃而起，"晚上来的只有松鼠党……"

"只有一匹马。"猎魔人打断他，从长凳上拿起剑，"一匹活马。

其他都是狂猎的鬼魂……见鬼,这不可能……现在可是夏天啊!"

丹德里恩也跳了起来,但碍于面子没好意思逃跑,因为杰洛特和伯尼都没有逃走的打算。猎魔人拔出长剑,朝堤道跑去,半身人抄起一把干草叉,不假思索跟在他身后。闪电再次划过,堤道上现出一匹飞奔的马。马后是一片模糊不清、形体不定的云雾,就像一团旋涡,一道光与影交织的幻象。那东西令人惊慌失措,更叫人肝胆生寒。

猎魔人高喊一声,举起长剑。骑手看到他,随即催马回望。猎魔人又喊了一声。雷声炸响。

接着又是一道闪光,但并非闪电。丹德里恩蹲伏在长凳旁,要不是凳子太矮,他早就钻到下面去了。伯尼丢下干草叉。佩崔妮亚·霍夫梅耶跑出屋子,尖叫起来。

耀眼的闪光化作一个透明的球体,里面现出一道人影,其轮廓和形状以惊人的速度成形。丹德里恩立刻认出了她。他认识那头狂野的黑色卷发,还有丝绒带上的星形黑曜石。但他认不出的、也从未见过的是那张脸。那是张狂暴而愤怒的脸,是复仇、毁灭和死亡女神的脸。

叶妮芙抬起一只手,尖声念出咒语。伴着嘶嘶声与大量火花,她的双手射出几道螺旋,撕裂了夜空,水面浮现出千道火花的投影。这些螺旋仿佛长枪,刺穿了追逐在骑手身后的云雾。云雾沸腾起来,丹德里恩似乎听到鬼魅一样的哭号,又依稀看到噩梦般的鬼魂马匹的轮廓。但他只看到一瞬间的景象,因为云雾突然收缩、聚集、化成球状,随后径直射向天空,身后拖着一条彗星状的尾巴。黑暗再次降临,只有佩崔妮亚·霍夫梅耶手里的提灯投来摇曳的火光。

骑手在屋前院子停下,滑落马鞍,摇摇晃晃走了几步。丹德里恩立刻意识到那人的身份。他从没见过这个银灰色头发的苗条女孩,但马上认出了她。

"杰洛特……"女孩轻声说道,"叶妮芙女士……对不起……但我非来不可。你知道的,我是说……"

"希瑞。"猎魔人说。叶妮芙朝女孩走近一步,但立刻停下,一言不发。

女孩会选谁呢? 丹德里恩心想。*他们两个——不管是猎魔人还是女术士——都不会继续靠近,或做出任何表示。她会先去哪边?他?还是她?*

希瑞没去任何一边。她没法做出决定,因为她昏了过去。

小屋空无一人。半身人全家一大早就下地干活去了。希瑞还在床上装睡,却听到杰洛特和叶妮芙的开门声。她爬下床,飞快地穿好衣服,悄悄溜出房间,跟着他们去了果园。

杰洛特和叶妮芙转个弯,走上鱼塘间的堤道。鱼塘里盛开着黄白相间的睡莲。希瑞躲在一堵断墙后,透过墙面的破口看着他俩。她以为丹德里恩——那位著名的诗人,她无数次读过他的作品——还在睡觉,可她错了。诗人早就醒了,还抓了她一个现行。

"嘿,"他不知从哪儿冒了出来,笑着说,"这么偷听和打探别人是不是不大礼貌?你应该再谨慎些,小家伙。让他们自己待会儿吧。"

希瑞脸一红,但立刻抿紧嘴唇。

"首先,我不是你的'小家伙'。"她骄傲地说,"其次,我并没打扰到他们,对吧?"

丹德里恩也严肃了些。

"我想也是。"他说,"在我看来,你甚至还帮了他们一把。"

"有吗?我做了什么?"

"别装糊涂了。昨天你做得很巧,但骗不了我。你是假装晕过去的,对吧?"

"是啊。"她低声说着,别过脸去,"叶妮芙女士发现了,但杰洛特没有……"

"他们一起抬你回屋,还碰了彼此的手。他们在你床边几乎一直坐到黎明,但一句话也没说。他们现在才决定讲话——在鱼塘边的堤道上——而你却想偷听他们说了什么……还透过墙上的窟窿偷看。你就这么想知道他们要做什么?"

"他们什么也不会做。"希瑞的脸微微发红,"只会说几句话,就这样。"

"而你,"丹德里恩坐在苹果树下的草地上,背靠树干,仔细检查树上有没有蚂蚁或毛虫,"你想知道他们说什么,对不对?"

"对……不对!反正……反正我什么也听不着。他们离得太远了。"

"我可以告诉你。"吟游诗人大笑着说,"如果你想知道的话。"

"你怎么可能知道?"

"哈哈哈。亲爱的希瑞,我可是个诗人。诗人对此无所不知。再告诉你一个秘密吧:在这种事上,诗人比当事人更清楚。"

"你说是就是吧!"

"我可以向你发誓。以诗人的名誉做保。"

"真的吗?那好……告诉我他们在谈什么?告诉我那代表了什么!"

"透过墙洞看看,告诉我,他们在做什么。"

"唔……"希瑞咬住下嘴唇，身子前倾，眼睛贴近墙上的孔洞，"叶妮芙女士站在柳树边……扯着树叶，把玩她的黑曜石星星。她什么也没说，甚至看都没看杰洛特……杰洛特站在她旁边，看着地面，说了些什么。不对，他没说话。哦，他拉长着脸……好奇怪的表情……"

"简单。"丹德里恩在草丛中找到一个苹果，用裤子擦拭几下，严肃地打量它，"他请求她原谅自己从前的蠢话和愚行。他为自己的急躁、为自己缺乏的信任和期待、为自己的顽固和执拗道歉。为他的愠怒和死要面子致歉，因为那些不是真男人该做的。他为自己不明白和不想明白的事道歉……"

"简直是弥天大谎！"希瑞突然直起身子，拨开额前的刘海儿，"都是你编的！"

"他为自己刚刚明白的事道歉。"丹德里恩看着天空，说话间带上民谣般的韵律，"为他想要明白、却担心没时间明白的事……为他永远无法明白的事道歉。他在道歉，并请求她的原谅……唔唔，还有……为了良知与命运？真够老套的……"

"根本不对！"希瑞跺着脚说，"杰洛特才不会说那样的话！他甚至没在说话。我亲眼看到的。他就站在她旁边，一言不发……"

"这就是诗歌的用途，希瑞——说出别人难以启齿的话。"

"愚蠢的用途。而且这些都是你编出来的！"

"编造也是诗歌的作用之一。嘿，我听到鱼塘那边有人声。快看看，告诉我发生了什么。"

"杰洛特，"希瑞又一次凑近墙上的窟窿，"正低头站在那儿。叶妮芙冲他大喊大叫。她一边尖叫一边挥舞手臂。哦天哪……这又代表了什么？"

"同样非常简单。"丹德里恩看着飘过的白云,"现在换她向他道歉了。"

因此我选择与你相伴相随，无论时代美好与险恶，无论境遇顺遂与不堪，无论白天与黑夜，无论疾病与健康。我会以我的全心全灵爱你，发誓爱你到永久，直到死亡将我们分开。

——传统婚礼誓词

我们对爱情知之甚少。爱情就像梨子，味道甜美，外形独特。试着形容一下梨子的外形吧。

——《诗歌的半世纪》

丹德里恩　著

第三章

  杰洛特有理由怀疑——而且很早以前就开始怀疑——女术士的宴席跟普通人的有所不同。但他从没想过会是如此巨大的根本性差异。
  叶妮芙希望他陪同自己参加巫师集会前的宴会，这让他有点吃惊，但还不算太意外，毕竟她不是头一回提类似的建议。以前住在一起、感情良好时，叶妮芙就希望他陪她一起出席会议与集会，当时他坚定地拒绝了。他认为，就算最好心的巫师，也只会把他当成怪胎和奇观；至于心胸狭隘的那些，更会把他视为入侵者和贱民。叶妮芙嘲笑了他的担忧，但从未坚持要他同去。考虑到叶妮芙在其他事情上向来天崩地裂也不动摇，于是杰洛特更加确信自己的判断。
  但这次他同意了，而且毫不犹豫。她在一场漫长、坦诚而又动情的谈话之后提出这个要求。这场谈话让他们恢复了原本的亲密，抛开了过去的冲突与不快，也融化了怨恨、骄傲和固执的坚冰。在希伦顿的堤道上讲和之后，叶妮芙提出任何要求，杰洛特都会欣然同意。就算她提议两人一同走进地狱，与浑身冒火的恶魔对饮滚烫的焦油，他也不会拒绝。

而更重要的原因却是希瑞：要不是她，这场碰面和谈话根本不可能发生。按柯德林格的说法，有个身份不明的术士对希瑞很感兴趣。杰洛特希望自己的出现能激怒那个术士，并迫使他出手。但这件事他对叶妮芙只字未提。

杰洛特、叶妮芙、希瑞和丹德里恩，一行四人从希伦顿直接去了仙尼德岛。他们第一站是位于东南山脚、庞大而复杂的洛夏宫。那座宫殿早已挤满与会代表与随行人员，但有人立刻为叶妮芙安排了住处。他们在洛夏度过了一整天——杰洛特与希瑞聊天；丹德里恩在宫殿里四处乱转，收集并散播谣言；女术士则挑选并定做衣物。等夜幕终于降临，猎魔人和叶妮芙加入色彩斑斓的队列，前往宴会所在地艾瑞图萨宫。尽管杰洛特早就发誓不再为任何事惊讶，声称世上也不会再有东西令他诧异，但在艾瑞图萨，他失算了。

这座宫殿庞大的中央大厅建成 T 字形。较长的那一竖有又窄又高的窗户，几乎与支撑天花板的圆柱顶部齐平。天花板很高，让人难以分辨拱顶装饰画的细节，尤其是其中最普遍的主题——那些裸体人物——的性别。每扇窗户都装着彩色玻璃，看起来耗资巨大，但大厅中人却能清楚地感觉到有风吹过。杰洛特起先惊讶于不会熄灭的蜡烛，但近看之后，他就明白了原因。那些枝状大烛台都施有魔法，甚至可能只是幻影。但不管怎么说，它们提供了充足的照明，且远比普通的蜡烛明亮得多。

他们走进大厅时，已有上百人到场。据猎魔人估算，如果按照传统，在大厅中央将餐桌摆成半圆形，这座大厅也能容纳至少三倍于此的人数。但现在看来，也许他们只能站着用餐了，因为大厅中间根本没有桌子。四周的厅壁装饰着挂毯、花环和三角旗,在冷风中不时拂动。一排排长桌靠在墙边,位于随风摇曳的挂毯和花环下方,精美的盘碟摆放在更加精美的桌布之上,还有精致的插花和华美的冰雕。走近之后,杰洛特发现,桌上的装饰远比食物多。

"没什么吃的。"他闷闷不乐地说,顺手抚平身上镶有银色饰带的黑色束腰短外衣。叶妮芙坚持要他穿这身。据说这叫紧身上衣,最近很流行。猎魔人不知道这名字是怎么来的,他也不想知道。

叶妮芙没搭话。这跟杰洛特预料的一样,他知道叶妮芙不会对这些言论做出反应。但他没有放弃,还在继续发牢骚。他单纯地只想抱怨几句而已。

"没有音乐,四下漏风,还没地方坐。我们是要站着吃喝吗?"

女术士用紫罗兰色的双眸意味深长地看了他一眼。

"没错。"她的语气平静得出奇,"我们是得站着吃东西。你要知道,在餐桌旁停留太久会很失礼。"

"我会努力规矩点儿。"他喃喃道,"反正桌边也没什么好停留的。"

"饮酒不加节制也很失礼。"叶妮芙毫不理会他的抱怨,继续做着说明,"回避对话更是不可原谅的失礼行径……"

"那个穿着可笑马裤的瘦高个儿,一边跟他的两个女友聊天,一边冲我指指点点,"他插了一嘴,"是不是也很失礼?"

"对。但不严重。"

"叶,那我们该做些什么?"

"在大厅里转几圈,跟别人打打招呼,恭维几句,聊聊天……别再扯你的紧身上衣,也别再整理头发了。"

"你不让我系头带……"

"你的头带太招摇。好了,挽住我的胳膊,我们走。在入口附近久站同样失礼。"

他们信步穿过大厅,其他宾客陆续进场。杰洛特饥肠辘辘,但他很快发现,叶妮芙刚才的话并非是在说笑。很明显,巫师的礼节确实会让宾客在冷风里缺吃少喝,更过分的是,每次停留在餐桌前,社交义务都会随之而来。有人会认出你,并为这一事实表示喜悦,随后走上前来嘘寒问暖,语气既热情又虚伪。在强制性的隔空吻或绵软无力的握手之后,在虚假的笑容和缺乏诚意但巧妙动听的恭维之后,则是简短沉闷、毫无营养的对话。

猎魔人急切地打量四周,寻找熟悉的面孔,主要是为证实,自己并非这场魔法联谊会上唯一格格不入的人。叶妮芙曾保证说还有别的局外人到场,但他却找不到任何非巫师来宾,至少没有他认识的。

侍者端着托盘,来往于宾客之间,奉上酒水。叶妮芙滴酒未沾。猎魔人很想喝个酩酊大醉,但也只能想想而已。他的紧身上衣绷得紧紧的。

女术士挽着杰洛特的手臂,娴熟地拖着他离开餐桌,领他到大厅中央,来到众目睽睽之下。他的反抗徒劳无功。他终于明白了此行的目的:单纯只为展示而已。

心中明了之后,杰洛特坚忍而冷静地忍受着女术士们病态而好奇的目光,以及巫师们神秘莫测的微笑。尽管叶妮芙向他保证说,出于礼节和世故,巫师在这种场合不会使用魔法,但他不相信他们的自控力,尤其是叶妮芙挑衅般地将他推到众人注目的中心之后。他的判断是正确的。他能感觉到胸口的徽章颤动了好几次,皮肤也有魔法波动带来的麻刺感。有些巫师——更准确地说，有些女术士——厚颜无耻地想读他的心。但他早有准备，也想到了回应的办法。他看着走在身边的叶妮芙，看着一身黑白搭配、珠光宝气的叶妮芙，看着她渡鸦般的黑发和紫罗兰色的双眸，让那些试图打探他心声的巫师迷惑不安。面对他的幸福与满足，他们显然失去了镇定与冷静。没错，他在脑海中答道，你们没搞错。只有她，只有此时此地在我身边的叶妮芙，才是我所关心的。此时，此地。至于她从前是何种身份，身处何处，与谁相伴，我一点也不在乎。此时，此地，她与我置身在你们中间。她的身边人是我，不是别人。我现在只想这件事，只想她一人，无休无止地想她，闻着她香水的味道，感受着她的体温。你们所有人，都带着嫉妒见鬼去吧。

女术士握紧他的手臂，贴近他的身子。

"谢谢。"她低声说着，再次领他朝桌边走去，"如果不介意的话，还是别再过分炫耀了。"

"你们巫师一向把真诚看作炫耀吗？所以就算读了人的心，也不相信那些想法是真诚的？"

"对。是这原因。"

"那你为什么谢我？"

"因为我相信你。"她将他的手臂握得更紧，拿起一只餐碟，"猎魔人，帮我拿点鲑鱼。再来点螃蟹。"

"那是波维斯产的螃蟹，光运过来就得一个月，最近天还这么热。你就不担心……"

"这些螃蟹，"她打断他，"今早还趴在海底。传送术是个奇妙的发明。"

"的确。"他赞同道,"真该想办法普及,不是吗?"

"我们正在努力。来吧,帮我拿点儿。我饿了。"

"我爱你,叶。"

"我说了,别再炫耀……"她突然闭嘴,抬起头,拨开脸颊前的黑色发卷,瞪大紫罗兰色的双眼,"杰洛特!你还是头一回说这话!"

"不可能。你在跟我开玩笑。"

"不,不是。你过去只这么想过,可你今天说出口了。"

"有区别吗?"

"很大区别。"

"叶……"

"吃东西时别说话。我也爱你。我没对你说过吗?天哪,你噎住了!抬胳膊,我帮你拍拍背。做几下深呼吸。"

"叶……"

"深呼吸,很快就好。"

"叶!"

"没错。我在用真诚回报真诚。"

"你还好吧?"

"我一直在等。"她把柠檬汁挤到鲑鱼肉上,"如果你只有想法,我是不会回应的。我一直等你说出口。我能给你答复,也给了你答复。我简直不能再好了。"

"你到底怎么了?"

"以后再告诉你。吃吧。鲑鱼味道不错,以我的魔力发誓,实在美味极了。"

"我能吻你吗?此时,此地,在所有人面前?"

"不行。"

"叶妮芙!"一位黑发女术士挣开同伴的手臂,走了过来,"你真的来了?哦,这可太好了!我好久没见你了!"

"萨宾娜!"叶妮芙的喜悦溢于言表,足能骗过除杰洛特以外的任何人,"亲爱的!真是太好了!"

两位女术士小心地拥抱一下,亲吻彼此的耳侧和耳环——两人分别佩戴着钻石和缟玛瑙。她俩的耳环形状一模一样,就像一串缩小的葡萄,但强烈的敌意立刻弥漫在二人中间。

"杰洛特,这位是我校友,阿德·卡莱的萨宾娜·葛丽维希格。"

猎魔人鞠了一躬,亲吻对方抬起的手背。他早就发现,所有女术士都热衷于吻手礼,说得委婉点儿,这能让她们享受到与公主相同的待遇。萨宾娜·葛丽维希格抬起头,耳环晃动,叮当作响。她动作轻柔,却又张扬而放肆。

"我一直期待与你见面,杰洛特。"她笑着说道。像所有女术士一样,她并不认同贵族之间那些"大人"、"阁下"之类的称呼。"你肯定想不到我有多高兴。你终于把他带来见我们了,叶娜。说实话,我很惊讶,你竟然拖了这么久。其实没什么好难为情的。"

"我同意。"叶妮芙若无其事地回答。她略微眯起眼睛,张扬地拨开耳环边上的头发。"你的衬衣真漂亮,萨宾娜。美得让人目瞪口呆。不是吗,杰洛特?"

猎魔人点点头,咽了口口水。萨宾娜·葛丽维希格的衬衣用黑色薄绸制成,令其凹凸有致的身段一览无余。她深红色的裙子上系着银色腰带,配以玫瑰状的硕大带扣。裙子侧面开衩——当下流行这个,只是流行的款式是开到大腿,但萨宾娜的裙子却一直开到臀部。而且她的臀部相当有看头。

"科德温有什么新鲜事吗?"叶妮芙假装没注意杰洛特在看哪儿,"你的亨赛特王还在浪费资源与精力追捕森林里的松鼠党?他还在考虑对多尔·布雷坦纳的精灵发动报复性征讨?"

"暂时别谈政治了。"萨宾娜笑道。她鼻子略长,眼神如猛禽一般,一副典型的女巫形象。"在明天的会议上,我们有的是时间讨论,而且还会听到许多说教。关于和平共处……关于友谊……以及考虑到国王们的计划和野心,我们应该站在什么立场……还有什么没听说的,叶妮芙?除了巫师会和威戈佛特兹准备的说教,还有什么?"

"那就别谈政治了。"

萨宾娜·葛丽维希格发出银铃般的笑声,伴着耳环的叮当响。

"是啊。等到明天吧。明天……等到明天,一切都会明朗起来。哦,政治,还有无休无止的争论,这些太影响皮肤质量了。幸好我有罐上好的乳霜。相信我,亲爱的,皱纹会像晨雾一样消失得无影无踪……要我给你配方吗?"

"谢谢,亲爱的,不过我用不着。真的。"

"哦,我知道。我在学校就一直羡慕你的皮肤。诸神在上,那是多少年前的事了?"

叶妮芙假装向正在经过的某人回以问候,这时,萨宾娜冲猎魔人笑了笑,快活地挺起胸,将黑色薄绸掩藏不住的春色展现在他眼前。杰洛特又吞了口口水,努力不去盯着透明衣料下清晰可见的粉红色乳头。他尴尬地瞥了眼叶妮芙。女术士露出微笑,但他太了解她了。她已经出奇愤怒了。

"哦,请原谅。"叶妮芙突然说,"我看到菲丽芭在那边。我得找她说说话。跟我来,杰洛特。再见啦,萨宾娜。"

"再见啦,叶娜。"萨宾娜·葛丽维希格盯着猎魔人的眼睛说,"我得再次称赞你的……品味。"

"谢谢。"叶妮芙的语气出奇地冰冷,"谢谢你,亲爱的。"

菲丽芭·艾哈特的男伴是迪杰斯特拉。杰洛特曾与这位瑞达尼亚密探有过短暂接触,按理说他应该高兴才对:他终于遇上了自己认识的人,而且那人跟他一样,都不是巫师。但他一点也不高兴。

"见到你可真好,叶娜。"菲丽芭说着,送给叶妮芙一个隔空吻,"你好啊,杰洛特。你们两位都认识迪杰斯特拉伯爵,对吧?"

"谁不认识他呢?"叶妮芙垂下头,把手伸给迪杰斯特拉。密探头子恭恭敬敬地亲吻一下。"见到您真令我欣喜,大人。"

"能与您再见也让我高兴,叶妮芙。"维兹米尔王麾下的密探头子答道,"何况您还有一位如此讨喜的同伴。杰洛特,我发自内心地向你致敬……"

杰洛特忍住出言讥讽的冲动,同对方握了握手——或者说,试着握了握手。那只手的尺寸实在超常,让"握手"变得压根不可能。

身躯庞大的密探穿着一件米黄色紧身薄上衣,大大咧咧地敞着怀。显然,这件衣服没让他感觉不自在。

"我刚才看到,"菲丽芭说,"你在跟萨宾娜讲话。"

"没错。"叶妮芙哼了一声,"看到她的衣服没?只有毫无品味和恬不知耻之人才会……这婆娘比我年纪还大——算了,不提了,好像她有什么可炫耀的似的!令人厌恶的母牛!"

"她没问你什么问题?人人都知道,她在为科德温的亨赛特打探情报。"

"真的?"叶妮芙装出震惊的样子,但明眼人都能看出她在说笑。

"还有您,大人,喜欢我们的庆典吗?"等菲丽芭和迪杰斯特拉笑声停止,叶妮芙问道。

"非常喜欢。"维兹米尔王的密探礼貌地鞠了一躬。

"如果说,"菲丽芭笑着说,"伯爵来这儿是为公事,那他这话就是极度的赞美。但跟所有类似的赞美一样,他还不够真诚。就在不久前,他还说自己更喜欢昏暗宜人的氛围,喜欢木柴燃烧和肉叉烤肉的味道。他怀念传统的洒满酱汁和啤酒的桌子,这样就能和着醉汉的下流小曲,用酒杯敲打桌子,还可以在凌晨时分听着嚼骨头的声音,躺在桌子底下安然入睡。虽然我争论说,眼下这种宴请方式也有许多优势,可他充耳不闻。"

"是吗?"猎魔人打量密探头子的眼神亲切了些,"我能问问都有哪些优势吗?"

这一次,他的问题也被当成了说笑。两位女术士同时大笑起来。

"哦,你们这些男人啊,"菲丽芭说,"真是什么都不懂。要是坐在烟雾缭绕、光线昏暗的桌子后面,你该怎么展示裙子和身段呢?"

杰洛特不知如何作答,只好鞠了一躬。叶妮芙轻捏他的胳膊。

"哦,"她说,"我看到特莉丝·梅利葛德了。我得跟她说几句话……抱歉,我先告退了。保重,菲丽芭。我们肯定还有机会聊天的。您说呢,大人?"

"毫无疑问。"迪杰斯特拉深鞠一躬,笑道,"听候您的吩咐,叶妮芙。需要的话尽管开口。"

他们找到了特莉丝,后者一身蓝色与淡绿相间的衣裙,显得光彩照人。看到二人到来,特莉丝中断与两位巫师的谈话,露出欣喜的笑容。她先拥抱了叶妮芙,然后又重复一遍亲吻彼此耳边空气的仪式。杰洛特握住她伸出的手,但决定反其道而行之——他拥抱了红发女术士,亲吻她像桃子一样柔软的脸颊。特莉丝的脸微微发红。

两位巫师做了自我介绍。一位是庞德·维尼斯的德雷瑟姆,另一位是他兄弟戴斯摩。他们都效命于柯维尔的伊斯特拉德王。二人沉默寡言,很快便借故离开。

"你们刚才在跟菲丽芭和崔托格的迪杰斯特拉说话,"特莉丝把玩着颈间嵌有白银和钻石的天青色心形挂坠,"你们肯定都认识迪杰斯特拉吧?"

"没错。"叶妮芙说,"他也跟你说话了?有没有向你套话?"

"有啊。"女术士狡黠地吃吃笑了起来,"手段还很巧妙呢。不过菲丽芭很擅长打乱他的步调。我觉得他们相处得不错。"

"他们相处得简直太好了。"叶妮芙严肃地提醒她,"当心,特莉丝。关于——你知道的那个人,一个字也别告诉他。"

"我明白。我会小心的。顺便一问……"特莉丝压低声音,"她怎么样了?我能不能见见她?"

"如果你下定决心去艾瑞图萨授课,"叶妮芙笑道,"就能经常见到她了。"

"哦,"特莉丝瞪大了眼睛,"我懂了。希瑞她……"

"别说了,特莉丝。回头再谈。明天。等会议结束之后。"

"明天?"特莉丝露出古怪的微笑。叶妮芙皱起眉头,但没等她发问,大厅里突然一阵小小的骚动。

"他们来了。"特莉丝清清嗓子,"终于来了。"

"是啊,"叶妮芙赞同地说着,视线移开她朋友的双眼,"他们来了。杰洛特，你终于有机会跟巫师会及高阶评议会的成员见面了。如果有机会，我会介绍他们给你认识，不过提前知道一下谁是谁也没坏处。"

巫师们让到两旁，向步入大厅的要人们鞠躬行礼。为首的是个已到中年、但看起来精力充沛的男人，身着质朴的羊毛衣物。走在他身边的是个五官分明的高挑女子，一头黑发梳理得整整齐齐。

"这位是埃勒的格哈特，又名亨·格迪米狄斯，是在世巫师中最年长的一位。"叶妮芙小声告诉杰洛特，"他身边的女人是蒂莎娅·德·维瑞斯，不比亨年轻多少，但从不吝惜用灵药掩盖自己的年龄。"

在那二人身后，一个迷人的女子走进大厅。她有一头长长的暗金色头发，灰绿色的衣裙镶有花边，随着脚步沙沙作响。

"法兰茜丝卡·芬达贝，又名艾妮德·安·葛丽娜，意思是'山谷雏菊'。别傻盯着她看，猎魔人。很多人都觉得她是全世界最美的女人。"

"她也是巫师会成员？"他惊讶地低声问道，"她看起来这么年轻，也是魔法灵药的作用？"

"她不是。法兰茜丝卡是纯血精灵。再看看护送她的男人吧，洛格伊文的威戈佛特兹，他是当真年轻，但天赋异禀。"

杰洛特知道，对巫师来说，所谓的"年轻"是指百岁和百岁以下。威戈佛特兹看上去也就三十五岁，高大健壮，穿着骑士风格的短上衣——当然了，上面没有纹章。而且他英俊得惊人。尽管身旁是光彩照人的法兰茜丝卡·芬达贝——她美得令人窒息，大眼睛如温顺的母鹿——但巫师本人仍能给人留下深刻的印象。

"威戈佛特兹旁边的矮个子是阿尔托·特拉诺瓦。"特莉丝·梅利葛德说,"这五人组成了巫师会……"

"那个面孔很奇怪、跟在威戈佛特兹身后的女孩呢?"

"他的助手,莉迪亚·凡·布雷德沃特。"叶妮芙冷冷地说,"她的身份无足轻重,但直视她的脸却是严重的失礼行为。注意后面的三个男人,他们都是高阶术士评议会的成员。希达里斯的费卡特、牛堡的莱德克里夫,以及朗·爱塞特的卡杜因。"

"这就是评议会的全体成员?就这么几个?我以为不止这些呢。"

"巫师会共有五人,高阶评议会也是五人。菲丽芭·艾哈特是评议会成员之一。"

"人数还是对不上。"杰洛特摇摇头。特莉丝吃吃地笑起来。

"你还没告诉他?杰洛特,你真不知道?"

"知道什么?"

"叶妮芙也是评议会成员啊。索登大战之后就是了。亲爱的,你没跟他炫耀过?"

"没有呢,亲爱的。"女术士直视好友的双眼,"首先,我不喜欢炫耀。其次,我没那个机会。我跟杰洛特已经好久没见了,待办事项的清单也列得很长,我们打算一点点解决。"

"懂了。"特莉丝有些犹豫,"嗯……我明白,你们好久没见了,肯定有很多事要谈……"

"谈话呢,"叶妮芙暧昧地一笑,给了猎魔人一个充满暗示的眼神,"可以排到后面。应该说排在最后才对,特莉丝。"

这句回答让红发女术士猝不及防,脸也微微发红。

"我明白了。"她摆弄着天青色的挂坠,以掩饰自己的尴尬。

"那真再好不过。杰洛特,帮我们拿点酒。不,别从那位侍者的盘子里拿。找那边那位。"

叶妮芙的语气不容反驳,杰洛特只好照做。他从侍者的托盘里拿起两杯酒,同时小心翼翼地打量着两位女术士。叶妮芙压低声音,语速飞快,特莉丝·梅利葛德则低着头,专心聆听。等他回来时,特莉丝已经走了。叶妮芙显然对酒毫无兴趣,于是他把杯子放到旁边的桌子上。

"你没说得太过分吧?"他冷冷地问。叶妮芙的双眸燃起紫罗兰色的怒火。

"别拿我当傻瓜。你以为我不知道你跟她的事?"

"如果说这就是你生气的……"

"这就是!"她打断他的话,"别摆出那副傻乎乎的表情,别再多嘴,更重要的是,别再对我撒谎。我认识特莉丝比你更久。我们很合得来。我们一直很了解对方,虽然偶尔会有些……小摩擦。在我看来,她心里有点想不开,但我帮她解决了,就这样。这事就此打住吧。"

他本来也没有再提的打算。叶妮芙拨开颊前的一缕卷发。

"现在我要离开一会儿,去跟蒂莎娅和法兰茜丝卡说几句话。再吃点东西吧,你的肚子都咕咕叫了。还有,警惕点儿。肯定会有人找你搭讪。别让他们欺负你,也别损坏我的名声。"

"这你大可放心。"

"杰洛特?"

"嗯。"

"就在刚才,你说你想在这儿、在所有人面前吻我。现在你还这么想吗?"

"想。"

"只要别弄花我的唇膏。"

与叶妮芙亲吻时,他用眼角余光打量人群。不少人在看,但没太当回事。菲丽芭·艾哈特与一群年轻巫师站在旁边,冲他眨眨眼,装模作样地鼓起掌来。

叶妮芙抽身退开,重重地叹了口气。

"想不到这种小事也能叫人如此开心。"她满足地说,"好了,我去了。很快就回来。等宴会结束……嗯……"

"你说什么?"

"拜托,别吃加蒜的菜。"

等她离开,猎魔人立刻抛下条条框框,松开紧身上衣的扣子,把那两杯酒喝光。他打算找点正经的食物吃,结果一无所获。

"杰洛特。"

"大人。"

"敬称就免了。"迪杰斯特拉皱起眉头,"我才不是什么伯爵。我是农民出身,但维兹米尔命令我自称伯爵,免得冒犯大臣和巫师们。好了,你用这身行头和身材抓人眼球的计划进展如何?是不是还得装出开心的样子?"

"用不着。我能来这儿不是凭地位。"

"那可有趣了。"密探头子笑着说,"不过按一般人的观点,这恰好说明你很特别,说明你独树一帜。因为其他到场者凭的都是自己的地位。"

"我就是担心这个。"杰洛特努力露出微笑,"我也觉得自己独树一帜,或者说,格格不入。"

密探头子审视附近的餐盘,拿起杰洛特从没见过的某种绿色豆荚,一口吃了下去。

"对了，"他说，"多谢你杀了米舍莱兄弟。你在牛堡港口砍了他们四个的消息传到瑞达尼亚，让很多人松了口气。有个大学医师奉命验伤，听说他的结论，我差点笑岔了气——他说伤口是被一个马上骑士用大镰刀砍出来的。"

杰洛特未置一词。迪杰斯特拉又往嘴里丢了颗豆荚。

"可惜的是，"他一边咀嚼一边续道，"砍掉人头之后，你没报告市长。他们可都顶着悬赏呢，不论死活，都是一笔巨额赏金。"

"我该纳的税早就是笔烂账了。"猎魔人也尝了尝豆荚，却发现它的味道就像肥皂水泡过的芹菜，"除此以外，我必须尽快离开，因为……你应该早就听说了。你什么都知道。"

"我半个字也没听说。"密探头子笑道，"真的。话说回来，我该从哪儿知道这些呢？"

"从……呃，比如说，菲丽芭·艾哈特给你的报告里？"

"报告、故事、流言。我是得听这些东西，工作使然嘛，但工作也要求我用细筛仔细筛检每条细节。好比最近，我听说臭名昭著的教授和他两个同伙死在某人剑下。这事就发生在锚地村的一间小旅店外。干掉匪徒的人同样没时间去领赏。"

杰洛特耸耸肩："流言就是这样。好好筛筛，你才能知道剩下些什么。"

"没这个必要，我知道会剩下什么。大多数情况下都是蓄意散播的假情报。哦，既然说到假情报，小希瑞菈怎么样了？那个可怜的、病恹恹的小姑娘得了白喉病？我想她应该很健康吧？"

"迪杰斯特拉，别跟我说这个。"猎魔人盯着密探头子的眼睛，冷冷地回答,"我知道你能来这儿是凭自己的身份,但你还是别太热衷工作为好。"

密探头子哈哈大笑,两个路过的女术士惊讶地看着他。她们看起来很感兴趣。

"我每解开一个谜团,"迪杰斯特拉止住笑声,"维兹米尔王都会给我额外的奖赏。热衷工作能让我过上体面的生活。你可以笑话我,但我得养老婆孩子。"

"一点也不好笑。你当然可以卖力工作供养妻儿,但不介意的话,请别因此让我蒙受损失。在我看来,这个大厅里一点也不缺少谜题和疑团。"

"的确。整个艾瑞图萨就是个不解之谜。你肯定也注意到了,杰洛特,这儿的气氛有些异常。澄清一句,我指的不是那些烛台。"

"我不明白。"

"我相信你。其实我也不明白,但我很想弄明白。你说呢?哦,请原谅。你肯定早就听说了。从……呃,比如说,迷人的温格堡的叶妮芙给你的报告里?话说回来,我从叶妮芙那儿也打探过好几次消息。哎呀,去年哪些地方下过雪呢?"

"我当真听不懂你在说什么,迪杰斯特拉。你能不能尽力讲得更清楚些?先把你的职业习惯放一放。请原谅,但我不打算从你这儿赚一笔额外奖赏。"

"你觉得我在无耻地欺骗你?"密探头子皱起眉头,"你觉得我在骗你说出情报?你弄错了,杰洛特。我只想知道,你有没有察觉一件事?在我看来再明显不过的事。"

"哪件事?"

"这儿连一个戴王冠的人都没有,你就不觉得惊讶?"

"我半点也不惊讶。"杰洛特费力地用牙签戳起一颗腌橄榄,"我相信国王们更喜欢传统宴会,坐在桌边一直玩乐到凌晨,然后倒在桌下呼呼大睡。更重要的是……"

"更重要的是?"迪杰斯特拉毫不客气地伸出手,从碗里抓起四颗橄榄,塞进嘴里。

"更重要的是,"猎魔人看着正穿过大厅的几位大人物,"国王懒得亲自前来。他们会派出大批密探打探消息,看谁到场,谁又没到。可能他们也想查清这儿的气氛为何如此异常。"

迪杰斯特拉把橄榄核吐到桌上,从银托盘里拿起长叉,在一只大号水晶碗里翻找起来。

"而威戈佛特兹,"他一边翻找一边说,"还要确保密探无一缺席。他把所有王家密探都集中到这儿了。猎魔人,威戈佛特兹为什么这么做?"

"我怎么知道?我对这些不感兴趣。我说了,我是以个人身份前来的。我可不想——该怎么说呢?——蹚这摊浑水。"

维兹米尔王的密探头子从碗里叉起一只小章鱼,厌恶地打量着。

"谁会吃这玩意儿?"他带着虚伪的同情摇摇头,转身看着杰洛特。"仔细听我说,猎魔人,"他平静地道,"你坚信自己以个人身份前来,认定自己对什么事都不在乎,也不可能去在乎任何事……这让我有种冲动想打个赌。你想赌一把吗?"

"麻烦你说清楚点儿。"

"我建议打个赌。"迪杰斯特拉举起戳着小章鱼的叉子,"我赌接下来一小时内,威戈佛特兹会找你长谈一番。我敢说,在这番谈话中,他会向你证明你既不是以个人身份前来,也已经蹚进了这摊浑水。如果我说错了,我就在你面前吃掉这长触手的鬼东西。你接受吗?"

"如果输了,我该吃什么?"

"什么也不用。"迪杰斯特拉飞快地张望四周,"如果你输了,你得把跟威戈佛特兹的谈话内容原原本本全告诉我。"

猎魔人沉默片刻,冷静地看着密探头子。

"再会,大人。"他开了口,"感谢您这番话。真是金玉良言。"

迪杰斯特拉似乎有些恼火。

"你这话的意思是……"

"是的,没错。"杰洛特打断他,"再会。"

密探头子耸耸肩,把章鱼和叉子丢进碗里,转身走开。杰洛特没有目送他,而是缓缓走到下一张桌前。在莴苣叶和柠檬片中间有只银托盘,里面盛着粉白相间的大明虾,令他食指大动。但他有种感觉,似乎有人正好奇地打量他。考虑到礼仪和体面,他只好用缓慢到夸张的步子踱到桌边,谨慎而庄严地小口吃着。

萨宾娜·葛丽维希格站在临近的餐桌前,正跟一位火红发色的女术士专注地交谈。猎魔人不认识那个红发女人。只见她身穿白裙,搭配白色乔其纱衬衫。这件衬衫跟萨宾娜的很像,也是全透明的,但在重要部位巧妙地缝以花饰。杰洛特发现,这些花饰有个奇妙的特点——它们忽而透明,忽而暗淡,变幻不休。

两位女术士一边轻声谈话,一边吃着切片龙虾肉。她们用的是上古语,尽管没在看他,但谈话内容明显与他有关。他小心翼翼地集中敏锐的猎魔人听力,同时装出专心品尝明虾的样子。

"……跟叶妮芙?"红发女人把玩着盘在脖子上的珍珠项链——那

玩意其实更像狗项圈——询问道,"你说真的,萨宾娜?"

"千真万确。"萨宾娜·葛丽维希格答道,"说出来你肯定不信,可已经有好几年了。他居然受得了那个泼妇,真让我吃惊。"

"有什么好吃惊的?她肯定对他施了法术,用魔法迷惑了他。你以为我没这么干过?"

"可他是个猎魔人!猎魔人不会被魔法迷惑,至少不会太久。"

"那肯定是因为爱情了。"红发女人叹道,"爱情是盲目的。"

"盲目的是他才对。"萨宾娜扮个鬼脸,"你相信吗,玛蒂?她竟向我介绍他,就像介绍一位校友。活见鬼,她的年纪足足比我大了……算了,不提这个了。我敢说,她为那猎魔人都打翻醋坛子了。小梅利葛德只对他笑了笑,那老巫婆就把她痛骂一顿,斩钉截铁地要她收拾东西走人。至于现在……瞧瞧吧,她正跟法兰茜丝卡说话,眼睛却始终盯着她的猎魔人。"

"她害怕了。"红发女人吃吃地笑道,"她怕我们勾引他,哪怕只是一夜春宵。萨宾娜,你有这个打算吗?咱们要不要试试?他看起来很健康,跟那些狂妄自大又软趴趴的家伙完全不一样……"

"别这么大声,玛蒂。"萨宾娜压低声音,"别看着他,别乱笑。叶妮芙也在看着我们呢。还有,注意形象。你真要勾引他吗?这可不是体面女人该做的。"

"唔,你说得对。"思索片刻之后,玛蒂表示赞同,"但他要是突然走过来,自己提起这档子事呢?"

"那样的话,"萨宾娜·葛丽维希格一边说,一边用墨黑的双眸向猎魔人投去猛禽般的目光,"我会毫不犹豫地答应。就算在石头上做也行。"

"要是我，在刺猬身上做都没问题。"玛蒂窃笑着说。

猎魔人盯着桌布，用明虾和莴苣叶掩饰脸上的尴尬。他格外感激流淌在血管里的突变血液，多亏了它，他的脸才不会涨红。

"猎魔人杰洛特？"

他咽下嘴里的明虾，转过身去。是个巫师，长得很面熟，他脸上露出微笑，抚摸着紫色紧身上衣的绣花贴边。

"沃尔的多瑞加雷。我们见过，是在……"

"我记得。请原谅，我没能立刻认出你。很荣幸……"

巫师的笑容欢快了些。他从一位侍者的托盘里端起两只酒杯。

"我观察你好一阵儿了。"他将一只酒杯递给杰洛特，"你对叶妮芙介绍的每个人都说你过得很愉快。你是心口不一，还是不敢批评别人？"

"我这是礼貌。"

"跟他们讲礼貌？"多瑞加雷指着宴会的宾客们，"相信我，这么做不值得。他们就是一群虚荣、善妒又虚伪的家伙，不但没法领会你的礼貌，还会反当成讽刺。要跟他们打交道，猎魔人，你得以其人之道还治其人之身，摆出偏执、傲慢又粗鲁的态度，这一来，至少他们会对你印象深刻。愿意跟我喝一杯吗？"

"喝这种蚊子尿？"杰洛特露出愉快的微笑，"简直恶心透了。哦，如果你想喝的话……我可以强迫自己喝下去。"

萨宾娜和玛蒂正竖着耳朵偷听，闻言恼火地哼了一声。多瑞加雷轻蔑地瞥了她们一眼，转身跟猎魔人碰碰杯子，终于露出由衷的笑容。

"我只略微指点你一下，"他说，"你就马上学以致用了。你的机智是打哪儿来的，猎魔人？在你四处云游、猎杀濒危物种的旅途中？"

为你的健康干杯。说出来不怕你笑话,但在这大厅里,我想祝酒的人并不多,你是其中之一。"

"真的?"杰洛特轻晃酒杯,小口品尝,"即便我以捕杀濒危动物为生?"

"别冲我来劲儿。"巫师拍拍他的后背,"宴会才刚刚开始,肯定还会有人过来搭讪,所以省省你这些尖锐的回答吧。不过说到谋生的行当……你,杰洛特,至少还有自尊,不会拿战利品装饰自己。看看周围吧。听我的,抛开你的礼貌,他们喜欢别人盯着自己。"

猎魔人乖乖地将目光转向萨宾娜·葛丽维希格的胸部。

"你看,"多瑞加雷拉住他的袖子,指着从旁经过的一位身披薄纱的女术士,"有角飞龙皮制成的便鞋。注意到没?"

他不假思索地点点头。其实他只注意到那身透明薄纱没能遮掩住的部位。

"哦,你瞧,岩生眼镜蛇。"多瑞加雷目光敏锐,又认出一双踩过大厅地面的便鞋。那双鞋的鞋帮只比脚踝高一掌,让辨识的难度降低不少。"那边是……白色鬣蜥。火蜥蜴。翼龙。眼镜凯门鳄。石化蜥蜴……这些爬行类生物都是濒危物种。他们就不能穿牛皮或猪皮的鞋子吗?"

"多瑞加雷,又像平时一样谈论皮革呢?"菲丽芭·艾哈特在他们身边停下脚步,"还有鞣革和制鞋?真是粗俗,缺乏品味。"

"在不同人眼里,缺乏品味的东西并不一样。"多瑞加雷轻蔑地扮了个鬼脸,"你这条裙子的镶边真漂亮。我没弄错的话,是钻石貂吧?真有品味。我想你应该很清楚,这种生物在二十年前就因为漂亮的毛皮绝了种。"

"是三十年前。"菲丽芭一边纠正,一边将最后几只明虾——杰洛特还没来得及吃完——接二连三地塞进嘴里,"我知道,我知道。要是我让裁缝用生亚麻镶边,那些物种就会死而复生了。我考虑过,不过颜色不搭,我也没办法。"

"去那张桌子吧。"猎魔人用轻松的语气建议道,"我看到那儿有一大碗鱼子酱。看在拟铲鲟快要彻底灭绝的分上,我们最好快点儿。"

"跟你一起品尝鱼子酱?我梦寐以求。"菲丽芭眉飞色舞地勾住他的手臂,身上散发出肉桂和五福花的迷人味道,"那就赶快吧。多瑞加雷,你要一起来吗?不愿意?好吧,回头见,玩得开心。"

巫师打个响指,转身离开。萨宾娜·葛丽维希格和她的红发朋友看着他们,目光之毒辣堪比濒危的岩生眼镜蛇。

"多瑞加雷,"菲丽芭毫无顾忌地紧贴着杰洛特,低声说道,"是希达里斯的埃塞因王的密探。小心点儿。爬行动物和皮革只是盘问的前奏。而且萨宾娜·葛丽维希格就在不远处偷听……"

"……因为她是科德温的亨塞特王的密探。"杰洛特替她说完,"我知道,你之前提到过。还有她的红发朋友……"

"她才不是红发——那是染的。你没长眼睛吗?那是玛蒂·索德格伦。"

"她又是谁的密探?"

"玛蒂?"菲丽芭大笑起来,涂着鲜艳唇膏的双唇间亮出洁白的牙齿,"谁的也不是。玛蒂对政治不感兴趣。"

"难以置信!我以为这儿的所有人都是探子。"

"很多人都是,"女术士眯起眼睛,"但并非所有。玛蒂是个医师,性欲旺盛。哦见鬼,看啊!他们把鱼子酱全吃光了!一粒都没剩下,连盘子都舔干净了！现在怎么办？"

"现在，"杰洛特露出无辜的微笑，"你会宣称这儿的气氛有些异常。你会说服我放弃中立，做出选择。你会跟我打赌，而我却不晓得这会对我有什么好处，但我知道，一旦赌输，我就得为你做点什么。"

菲丽芭·艾哈特沉默良久，目光定格在他身上。

"我早该猜到的。"她平静地说，"迪杰斯特拉没忍住，对不对？虽然我警告过他，说你痛恨密探，但他还是要跟你打个赌？"

"我不恨密探，我只恨打探秘密的行为。而且我痛恨被人轻蔑。别跟我提什么打赌，菲丽芭。我当然知道气氛不对，就让它继续不对去吧。它不会影响到我，我也对它不感兴趣。"

"这些你已经告诉过我了。在牛堡。"

"你没忘记真是太好了。你应该还记得当时的情况。"

"历历在目。当时我没有告诉你，里恩斯——管他真名叫什么——的雇主是谁。我让他逃走了。哦，你当时很生我的气……"

"这已经是委婉的说法了。"

"但现在，是我自证清白的时候了。我明天就会把里恩斯交给你。别插嘴，也别露出那副表情。跟迪杰斯特拉的赌约不同，这是个承诺，而我向来守信。不，别问问题，等到明天再说。至于现在，我们还是专心品尝鱼子酱、说说无关紧要的话吧。"

"鱼子酱没了。"

"稍等。"

她飞快地扫视四周，然后挥挥手，低声念出一句咒语。银色餐盘里立刻盛满了濒临灭绝的拟铲鲟的鱼卵——恰好，餐盘的形状也像一条跃起的鱼。猎魔人笑了。

"幻象总不能填饱肚子吧?"

"的确不能,但解馋足够了。尝尝看。"

"唔……的确……必须说,比真鱼子酱还好吃……"

"而且不会发胖。"女术士自豪地说着,将柠檬汁挤在满满一勺鱼子酱上,"能帮我拿杯白葡萄酒吗?"

"乐意效劳。菲丽芭?"

"我在听。"

"我听说按照礼节,宴会上禁止施法。不变鱼子酱,用魔法直接变出鱼子酱的味道岂不更安全?你肯定能做到……"

"我当然能。"菲丽芭·艾哈特透过水晶高脚杯看着他,"施展那样的法术只是小菜一碟。可这一来,你就只能满足于味觉,从而错失许多乐趣——比如过程,以及相关的动作、仪态和言辞,还有眼神接触……我有个类似的范例,你想听听吗?"

"请讲。我很期待。"

"我能用魔法变出性高潮的感觉。"

猎魔人还没想出该怎么答话,一个矮小苗条、留着稻草色长直发的女术士便走了过来。他立刻认出了她——正是那个穿着有角飞龙皮便鞋的女人。她身披绿色薄纱上衣,薄得连左乳上方的小痣都隐藏不住。

"很抱歉,"她说,"但我必须打断你们的调情了,菲丽芭。莱德克里夫和戴斯摩想跟你说几句话。是要紧事。"

"好吧,既然很要紧,我马上就去。再会,杰洛特。咱们以后再调情吧!"

"哎呀,"淡黄发色的女人仔细看着他,"杰洛特。把叶妮芙迷得神魂颠倒的猎魔人？我一直在观察你，想知道你究竟是谁。真让我苦恼极了。"

"了解。"他礼貌地笑道，"我现在也有同样的苦恼。"

"请原谅我的失礼。我是凯拉·梅兹。哦，鱼子酱！"

"小心。那是幻象。"

"果然，见鬼！"女术士丢下勺子，好像那是黑蝎子的尾巴，"谁这么厚颜无耻……是你吗？你能施展四级幻术？"

"我，"他笑意不减地说着谎，"可是位魔法大师。我只是伪装成猎魔人，以此隐瞒身份。你真以为叶妮芙会看上一个普普通通的猎魔人？"

凯拉·梅兹直视他的双眼，皱起眉头。她戴着生命十字架形状的徽章——银制，上面镶着锆石。

"来杯酒吗？"他试图打破难堪的沉默。他担心对方不怎么欣赏他的笑话。

"不了，多谢……我的魔法大师同行。"凯拉冷冰冰地说，"我不喝酒，应该说不能喝。我今晚还打算怀个孩子呢。"

"谁的孩子？"萨宾娜·葛丽维希格那位染红发的朋友问道。她身穿透明的白色乔其纱衬衣，正朝他们走来。"谁的？"她重复了一次，无辜地扑扇着长长的睫毛。

凯拉转过身，瞪大眼睛上下打量她，从白色的飞龙皮便鞋到缀满珍珠的头冠。

"跟你有什么关系？"

"没关系，职业病而已。愿意为我介绍你的同伴、大名鼎鼎的利维亚的杰洛特吗？"

"不愿意。但我知道，你不满足是不会走的。杰洛特，这位是玛蒂·索德格伦，女色魔，特长是勾引男人。"

"你一定要三句话不离本行吗？哦，还为我留了点鱼子酱？真好。"

"小心，"凯拉和猎魔人异口同声，"那是幻象。"

"还真是！"玛蒂·索德格伦俯下身，皱起鼻子，之后又拿起一只酒杯，看着上面留下的些许深红色唇膏。"哦，菲丽芭·艾哈特。我早该猜到的。还有谁会胆大包天到这种程度？那条让人厌恶的毒蛇。你知道她是瑞达尼亚的维兹米尔王的密探吧？"

"而且性欲旺盛？"猎魔人冒险问了一句。玛蒂和凯拉不约而同地哼了一声。

"你这么奉承她，跟她调情，就为这个？"女色魔问道，"如果真是这样，我可得告诉你，有人在跟你恶作剧。菲丽芭对男人没兴趣，已经有段时间了。"

"不过嘛，也许你是女人？"凯拉·梅兹噘起闪闪发光的嘴唇，"我的魔法大师同行，只是装成男人的样子，对吗？为了隐瞒身份？你知道吗，玛蒂，他刚才已经承认自己喜欢伪装了。"

"他喜欢伪装，也知道如何伪装。"玛蒂不怀好意地笑笑，"对吧，杰洛特？就在刚才，我还看到你假装听不清也听不懂上古语。"

"他有数不清的恶习，"叶妮芙走过来冷冷地说，傲慢地勾住猎魔人的手臂，"全身上下都是。所以你们在浪费时间，女士们。"

"看来也是。"玛蒂·索德格伦表示赞同，脸上仍然挂着不怀好意的笑，"那就祝你玩得愉快喽。来吧，凯拉，我们去喝一杯……无酒精的。也许今晚我也会尝试一下。"

"呼。"她们走后，杰洛特长出一口气，"来得正是时候，叶。

谢谢。"

"谢我？我看不怎么诚心吧。大厅里只有十一个女人穿着透明衬衣、袒胸露乳。我只离开半个钟头，就发现你在跟其中两个说话……"

叶妮芙突然闭嘴，看着那只鱼形的餐盘。

"……还在吃幻象。"她补充道，"哦，杰洛特啊杰洛特。跟我来。我介绍你认识几位值得认识的人物。"

"是不是有威戈佛特兹？"

"有意思。"女术士眯起眼睛，"没想到你会提起他。没错，威戈佛特兹想见你，跟你说几句话。我要提醒你，这番对话可能显得老套又无聊，但别被假象欺骗了。威戈佛特兹在这方面是行家里手，而且聪明绝顶。我不知道他找你有什么事，但千万记得保持警惕。"

"我会的，"他叹了口气，"但我不觉得那个狡猾的老狐狸有办法让我吃惊，尤其在我见过这些人之后。我被密探骚扰；被濒危的爬行动物与貂类惊吓；我吃了根本不存在的鱼子酱；对男性毫无兴趣的女色情狂在质疑我的男子气概；有人威胁要在刺猬背上强暴我；还有怀孕的恐吓，以及性高潮，当然是没有相关过程的那种。太可怕了……"

"你喝酒了？"

"只喝了点希达里斯的白葡萄酒，但里面说不定有春药……叶？等跟威戈佛特兹谈完话，我们要不要回洛夏宫？"

"不，不回。"

"抱歉，你说什么？"

"我想在艾瑞图萨宫过夜。跟你一起。你说春药？在酒里？再好不过了……"

"哦天哪,哦天哪。"叶妮芙长出口气,将一条大腿压到猎魔人的腿上,"哦天哪,哦天哪。我已经好久……好久好久没做爱了。"

杰洛特一言不发,将手指抽离她的发卷。首先,她的话很可能是个陷阱,他担心诱饵里藏着锐利的鱼钩。其次,她的味道仍残留在唇上,他不想将它抹去。

"我已经好久好久没跟宣称爱我、而我也宣称爱他的男人做过爱了。"片刻后,见猎魔人没上钩,她又喃喃说道,"我都忘了这有多么美妙。哦天哪,哦天哪。"

她更加用力地舒展身体,伸出手臂,双手同时抓住枕头角。月光洒在她双乳之上,美妙的曲线让猎魔人的后腰一阵颤抖。他抱住她,二人筋疲力尽地躺倒,慢慢冷却激情。

屋外传来阵阵蝉鸣,远处仍能听到微弱的话语和笑声。说明尽管已是深夜,宴会仍未结束。

"杰洛特?"

"什么事,叶?"

"告诉我。"

"我和威戈佛特兹的谈话内容?现在?明早再说吧。"

"现在就说,拜托了。"

他看向房间角落的写字台,上面放着好些书籍和其他物件,都是暂时迁居、好给叶妮芙腾出住处的学生没能带走的东西。一只填充布偶靠在书堆上,身穿褶边衣裙,姿势甚是可爱,身上不少地方因被频繁的拥抱而凹陷下去。她没带走这只布偶，他心想，她怕洛夏宫宿舍的朋友取笑自己，所以没带上自己的布偶。可没了它，也许她今晚根本无法入眠。

布偶用纽扣双眼看着他。他转过头。

叶妮芙介绍巫师会成员时，他仔细观察了这几位巫师精英。亨·格迪米狄斯疲惫地瞥了他一眼，显然宴会已经让老人累坏了。阿尔托·特拉诺瓦暧昧不明地做了个鬼脸，向他鞠了一躬，随后便将目光转向叶妮芙，但意识到其他人正看着自己，又立刻严肃起来。精灵法兰茜丝卡·芬达贝的蓝色双眼神秘莫测又冷冽如冰。叶妮芙向猎魔人引荐这位"山谷雏菊"时，她露出微笑，尽管那笑容美丽无比，却让猎魔人满心恐惧。等和蒂莎娅·德·维瑞斯互相介绍时，尽管她的全部心思好像都在整理衣袖和饰物上，微笑也远没有法兰茜丝卡那么美丽，但显得真诚得多。蒂莎娅立刻同杰洛特聊了起来，还提到了他的某件伟大事迹，只是猎魔人完全没有印象，不由怀疑是她自己编出来的。

就在这时，威戈佛特兹加入了对话。洛格伊文的威戈佛特兹身材魁梧，外形英俊而高贵，嗓音真挚又诚恳。杰洛特知道，这样的人值得信任。

他们只聊了几句，便感觉有许多焦虑的目光聚到自己身上。叶妮芙看着猎魔人。一个眼神友好的年轻女术士看着威戈佛特兹，不时用扇子遮住下半边脸。他们说了几句客套话，然后威戈佛特兹建议找个没人的地方再谈。在杰洛特看来，只有蒂莎娅·德·维瑞斯对这个提议吃了一惊。

"杰洛特，你睡着了？"叶妮芙小声说道，晃了晃他，也打断了他的沉思，"你该告诉我谈话的内容了。"

布偶坐在写字台上，仍用它的纽扣眼睛盯着他。他再次转过头。

"就在我们走进回廊时，"片刻后，他开口道，"那个长相奇怪的女孩……"

"莉迪亚·凡·布雷德沃特，威戈佛特兹的助手。"

"对，你说过的。一个无足轻重之人。好吧，就在我们走进回廊时，那个无足轻重之人停了下来，看着他说了句什么。用传心术。"

"不是她不礼貌。莉迪亚没法说话。"

"我也猜到了。因为威戈佛特兹没用传心术回答她。他说……"

◆━━◆━━◆

"是啊，莉迪亚，是个好主意。"威戈佛特兹答道，"我们去光荣长廊走走吧。利维亚的杰洛特，你将有机会目睹魔法的历史。你对这段历史很熟悉，我毫不怀疑，但如今，你有机会接触到栩栩如生的视觉历史。如果你是油画鉴赏方面的行家，也请勿震惊。那些大都是满怀热情的艾瑞图萨学生的杰作。莉迪亚，请用光明为我们驱散黑暗。"

莉迪亚·凡·布雷德沃特用手划过空气，走廊里立刻明亮起来。

第一幅画是一艘古老的帆船，正在海浪与礁石间的漩涡中打转。一个白袍男人站在船首，头部环绕着明亮的光环。

"'初次登陆'。"猎魔人猜测。

"没错。"威戈佛特兹确认道，"放逐者之船。詹·贝克尔正用意志让魔力屈服。他平息了波涛，证明魔法并非仅有邪恶与破坏之用，它同样可以拯救生命。"

"这事当真发生过？"

"我持怀疑态度。"巫师笑道,"更可能的情况是,首航与着陆之后,贝克尔等人趴在船帮上,连胆汁都吐了出来。命运的离奇转折令他成功着陆并征服了魔力。继续走吧。这幅画上还是詹·贝克尔,在最初的移民地,他让岩石涌出了清水。还有这幅,请看——被移民簇拥的贝克尔驱走乌云,阻止风暴,保住了即将收获的庄稼。"

"这幅呢?是哪次事件?"

"'获选者之鉴明'。为揭示魔力的起源,贝克尔和詹巴迪斯塔对移民的子女进行了魔法测试。他们会带获选的孩子离开父母,前往最初的巫师聚居地米尔瑟[①]。你看到的就是那历史性的一刻。如你所见,所有孩子都吓坏了,只有那个坚定的棕发女孩向詹巴迪斯塔伸出手,脸上带着彻底信任的微笑。她就是后来享誉盛名的'格兰维尔的艾格尼丝',第一位女术士。她身后的女人是她母亲,你可以看到她脸上的悲伤。"

"这个挤满人的场景呢?"

"'诺维格瑞联盟'。贝克尔、詹巴迪斯塔和蒙克正与当权者、祭司及德鲁伊教徒签订条约。这份互不侵犯条约促成了巫师与国家的分离。真是庸俗得可怕啊。继续。这幅是乔弗利·蒙克沿庞塔尔河顺流而上,当时那条河还叫艾维翁·伊·庞特·阿尔·格文奈伦,意思是'雪花石膏桥梁之河'。蒙克坐船去了洛克·穆因尼,想说服那里的精灵收养一群魔源之子,让精灵巫师教导他们。你也许有兴趣知道,这群孩子中有个小男孩,正是后来为人熟知的'埃勒的格哈特'。你刚刚也见过他。那个小男孩现在名叫亨·格迪米狄斯。"

[①]"米尔瑟"是上古语,即《真爱如血》中提到的米尔特。

"这一幕，"猎魔人看着巫师说，"却是另一场大战的导火索。最终，在蒙克远征成功的数年之后，崔托格的鲁本奈克元帅血洗了洛克·穆因尼和埃斯特·海姆雷特，杀死了那里所有的精灵，无论男女老幼。战争随之开始，最后以莎依拉韦德的惨剧告终。"

"您对历史的了解令人印象深刻。"威戈佛特兹再次露出微笑，"但您应该也记得，这些战争没有任何知名巫师参与。正因如此，没有哪个学生愿意绘制相关主题的油画。我们继续走吧。"

"好吧。这幅又是哪件大事？哦，我知道了。是'纯白'拉法德为交战的国王们调停，结束了'六年战争'。画布上是拉法德拒绝接受王冠的一幕。值得赞美的高贵之举。"

"你真这么认为？"威戈佛特兹歪着头说，"好吧，不管怎么说，他的举动跟前人留下的教训不无关系。不过拉法德还是接受了首席顾问的职位，并成了实际上的统治者，因为当时的国王是个弱智。"

"光荣长廊……"猎魔人低声说着，走到下一幅油画前，"这幅是？"

"是巫师会首批成员接受任命，以及律法开始实行的历史性时刻。从左到右分别是：赫伯特·斯丹莫福德、奥萝拉·亨森、伊沃·里克特、格兰维尔的艾格尼丝、乔弗利·蒙克，以及托尔·卡内德的拉德米尔。说实话，这幅画背后也暗流涌动。因为不久之后，那些拒绝承认巫师会、也不愿服从律法之人在血腥的战争中被抹杀。'纯白'拉法德也是牺牲者之一。但历史著作对此保持沉默，以免破坏动人的传说。"

"至于这幅……呃……没错，应该是学生画的。而且是位非常年轻的学生……"

"毫无疑问。毕竟这是幅寓意画。要我说,是描绘杰出女性的寓意画。地、气、水、火。四位著名的女术士,每位都是操纵元素之力的大师。格兰维尔的艾格尼丝、奥萝拉·亨森、妮娜·菲欧拉凡提和克拉拉·拉瑞萨·德·温特。看看下一幅,它的表现力要更强一些。这是克拉拉·拉瑞萨为女孩们开办学院的场景,地点就是我们脚下这栋建筑。那些是艾瑞图萨学院著名毕业生的画像,向我们展示了杰出女性的漫长历史,以及巫师这一行里女性势力的崛起:莫瑞维尔的言娜、诺拉·瓦格纳及其姐妹奥古丝塔、婕达·葛丽维希格、莱蒂西亚·沙博诺、伊洛娜·劳克斯-安蒂列、卡拉·德梅提亚·克里斯特、悠纶塔·苏亚雷兹、爱普洛·温海沃……以及硕果仅存的蒂莎娅·德·维瑞斯……"

他们继续前进。莉迪亚·凡·布雷德沃特的丝裙沙沙作响,那声音仿佛蕴藏着可怕的秘密。

"这幅呢?"杰洛特停下脚步,"这可怕的一幕是什么?"

"'巫师拉德米尔的受难',他在法尔嘉反叛期间被活活剥了皮。背景是熊熊燃烧的米尔瑟镇,正是法尔嘉下令将其烈焰吞噬。"

"因为这桩罪行,法尔嘉本人也被付之一炬。在火刑柱上。"

"这事广为人知,泰莫利亚和瑞达尼亚的孩子至今仍会在万圣节前夜玩'焚烧法尔嘉'的游戏。我们往回走几步,让你看看走廊的另一边……哦,看来你有问题。"

"我对年代学有些好奇。我当然知道青春灵药的作用,但让活人和逝者同时出现在画作上……"

"你是说:你在宴会上遇到了亨·格迪米狄斯和蒂莎娅·德·维瑞斯,却看不到贝克尔、格兰维尔的艾格尼丝、斯丹莫福德或妮娜·菲欧拉凡提，所以你很惊讶？"

"不。我知道你们并非永生不死……"

"对你来说，"威戈佛特兹打断他，"死亡是什么？"

"终点。"

"什么的终点？"

"存在的终点。看来我们的话题由美术史转到了哲学。"

"自然可不懂什么哲学概念，利维亚的杰洛特。人们通常把自己尝试理解大自然的可悲——或说荒谬——的行为称之为哲学。他们认为这类尝试的结果也是哲学。就像一颗卷心菜试图探究其存在的起因与影响，并将思考的结果称之为'头与根之间永恒而神秘的冲突'，又把雨水看作莫测高深的诱发力量。我们巫师不会浪费时间推敲什么是自然，因为我们了解它的本质：我们自身就是自然。你明白吗？"

"我在努力，但麻烦你说慢点儿。别忘了，你正在跟卷心菜说话。"

"你有没有想过，当贝克尔命令石中涌泉时，究竟发生了什么？普遍的看法很简单：贝克尔驯服了魔力。他强迫元素服从自己。他征服了自然，并加以掌控……你跟女人的关系怎么样，杰洛特？"

"抱歉，你说什么？"

伴着丝绸的沙沙声，莉迪亚·凡·布雷德沃特转过身，期待地站定不动。杰洛特看到她的手臂下夹着一张包好的油画。他不知那幅画是从哪儿来的，因为片刻之前，莉迪亚还两手空空。他脖子上的徽章微微颤动。

威戈佛特兹笑了。

"我问的是，"他重复道，"你对男女关系有什么看法。"

"你指哪个方面？"

"在你看来，男人能强迫女人服从吗？当然，我是指真正的女人，并非广义的雌性物种。真正的女人会受人掌控吗？会被征服吗？会屈服于你的意志吗？如果会，你又该如何办到？回答我。"

❖

布娃娃仍未移开目光。叶妮芙转过脸。

"你回答了？"

"嗯，回答了。"

女术士用左手揉捏他的手肘，右手揉捏他按住自己双乳的手指。

"答案是？"

"你肯定知道。"

❖

"你已经明白了，"片刻过后，威戈佛特兹说，"或许你一直都明白。所以你应该能理解，如果意愿与屈服、命令与顺从、男性主人和女性仆人的概念彻底消失，团结就会实现。群体会成为真正的整体。一心同体。如果这能发生，死亡就将失去意义。令石中涌泉的詹·贝克尔就会出现在宴会大厅里。说贝克尔死去，就像说泉水死去一样。看看那幅画。"

杰洛特看过去。

"真是美不胜收。"过了一会儿，他才说道。这时，他又感到脖子上的猎魔人徽章微微震颤了一下。

"莉迪亚说，"威戈佛特兹笑道，"她对你的认可表示感谢。而我要称赞你的品味。这幅风景画描绘了洛德的克雷格南与劳拉·朵伦·爱普·希达哈尔的相会，这对传奇般的恋人被轻蔑的时代拆散，最后双双死去。他是个巫师，而她是个精灵，是艾恩·萨维尼——或说'通晓者'中的精英。这原本会是和解的开端，最终却演变成悲剧。"

"我听过这个故事，但一直以为是童话。真实情况是怎样的？"

"这一点，"巫师的语气严肃起来，"就无人知晓了。莉迪亚，把你的画挂在这儿吧。杰洛特，看看莉迪亚另一幅令人难忘的画作。是劳拉·朵伦·爱普·希达哈尔的肖像，根据古代的袖珍画绘制而成。"

"祝贺你，"猎魔人朝莉迪亚·凡·布雷德沃特鞠了一躬，几乎难以抑制颤抖的嗓音，"这是一幅真正的杰作。"

他努力保持平静，因为画中的劳拉·朵伦·爱普·希达哈尔正用希瑞的双眼注视着他。

"之后发生了什么？"

"莉迪亚留在走廊。我们两个去了阶地。我出丑了，被他美美地欣赏了一番。"

"麻烦这边走，杰洛特。落脚时请踩在深色石板上。"

大海声声咆哮，仙尼德岛挺立于浪涛的白沫之间。在他们正下方，浪花在洛夏宫的墙壁上撞得粉碎。洛夏宫与艾瑞图萨宫灯火闪耀。岩石堆砌的加斯唐宫耸立在高处，一片漆黑，毫无生气。

"明天，"巫师循猎魔人的目光望去，然后说道，"巫师会和高阶评议会成员将穿上传统装束——随风飘动的黑斗篷和尖顶帽，如同你在古代画作里常见到的那种。我们还会用魔杖和拐杖武装自己，跟父母用来吓小孩的巫师巫婆形象完全一致。这是传统。我们会在几名代表陪同下进入加斯唐宫。到那儿之后，再进入一个精心准备的房间讨论议题。其他代表则在艾瑞图萨宫等待我们归来，等待最后的决议。"

"在加斯唐宫的小房间关门开会也是传统？"

"当然。这项传统由来已久，且完全出于实际考虑。众所周知，巫师集会非常危险，双方交流时往往会口不择言。在某一次交流中，一颗球形闪电炸毁了妮娜·菲欧拉凡提的头饰和裙子。于是妮娜用无比强大的魔法灵光强化了加斯唐宫的墙壁，还设置了反魔法屏障，这些安排花了她整整一年时间。从那天起，在加斯唐宫里，所有法术都会失效，对话因此也就更和平，尤其是没收了代表们的兵器之后。"

"懂了。那座塔比加斯唐宫还高，它叫什么？也是重要的建筑？"

"托尔·劳拉，海鸥之塔。现在是座废墟。它重要么？也许吧。"

"也许？"

巫师把身子靠在栏杆上。

"据精灵传说，通过传送门，托尔·劳拉可与神秘的'雨燕之塔'托尔·吉薇艾儿相连，只是后者至今无人发现。"

"据传说？就是说你们还没找到传送门？我不相信。"

"你说对了，我们发现了传送门，但又将它封闭了。抗议的声音不少。人人都想试试这道门，人人都想要成为发现托尔·吉薇艾儿——

精灵法师与圣贤的神秘据点——的第一人。但传送门出现扭曲,无法修复,传送的地点也不稳定,还造成了人员伤亡,我们只好将其封闭。走吧,杰洛特,天开始冷了。小心。踩在深色石板上。"

"为什么只能踩深色的?"

"因为年久失修。潮湿、腐蚀、强风,还有空气里的盐分,这些都会对墙壁和地砖造成灾难性影响。修理的话费用太高,我们只好用幻象替代。为了面子,你懂的。"

"面子可不能当饭吃。"

巫师挥挥手,阶地瞬间消失不见。他们站在悬崖边缘,下方是万丈深渊,浮泛泡沫的海浪间,岩石如犬牙交错。他们站在一条狭窄的黑色石板路上,那就像根绷紧的绳索,连在艾瑞图萨的岩架与支撑阶地的圆柱之间。

杰洛特差点失去平衡。如果他不是猎魔人,而是个普通人,那他已经摔下去了。但他还是摇晃起来。突然的身体晃动没能逃过巫师的双眼,他的反应同样显而易见。身处窄桥,被风吹打,浪花在咆哮,下方的深渊正在呼唤杰洛特。

"你很怕死。"威戈佛特兹笑道,"你终究还是害怕了。"

◆━━━◆━━━◆

布娃娃用纽扣眼睛看着他俩。

"他在骗你。"叶妮芙喃喃说着,往猎魔人怀里拱了拱,"根本没有危险。他肯定会用浮空力场保护你和他自己。他不会冒险……后来发生了什么?"

"我们去了艾瑞图萨的另一边。他领我进了一个大房间,多半是哪位老师的办公室,可能就是女校长本人的。我们在一张放有沙漏的桌旁坐下。沙子缓缓流下。我闻到莉迪亚的香水味,她在我们之前来过……"

"威戈佛特兹呢?"

"他问了我一个问题。"

"你为什么不当巫师,杰洛特?你没被魔法吸引过吗?说实话。"

"好吧,我考虑过。"

"真的?那你怎么没听从诱惑?"

"因为我觉得听从理智更好。"

"此话怎讲?"

"当猎魔人的这些年,我学到一件事:'贪多嚼不烂'。你知道吗,威戈佛特兹,我认识一个矮人,他小时候的梦想是当个精灵。你觉得他听从诱惑,就能当个精灵吗?"

"这算比较吗?还是个类比?如果是,只能说这个说法很没道理。矮人不可能成为精灵,除非他有个精灵母亲。"

杰洛特沉默良久。

"我明白了。"他最后开口道,"我早该猜到的。你调查过我的生平。不介意的话,能否告诉我原因?"

"也许,"巫师微微一笑,"我梦想能在光荣长廊挂一幅画。在画中,你我二人坐在桌前,黄铜铭牌上写着标题:**洛格伊文的威戈佛特**

兹与利维亚的杰洛特达成协议。"

"那不成寓意画了?"猎魔人说,"标题大概是:知识胜过无知。我宁愿看到比较现实的画作,标题是:洛格伊文的威戈佛特兹向杰洛特解释其目的。"

威戈佛特兹并拢指尖,拢在嘴唇前。

"难道还不够明显?"

"不够。"

"你忘了吗?我梦想挂在光荣长廊的画,是给那些对我的目的、对画里描绘的事件一清二楚的人看的。在画布上,威戈佛特兹与杰洛特正在商谈,并最终达成约定。作为约定的结果,杰洛特会遵从召唤——并非诱惑,也非一时兴起,而是真正的天职——最终加入巫师的行列。这会为他从前那并不明智、也没有未来可言的存在画上句点。"

"想想看吧,"漫长的沉默过后,猎魔人道,"就在不久之前,我还坚信自己不会再为任何事吃惊。相信我,威戈佛特兹,我要过很久才会忘记这次宴会,还有这一连串难以置信的事件。的确值得画下来,标题就用:杰洛特离开仙尼德岛,笑得全身发颤。"

"我不明白。"巫师的身子略微前倾,"你的话里满是华丽的辞藻和复杂的词汇,让我摸不着头脑。"

"我很清楚你不明白的原因。你我差别太大,没法理解彼此。你是巫师会的大法师,已达天人合一之境界。而我只是个流浪者,是个猎魔人,是怪胎,周游世界,屠杀怪物换取钱财……"

"华丽的辞藻,"巫师插嘴道,"又被陈词滥调取代了。"

"……我们差别太大。"杰洛特没理他,"只凭微不足道的事实——我母亲恰好是个女术士——没法抹消这种差别。不过单纯出于好奇，请问你母亲又是什么人？"

"我不知道。"威戈佛特兹平静地说。猎魔人立刻沉默下来。

"柯维尔石环的德鲁伊，"片刻之后，巫师说，"在朗·爱塞特的阴沟里发现了我。他们接纳了我，将我抚养长大，当然，是为让我成为德鲁伊教徒。你知道德鲁伊是什么吗？是一群怪胎和流浪汉，周游世界，向神圣的橡树鞠躬行礼。"

猎魔人一言不发。

"后来，"威戈佛特兹续道，"在几次德鲁伊仪式中，我的天赋自行显露。这些天赋清晰地辨明了我的出身，让人无法否认。显然我的父母对我的出生毫无准备，他们当中至少有一个是巫师。"

杰洛特沉默不语。

"不用说，将我卑微的能力发掘出来之人也是个巫师，我跟他的遭遇纯属意外。"威戈佛特兹平静地说，"他向我奉上一份极为贵重的礼物：获得教育并提高自身的机会，以及加入巫师兄弟会的前景。"

"而你，"猎魔人轻声道，"接受了他的提议。"

"不，"威戈佛特兹的语气突然变得冰冷而不快，"我拒绝了他，用粗鲁、甚至可谓粗鄙的方式拒绝了他。我把满腔怒火发泄到那个老傻瓜身上。我希望他内疚，希望他和他那些巫师兄弟内疚——因为朗·爱塞特的阴沟；因为一或两个可恶的巫师，没有人类情感、铁石心肠的杂种，把刚出生的我丢进了阴沟。他们干吗不在生我之前就把我处理掉？当然了，那个巫师并不明白、也不在乎我说了什么。他耸耸肩，转身走了，任由自己和他那群人背上麻木不仁、傲慢自大、卑鄙下贱、活该万人唾弃的骂名。"

杰洛特未置一词。

"我也受够了德鲁伊教徒，"威戈佛特兹说，"于是放弃了神圣的橡树林，开始闯荡世界。我干过许多事，其中一些现在想来都让人脸红。后来我当了雇佣兵，之后的人生发展也就可以预见了。胜利的士兵、败北的逃兵、强盗、匪徒、强奸犯、杀人犯，最后是逃犯。我逃到世界的尽头。在那里，在世界尽头，我遇到一个女人。一个女术士。"

"当心。"猎魔人眯起眼睛，低声说道，"当心，威戈佛特兹，你在拼命寻找你我的共同点，但这不会有什么好结果。"

"去他的共同点，"巫师的目光毫不动摇，"因为我没法掌控对那个女人的感情。我无法理解她的感受，她也不打算帮我理解。我离开了她，因为她淫荡、傲慢、恶毒、无情又冷淡。因为我不可能掌控她，被她掌控又太过屈辱。我离开她，因为我知道她对我感兴趣，而我的才智、人格和神秘气质掩盖了我并非巫师的事实，一般来说，能与她共度不止一夜良宵的只有巫师。我离开她，是因为……因为她很像我母亲。我突然明白，我并不爱她，我对她的感情更复杂、更强烈，也更加难厘清——其中混杂了恐惧、悔恨、狂怒、良心的谴责、赎罪的需要，以及内疚、失落和伤痛。那是对受苦和补偿的变态渴求。其实我对那个女人，只有憎恨。"

杰洛特仍旧沉默不语。威戈佛特兹把头转向一旁。

"我离开了她，"过了一会儿，他继续说，"但却无法忍受将我吞没的空虚感。我突然明白，并不是我失去她导致了这种空虚，而是因为我失去了原本的那些感受。真是个悖论，不是吗？我想用不着我说完，接下来的事你也能猜到。出于憎恨，我成了巫师。直到那时，我才知道自己有多蠢。我把投在湖面的倒影错当成了夜空的繁星。"

"那你应该能瞧见,我们之间没什么可比性。"杰洛特喃喃道,"就算不看外表,威戈佛特兹,我们也毫无共同之处。你告诉我你的故事,是想证明什么?虽然伟大的巫师之路充满曲折与艰难,但人人都能走?就算那人是——请原谅我的比较——私生子与弃儿、流浪汉与猎魔人……"

"不。"巫师插嘴道,"我并不想证明这条路会向所有人开放,因为事实再明显不过,早已被证明。我也没必要强调,某些人只是别无选择而已。"

"也就是说,"猎魔人笑道,"我别无选择?我必须与你达成约定,约定我会在某天成为画上的角色,成为巫师?就因为我的血统?拜托,我对遗传理论知之甚少,但我没花多少功夫就发现一件事:我父亲是个流浪汉,是个粗鲁又爱惹麻烦的亡命徒。我从父亲那边继承的基因远远超过母亲。我的亡命生涯也很好地证明了这一点。"

"的确。"巫师的笑容带着嘲弄,"沙漏里的沙子快要流尽,而我,洛格伊文的威戈佛特兹、魔法大师、巫师会成员,仍在同粗鲁的亡命徒之子、同样粗鲁的亡命徒探讨问题。而且谁都明白,我们谈论的根本就是粗鲁的亡命徒最爱的炉边话题。比如基因。你是从哪儿听到这个词的,我的亡命徒朋友?是艾尔兰德那间只教学生读写二十四个符文文字的神殿学校?究竟是什么促使你去阅读含有类似词汇的书籍?你又在哪里把修辞和口才打磨得如此完美?其原因又是什么?为与吸血鬼谈天说地?哦,我的流浪基因学家,蒂莎娅·德·维瑞斯都屈尊冲你微笑。哦,我的猎魔人,我的亡命徒,你的魅力甚至让菲丽芭·艾哈特都双手发抖。还记得特莉丝·梅利葛德羞红的脸吗?更别提温格堡的叶妮芙了。"

"你确实不该提她。的确,沙漏里没几颗沙子了,少得我用眼睛就能查清。所以别再勾勒什么图画了,威戈佛特兹。告诉我,这一切究竟为了什么。请用浅显易懂的词跟我讲。想象我俩都是流浪汉,正坐在火堆旁,烤着一头刚刚偷来的乳猪,想用桦树汁灌醉自己,可惜没能成功。这只是个简单的问题。回答吧。作为流浪汉,回答另一个流浪汉的问题。"

"'简单的问题'是指什么?"

"你想提出怎样的约定?我们要达成什么协议?你为什么要我蹚这趟浑水?除了烛台的问题,这儿的气氛为何如此异常?"

"唔。"巫师沉思起来,但也可能只是装成沉思的样子,"这个问题并不简单,但我会试着回答。不是流浪汉对另一个流浪汉的回答。我会假装成……一个受雇的亡命徒,在回答另一个亡命徒。"

"也行。"

"那就听好了,我的亡命徒同行。一场残酷的争斗正在酝酿当中。这是一场关乎生死的血腥之战,不会有人手下留情。一方会获胜,另一方的尸体则会被乌鸦啄食。我恳请你,我的同行:加入更有胜算的一方。加入我们。忘掉其他人,以彻底的轻蔑唾弃他们,因为他们根本没有机会。随他们一并消亡又有何意义?不,不,我的同行,别冲我皱眉头。我知道你想说什么。你想说你谁也不帮。说你根本不在乎他们,说你只会躲在群山之中的凯尔·莫罕袖手旁观。这不是个好主意,我的同行。你所爱的一切都会陪伴我们。如不加入,你会失去一切。这一来,你会被空虚和憎恨吞没。即将到来的轻蔑时代会摧毁你。所以请理智些,等选择的时刻来临,就立刻加入正确的一方。那个时刻会来的,相信我。"

"真想不到,"猎魔人恶狠狠地笑了,"我的中立态度竟会让所有人都大为光火。它迫使我面对约定、协议与合作,迫使我聆听'必须做出选择,加入正确一方'的训诫。谈话到此为止吧,威戈佛特兹。你在浪费时间。在这盘棋局里,我不是与你地位对等的伙伴。我认为我们两个不会出现在光荣长廊的油画上,更别提背景还是战场了。"

巫师一言不发。

"去布置棋盘吧。"杰洛特说,"王、后、象、车。但别担心我,因为对你的棋局而言,我就像灰尘一样微不足道。这也不是我的棋局。你说我必须做出选择?我说你错了。我不会选择。我只会对发生的事做出反应。我会根据他人的选择随机应变。一直以来,我都是这么做的。"

"你是个宿命论者。"

"说得没错。尽管这又是我不该知道的词。我重复一遍:这不是我的棋局。"

"真的吗?"威戈佛特兹身子前倾,"在这盘棋局里,猎魔人,在这张棋盘上,伫立着一匹黑马。命运之线将它与你相连。这可以是好事,也可以是坏事。你知道我在说谁,对吧?我相信你不想失去她,对吧?但你要知道,想不失去她,只有一个办法。"

猎魔人眯起眼睛。

"你想对那孩子怎么样?"

"只有一个办法能让你知道答案。"

"我警告你,我不会允许任何人伤害她……"

"只有一个办法能让你避免此事。这是我给你的选择,利维亚的杰洛特。好好考虑我的提议吧。你有一整晚时间。在你仰望天空、欣赏群星时好好考虑吧。别把它们跟湖面的倒影搞混。沙子快流尽了。"

　　　　　　　◆━━◆━━◆

"叶，我担心希瑞。"

"没这个必要。"

"可……"

"相信我吧。"她抱住他，"拜托，请相信我。别担心威戈佛特兹的话。他是只狡猾的狐狸。他想骗你，想激怒你。在某种程度上，他已经成功了。但这不重要。希瑞在我的保护之下，她在艾瑞图萨不会有事。她会在这儿提高自己的能力，不会有任何人妨碍她。任何人。但你别指望她成为猎魔人。她有其他方面的才能。她注定要从事其他行当。这点你可以相信我。"

"我相信你。"

"真是了不起的进步。别为威戈佛特兹的话担心。明天会有许多问题得到解释，也有许多事情得到解决。"

　　明天，他心想。她对我隐瞒了什么？可我不敢问。柯德林格说得对。我被卷入了可怕的麻烦，但如今已经没有退路了。我必须等待，看明天——据说一切都会得到解释的明天——会发生什么。我必须相信她。我知道有事即将发生。我会等待，然后随机应变。

　　他看着写字台。

"叶？"

"我在。"

"在艾瑞图萨当学生……并睡在这样的房间时……你也有只布娃娃

吗？你必须抱着它才能睡着？白天就把它放到写字台上？"

"不。"叶妮芙的身子突然动了动，"我没有布娃娃。别问我这个，杰洛特。拜托，别问。"

"艾瑞图萨。"他低声说着，扫视四周，"仙尼德岛的艾瑞图萨……会成为她的家。许多年后……等她离开这里，就是个成熟的女人了……"

"别说了。不要再想，也别再说。现在只要……"

"只要什么，叶？"

"爱我就好。"

他抱紧她。抚摸她。感受她。叶妮芙的身体既僵硬又温软，她发出重重的叹息。他们的话语变得断断续续，消失在叹息和剧烈的喘息之间，失去了所有意义。于是他们保持沉默，专心感受对方，感受真相。他们的感受持久、仔细而又彻底，唯恐出现毫无必要的匆忙、轻率与冷漠。他们的感受有力、强烈又充满激情，唯恐产生毫无必要的自我怀疑与犹豫不定。他们谨慎地感受彼此，唯恐做出毫无必要的生硬举动。

他们感受着彼此，克服自身的恐惧，又在片刻后感受到真相：那清晰到耀眼的景象印在他们眼中，让他们分开原本紧抿的嘴唇，发出一声呻吟。紧接着，时间在颤抖中凝固，一切都消失不见，唯一正常的五感只有触觉。

永恒过后，现实终于归来。时间再度震颤，仿佛载满货物的马车，缓缓地、沉重地，开始前行。杰洛特透过窗户向外望去。月亮仍高悬夜空，而刚刚发生的一切本该将它射落才对。

"哦天哪，哦天哪。"许久过后，叶妮芙一边说着，一边缓缓拭去脸旁的泪水。

他们静卧在凌乱的床单上，感受着狂喜，感受着沉默，感受着彼此滚烫的身体和渐渐淡去的幸福感。周围只剩不断盘旋的模糊黑暗，充斥着夜晚的气息与蝉鸣。杰洛特知道，在这样的时刻，女术士的传心能力会变得尤为强大，于是他开始回忆美好的事物，回忆那些会让她喜悦的东西。回忆日出时耀眼的光明。回忆黄昏时笼罩在山间湖泊的雾气。回忆水晶般透明的瀑布，鲑鱼在其中腾跃，闪耀着纯银般的光泽。回忆温暖的雨点拍打在缀满露珠的牛蒡叶上。

为了她，他回忆着这一切。叶妮芙则露出微笑，聆听他的思绪。她脸上的笑容与睫毛的新月状阴影一同颤抖。

"家？"叶妮芙突然问道，"什么家？你有家吗？你想盖自己的家？哦……抱歉，我不该……"

他沉默不语。他在生自己的气。就在他为她回忆那些事物时，竟然意外地让她看到了关于她自己的思绪。

"真是个美妙的梦。"叶妮芙轻轻抚摸他的肩膀，"一个家。一栋你亲手盖起的房子，你和我会住在其中。你养马和羊。我打理小花园，烹煮食物，剪羊毛，再拿到集市贩卖。我们用羊毛和作物换来铜板，购买需要的东西——比如一口铜锅，还有一把铁耙。希瑞时不时跟丈夫和三个孩子来看望我们，特莉丝·梅利葛德也会偶尔来住上几天。我们会保持美貌与尊严，一起慢慢变老。如果哪天我烦了，你会在晚上用手制的风笛吹曲子给我听。所有人都知道，风笛是治疗沮丧的良方。"

猎魔人一言不发。女术士轻轻咳嗽一声。

"抱歉。"过了一会儿,她说道。他用手肘撑起身体,凑过去亲吻她。她突然动了动,沉默地抱紧他。

"说吧。"

"我不想失去你,叶。"

"你已经拥有我了。"

"夜晚总有尽头。"

"凡事都有。"

不,他心想。我不想这样。虽然结束亦是开始,一切都可重来。但我累了,不想再重来一次。我想……

"别说话。"她飞快地用手指按住他的嘴唇,"别告诉我你想怎样,想要什么。因为你很快就会发现,我没法满足你的期待,而这会让我痛苦。"

"可你又想要什么,叶?难道你没有梦想吗?"

"我只梦想可以实现之事。"

"那我呢?"

"我已经拥有你了。"

他又一次沉默下来,沉默了很久很久,直到她再次开口。

"杰洛特?"

"嗯?"

"再来爱我吧。"

一开始,他们享受着彼此,满心奇思妙想与创意,渴望新的尝试。就像从前一样,他们很快便发现自己做得太多,同时又做得太少。他们一同体会到这一点,然后又是一轮翻云覆雨。

等杰洛特清醒过来,月亮仍停留在原处。蝉鸣格外响亮,仿佛它们也想用疯狂与放纵压倒焦虑与恐惧。在不远处,艾瑞图萨宫左翼的一扇窗户里传来某人的怒吼。他大发雷霆,说自己想睡觉,叫他们安静点儿。但另一边的某扇窗里,一个显然更有艺术气息的家伙却在热烈地鼓掌,向他们道贺。

"哦,叶……"猎魔人低声责备道。

"我有理由……"她吻了他,然后把脸埋进枕头,"有理由尖叫。所以我叫了。这种事就不该忍着。这既不健康,也不自然。拜托,抱紧我。"

劳拉传送门，又名贝纳文特传送门，以其发现者的名字命名。它坐落于仙尼德岛，位于海鸥之塔最顶层，是一扇会周期性激活的定点传送门。运作原理：未知。目的地：未知，但由于受损，多半已发生偏斜。可能存在复数分岔。

重要信息：这座传送门很不稳定，且极端危险。禁止任何形式的实验。不可对海鸥之塔使用任何法术——尤其是传送法术——或接近其周边地带。在特殊情况下，巫师会负责审查进入托尔·劳拉的申请，并检查传送门。申请时必须拿出已取得进展的研究，以及相应领域的专业知识作为理论依据。

参考文献：乔弗利·蒙克，《上古种族的魔法》；以马内利·贝纳文特，《托尔·劳拉的传送门》；妮娜·菲欧拉凡提，《传送法术的理论和实践》；兰桑特·阿尔瓦罗，《神秘之门》。

——"禁忌录"（封禁法器列表）
《魔法艺术》第五十八期

第四章

一开始,周围只有闪烁的光芒、脉动不止的混沌、瀑布般落下的影像,以及响动与话语的盘旋深渊。希瑞看到一座擎天的高塔,闪电在塔顶跃动。她听到一声猛禽的尖啸,突然,她自己就变成了那只大鸟。她以惊人的速度飞翔,下方是风暴肆虐的海洋。她看到一只纽扣眼睛的玩偶,突然,她自己就变成了那只娃娃。黑暗充斥于四周,在蝉鸣声中律动。她看到一只黑白相间的大猫,突然,她又变成了猫,身处一栋气氛阴沉的屋子。她看到发黑的木头墙板,嗅到蜡烛和旧书的气息。有好几次,她听到有人在叫自己的名字,在呼唤她。她看到银色的鲑鱼跃过瀑布,听到雨点拍打树叶的响声。接着,她听到叶妮芙古怪而长久的尖叫。正是这尖叫声惊醒了她,将她从永恒与混沌的裂口中抽离出来。

此时此刻,她徒劳地回忆梦境,却只能听到鲁特琴与长笛的轻响、小手鼓的叮当声,以及歌声和欢笑声。丹德里恩和他偶遇的那群吟游诗人正在走廊尽头的房间享受着美好时光。

一缕月光照进窗户，略微驱散了昏暗，让这洛夏宫的房间仿佛梦中世界一般。希瑞掀开被单。她全身是汗，头发黏在额头。昨天夜里，她躺了很久才睡着。尽管开着窗子，房里依然闷得厉害。她知道闷热的原因——与杰洛特离开之前，叶妮芙用防护咒围住了这个房间。表面看来，符咒的作用是阻止别人进来，但希瑞怀疑叶妮芙的真正目的是防止她离开。简单地说，自己是个囚犯。虽然与杰洛特重归于好让叶妮芙很高兴，但她既没有忘记、也不会原谅希瑞任性而鲁莽地逃往希伦顿的行为——尽管这正是叶妮芙与杰洛特和好的原因。

虽与杰洛特再次相见，但希瑞心里只有失望与悲伤。猎魔人变得缄默、紧张、焦躁，而且明显口不对心。他们的对话磕磕绊绊，话题不时戛然而止。猎魔人的目光和思绪不断转向别处。希瑞很清楚那个"别处"是哪儿。

丹德里恩轻柔而悲伤的歌声，以及鲁特琴奏出的乐曲，仿佛溪水流过卵石的低吟一般，从走廊尽头的房间传来。她认出了这首曲子。歌谣的名字叫《难以捉摸》，诗人几天前才开始谱写，并打算带它去参加将于今年秋季在瓦特伯格城堡举办的年度诗人大赛。丹德里恩甚至吹嘘要一举拔得头筹。希瑞仔细听着歌词。

> 你飘浮在闪闪发光的屋顶，
> 游过撒满百合花瓣的河面，
> 总有一天，我会得知你的真相，
> 只要我尚在世间……

蹄声如雷，骑手在夜色中策马奔驰，地平线上的天空映着多处火光。一只猛禽发出刺耳的尖啸,随即展翅翱翔。希瑞再次沉入梦乡。她听有人一次次呼唤她的名字。一次是杰洛特,一次是叶妮芙,一次是特莉丝·梅利葛德。最后那个声音——对方曾多次呼唤她——则来自一个面容悲伤、身材苗条、但她并不认识的金发女孩。她伫立在一张微缩画里,画框以黄铜和牛角制成。

接着,她看到一只黑白相间的猫。片刻之后,她再次变成那只猫,透过它的双眼窥视世界。她置身于一栋昏暗而陌生的屋子。她看到堆得满满的大书架,还有一座由几根蜡烛照亮的讲台,两个男人坐在旁边,研究几张卷轴。其中一个咳嗽起来,用手帕擦擦嘴。另一人是个小矮子,脑袋奇大,身下是张带轮子的椅子。他没有腿。

"真了不起……"芬恩赞叹道,目光扫过破烂不堪的羊皮纸,"难以置信……你从哪儿找到这些文献的?"

"就算告诉你,你也不会相信的。"柯德林格咳嗽着说,"你还没察觉辛特拉公主希瑞菈的真正身份?她是上古血脉之子,是憎恨之树上的最后一根枝条!最后的枝条,结出最后一颗毒苹果……"

"上古血脉……就是说很久以前……帕薇塔、卡兰瑟、艾达莉亚、伊伦、菲欧娜……"

"还有法尔嘉。"

"看在诸神的分上,这不可能啊。首先,法尔嘉没有子女!其次,菲欧娜的亲生母亲是……"

"首先,我们对年轻时的法尔嘉一无所知。其次,芬恩,别逗我笑了。你知道的,我一听'亲生'这个词就会笑抽过去。我相信这份文献,因为在我看来,它相当可信,而且叙述的都是事实。菲欧娜,也就是帕薇塔的曾曾祖母,是法尔嘉——那个披着人皮的怪物——的女儿。该死，我从来不相信疯狂的预言、占卜和胡话，但我现在想起了伊丝琳妮的预言……"

"被污染的血脉？"

"污染、感染、诅咒，这些都解释得通。而且，如果你没忘记的话，传说中受到诅咒的正是法尔嘉本人——因为劳拉·朵伦·爱普·希达哈尔诅咒了法尔嘉的母亲……"

"那只是传说而已，柯德林格。"

"没错，是传说。但你知不知道传说会在何时变成真实？在人相信它的那一刻。确实有人相信上古血脉的传说。尤其是它说过：**法尔嘉之血会生出一位复仇者，他将摧毁旧世界，并在废墟上建造一个新的。**"

"而希瑞菈就是那个复仇者？"

"不。不是希瑞菈。是她的儿子。"

"而追捕希瑞菈的人是……"

"……恩希尔·瓦·恩瑞斯，尼弗迦德皇帝。"柯德林格冷冷地帮他说完，"现在你明白没？无论希瑞菈意愿如何，她都将成为王位继承人的母亲。她会成为王子的母亲，而那位黑暗王子正是女魔鬼法尔嘉的后裔，是复仇者。在我看来，世界的毁灭和随后的重建，意味着一切都将受到某人的指引和操控。"

残疾人沉默良久。

"我们是不是，"他最后开口，"该把这事告诉杰洛特？"

"杰洛特？"柯德林格嘲笑道，"谁？你说那个想让我相信，他所做的一切不是为了利益的蠢货？哦，我相信这一点：他为的并非自己的利益，而是别人的。可惜那人并不知情。杰洛特在追捕里恩斯。里恩斯是走狗，但杰洛特不知道，他自己的脖子上也有条项圈。我应该告诉他吗？这一来，我不就等于帮了那些指望抓住下金蛋的母鸡、以此勒索或讨好恩希尔的人吗？这可不行，芬恩。我没那么蠢。"

"猎魔人也是被豢养的？谁在控制他？"

"好好想想。"

"那个婊子！"

"说对了。只有一人能影响他。他信任她，但我不。我从来没信任过她。所以我也要加入这场棋局了。"

"这棋局很危险，柯德林格。"

"从来就没有安全的棋局。只有划得来和划不来的。芬恩，老伙计，你不明白落入我们双手的是什么吗？一只金鸡，会给我们下金蛋——只给我们——一颗硕大的金蛋，蛋黄黄得冒油……"

柯德林格剧烈地咳嗽起来。当他把手帕从嘴边拿开时，上面沾着几滴血。

"金子可治不好你的病。"芬恩看着搭档的手帕，"也没法让我长出腿。"

"谁知道呢？"

有人敲敲门。芬恩在轮椅里紧张地扭扭身子。

"柯德林格，你在等人？"

"没错。我派人去了仙尼德。他会带回下金蛋的母鸡。"

"别开门！"希瑞尖叫道，"别开那扇门！死亡就在门后！别开门！"

"好了，好了，我来了！"柯德林格大喊着拨开插销，又转向喵喵叫的猫，"你给我闭嘴，该死的小畜生……"

话语戛然而止。站在门口的并非他等的人。事实上,那三人他一个都不认识。

"尊贵的柯德林格阁下?"

"主人出门办事了。"律师装出傻乎乎的表情,又换上略显尖细的嗓门,"我是主人的管家。我叫杜罗德,米卡埃尔·杜罗德。几位尊贵的阁下,需要帮忙吗?"

"你帮不了我们。"一名高个子半精灵说,"既然你主人不在,我们只好留下一封信和一句口信。信在这儿。"

"一定交到他手上。"柯德林格完美地扮演着蠢仆人①的角色。他恭恭敬敬地鞠了一躬,伸出手去,接过一卷系着红绳的羊皮纸。"口信是?"

捆住纸卷的绳子自行解开,像条捕食的蛇,紧紧缠住他的手腕。高个子猛地一拉。柯德林格失去平衡,跌跌撞撞往前扑去,他本能地用左手推向半精灵的胸口,以免自己撞到他身上。但在倒下的过程中,他没能避开刺进腹部的短刀。他气喘吁吁地大喊一声,奋力想要后退,可那根魔法绳索在他手腕上缠得很紧。半精灵把柯德林格拉向自己,又刺了一刀。柯德林格带着全身的重量撞上刀尖。

"这就是里恩斯给你的口信与问候。"高个子半精灵嘶声道,短刀用力向上一划,像剖鱼一样将律师开膛破肚,"下地狱去吧,柯德林格。不用回来了。"

柯德林格的呼吸变得粗重。他能感觉到刀刃在肋骨和胸骨上摩擦、挤压。他无力地跌坐在地,蜷起身子。他想大喊,想警告芬恩,但他

---

① "杜罗德"与"蠢人"一词原文发音相近。

只能尖叫，而这尖叫声也很快被涌出的鲜血淹没。

半精灵跨过柯德林格的身体。另外两人跟他进了门，都是人类。

芬恩正等着他们。

弩弦发出清响，一个恶棍的额头被钢弹丸砸个正着，立时仰天栽倒。芬恩奋力推动椅子向后挪动，同时拼命用颤抖的手给劲弩装填弹丸。

高个子半精灵纵身跃起，狠狠一脚踢翻了椅子。芬恩滚过散在地板上的文件，无助地挥舞着小手和残缺的双腿，看起来就像一只缺胳膊少腿的蜘蛛。

半精灵把劲弩踢到芬恩看不见的地方。他没再理会挣扎着想要逃跑的芬恩，而是匆匆翻阅起讲台上的文件。他被一幅牛角黄铜画框的微缩画吸引了注意力——上面有个金发女孩。他拿起画像，外加贴在上面的纸条。

第二个恶棍理也不理被弹丸击中的同伙，走近半精灵。后者质疑地扬起眉毛。恶棍摇摇头。

半精灵从讲台上拿起几份文件，连同画像一起塞进外套。他从墨水盒里抓起一把羽毛笔，在一只烛台上点燃。他缓缓转动笔杆，等火烧得更旺些，便扔到讲台上的羊皮纸卷之间。讲台立刻熊熊燃烧起来。

芬恩放声尖叫。

高个子半精灵从燃烧的讲台上拿起一瓶除墨剂，站到正在地板翻滚的小矮子身前，把瓶子里的东西浇了下去。芬恩发出痛苦的号叫。另一个恶棍则从书架上抱起一堆卷轴，丢到芬恩身上。

讲台上的火焰已经够到天花板。另一瓶较小的溶剂轰鸣着炸开，火舌舔舐书架。卷轴和文件发黑蜷曲，继而开始燃烧。芬恩在哀号。

高个子半精灵离开讲台,又卷起一张纸,随后点燃。另一个恶棍又把一堆牛皮纸卷轴丢到芬恩身上。

芬恩尖叫不止。

半精灵站在他面前,手拿那卷烧着的纸。

柯德林格那只黑白相间的猫跳上附近的墙头,黄色的双眼中反射着舞动的火光,而那火光将原本宜人的夜晚变成了对白昼的拙劣模仿。有人在尖叫。火!着火了!拿水来!人们朝屋子跑去。猫儿一动不动,震惊又轻蔑地看着他们。这些白痴正朝炽热的深渊跑去,而它片刻前才从那里勉强脱身。

它漠不关心地转过头,继续舔舐染血的前爪。

———◆———

希瑞满身大汗地醒来,双手用力抓紧床单。周围一片寂静,只有一道匕首般的月光刺穿了柔和的黑暗。

火。地狱之火。鲜血。噩梦……我不记得了,我什么都不记得……

她深吸一口新鲜的空气。闷热感消失了。她知道原因。

防护咒失去了作用。

出事了,希瑞心想。她跳下床,迅速穿好衣服,把短刀别在腰间。她的剑不在身边,被叶妮芙拿去叫丹德里恩保管了。诗人肯定睡觉去了,洛夏宫里静悄悄的。希瑞正在考虑要不要去叫醒他,突然感到脉搏加快,双耳充血。

照进窗子的月光化成一条路。长路的尽头有一扇门。门开了,叶妮芙站在门口。

"跟我来。"

女术士身后,其他的门一扇接一扇,接连不断地打开。黑暗中浮现出圆柱形的黑色轮廓。不是圆柱——也许是雕像……我在做梦,希瑞心想。我不相信自己的眼睛。我在做梦。这不是路。是光,一道光。我不可能走到上面……

"跟我来。"

她照办了。

要不是猎魔人愚蠢的顾虑,还有他不切实际的原则,许多后续事件都可能因之改写。很多事件恐怕根本不会发生。世界的历史也许会朝截然不同的方向发展。

但如今,历史的发展已成定局,而这一切都源于猎魔人的顾虑。他在次日清晨醒来。他想小解,但没像其他男人一样跑上阳台,对着旱金莲的花盆撒尿。他有顾虑。他悄悄穿好衣服,没敢吵醒一动不动、仿佛连呼吸都停了似的的叶妮芙。他离开房间,走进花园。

宴会仍在进行,但从响声判断,在场中人已寥寥无几。舞厅的窗户仍透出灯光,照亮了中庭和牡丹花坛。猎魔人又走了几步,钻进几丛浓密的灌木中间。在那里,他凝视着渐渐亮起的天空。地平线已浮现出晨曦的紫色条纹。

当他缓步返回,心中思索一些重要事务时,他的徽章突然剧烈震颤起来。他把徽章握在手中,只觉那股颤抖立刻蔓延至全身。毫无疑问，有人在艾瑞图萨施展法术。杰洛特竖起耳朵，听到宫殿左翼传来几声模糊的叫喊，还有一声"哗啦"与沉重的撞击。

换作别人，或许会转过头，迅速返回来处，假装什么也没听见。那一来，世界历史的发展又会不一样了。但猎魔人有自己的顾虑，他也习惯了按愚蠢而不切实际的原则行事。

冲进回廊和过道时，他看到一场搏斗正在进行。好几个身穿灰色短上衣、外表凶悍的男人正要制服一名倒地的矮小巫师。搏斗的主导者是迪杰斯特拉，瑞达尼亚国王维兹米尔的情报头子。杰洛特还没反应过来，立刻也被压制住——两个穿灰衣的壮汉把他按到墙上，第三人用三尖戟抵住他的胸口。

这些壮汉的胸甲上都饰有瑞达尼亚的老鹰纹章。

"这就叫'一脚蹚进浑水'。"迪杰斯特拉朝他走来，低声说道，"至于你，猎魔人，你的天赋就是蹚浑水吗？乖乖站好，别轻举妄动，也别想吸引任何人的注意力。"

瑞达尼亚人终于制服了矮个儿巫师，正抓着双臂将他抬起。那是阿尔托·特拉诺瓦，巫师会成员之一。

照亮这一切的光线来自于悬在凯拉·梅兹头顶的光球——昨晚的宴会上，杰洛特跟女术士聊过几句。他现在几乎认不出她了，因为凯拉将轻飘飘的薄纱裙换成了庄重的男装，腰间还别着一把短刀。

"铐住他。"她简短地下令。一副用蓝色金属制成的镣铐在她手中叮当作响。

"你敢铐我！"特拉诺瓦喊道，"梅兹，你好大的胆子！我可是巫师会的成员！"

"曾经是。但你现在只是个普普通通的叛徒。你也将得到叛徒的待遇。"

"你这下流的妓女,谁……"

凯拉退后一步,腰肢一拧,催动全身的力量打中他的脸。巫师的脑袋猛地往后一仰,有那么一瞬间,杰洛特还以为他的头会飞出去。特拉诺瓦无力地倒在瑞达尼亚人怀中,鼻子和嘴巴流出鲜血。女术士抬起拳头,但没挥出第二拳。猎魔人看到,她手上的黄铜指虎在闪光。他并不吃惊。凯拉身材纤细,单凭她的拳头,不可能挥出如此沉重的一击。

他一动没动。那些恶棍紧紧按着他,三尖戟尖抵住他的胸口。就算能动,杰洛特也不知该做什么。

瑞达尼亚人将巫师的手腕拧到身后,给他戴上镣铐。特拉诺瓦叫喊挣扎,还弯下腰开始呕吐,杰洛特这才明白手铐的材质。那是铁和阻魔金的合金——阻魔金是种罕见的金属,拥有抑制魔力的特性。它的抑制作用还伴有一系列副作用,会叫巫师相当难受。

凯拉·梅兹抬起头,拂开额前的头发。这时她才看到他。

"活见鬼,他在这儿干吗?他是怎么到这儿来的?"

"走进来的呗。"迪杰斯特拉平静地回答,"他很擅长蹚浑水。我该拿他怎么办?"

凯拉脸色一沉,用高跟靴狠狠踩了几下地板。

"看住他。我没时间管这些。"

她快步走开,瑞达尼亚人拖着特拉诺瓦紧随其后。虽然已近黎明,天色越来越亮,但那闪闪发光的球体仍飘浮在女术士身后。迪杰斯特拉打个手势,那些恶棍放开杰洛特。密探头子走近些,看着猎魔人的双眼。

"别轻举妄动。"

"发生了什么?那个……"

"一个字也别说。"

很快,凯拉·梅兹回来了,但并非孤身一人,身边还跟着个淡黄色头发的巫师。杰洛特昨天在宴会上见过他,对方自称是班·阿德的戴斯摩。看到猎魔人,他咒骂一声,一拳砸在另一只手的掌心。

"该死!他就是叶妮芙的情人?"

"没错,就是他。"凯拉说,"利维亚的杰洛特。问题在于,我并不了解叶妮芙……"

"我也是。"戴斯摩耸耸肩,"不管怎么说,他已经卷进来了,还看到了不少。带他去见菲丽芭。她会决定的。把他也铐上。"

"没这个必要,"迪杰斯特拉没精打采地说,"我负责看他。我会带他去该去的地方。"

"好极了。"戴斯摩点点头,"因为我们没时间管他。来吧,凯拉,上面已经一团糟了……"

"哦,他们还真够紧张的,对吧?"密探头子看着两人的背影,低声说道,"就是缺乏经验,没别的原因。政变和叛乱就像甜菜汤,放冷了才够味。走吧,杰洛特。记住,保持安静和体面,别引人注目,也别让我后悔没给你戴上镣铐。"

"迪杰斯特拉,发生了什么事?"

"你还猜不到吗?"密探头子走到他身边,三个瑞达尼亚壮汉负责殿后,"跟我直说吧,猎魔人,你为什么来这儿?"

"我怕旱金莲会凋谢。"

"杰洛特,"迪杰斯特拉皱起眉头,"你已经一头扎进了浑水。你拼命往上游，把脑袋露出水面，脚却够不到水底。有人冒着弄脏衣服的风险，向你伸出援助之手，所以省省那些愚蠢的笑话吧。是叶妮芙找你来的，对不对？"

"不对。叶妮芙还睡在温暖的床上，这下你放心了？"

高大的密探头子猛转过身，抓住猎魔人的双臂，把他按到走廊的墙壁上。

"不，我才不放心呢，你这该死的蠢货。"他嘶声道，"你还不明白吗？忠于国王的正派巫师彻夜未眠，连床都没碰过，只有尼弗迦德收买的叛徒还睡在温暖的床上。再过一段时间，那些叛徒就要准备叛乱了。他们不知道计划已经泄露，他们的意图早在我们预料之中。如你所见，他们正被拖下温暖的床铺，被人用指虎打得满地找牙，手腕也被戴上阻魔金镣铐。那些叛徒已经完蛋了，明白吗？如果你不想跟他们一起完蛋，就别再装傻了！威戈佛特兹昨晚已经把你招入麾下了？还是说，招募你的正是叶妮芙？快说！趁你连嘴巴也没入脏水之前！"

"是甜菜汤，迪杰斯特拉。"杰洛特提醒他，"带我去见菲丽芭。保持安静和体面，别引人注目。"

密探头子放开他，退后一步。

"走吧。"他冷冷地说，"上楼梯。我们之间的谈话还没完，我向你保证。"

在四条走廊的交会处，提灯和飘浮在拱顶支柱下的魔法球发出明亮的光芒。这地方满是瑞达尼亚人和巫师，后者中还有两名高阶评议会成员——莱德克里夫和萨宾娜·葛丽维希格。萨宾娜与凯拉·梅兹一样，也穿着灰衣人的制服。杰洛特这才明白，单凭穿着，他就能辨认出这场叛乱的不同阵营。

特莉丝·梅利葛德蹲伏在地板上，前面是具倒在血泊中的躯体。杰洛特认出那是莉迪亚·凡·布雷德沃特。他认出了她的头发和丝绸衣裙，但却认不出她的脸，因为那已经不再是一张脸了，而是一具骇人的颅骨，整副闪闪发亮的牙齿都暴露在外，还有扭曲凹陷的下巴——这些骨头只是勉强拼接起来。

"盖上她吧。"萨宾娜·葛丽维希格轻声说道，"她死了，幻象就消失了……我说了，快他妈找东西盖住她！"

"莱德克里夫，怎么会这样？"莉迪亚的胸骨间嵌着一把匕首，特莉丝把手从镀金握柄上收回，"怎么会发生这种事？我们说好不流血的！"

"她袭击我们。"巫师喃喃说道，低下头去，"把威戈佛特兹押出去时，她袭击了我们。我们扭打起来……我不知道……那是她自己的匕首。"

"盖住她的脸！"萨宾娜突然转身，看到了杰洛特，猛禽般的双眼顿时精光闪现。

"他怎么会在这儿？"

特莉丝一跃而起，朝猎魔人飞扑而去。杰洛特看到她的手出现在自己眼前，然后又看到一道闪光。黑暗缓缓笼罩一切。他看不见了。他感到有只手抓住他的衣领，用力一拉。

"抓紧他，不然他会摔倒的。"特莉丝的语气很不自然，充斥着伪装出来的愤怒。她的手再次发力，将他短暂地拉向自己。

"原谅我。"她匆匆耳语道，"我必须这么做。"

迪杰斯特拉的手下紧紧抓住他。

他转过头，启动其他感官能力。走廊传来脚步声，空气泛起涟漪，带来各种气息。有人在说话。萨宾娜·葛丽维希格在咒骂,特莉丝在安慰她。散发军营气味的瑞达尼亚人拖着尸体走过,衣裙的丝绸面料沙沙作响。血。血腥味儿。还有臭氧——那是魔法的味道。响亮的说话声。脚步声。鞋跟紧张敲打地板的咔嗒声。

"动作快!我们花了太多时间!我们早该到加斯唐宫了!"

说话人是菲丽芭·艾哈特,语气十分焦虑。

"萨宾娜,尽快找到玛蒂·索德格伦。有必要的话,把她从床上拖下来。格迪米狄斯状况不太好,我想是心脏病发作。叫玛蒂照顾他,但什么事也别对她讲,包括她的床伴。特莉丝,找到多瑞加雷、德雷瑟姆和卡杜因,带他们去加斯唐宫。"

"为什么?"

"他们是国王的代表。我们得让埃塞因和伊斯特拉德知道我们的行动及成果。你负责带他们去……特莉丝,你手上有血!谁的血?"

"莉迪亚的。"

"见鬼。什么时候?什么原因?"

"原因重要吗?"一个冰冷而平静的声音说。是蒂莎娅·德·维瑞斯。衣裙发出沙沙声。蒂莎娅身穿舞会长裙,并非反叛者的制服。杰洛特在仔细听,但没有阻魔金镣铐的叮当声。

"你真的在意吗?"蒂莎娅重复道,"真的关心吗?在你们组织叛乱时,在你们趁着夜晚安排武装暴徒时,你肯定料到会有伤亡。莉迪亚死了。亨·格迪米狄斯奄奄一息。片刻之前,我看到阿尔托脸上血肉模糊。菲丽芭·艾哈特,这次政变还会有多少伤亡?"

"我不知道。"菲丽芭坚定地回答,"但我不会退缩的。"

"你当然不会。你不会为任何事退缩。"

空气振动起来,鞋跟以熟悉的节奏敲打在地板上。菲丽芭朝他走来。他还记得,他们并肩穿过艾瑞图萨大厅去品尝鱼子酱时,她那双脚踩出的紧张节奏。他还记得肉桂和五福花的味道,现在其中混合了苏打粉。杰洛特不打算参与任何形式的政变或叛乱,但他现在有些后悔——早知道的话,他会提前刷个牙。

"他看不见你,菲。"迪杰斯特拉若无其事地说,"他有眼无珠,什么都看不着。那个头发很漂亮的姑娘把他弄瞎了。"

他听到菲丽芭的呼吸声,感受到她的每个动作。但他尴尬地转过头,装出无助的模样。可惜女术士没上当。

"别装了,杰洛特。也许特莉丝封住了你的眼睛,但她没夺走你的头脑。你为什么会出现在这儿?"

"只是碰巧。叶妮芙在哪儿?"

"诸神保佑不知情的人。"菲丽芭的语气毫无嘲讽之意,"他们会更长寿。好好感谢特莉丝吧。这个法术很温和,致盲效果很快就会消退。你也没看到不该看的事。看住他,迪杰斯特拉。我很快回来。"

骚乱再起。说话声。凯拉·梅兹洪亮的女高音。莱德克里夫低沉的鼻音。沉重的瑞达尼亚长靴的咔嗒声。还有蒂莎娅·德·维瑞斯抬高的嗓门。

"放开她!你们怎么能这样?别这么对她!"

"她是叛徒!"莱德克里夫用低沉的嗓音回答。

"我不信!"

"血浓于水。"菲丽芭·艾哈特冷冷地说,"恩希尔皇帝承诺给精灵自由,还有属于他们自己的独立国家。就在这里,在这块土地之上。当然了,要等把人类屠杀殆尽之后。这足够她不假思索地背叛我们了。"

"快回答!"蒂莎娅·德·维瑞斯用强硬的语气喝道,"回答她的质疑,艾妮德!"

"回答我,法兰茜丝卡。"

阻魔金镣铐叮当作响。全世界最美的女人、"山谷雏菊"法兰茜丝卡·芬达贝用平静而抑扬顿挫的嗓音唱道:

"Va vort a me, Dh'oine. N'aen te a dice'n."

"你满意了吗,蒂莎娅?"菲丽芭吼道,"现在你该相信我了吧?对她来说,你、我、我们所有人都是——而且始终都是——Dh'oine,是人类。而她,Aen Seidhe,跟人类没什么好说的。你呢,费卡特?威戈佛特兹和恩希尔答应了你什么,让你选择背叛?"

"下地狱去吧,你这下流的荡妇。"

杰洛特屏住了呼吸,但他没听到黄铜指虎打碎骨头的声音。菲丽芭比凯拉冷静得多,也许因为她没有黄铜指虎。

"莱德克里夫,带这些叛徒去加斯唐宫!戴斯摩,跟高阶女术士德·维瑞斯一起。去吧。我随后就来。"

脚步声。肉桂和五福花的味道。

"迪杰斯特拉。"

"我在,菲。"

"这儿不需要你的手下了。他们可以回洛夏宫了。"

"你确定……"

"回洛夏宫,迪杰斯特拉!"

"遵命,大人。"密探头子语带轻蔑,"小人告退。我们的工作已经完成,现在是巫师的私人事务时间。无须催促,我也会立刻离开美丽的大人。我不指望您感谢我在叛乱中提供的协助和做出的贡献,但我相信,大人一定会在宝贵的记忆里为我留下一席之地。"

"抱歉,西吉斯蒙德。多谢你的帮助。"

"完全不必,这是我的荣幸。嘿,沃米尔,召集你的手下。叫五个人跟着我。你带其他人下楼,回斯帕达号。记得动作要轻,踮起脚尖,别引人注目,也别惹事。你们可以走边廊。在洛夏宫和码头不准透露一个字。这是命令!"

"你什么都没看见,杰洛特。"菲丽芭·艾哈特低声说道,将肉桂、五福花和苏打粉的味道送进猎魔人的鼻孔,"你什么也没听见。你没跟威戈佛特兹谈过话。迪杰斯特拉会送你去洛夏宫。等……这事结束,我会去找你。我昨天答应过你,我会遵守诺言。"

"叶妮芙呢?"

"我看他是着魔了。"迪杰斯特拉拖着脚走了回来,"叶妮芙,叶妮芙……我都听烦了。别再费劲儿跟他说话了,菲。你还有更重要的事。你们在威戈佛特兹那儿找到东西了吗?"

"找到了。拿着,这是你的。"

"哦!"展开纸卷的沙沙声,"我的天,我的天!太棒了!尼泰特公爵。了不起!还有……"

"当心,别提名字。也别一回崔托格就开始处决。仓促行事会引发公愤。"

"别担心。这张名单上的家伙——这些渴望尼弗迦德黄金的家伙——不会有事。至少暂时不会。他们会成为我的宠物狗。我会牵住他们的狗绳,回头再把绳子绕到他们的脖子上……纯粹出于好奇,你手上还有别的名单吗?科德温、泰莫利亚和亚甸的叛徒呢?我很想看看。

一眼就好……"

"我知道你想,但这不关你的事。莱德克里夫和萨宾娜·葛丽维希格也拿到了他们想要的名单,他们知道该怎么处理。现在我得走了。我赶时间。"

"菲?"

"什么?"

"恢复猎魔人的视力,免得他在楼梯上摔倒。"

艾瑞图萨的宴会仍在进行,但形式已向传统靠拢,气氛也轻松了许多。有人搬开桌子,巫师和女术士从其他房间找来扶手椅、长椅和长凳,正坐在上面,以各种各样的形式消遣,方式大多很低俗。许多人围坐在一桶劣酒周围,一边畅饮一边聊天,时不时爆出大笑。他们不久前还用小银叉品尝精美的食物,如今却毫不客气地用双手抓起羊排,开怀大嚼。有好几位在旁若无人地玩牌,其他人则在睡觉。一对男女在角落激烈拥吻,从那份热情来看,光靠亲吻肯定满足不了他们。

"看看他们,猎魔人。"迪杰斯特拉靠向回廊栏杆,看着那些巫师,"玩得多开心啊。就像一群孩子。就在他们玩耍的同时,评议会几乎拿下了整个巫师会,正以叛国和私通尼弗迦德人的罪名审判他们。看看那一对儿,他们很快会去找个隐蔽的角落,不等他们做完那档子事,威戈佛特兹就会被绞死。哦,这世界真够怪的……"

"安静,迪杰斯特拉。"

通往洛夏宫的曲折小径在山坡上开凿。阶地上覆盖着无人照料的树篱、花圃和正在花盆里发黄的龙舌兰,阶地之间则有梯道相连。他们经过时,迪杰斯特拉在一块阶地驻足,走到一堵饰有成排石制奇美拉头像的墙壁边。它们的嘴里在滴水。密探头子弯下腰,长饮一口。

猎魔人走向栏杆。海面金光闪烁,天空的颜色甚至比光荣长廊的画作更缺乏品味。下方远处,他能看到受命离开艾瑞图萨宫的瑞达尼亚士兵。他们排着整齐的队列朝码头行进,刚刚穿过一座连接岩架裂口的桥梁。

他的注意力突然被一道色彩斑斓的影子吸引。它移动得飞快,因此格外显眼,方向与瑞达尼亚士兵刚好相反——向着山上,向着艾瑞图萨。

"好了,"迪杰斯特拉咳嗽一声,催促道,"该走了。"

"这么着急,你就先回吧。"

"哦是啊,"密探头子讽刺道,"而你要回去救你深爱的叶妮芙,像喝醉的魔像一样大闹一场?我们要去洛夏宫,猎魔人。你在搞笑吗?你以为我把你弄出艾瑞图萨,是因为我从很久以前就暗恋你?哦,不是的。我把你弄出来,因为我要你帮忙。"

"要我干吗?"

"你还装糊涂?在艾瑞图萨的学生中,有十二位来自瑞达尼亚大贵族家庭的年轻女士,所以我可不想跟可敬的校长玛格丽塔·劳克斯-安蒂列起冲突。虽然女校长不会把辛特拉公主希瑞菈、也就是叶妮芙带到仙尼德岛的女孩交给我,但她会交给你。只要你开口。"

"你怎么会有如此荒谬的想法,觉得我会开口?"

"因为我荒谬地认为你想确保希瑞菈的安全。在崔托格,我和维兹米尔王会保护好她。她在仙尼德岛并不安全。省省你的讽刺吧。是啊,我知道，国王们一开始给她安排的未来不算美好。但情况起了变化。现在我们清楚，在即将到来的战争中，安全、健康且活生生的希瑞菈更有价值。如果死掉，她就一钱不值了。"

"菲丽芭·艾哈特知道你的计划吗？"

"不知道。她甚至不知道我已经晓得女孩就在洛夏宫。我亲爱的菲可以装出了不起的样子，但维兹米尔始终是瑞达尼亚的国王。我执行的是他的命令，而我半点也不在乎巫师们的打算。希瑞菈可以登上斯帕达号，从海路前往诺维格瑞，再从那儿转道崔托格。她会很安全。你相信我吗？"

猎魔人朝一只奇美拉的脑袋弯下腰，从它的大嘴里喝了些水。

"你相信我吗？"迪杰斯特拉站在他面前，重复了一遍。

杰洛特站直身子，擦擦嘴巴，突然用上全身的力气，一拳打中他的下巴。密探头子摇晃起来，但没倒下。离得最近的瑞达尼亚士兵冲上来，想抓住猎魔人，但却扑了个空。他随即坐倒在地，吐出鲜血和一颗牙齿。紧接着，其他人也扑了过来。场面一片混乱，而这正是猎魔人所期待的。

一个壮汉撞上了怪兽滴水嘴，滴水变成了红色。另一个被猎魔人的掌根打中气管，像被人踢中裤裆一样蜷起身子。第三个眼睛上挨了一巴掌，呻吟着往后退去。迪杰斯特拉用野熊般的动作拦腰抱住猎魔人，杰洛特却用脚跟狠狠踢中他的脚踝。密探头子哀号一声，滑稽地单腿蹦跳起来。

另一名壮汉企图用短剑攻向猎魔人，但只砍到空气。杰洛特单手抓住对方的手肘，另一只手扣住他的手腕。他拽着那家伙转了一圈，顺便砸翻两个逼近的对手。被他抓住的恶棍十分强壮，且丝毫没有丢掉武器的意思。于是杰洛特手上加力,对方的胳膊应声折断。

迪杰斯特拉之前还在单脚蹦跳,这时从地上抄起一把三尖戟,打算用它的三股刃将猎魔人钉在墙上。杰洛特侧身避开,双手抓住戟杆,用上一招学者们熟知的"杠杆原理"。密探头子发现墙壁上的砖块和灰泥越来越近,赶忙松手,但为时已晚——他的腹股沟重重撞上奇美拉的脑袋。

杰洛特抢过三尖戟,将另一个恶棍扫倒在地,随后将戟杆抵上地面,一脚踢断,只留下一把剑的长度。他抄起木棒,先是打中跨坐在奇美拉头上的迪杰斯特拉,又让抱着胳膊呻吟的壮汉闭了嘴。在刚才的打斗中,他这件紧身上衣腋下的线崩开了。猎魔人感觉自在多了。

最后一个还没倒下的恶棍也用三尖戟攻来,指望靠它的长度挽回优势。杰洛特一拳砸中他两眼之间,让他一屁股坐到龙舌兰花盆上。另一个顽固得出奇的瑞达尼亚人抱住猎魔人的大腿,狠狠咬了一口。这下惹火了猎魔人,他用力踢出一脚,踹得那家伙满地找牙。

丹德里恩上气不接下气地跑上台阶。待他看清眼前的情景,顿时脸色惨白。

"杰洛特!"过了好一会儿,他才大声喊道,"希瑞失踪了!她不见了!"

"已经料到了。"猎魔人用木棒狠揍一个不肯乖乖躺倒的瑞达尼亚士兵,"不过啊,你可真让我一阵好等,丹德里恩。我昨天就告诉过你,如果发生什么事,你要立刻赶来艾瑞图萨!我的剑带来没?"

"两把都带了!"

"有一把是希瑞的,你这白痴。"那个大汉试图爬出花盆,杰洛特又赏了他一棍。

"我对剑了解不多。"诗人喘着气说,"看在诸神的分上,别再打了!你看不到瑞达尼亚的鹰形纹章吗?他们是维兹米尔王的手下!这是叛国,是造反。你会因此被关进地牢……"

"是上绞架。"迪杰斯特拉嘴里嘟囔,手上拔出一把匕首,摇摇晃晃地走近些,"你们两个都会上绞架……"

还没说完,他就被三尖戟杆砸中侧脑,四肢摊开,倒在地上。

"先是烧红的铁钳,"丹德里恩沮丧地描述道,"接着是车轮之刑……"

猎魔人踢踢密探头子的肋下。迪杰斯特拉像死掉的麋鹿一样翻过身。

"……然后再被分尸。"诗人续道。

"够了,丹德里恩。两把剑都给我,然后你赶紧走。逃出岛去。越快越好!"

"你呢?"

"我要回去。我得救出希瑞……还有叶妮芙。迪杰斯特拉,老老实实躺好,别碰那把匕首!"

"你别想就这么脱身。"密探头子大口喘气,"我会派手下追捕你……我会抓住你……"

"不,你不会的。"

"我会的。斯帕达号上有五十人……"

"你船上有剃头匠①吗?"

"啊?"

---

①在中世纪的欧洲,除了理发刮脸,剃头匠常常还会兼职外科医生。

杰洛特走到密探头子身后，弯下腰，抓住他的双脚，飞快而有力地一拧。只听嘎巴一声，迪杰斯特拉惨号着昏了过去。丹德里恩尖叫起来，好像断掉的是他自己的脚踝。

"反正我也要被分尸了。"猎魔人嘟囔道。

◆━━▶━━◀━━◆

艾瑞图萨宫静悄悄的。只有几个顽固分子还留在舞厅，但他们已经没有了吵闹的力气。杰洛特绕开舞厅，他不想引人注目。

他费了不少功夫，才找到昨晚跟叶妮芙共度良宵的房间。这座宫殿简直就像迷宫，每条走廊都很相似。

布娃娃用纽扣眼睛看着他。

他坐到床上，抱住脑袋。房间地板上没有血迹，但椅背上挂着条黑裙子。叶妮芙换了衣服。是同谋者的男装吗？

或者，她只穿着内衣，就被他们拖出去了。还戴着阻魔金镣铐？

◆━━▶━━◀━━◆

医师玛蒂·索德格伦坐在窗沿上。听到他的脚步声，她抬起头，脸颊已被泪水打湿。

"亨·格迪米狄斯死了。"她嗓音颤抖，"是心脏病。我无能为力……他们干吗不早点叫我？萨宾娜打了我。她给了我一耳光。为什么？到底发生了什么事？"

"看到叶妮芙了吗？"

"没有。别打扰我了。让我自己待会儿。"

"告诉我去加斯唐宫的最短路线。拜托。"

从艾瑞图萨宫往上,有三块覆盖灌木的阶地。再往高处,山坡更加险峻,几乎难以攀登,而加斯唐宫就耸立在这片绝壁之上。宫殿下层就是一整块巨石,黝黑、平整,扎在山岩之上;上层的大理石和五彩玻璃窗则光芒闪耀,金属穹顶更在阳光下恍若流金。

通往加斯唐宫与山顶的石子路像条长蛇,沿着山坡蜿蜒向上。还有条路要短得多——一段连接阶地的阶梯,直通加斯唐宫下方黑洞洞的隧道。玛蒂·索德格伦指给猎魔人的正是那段阶梯。

出了隧道有座桥,横跨绝壁两端。过桥以后,阶梯变得陡峭而曲折,更远处的台阶消失在弯道后方。猎魔人加快脚步。

阶梯两侧的栏杆上装饰着小巧的农神与宁芙雕像,看起来栩栩如生。那些雕像在动。猎魔人的徽章开始剧烈颤抖。

他揉揉眼睛。事实上,雕像不是在动,而是在变化,由光滑的石雕转变为不成形的粗糙石块——风和海水里的盐分侵蚀了它们的表面。片刻之后,雕像再次恢复原样。

他知道这代表着什么。掩饰仙尼德岛的幻象正在减弱,变得不安定。这座桥也有一部分是幻象。透过满是窟窿的伪装,他能看到一片深谷,谷底有条咆哮的瀑布。

桥面上没有指引安全路线的黑色石板。他谨慎地过桥,每一步都小心翼翼,同时为自己浪费的时间而暗自咒骂。终于来到桥对面,他听到飞奔的脚步声。

他立刻认出了来人——是多瑞加雷，希达里斯国王埃塞因手下的巫师，正沿着阶梯朝他跑来。他想起了菲丽芭·艾哈特的话：有些巫师作为中立国王的代表，受邀前往加斯唐宫充当见证人。但从多瑞加雷冲刺的速度来看，显然他已经不受欢迎了。

"多瑞加雷！"

"杰洛特？"巫师气喘吁吁，"你在这儿干吗？别待在这儿。快跑！快回艾瑞图萨宫！"

"什么情况？"

"叛变！"

"什么？"

多瑞加雷突然一抖，古怪地咳嗽几声，身体前倾，倒在猎魔人身上。接住多瑞加雷之前，杰洛特就看到他背上插着一支灰翎箭。他抱住巫师时，身子不由一晃。这个动作救了他的命，同一瞬间，第二支灰翎箭从他颈旁掠过，射中了一只农神石雕奇形怪状的笑脸，打落了它的鼻子和一部分脖子。猎魔人放开多瑞加雷，矮身躲到栏杆后。巫师瘫倒在他身上。

他看到两名弓箭手，帽子上都饰有松鼠尾巴。其中一个留在阶梯顶端，拉开弓弦，另一个拔出剑，三步并作两步跑下台阶。杰洛特推开多瑞加雷，一跃而起，长剑出鞘。又一支利箭破空而来，杰洛特飞快地挥剑挡开。精灵此时已拉近距离，但看到猎魔人挡开那一箭，不禁犹豫片刻——但也只是片刻而已——他舞动长剑，朝猎魔人攻来。

杰洛特略微倾斜剑身进行格挡，让精灵的武器顺着他的剑划过。精灵失去平衡，猎魔人却用流畅的动作转过身，剑刃划开精灵耳朵下方的脖颈。仅此一剑。但一剑就够了。

阶梯顶端的弓手再次拉弓,但已来不及射出箭矢。杰洛特看到一道闪光,精灵随即尖叫着展开双臂,向前扑倒,沿着阶梯滚落下来。他后背的短上衣着了火。

又一名巫师跑下阶梯。看到猎魔人,他停下脚步,抬起一只手。杰洛特没敢浪费时间向他解释,而是立刻趴倒在地——与此同时,一道炽热的闪电束在他上方划过,将一尊农神雕像炸成碎片。

"住手!"他大喊道,"是我,猎魔人!"

"见鬼。"巫师喘着粗气跑到杰洛特身边,但猎魔人想不起他是谁了。"我把你当成了那些精灵恶棍……多瑞加雷怎么样?还活着吗?"

"应该还活着……"

"快,去桥对面!"

他们拖着多瑞加雷过了桥。运气还不错,因为匆忙中,他们根本无暇顾及摇曳着消失的幻象。没人追赶过来,但那巫师还是伸出一只手,念咒放出一道闪电,炸毁了石桥。崩塌的石块敲打在深谷岩壁上,伴以沉闷的响声。

"这下应该可以阻止他们了。"他说。

猎魔人擦去多瑞加雷嘴角的鲜血。

"他的肺穿孔了。你能帮他吗?"

"我能。"玛蒂·索德格伦接道,她正费力地爬出通往艾瑞图萨宫的隧道。"卡杜因,怎么了?谁射的?"

"松鼠党。"巫师用袖子擦擦额头,"加斯唐宫打起来了。一场血战。两边一个比一个坏!菲丽芭昨晚给威戈佛特兹戴上镣铐,威戈佛特兹和法兰茜丝卡·芬达贝则把松鼠党带到了岛上!还有蒂莎娅·德

·维瑞斯……她把上面搅得一团糟!"

"说清楚点儿,卡杜因!"

"我可不想留在这儿聊天!我得逃去洛夏,然后传送回柯维尔。让加斯唐宫继续混战去吧!现在说什么都没用了!已经开战了!菲丽芭搞出这场混乱,就为给国王们找个借口,好跟尼弗迦德人开战!莱里亚的米薇和亚甸的德马维已经挑衅过尼弗迦德人了!你们明白吗?"

"不明白,"杰洛特说,"我们也不想明白。叶妮芙在哪儿?"

"够了,你们两个!"正在护理多瑞加雷的玛蒂·索德格伦尖叫道,"帮帮我!按住他!我一个人没法把箭拔出来!"

他们帮了忙。多瑞加雷在呻吟,在颤抖,阶梯也跟着摇晃起来。一开始,杰洛特还以为是玛蒂施展治疗法术的效果,但其实是加斯唐宫传来的震动。彩色玻璃窗突然爆裂,他们看到宫殿燃起熊熊大火,烟雾滚滚涌出。

"他们还在打。"卡杜因咬牙切齿,"打得不可开交,咒语一个接一个……"

"咒语?在加斯唐宫?那儿有反魔法灵光啊!"

"是蒂莎娅干的。她突然知道该支持哪边了,于是撤销了魔法封印,解除了灵光,还抵消了阻魔金的作用,然后所有人都打了起来!一边是威戈佛特兹和特拉诺瓦,另一边是菲丽芭和萨宾娜……支柱折断,穹顶崩塌……接着法兰茜丝卡打开地洞入口,精灵魔鬼突然冲了进来……我们表明自己保持中立,威戈佛特兹却放声大笑。没等我们施展防护咒语,德雷瑟姆就被射中眼睛,瑞齐安被乱箭射成刺猬……我不想再待下去了。玛蒂,你还要很久吗?我们得离开这儿!"

"多瑞加雷没法走路。"玛蒂在雪白的舞会裙上擦擦血淋淋的双手,

"把我们传送走,卡杜因。"

"在这儿?你一定疯了。这儿离托尔·劳拉太近,劳拉传送门的能量会扭曲所有传送咒语。没人能在这儿施展传送术!"

"他没法走路!我必须陪着他……"

"那你就陪着他吧!"卡杜因站起身,"祝你愉快!我很看重自己这条命!我要回柯维尔!毕竟柯维尔是中立国!"

"棒极了。"猎魔人吐了口唾沫,看着巫师消失在隧道里,"这就是所谓的'友谊与团结'!可惜我也不能留在这儿,玛蒂。我得去加斯唐宫。你这位中立的伙伴打碎了桥梁。还有别的路吗?"

玛蒂·索德格伦吸吸鼻子,抬起目光,点了点头。

猎魔人刚来到宫墙脚下,凯拉·梅兹就摔到了他的头上。

玛蒂指给他的路要穿过几座由螺旋楼梯相连的空中花园。台阶上覆盖着浓密的常春藤和葡萄藤,给攀登平添了不少麻烦,同时也提供了一些掩护,让他在无人发现的情况下成功抵达加斯唐宫的墙根。正在寻找入口时,凯拉摔了下来,两人一起滚进了一丛黑刺李。

"我掉了颗牙。"女术士沮丧地说,果然有点口齿不清。她衣衫凌乱,全身都是灰泥与煤烟,脸上还有块硕大的瘀青。"可能腿也摔断了。"她吐出几口血沫,补充道,"是你吗,猎魔人?我摔到你身上了?到底什么情况?"

"我在思考同样的问题。"

"特拉诺瓦把我扔出了窗户。"

"你能站起来吗?"

"不,不行。"

"我想进去,还要避免引人注意,该走哪条路?"

"难道每个猎魔人……"凯拉又吐出一口血,呻吟着用手肘撑起身子,"都是疯子吗?加斯唐宫正在打仗!激烈得连天花板的灰泥都震下来了!你想自找麻烦吗?"

"不想。但我要找到叶妮芙。"

"哦!"凯拉放弃挣扎,躺倒在地,"要是有人也这么爱我该多好。带上我。"

"下次吧。我赶时间。"

"我说了,带上我!我领你进去。我得好好教训那个狗娘养的特拉诺瓦。好了,你还在等什么?你不可能找到进去的路,就算找到,那些该死的精灵也会解决你……我没法走路,但还能施展几个法术。如果有人敢挡道,保管叫他们后悔。"

他抱起她时,她大叫一声。

"抱歉。"

"别介意。"她用双手搂住杰洛特的脖子,"只是扯动伤腿而已。知不知道,你身上还有她的香水味?不,不是这边。转身,上山。靠近托尔·劳拉那边有第二个入口。那儿应该没多少精灵——哎哟!该死的,轻点儿!"

"抱歉。松鼠党怎么会到这儿来?"

"他们藏在地洞里。仙尼德岛就像个坚果壳,下面有巨大的洞穴。只要认得路,把船开进来都没问题。肯定有人给他们指路了——哎呀!小心点!别晃到我!"

"抱歉。这么说松鼠党是从海路来的?什么时候?"

"天晓得。也许是昨天,也许一周以前。我们一直在为拿下威戈佛特兹做准备,威戈佛特兹也一样。威戈佛特兹、法兰茜丝卡、特拉诺瓦和费卡特……他们骗得我们好惨。菲丽芭以为,他们打算慢慢攫取巫师会的权力,然后再向国王们施压……其实他们的目的是要在集会期间彻底解决我们……杰洛特,我的腿好疼……先放我下来吧。哎哟!"

"凯拉,你这是开放性骨折。血都从裤子里渗出来了。"

"闭嘴,听好,因为这跟你的叶妮芙有关。我们进了加斯唐宫,然后去了会议室。那儿有反魔法封印,但影响不了阻魔金,所以我们以为自己很安全。我们在那儿争论起来。蒂莎娅和中立派冲我们大吼,我们也冲他们大吼。威戈佛特兹却面带微笑,一言不发……"

"我重复一遍:威戈佛特兹是叛徒!他跟尼弗迦德的恩希尔是同谋,还诱骗其他人加入!他违背了律法,背叛了我们与国王……"

"慢点儿,菲丽芭。我知道对你来说,维兹米尔的恩宠比兄弟会的团结更重要。这一点对你也适用,萨宾娜,毕竟你在科德温的地位跟菲丽芭相仿。凯拉·梅兹和特莉丝·梅利葛德代表泰莫利亚国王弗尔泰斯特的利益,莱德克里夫则是亚甸国王德马维的忠实手下……"

"蒂莎娅,这些跟这事有什么关系?"

"因为国王的利益不需要跟我们一致。我对你们发动政变的原因再清楚不过。国王们正在铲除精灵和其他非人种族。也许你,菲丽芭,觉得这是正当行为。也许你,莱德克里夫,觉得帮德马维的部队捕猎松鼠党没什么问题。但我反对这种做法。不出所料,艾妮德·芬达贝也表示反对。但这并不足以称之为背叛。让我把话讲完!我对你们国王的打算也再清楚不过。我知道他们想开战。维兹米尔也许会把阻止战争的措施看作背叛,但我不会。如果你们想审判威戈佛特兹和法兰茜丝卡,那就连我一起审判吧!"

"你说什么战争?柯维尔的伊斯特拉德王不支持任何针对尼弗迦德帝国的敌对行为!柯维尔无论现在、还是将来,都会保持中立!"

"你是术士评议会的一员,卡杜因!不是柯维尔的大使!"

"你没资格说我,萨宾娜。"

"够了!"菲丽芭一拳砸在桌子上,"我会满足你的好奇心,卡杜因。你问谁在准备开战?是尼弗迦德人。他们打算攻击并摧毁我们。但恩希尔·瓦·恩瑞斯还记得索登山之战,所以决定先把巫师们从棋盘上除去,好保护自己。抱着这种想法,恩希尔联络了洛格伊文的威戈佛特兹,并以权力和荣耀为饵收买了他。为当上北方所有臣服疆域的统治者,索登山的英雄威戈佛特兹出卖了我们。在特拉诺瓦和费卡特的协助下,他将掌管各大行省——也就是被兼并的北方诸国。他会挥舞尼弗迦德之鞭,强迫这些土地上的人民成为帝国的奴隶,为帝国卖命。还有法兰茜丝卡·芬达贝,也就是艾妮德·安·葛丽娜,将成为自由精灵国度的女王。当然了,她会向尼弗迦德帝国俯首称臣,但只要恩希尔皇帝给他们屠杀人类的自由,精灵们就满足了。对精灵来说,再没有比屠杀 Dh'oine 更有诱惑力的事了。"

"这可是十分严重的指控,相应的证据也必须够分量才行。但是,在你把证据过秤之前,菲丽芭·艾哈特,我再重申一下我的立场。证据可以伪造,行为和动机可以曲解,但事实无法改变。你破坏了兄弟会的团结,菲丽芭·艾哈特。你给巫师会的成员戴上镣铐,把他们当成罪犯。你们才是叛徒——你们出卖的对象不是尼弗迦德人,而是诸位国王——所以别再厚着脸皮向我许诺什么新巫师会的席位了。死亡和鲜血让我们势不两立——亨·格迪米狄斯之死,莉迪亚·凡·布雷德沃特之血。你带着轻蔑令她血溅当场。你曾是我最欣赏的学生,菲丽芭·艾哈特。我一直以你为傲,但现在,我对你只有轻蔑。"

凯拉·梅兹的脸色苍白如纸。

"加斯唐宫安静好一会儿了。"她低声道,"快结束了……他们在宫殿里相互追逐。这座宫殿有五层楼,七十六个房间与大厅。有很多地方可以逃的……"

"你说过会告诉我叶妮芙的事。快说吧。我担心你晕过去。"

"叶妮芙?哦,没错……一切都按计划进行,直到叶妮芙突然出现。她还把魔源带进了大厅……"

"谁?"

"一个女孩,大概十三四岁,银色头发,有对儿碧绿的大眼睛……没等我们看清她,她就开始讲预言。她说起多尔·安格拉发生的事件。所有人都相信她说的是真的。她处于恍惚状态,这种情况下,没人会撒谎。"

"昨晚,"魔源说,"身着莱里亚服色、举着亚甸旗帜的武装部队对尼弗迦德帝国发起挑衅。格里维辛根,也就是尼弗迦德帝国位于多尔·安格拉的边境前哨站遭到袭击。德马维王的传令官通知周边村民，说亚甸从今天起接管整个地区。他们鼓动全体人民起来反抗尼弗迦德人……"

"这不可能！全是卑劣的污蔑！"

"你的结论未免下得太早，菲丽芭·艾哈特。"蒂莎娅·德·维瑞斯平静地说，"别自欺欺人了，你大喊大叫也不会影响她的恍惚状态。继续说，孩子。"

"恩希尔·瓦·恩瑞斯皇帝下达命令，以牙还牙。尼弗迦德军队于今日黎明进入莱里亚和亚甸境内。"

"原来如此。"蒂莎娅大笑起来，"我们的国王还真是一群审慎、开明、热爱和平的君主啊。某些巫师也表明了他们真正的效忠对象是谁。而原本可以阻止战争的人却被戴上阻魔金镣铐，还要面对捏造的罪名……"

"她说的没有半句是实话！"

"你们都见鬼去吧！"萨宾娜·葛丽维希格突然大吼，"菲丽芭！这到底是怎么回事？多尔·安格拉的冲突到底有什么目的？我们不是说好从长计议吗？该死的德马维怎么这么沉不住气？米薇这个贱人到底……"

"闭嘴，萨宾娜！"

"别，别呀，让她说。"蒂莎娅·德·维瑞斯抬起头，"让她说说正在边境集结的科德温军队；让她说说泰莫利亚人如何开出藏在雅鲁加河畔的船只，如何顺流而下；再让她说说瑞达尼亚远征军如何在庞塔尔河畔蓄势待发。菲丽芭，你真以为我们又聋又瞎吗？"

"这根本是血口喷人！维兹米尔王……"

"维兹米尔王,"银发魔源用不带半点感情的声音插嘴道,"昨晚遭到刺杀。他被刺客的刀子捅死。瑞达尼亚已经没有国王了。"

"瑞达尼亚早就没有国王了。"蒂莎娅·德·维瑞斯猛然站起,"一直以来都是'纯白'拉法德的杰出继任者、最尊贵的菲丽芭·艾哈特在统治瑞达尼亚。为了获取绝对权力,她不惜牺牲数以万计的生命。"

"别听她的!"菲丽芭大吼,"别听那个魔源的话!她只是件工具,没有思考能力的工具……叶妮芙,你到底为谁效命?谁命令你带这怪物进来的?"

"是我。"蒂莎娅·德·维瑞斯答道。

"接下来发生了什么?那个女孩怎么样了?还有叶妮芙呢?"

"我不知道。"凯拉闭上眼睛,"蒂莎娅只用一个咒语,就突然解除了封印。我这辈子从没见过这种事。她出其不意将我们弹开,然后放走了威戈佛特兹他们……随后,法兰茜丝卡打开了通往地洞的大门,松鼠党涌入加斯唐宫,为首的是个头戴尼弗迦德翼盔、身披铠甲的疯子。还有个脸上有疤的家伙协助他们。他知道如何施法,也会施展防护咒语……"

"里恩斯。"

"也许吧。我不知道。那儿开始着火……天花板也塌了。到处都是咒语和箭矢,简直是场大屠杀……他们那边死了费卡特,我们这边死了德雷瑟姆和莱德克里夫。马尔阔德、瑞齐安和碧安卡·德埃斯特也被杀了……特莉丝·梅利葛德挂了彩,萨宾娜也受了伤……看到他们的尸体,蒂莎娅知道自己错了。她试图保护我们,试图安抚威戈佛特兹和特拉诺瓦……威戈佛特兹却冲她大笑。最后她也慌慌张张地逃跑了。哦,蒂莎娅……死了那么多人……"

"那个女孩和叶妮芙怎么样了?"

"我不知道。"女术士咳嗽起来,又吐出几口血沫。她呼吸急促,显得相当费力。"一场爆炸过后,我失去了知觉。脸上有疤的家伙带着精灵制服了我。特拉诺瓦痛打了我一顿,然后把我丢出了窗户。"

"不光是腿,凯拉,你还断了好几根肋骨。"

"别丢下我。"

"但我必须进去。我会回来的。"

"是啊,是啊。"

起初,周围只有闪烁的混沌、脉动的阴影、混乱的黑暗与亮光,还有仿佛从深渊传来的各种不连贯的声音。突然间,那些声音变得响亮,尖叫和怒吼也在四面八方炸开。黑暗中的光亮化作吞噬挂毯的火焰,墙壁、栏杆和支撑天花板的圆柱也在不断迸出火花。

希瑞被烟雾呛得直咳嗽,这才意识到自己已不在梦中。

她手按地面,试图撑起身子,却感到周围湿乎乎的。她低头一看,发现自己正跪在一摊血泊中,身边躺着一具纹丝不动的尸体。精灵的尸体。她立刻清醒了。

"起来。"

叶妮芙站在她身边,手握一把短刀。

"叶妮芙女士……我们在哪儿?我不记得了……"

女术士抓紧她的手。

"我陪着你呢,希瑞。"

"我们在哪儿?怎么到处都是火?躺在那儿的……是谁?"

"很久以前,我告诉过你:混沌会向你伸出魔掌,想抓住你。还记得吗?不,你大概不记得了。那个精灵就想抓你,我只好用刀子杀了他,因为他的雇主正在等待我们施展法术,从而暴露自己。我们会施法的,但现在不行……你完全清醒了吗?"

"那些巫师,"希瑞轻声说道,"大厅里那些……我对他们说了什么?为什么我会说那些话?我根本不想这么做……可我没法阻止自己!为什么?叶妮芙女士,为什么?"

"安静,我的丑小孩。我犯了个错误。是人都会犯错。"

下方传来一阵怒吼,还有一声骇人的尖叫。

"来,快点儿。没时间了。"

她们沿走廊飞奔。烟雾越来越浓,让她们难以呼吸、难以视物。爆炸也令墙壁为之震颤。

"希瑞,"叶妮芙在某个走廊交会处停下脚步,用力捏捏女孩的手,"现在听好我的话。仔细听好。我必须留下。看到那段楼梯没?从那儿下去……"

"不!别丢下我一个!"

"我必须留下。重复一遍:从那段楼梯下去,直到最底层。那儿有扇门,门口有道很长的走廊。走廊尽头是马厩,还有一匹上鞍的马。只有一匹。把它牵出来,骑上去。那匹马训练有素,是专供信使去洛夏宫送信用的。它熟悉路线，所以你只要催马前进就行。赶到洛夏宫，你就去找玛格丽塔。她会照看你，别让她离开你的视线……"

"叶妮芙女士！不！我不要一个人走！"

"希瑞，"女术士柔声说道，"我告诉过你，我做的一切都是为你好。相信我。相信我吧，我求求你。现在，快跑。"

希瑞跑上楼梯时，又一次听到叶妮芙的声音。女术士站在一根圆柱旁，头靠在柱子上。

"我爱你，我的女儿。"她含混不清地说，"跑吧。"

他们在楼梯上困住了她。楼梯底部有两个精灵，帽子上装饰着松鼠尾巴，楼梯上面则有个黑衣人。希瑞不假思索地翻过扶手，逃向侧面的走廊。对方紧追不舍。她跑得很快，本可以轻易甩掉他们，但走廊很快就到头了。那儿只有一扇窗。

她朝窗外看去。墙边有道大概两掌宽的岩架。希瑞将一条腿跨出窗沿，爬出窗子。她背靠墙壁，朝远离窗户的方向挪去。远处的海面闪闪发光。

一个精灵把身子探出窗户。他长着淡金色的头发和绿色的眼睛，脖子上围块丝绸方巾。希瑞顺着岩架挪向下一扇窗户，速度很快。但黑衣人正站在那扇窗前朝外打量。他黝黑的眸子充满热切，脸颊上还有一块红斑。

"我们逮住你了，小丫头！"

希瑞低下头。庭院就在下方，离她甚远。但院子上方有道窄窄的天桥,连接着两条回廊,距她所在的壁架大概十尺高。不过那并非完整的天桥,而是一段残骸——一段桥面狭窄、栏杆破碎的石天桥的残骸。

"你们还等什么?"疤脸男喊道,"快出去抓住她!"

金发精灵小心翼翼地踩上岩架,背脊贴紧墙壁,伸手来抓她。他越来越近。

希瑞咽了口口水。那段石头天桥的残骸并不比凯尔·莫罕的"跷跷板"更狭窄,而她在跷跷板上练习过许多次,知道如何缓解落地的冲力并保持平衡。但猎魔人的跷跷板离地只有四尺,天桥离地的距离却要高得多——从这里看去,庭院的石板还没她的手掌大。

但她还是跳了下去。她落上桥面,踉跄几下,赶紧抓住破碎的栏杆,保持住平衡。她迈着平稳的步伐走到回廊,还忍不住转身,朝追她的人比出中指。这个手势是矮人亚尔潘·齐格林教她的。疤脸男高声咒骂起来。

"跳啊!"他冲岩架上的金发精灵大吼,"抓住她!"

"你疯了,里恩斯?"精灵冷冷地答道,"要跳你自己跳。"

◆━━◆━━◆

像往常一样,她的好运没能维持太久。她跑出回廊,悄悄躲到墙后,又钻进一丛黑刺李。突然,一只格外有力的手抓住了她。手的主人是个矮胖男人,鼻子又青又肿,嘴唇有道伤疤。

"抓住你了,"他嘶声道,"抓住你了,小家伙!"

希瑞开始挣扎、叫嚷,因为抓住肩膀的手给她带来了难以忍受的痛楚。

"别扑腾翅膀了，小小鸟，不然我就烧焦你的羽毛。让我好好看看你。让我瞧瞧尼弗迦德皇帝恩希尔·瓦·恩瑞斯——还有威戈佛特兹——如此看重的小妞长什么样。"

希瑞不再挣扎。矮个子舔舔受伤的嘴唇。

"有意思。"他再次嘶声说道，朝她俯下身去，"他们把你说得那么珍贵，可我看你一钱不值。外表真能欺骗人。哈！我的小宝贝儿！如果把你送给恩希尔当礼物的人，不是威戈佛特兹，不是里恩斯，也不是头戴翼盔的英勇骑士，而是老特拉诺瓦呢？恩希尔会不会赏识老特拉诺瓦呢？我的小千里眼，你有什么看法？你可是能看到未来的人啊！"

他的口气臭得要命。希瑞皱起眉头，别过脸。他误会了她的动作。

"别看不起我，小小鸟！我可不怕小小鸟。不过，也许我应该害怕？对不对啊，假预言家？伪先知？我是不是该怕小小鸟啊？"

"你应该害怕。"希瑞低声说道。她感到一阵头晕眼花，突然的冰冷感席卷而来。

特拉诺瓦仰天大笑，但笑声立刻转为痛苦的惨号。一只硕大的灰色猫头鹰无声无息飞扑直下，利爪抠进他的双眼。巫师放开希瑞，不顾一切地扯开猫头鹰，跪倒在地，手捂面孔，鲜血自指间涌出。希瑞尖叫一声，连连后退。特拉诺瓦将满是黏液和血水的手指从脸上挪开，用疯狂而沙哑的声音念诵起咒语。可惜他还不够快。一个模糊的身影出现在背后，猎魔人的利剑划破空气，干脆利落地砍下他的脑袋。

"杰洛特！"

"希瑞。"

"没时间嘘寒问暖了。"停在墙头的猫头鹰变成一个黑发女人,"逃吧!松鼠党很快就会追来!"

希瑞挣脱杰洛特的臂弯,吃惊地抬起头。坐在墙上的猫头鹰女看起来很吓人,衣服焦黑破烂,沾满灰烬和血迹。

"你这小怪物。"猫头鹰女低头看着她,"就凭你那不合时宜的预言,我就该……但我答应过你的猎魔人,我也向来信守承诺。我不能把里恩斯交给你,杰洛特。但她可以。活蹦乱跳的她。逃吧,你们两个!"

◆━━━◆ ◆━━━◆

卡西尔·莫瓦·迪弗林·爱普·契拉克满心愤怒。他看到了自己受命要俘虏的女孩,但只看到一眼。没等他有所行动,那些疯狂的巫师就用法术把加斯唐宫变成了火海地狱。在烟雾与火焰中,卡西尔迷失了方向。他跌跌撞撞地穿过走廊与回廊,在楼梯间跑上跑下,心中不停咒骂着威戈佛特兹、里恩斯、他自己,以及整个世界。

他遇见的一个精灵告诉他,有人在宫殿外看到了女孩,她正沿路跑回艾瑞图萨。命运终于向卡西尔展露出笑容。那个松鼠党还在马厩里找到一匹上好鞍的马。

◆━━━◆ ◆━━━◆

"跑,希瑞,快跑。他们追上来了。我来挡住他们,你快跑。有多快跑多快!就当你在跑杀手路!"

"你也要抛弃我吗?"

"我随后就来。但别回头看!"

"把我的剑给我,杰洛特。"

他看着她。希瑞不由后退一步。她从没见过他露出这种表情。

"手里有剑,你就得用它杀人。你能做到吗?"

"我不知道。把我的剑给我。"

"跑吧。别回头。"

◆━━━▶◀━━━◆

路上响起马蹄声。希瑞回头看去,恐惧立时令她僵在原地。

追赶她的是位黑骑士,头盔上饰有猛禽羽翼。那对翅膀发出嘶嘶的响声。黑斗篷在骑士身后随风飘舞。马蹄铁在卵石路面上崩出火花。

她动弹不得。

黑马狂奔,穿过路边的灌木丛。骑士高声大喊。这喊声让她想起了辛特拉。想起了那晚的屠杀、鲜血和熊熊大火。希瑞终于克服了压倒她的恐惧,飞快地跑开。她跳过树篱,一头栽进附有喷泉的小庭院。可这儿没有出去的路,光滑的高墙环绕四周。身后传来马的鼻息声。她转过身,跌跌撞撞地后退,后背却抵上了坚硬的墙壁。她被困住了。

猛禽拍动翅膀,飞上高空。黑骑士催马向前,纵身跃过挡在他和庭院间的树篱。马蹄重重地踏上石板,令马儿立足不稳,跪倒在地。骑士在鞍座上摇晃几下,随后翻身落马。马儿奋力站起,骑士却摔在地上,铠甲与石头相撞,发出哐啷一声。但他迅速爬起身,将希瑞逼进角落。

"别碰我！"她尖叫着拔出剑，"你别想再伤害我！"

骑士朝她缓缓走去，仿佛一座黑色高塔，头盔上的翅膀上下晃动，发出沙沙的响声。

"辛特拉的幼狮啊，这次你逃不掉了。"透过头盔的眼缝，他那冷酷的双眼似在熊熊燃烧，"这次没门。胆大包天的小丫头，你无处可逃了。"

"别碰我。"她用惊恐的声音重复道，后背紧贴石墙。

"我也没办法。我有命令在身。"

看到他伸来的手，希瑞的恐惧突然消退，取而代之的是狂怒。她紧绷的肌肉本因恐惧而僵硬，这时竟然恢复了正常。她在凯尔·莫罕学到的步法和剑招再次活了过来，动作自然而流畅。希瑞一跃而起。骑士正朝她猛扑过来，没料到她竟转体一周，毫不费力地避开了他的双手。她的剑嗡鸣着刺出，精准无误地命中铠甲间的缝隙。骑士摇晃几下，单膝跪地，鲜红的血液自肩甲下方喷出。

希瑞一声怒吼，又是一个转体，从骑士身边掠过，再次举剑刺击，正中对方头盔后部，让他另一条腿也跪了下来。愤怒和疯狂蒙蔽了她，在她眼中，除了那对可憎的羽翼之外别无他物。黑色的羽毛撒向四面八方。一只翅膀脱落下来，另一只落在鲜血淋漓的肩甲上。骑士徒劳地想要起身，还想用铁手套抓住她的剑。可惜猎魔人之剑划开他的链甲袖管，刺进了他的手掌。

下一剑打落了他的头盔。希瑞往后一跳，摆开架势，准备刺出致命的一击。

但她没能刺出。

在噩梦中折磨她的黑色头盔和猛禽羽翼都不见了，辛特拉的黑骑士也不见了,只有个脸色苍白的黑发年轻人跪倒在血泊中。他有双蓝得惊人的眼睛,嘴巴惊恐地张开。辛特拉的黑骑士在她剑下落败,已经不复存在。地上只有那对翅膀破碎的羽毛。这个满心惊恐又血流不止的年轻人谁也不是。她不认识他。她从没见过他。对她而言,他毫无意义。她不怕他,也不恨他,甚至不想杀他。

她把剑丢到地上。

她转过身,听到无数叫喊。松鼠党正从加斯唐宫飞快赶来。希瑞立刻意识到,他们会把她困在这座庭院里。她意识到他们会追上自己。自己必须比他们更快。她跑向正在石板上跺脚的黑马,纵身跳上马背,大喊一声,催促它迈步飞奔。

"不用管我……"卡西尔·莫瓦·迪弗林·爱普·契拉克呻吟一声,推开想把他扶起的精灵,"我没事,只是擦伤……快追,抓住那个女孩……"

一个精灵尖叫起来,鲜血泼溅到卡西尔脸上。另一个松鼠党蹒跚跪倒,手捂腹部,那儿已经多了个窟窿。其他精灵连忙在庭院里散开,长剑纷纷出鞘。

攻击他们的是个白发恶魔。他从墙头一跃而下,而那高度足以让普通人两腿骨折。不可能有人会如此轻巧地落地,还做出快到不可思议的转体动作,又在几分之一秒后便开始杀戮。但这白发恶魔办到了。屠杀已经开始。

松鼠党奋力抵挡。他们有优势,却无取胜的可能。卡西尔瞪大双眼，见证了这场屠杀。先前刺伤他的银发女孩也算身手敏捷，动作轻盈得令人难以置信，但她顶多是只保护幼崽的母猫，而跳进庭院的白发恶魔却是一头泽瑞坎猛虎。不知为何没有杀他的辛特拉银发少女像是突然发了疯，而这白发恶魔却并不疯狂。他冷酷而镇定。杀起人来同样冷酷，同样镇定。

松鼠党毫无机会，他们的尸体堆在庭院的石板上。但他们并未退缩，即便最后只剩两个精灵，他们也没逃跑，而是再次攻向白发恶魔。卡西尔眼睁睁看着恶魔砍断一名精灵的胳膊。他又挥出一剑，看似随意，却轻松击中另一个精灵，令其连连后退。后者被喷泉水池绊倒，摔落水中，池边水面立刻泛起鲜红的涟漪。

断臂精灵跪倒在喷泉旁边，茫然地看着鲜血自断肢喷涌而出。白发恶魔抓住他的头发，干净利落地割断了他的喉咙。

待卡西尔睁开双眼，恶魔已站到面前。

"别杀我……"他低声说道，放弃了从满是鲜血的湿滑地面起身的企图。他被银发女孩砍伤的手开始麻木，痛感也随之消失。

"尼弗迦德人，我知道你是谁。"白发恶魔踢了一脚双翼被斩下的头盔，"你一直对她穷追不舍。但现在，你没法伤害她了。"

"别杀我……"

"给我个理由。一个就好。要快。"

"是我……"卡西尔低声道，"在辛特拉救了她。我从火里……救了她。我救了她的命。"

等他再次睁开双眼，恶魔不见了。卡西尔独自跪在庭院里，周围满是精灵的尸体。喷泉水池里的水满溢而出，冲刷着地上的鲜血。卡西尔昏厥过去。

高塔底部竖立着一栋建筑物,看起来既像大厅又像列柱廊。廊柱上方的屋顶大概也是幻象,如今已满是窟窿眼。支撑建筑的圆柱雕刻成衣不蔽体、乳房高耸的女子形象。同样的女像柱还撑起了一道拱门,希瑞就消失在那道入口中。在门廊后面,杰洛特看到几级向上的台阶。那是通往高塔的楼梯。

猎魔人低声咒骂起来。他搞不懂希瑞干吗要逃到这儿。他沿着墙头在她身后追赶时,看到她的马倒了。他看到她敏捷地爬起身,却没沿着环绕山坡的道路奔跑,而是突然冲向山顶,冲向这座孤独的高塔。随后他才发现道上有精灵。这些精灵既没看到希瑞,也没看到猎魔人,他们只顾冲几个人放箭——对方是从艾瑞图萨宫赶来的援军,正朝山上跑来。

杰洛特本想跟着希瑞跑上楼梯,这时,他听到一阵响动。声音来自高处。他飞快地转过身。不是鸟儿。

威戈佛特兹自屋顶的窟窿飞下,宽大的袍袖沙沙作响,轻巧地落在地上。

杰洛特站在高塔入口前方,拔出长剑,叹了口气。他由衷地希望这戏剧化的决战发生在威戈佛特兹和菲丽芭·艾哈特之间,他一点也不想参与这个戏码。

威戈佛特兹抚平短上衣,拉直袖口,看向猎魔人。他读了猎魔人的心。

"可怕的戏码。"他叹道。杰洛特未置一词。

"她进塔了?"

猎魔人没有回答。巫师点点头。

"看来我们要负责收尾了,"他冷冷地说,"为这出戏拉下帷幕。难道说,这就是命运?你知道这段楼梯通向哪儿吗?通向托尔·劳拉,海鸥之塔。没有出去的路。一切都结束了。"

杰洛特退到支撑门口的两根女像柱中间,好保护自己的侧面。

"的确如此。"猎魔人慢吞吞地说,目光不离巫师的双手,"都结束了。你的半数同伙都已死去。你们把精灵带上仙尼德岛,却让他们尸体堆满通往加斯唐宫的路,没死的也都逃跑了。巫师和迪杰斯特拉的手下正从艾瑞图萨宫赶来。本该带走希瑞的尼弗迦德人恐怕已因流血过多而死。希瑞就在塔里。你说没有出去的路?很好。说明只有这一个入口,只要我挡在这儿……"

威戈佛特兹轻蔑地抬起头。

"真是不可救药。你还跟从前一样,总是认不清形势。巫师会和术士评议会已经不复存在。恩希尔皇帝的大军正朝北方进发。没有了巫师的协助和建议,国王们就像孩童一样无助。面对尼弗迦德帝国,他们的王国将像沙堡一样崩塌。我可以再重复一遍昨天的提议:加入胜利的一方吧。叫失败者都去死。"

"失败的人是你。你只是恩希尔的工具。他想要希瑞,所以才会派那个头戴羽翼盔的家伙来。我很想知道,等你回报这次惨败时,恩希尔会如何处置你。"

"你在痴心妄想,猎魔人,你的结论自然也大错特错。如果我告诉你,恩希尔其实是我的工具呢?"

"我才不信。"

"杰洛特,理智点儿。你真想演这么一出吗?一出正邪决战的老套戏码?我昨天的提议依然有效。现在还为时不晚。你依然可以做出选择。你可以加入正确的一方……"

"被我削减了不少人数的那方?"

"别笑了。你那恶魔般的笑容对我没有任何影响力。你说的是被你砍倒的几个精灵?还是阿尔托·特拉诺瓦?他们只是小角色,根本无关紧要。不用在意他们。"

"这是当然。我懂你的哲学理念。死亡毫无意义,对吧?尤其是他人的死亡。"

"别这么迂腐。阿尔托倒是有点可惜,不过也没办法。就算是……还旧账吧。毕竟我有两次想要杀你。恩希尔早就不耐烦了,所以我派了几个刺客去找你。每次这么做,我心里都极不情愿。你瞧,我还是希望有一天,我们两个可以被人画下来。"

"放弃这个想法吧,威戈佛特兹。"

"那就放下你的剑,我们一起进托尔·劳拉,安抚那位上古血脉之子。她肯定躲在什么地方,正吓得半死。然后我们一起离开。你可以陪在她身边,见证她实现自己的命运。至于恩希尔皇帝?他会得到自己想要的东西。因为我忘了告诉你,尽管柯德林格和芬恩都死了,他们的努力和想法却没有被抹消,而且发挥了很大的作用。这点我要感谢你。"

"你在撒谎。在我杀你之前,你快走吧。"

"我真心不想杀你。我心里很不情愿。"

"是吗?那莉迪亚·凡·布雷德沃特呢?"

巫师冷笑起来。

"别提这个名字,猎魔人。"

杰洛特紧紧握住剑柄,讽刺地笑了起来。

"威戈佛特兹,为什么莉迪亚非死不可?你为什么命令她去死?她的任务是帮你吸引注意力,对吧?她的任务是给你争取时间,让你对阻魔金产生抗性,好用心灵感应给里恩斯发信号,对吧?可怜的莉迪亚,毁容的画家。谁都知道她只是个替死鬼。谁都明白这一点,除了她自己。"

"闭嘴。"

"你害死了莉迪亚,巫师。你利用了她。现在你还想利用希瑞?还想找我帮忙?没门。你别想走进托尔·劳拉。"

巫师后退一步。杰洛特绷紧身体,准备跃起攻击。但威戈佛特兹并没有抬手,而是将手伸向一侧。一根两码长的法杖突然在他手中成形。

"我知道了。"他说,"我知道是什么妨碍你看清现状了。我知道是什么阻止了你认清未来。是你的傲慢,杰洛特。我会打碎你的傲慢——借用这根法杖的力量。"

猎魔人眯起双眼,略微抬起剑身。

"我都等得不耐烦了。"

几周之后,等树精用布洛克莱昂之水治好他的伤,杰洛特开始总结自己在那场战斗中犯下的错误。结论是根本没有犯错。真说有错的话,那也只有一样:战斗开始之前,他本该尽早逃走的。

巫师速度奇快,法杖在他手中迅如闪电。一次格挡中,长剑与法杖相迎,发出金铁交鸣之声,让杰洛特更加惊讶。但他没时间惊讶了,威戈佛特兹再度攻来,猎魔人只好运用闪身和转体动作避开。他不敢再格挡。那根该死的法杖竟然是铁做的,还附有魔法。

连着四次,他发现自己的位置十分有利,足以做出反击。连着四次,他没有丝毫犹豫,长剑接连攻向对方的太阳穴、脖颈、腋下和大腿。每剑都该是致命一击,但都被威戈佛特兹一一挡下。

没人能挡下这样的攻击。杰洛特慢慢意识到这一点,但为时已晚。

他没能看到最终打中自己的那一杖。冲击力让他撞到墙上又反弹回来。他无力跳开,也无从闪躲。他喘不过气来。下一杖随即命中,这次打在他肩头。他再度向后飞出,脑袋撞在女像柱高耸的乳房上。威戈佛特兹跳上前来,挥舞法杖,击中了他肋骨下方。这一下格外沉重,杰洛特蜷起身子,结果脑袋侧面又挨了一下。他的膝盖一阵发软,再也无法支撑身体。到了这一刻,战斗已基本宣告结束。

他无力地举剑试图自卫,剑却卡在墙壁和女像柱之间,冲击之下,伴着尖锐而颤抖的哀鸣声,长剑断成两截。他改用左手护头,但铁杖挥下的力道足能砸碎他的臂骨。剧痛让他眼前一黑。

"我能把你的脑浆从耳朵里砸出来。"威戈佛特兹的声音远远传来,"但这次只是个教训。你犯了个大错,猎魔人,错把湖面的倒影当成了夜空的繁星。哦,你吐了?很好,只是脑震荡而已。还流鼻血了?更棒了。好了,回头见吧。也许会有那么一天的。"

这时,杰洛特已经什么都看不到、也什么都听不到了。他在下沉,沉入某种温暖的怀抱。他以为威戈佛特兹已经走了,所以当铁杖击中他的大腿,粉碎他的腿骨时,他别提有多吃惊了。

就算之后还发生过什么,他也不记得了。

"撑住,杰洛特。别放弃。"特莉丝·梅利葛德一遍遍重复道,"撑住。不要死……拜托你别死……"

"希瑞……"

"别说话。我这就把你弄出去。坚持住……该死,看在诸神的分上,我太虚弱了……"

"叶妮芙……我必须……"

"你没有必须要做的事!你什么也做不了!撑住。别放弃……别晕过去……拜托,别死……"

她把他拖过散落尸体的地板。他看到自己的胸口和腹部满是鲜血,而这血正从他的鼻子里流出。他看到自己的腿,其中一条弯成古怪的角度,看上去比另一条好腿短上许多。他感觉不到任何痛楚。他只觉得冷,整个身体冰冷、麻木而又陌生。他想吐。

"坚持住,杰洛特。艾瑞图萨的援兵马上就来。他们很快就到……"

"迪杰斯特拉……如果迪杰斯特拉抓到我……我就死定了……"

特莉丝咒骂起来,声音充满绝望。

她拖着他走下台阶,杰洛特骨折的腿和胳膊在台阶上不时碰撞。痛感回来了。痛楚从他的内脏和太阳穴传来,蔓延到双眼和双耳,直至头顶。他没有尖叫。虽然知道尖叫会让他好受一些,但他没这么做。他只是张开嘴,这样也能感觉好些。

他听到一声咆哮。

蒂莎娅·德·维瑞斯站在楼梯顶，头发蓬乱，脸上满是灰尘。她抬起双手，掌中燃烧着火焰。她尖声喊出一句咒语，在其十指跃动的火焰化作一团耀眼的火球，咆哮着向下飞去。猎魔人听到下方传来墙壁坍塌的响声，还有被烧伤者惊恐的呼喊。

"不，蒂莎娅！"特莉丝厉声叫道，"别这么干！"

"不能让他们进来。"高阶女术士头也不转地说，"这儿是仙尼德岛的加斯唐宫。没人邀请那些王室走狗，他们听命的国王也都是些目光短浅的废物！"

"你在屠杀他们！"

"闭嘴，特莉丝·梅利葛德！破坏兄弟会团结的斗争已经结束。这座岛仍由巫师会统治！国王们不该插手巫师会的事务！这是我们之间的争斗，就该由我们自己解决！我们会解决自己的问题，结束这场毫无意义的战争，因为我们巫师肩负着世界的命运！"

一颗闪电球自她双手射出，比刚才更响亮的爆炸声在支柱和石墙间回荡。

"滚！"她再次尖叫，"这里不准你们进来！滚！"

下方的哀号声在减弱。杰洛特知道，那些人已经承认落败，撤离了楼梯。蒂莎娅的轮廓在他的眼中渐渐模糊。这并非魔法的作用，他正在失去知觉。

"跑吧，特莉丝·梅利葛德。"女术士的声音从远处传来，仿佛来自墙后，"菲丽芭·艾哈特已经逃了。她扇动猫头鹰的翅膀逃之夭夭。在这场恶毒的阴谋里，你是她的同伙，我本该惩罚你，但我今天目睹的鲜血、死亡和不幸已经够多了！滚吧！滚回艾瑞图萨宫，滚回你的盟友身边！你可以传送离开。海鸥之塔的传送门已经不在了，跟那座塔一起毁掉了。你可以放心使用传送术,想去哪儿都行,比如你的弗尔泰斯特王身边——为了他,你竟然背叛了兄弟会!"

"我不会丢下杰洛特……"特莉丝呻吟道,"不能让他落到瑞达尼亚人手里……他受了重伤……正在内出血。可我没力气了!我没力气开启传送门!蒂莎娅!求你帮帮我!"

黑暗。酷寒。从遥远之处,从石墙背后,传来了蒂莎娅·德·维瑞斯的话语:

"我可以帮你。"

彼得·艾佛特森，生于 1234 年，恩希尔·迪斯温①皇帝之心腹，也是《帝国的力量》一书的真正作者之一。北方战争期间，他是军队的首席后勤官，并于 1290 年当上帝国财政大臣。恩希尔统治后期，他被提拔为帝国副主教。莫尔凡·符里斯皇帝在位期间，他被诬告私吞公款，被判有罪，随后被囚于温尼伯格城堡，并于 1301 年故去。1328 年，詹·卡尔维特皇帝为他平反并恢复名誉。

——《世界最大百科全书》第五卷
艾芬伯格与塔尔伯特　著

汝等皆应哀号，因诸国之毁灭者将至。汝等之土地将遭践踏瓜分。汝等之城市将焚烧，居民亦将奔逃。蝙蝠、夜枭与乌鸦将出没于汝等家园，蛇虫亦将以其为巢……

——《Aen Ithlinnespeath》
女先知伊丝琳之预言

---

① 迪斯温出自上古语"迪斯温·雅丹·伊恩·卡恩·爱普·蒙路德"，意为"在敌人墓上起舞的白焰"，是尼弗迦德皇帝恩希尔·恩瑞斯的绰号。

第五章

护卫队长勒住坐骑，取下头盔，用手指梳理了一下被汗水打湿的稀疏头发。

"旅行结束了。"看到吟游诗人询问的目光，他又重复一遍。

"什么？你这话什么意思？"丹德里恩吃惊地问，"为什么？"

"我们不会再往前走了。还不明白吗？前边闪闪发光的就是缎带河。我们的命令是把你护送到缎带河边。这就表示，我们该回去了。"

其他士兵在他们身后停下脚步，但都没下马。每个士兵都在紧张地四下张望。丹德里恩手搭凉棚，在马镫上站起身。

"你在哪儿看到河的？"

"我说了，就在前面。沿溪谷骑马往前，没多久就到了。"

"你们至少该把我送到河边。"丹德里恩抗议道，"再把能过河的浅滩指给我看……"

"没什么好指的。从五月开始，天就热得像火炉，水位也降了许多。缎带河没多少水了。马蹚过去根本不费劲儿……"

"我把文斯拉夫王的信送到你指挥官手上,"吟游诗人傲慢地说,"他读了信,我亲耳听到他命令你把我护送到布洛克莱昂森林边缘。结果你就把我丢在密林里?万一我迷路了呢?"

"你不会迷路的。"一个士兵沮丧地说。这一路上,他连半句话都没说过。"不等你迷路,树精的箭会先找到你。"

"好个懦弱的蠢货。"丹德里恩嘲笑道,"我知道你们害怕树精,但缎带河对岸才是布洛克莱昂森林。那条河是边界。我们还没过界呢。"

"边界,"队长一边四下张望,一边解释道,"会随她们放箭的射程扩张。在河岸边使用强弓,箭矢足能飞到森林边缘,还有余力穿透锁甲。你坚持要去是你的事,命也是你自己的。但我还珍惜我这条命。我不会再向前走了。相比之下,我宁可把脑袋伸进大黄蜂的蜂窝!"

"我跟你解释过了,"丹德里恩把帽子往后推了推,在马鞍上坐直身子,"我去布洛克莱昂是有使命在身。说我是大使也不为过。我不怕树精,但希望你们送我到缎带河边。不然,万一有强盗打劫我怎么办?"

那个沮丧的士兵做作地大笑起来。

"强盗?这儿?光天化日之下?白天这里连个鬼影都没有。最近这段时间,缎带河边只要有人,树精就会放箭,好在她们没有继续侵犯我们的意思。你完全没必要担心强盗。"

"是这样。"队长表示赞同,"如果哪个强盗敢大白天骑马到缎带河边,那他一定蠢得要死。但我们可不蠢。你单人独骑,没铠甲没武器,说句不中听的,我隔着一里地都能看出你不会打架,但这反而有好处。如果树精瞧见我们骑在马上、全副武装,你就能见识遮天蔽日的箭雨了。"

"哦,好吧。那就没什么好说的了。"丹德里恩拍拍马脖子,低头看着溪谷,"我会独自上路。别了,士兵们。多谢你们的护送。"

"别这么着急。"阴沉的士兵抬头看看天色,"很快就到傍晚了。等湖面起雾再走吧。因为,你知道的……"

"什么?"

"想在雾里射中人可不容易。如果命运向你微笑,树精也许会射偏。不过她们很少射偏……"

"我告诉过你……"

"好吧好吧,我知道,你见她们是有使命在身。但我得告诉你一件事:她们才不会管你是大使还是教会的人。她们只会朝你放箭,就这样。"

"你非得吓唬我才开心吗?"诗人高傲地问,"你把我当成什么了?宫廷抄写员?老兄,你们几个见过的战场还没我多。而且我比你们更了解树精,她们瞄准之前会先警告。"

"过去还真是这样。"队长轻声说道,"她们以前会先警告,会朝树干或地上射一箭,标出不可跨越的边界。如果被警告之人立刻掉头,就能毫发无损地离开。可现在不同了。现在她们只要见到人就会立刻射杀。"

"她们干吗这么残忍?"

"哦,"士兵嘟囔道,"是这样。国王们和尼弗迦德人休战之后,就开始卖力地追捕精灵匪徒。他们把精灵逼得走投无路。每天晚上,幸存的精灵都会穿过布鲁格地区,去布洛克莱昂寻求庇护。我们狩猎精灵时,有时也会遇见在缎带河对岸帮助精灵的树精。而且我们部队的手段有点过火……你懂我的意思吗?"

"我懂。"丹德里恩认真地看着士兵,摇了摇头,"你们追捕松鼠党时越过了绶带河,然后杀了几个树精。现在树精在以同样的方式报复。这已经是场战争了。"

"说得对。我正想说这个词呢:战争。我们跟树精冲突不断——每次都会拼个你死我活——但现在比从前更严重。她们和我们都更加仇视对方。我得再说一遍:如果你不是非去不可,还是别去了。"

丹德里恩咽了口口水。

"问题在于,"他在马鞍上挺直背脊,努力做出坚定的表情和勇敢的姿态,"我非去不可。而且必须去。马上去。不管天黑没黑,也不管有没有雾。我有使命在身。"

多年的练习没有白费,吟游诗人的嗓音听上去既悦耳又凶狠,透出严厉与无情。他的话语带着钢铁与勇气的韵律。士兵纷纷用毫不掩饰的钦佩目光打量他。

"在你出发之前,"队长从马鞍上解下一只木制扁酒壶,"喝点伏特加吧,吟游诗人阁下。喝一大口……"

"好让你死得轻松点儿。"那个阴郁的士兵没精打采地说。

诗人喝了一小口。

"懦夫,"等他不再咳嗽,呼吸也正常之后,诗人庄严地宣告道,"在真正死前会死上千百次。勇士只死一次。但命运女神垂青勇士,蔑视懦夫。"

士兵眼中的钦佩更加强烈。可惜他们不知道,也不可能知道,丹德里恩只是在引用一首英雄史诗,还是别人写的。

"我理应报答你们的护送。"诗人从怀里掏出一只叮当作响的钱袋,

"在你们返回要塞,回归职责的约束之前,去找家酒馆,为我的健康干杯吧。"

"感谢您,阁下。"队长的脸有些发红,"您太慷慨了,虽然我们——请原谅我们把您一人留下,毕竟……"

"没关系。再会。"

吟游诗人潇洒地歪戴着帽子,用脚跟踢踢马腹,朝溪谷前进,口里吹着《布勒林恩婚宴》的曲调——那是一首家喻户晓、但内容极不得体的歌谣。

"要塞的号手说他是个只会混吃混喝的懦弱蠢货。可实际上,他却是位久经沙场的英勇绅士,虽然他的诗很蹩脚。"阴郁士兵的话语传进了丹德里恩的耳朵。

"说得没错,"队长答道,"他并不胆小,没人可以这么说他。我注意到,他刚才连眼皮都没眨一下。更夸张的是,他还在吹口哨,你听到了吗?哈哈……他说什么来着?他是位大使。这么看来,大使还真不是随便找个人就能当。反正脑子没毛病的人当不了……"

丹德里恩催促马儿加快速度。他不想破坏自己刚刚赢得的声誉。而且他心里明白,恐惧已经让他口干舌燥,甚至没法继续吹口哨了。

溪谷阴暗潮湿,湿乎乎的黏土和腐烂的落叶层吸走了深棕骟马的马蹄声。他给这马取名叫"珀迦索斯"。珀迦索斯走得很慢,始终低着头。它是少有的对什么事都满不在乎的马。

森林到了尽头,但前方仍有一片芦苇丛生的宽阔草地,挡在丹德里恩和长着成排赤杨的河岸之间。诗人勒住马,小心翼翼地四下张望,却什么也看不见。他竖起耳朵,听到的只有蛙鸣。

"好吧,伙计。"他用嘶哑的嗓音说,"不成功则成仁。跑吧!"

珀迦索斯稍稍抬起头,竖起平时垂落的耳朵,怀疑地看着他。

"你没听错。跑。"

骟马不情愿地迈开脚步,马蹄踩上泥泞的土地,发出嘎吱嘎吱的响声。青蛙忙不迭地跳开。一只野鸭在他前方几步远飞起,嘎嘎叫着拍打翅膀,让诗人的心脏停跳了一瞬间,然后以加倍的力道和速度狂蹦起来。珀迦索斯却对鸭子视若无睹。

"英雄骑着马……"丹德里恩低声念道,从短上衣的内袋里掏出一块手帕,擦擦颈背的冷汗,"无畏地穿行于荒野,毫不在意蹦跳的蜥蜴和飞翔的巨龙……他不断前进……最后来到一条大河边……"

珀迦索斯喷喷鼻息,停下脚步。他们站在河边,伫立于高过马镫的芦苇和灯芯草间。丹德里恩擦擦汗津津的额头,把手帕系到脖子上。他盯着对岸的赤杨,直到眼中流出泪水。他没看到任何人或任何东西。河面因摇曳的水草而泛动,绿橙相间的翠鸟不时贴着水面飞过。成群的蚊虫让空气闪闪发光。鱼儿吞吃蜉蝣,在水面留下串串涟漪。

在他目力所及之处,海狸巢穴无处不在——河水懒洋洋地冲刷着一堆堆折断的树枝,还有倒伏并被啃咬过的树干。

这儿的海狸真是多得惊人,诗人心想。不过也难怪。没人会来打扰这些该死的啃树畜牲。强盗、猎人和森林养蜂人不敢冒险踏入这片土地;即便多管闲事的捕兽人也不会来这儿设置陷阱。敢这么做的人会被一箭穿喉,他们的尸体会倒在河边的烂泥里被鱼虾啃食。而我这个白痴却非要自行前来,来到缎带河边:这里弥漫着死尸的臭气,就连白菖蒲和薄荷都无法掩盖……

他沉重地叹了口气。

珀迦索斯将前腿慢慢探进水中,嘴巴贴向水面,喝了一大口,然后转头看着丹德里恩。它的嘴巴和鼻孔在滴水。诗人点点头，又叹了口气，用力吸吸鼻子。

"英雄注视着漩涡，"他平静地念诵着，努力不让牙齿打战，"他凝视着它，随后继续向前，因他心中毫无畏惧。"

珀迦索斯垂下脑袋和耳朵。

"我说了，毫无畏惧。"

珀迦索斯摇摇头，缰绳和马嚼子上的铁环叮当作响。丹德里恩踢踢马腹。珀迦索斯以无奈到夸张的姿态走下河。

缎带河的水面并不宽，但水草蔓生。没等他们走到河中央，珀迦索斯的腿上已经拖了一长串水草。马儿费力又缓慢地走着，每一步都在试图甩脱恼人的水草。

对岸的灌木丛和赤杨树看起来很近了，近得让丹德里恩的心不断下沉，几乎沉到了马鞍。他知道，骑马站在河心、被水草缠绕的他是完美的目标，简直就是个活靶子。在想象中，他能看到拉开的弓弦，还有瞄准他的锐利箭头。

他用双腿夹紧马腹，珀迦索斯却不乐意了。它非但没有加快速度，反而停下脚步，抬起尾巴。一团马粪落进水里。丹德里恩长叹一声。

"英雄，"他喃喃说道，闭上了眼睛，"未能跨越奔涌的河水。他被许多箭矢贯穿，就此阵亡。他的遗骨沉入蔚蓝的水底，覆上翠绿的水藻，从此无人知晓。他的全部痕迹都烟消云散，只有马粪存留，顺着河水飘向遥远的大海……"

珀迦索斯显然轻松了不少，没等丹德里恩再次催促，它便欢快地朝对岸走去。等到终于抵岸并摆脱水草之后，它甚至擅自在水边小跑起来，彻底打湿了丹德里恩的裤子和靴子。但诗人并没有发觉，因为他想象中的利箭始终瞄着他的肚子,在他脖颈和后背蔓延的恐惧就像一条硕大、冰冷而又黏滑的水蛭。那片赤杨林后面不到一百步的地方,在河畔青草地的另一侧,耸立着一座黑暗而险恶的林木之墙。

布洛克莱昂森林。

往下游方面几步远的岸边,躺着一匹马儿的白骨,荨麻和芦苇在它肋骨间生长。那儿还有一具小些的骨骸,显然不是马骨。丹德里恩发起抖来,连忙转过头去。

在丹德里恩催促下,骟马费力地走出河畔湿地。踩踏烂泥的嘎吱声和水声不时传来,泥巴的味道令人不快。青蛙的呱呱声暂时停了,周围一片寂静。丹德里恩闭上眼睛。他不再吟诵,也不再即兴表演。他的灵感和勇气都已枯竭,只剩下冰冷而令人厌恶的恐惧。这也是十分强烈的情感,却与创作冲动彻底绝缘。

珀迦索斯抬起松软的耳朵,没精打采地拖曳着脚步,朝那片属于树精的森林走去。许多人将其称为"死亡之森"。

我跨过了边界,诗人心想,已经没法回头了。如果站在河里或岸边,她们或许还能放我一马。但现在不行了。现在我成了入侵者。就像那个人……我也会变成一具骷髅,作为对其他来者的警告……只要这儿出现一个树精……只要她们看到我……

他在回忆自己看过的箭术竞技和比赛,还有乡间集市的射箭表演。稻草做的箭靶和假人被箭头刺穿,甚至撕裂。人在中箭时会感觉到什么?冲击力?疼痛?或者……什么都感觉不到?

周围要么没有树精,要么就是对方还没想好该拿他这个孤身骑手怎么办。尽管诗人吓得全身僵硬,却依然毫发无损。森林入口被浓密的灌木丛和倒下的树干遮挡,到处都是树根和树枝,不过丹德里恩反正也没想走到森林边缘,更别提深入其中了。他可以承受风险——但他不想自杀。

他非常缓慢地下了马,把缰绳系在一根暴露的树根上。他很少这么做,因为珀迦索斯并不喜欢到处乱跑。但箭矢呼啸破空时,这马会有什么反应,丹德里恩也说不清。到目前为止,他一直努力不让自己和珀迦索斯听到这种声音。

他从鞍桥上取下一把鲁特琴。这件乐器做工独特而精美,琴颈又细又长。他抚摸着嵌花的木制琴身,想起这是一位女精灵送给他的礼物。*她们会把它送还给那些上古种族……还是留在我的尸体旁边呢……?*

不远处有棵被狂风刮倒的老树。诗人坐到树干上,让鲁特琴倚着膝盖。他舔舔嘴唇,在裤子上擦干手心的汗水。

白昼眼看就要结束。缎带河上方升起一阵灰白的薄雾,包裹了这片草地。周围冷了下来。鹤鸣声在远处响起又消失,只余刺耳的蛙鸣。

丹德里恩拨动琴弦。一下,两下,然后是第三下。他拧动琴栓调调音,然后开始演奏。片刻之后,他唱了起来。

Yviss, m'evelienn vente cáelm en tell

Elaine Ettariel Aep cór me lode deith ess' viell

Yn blath que me darienn

Aen minne vain tegen a me

Yn toin av muirednn que dis eveigh e aep llea…

太阳消失在森林背后。在布洛克莱昂高大古树的遮蔽下,周围暗了下来。

Ueassan Lamm feainne renn, ess'ell,
Elaine Ettariel,
Aep cor…

虽然没有听到,但他感觉到了另一人的存在。
"N'te mirę daetre. Sh'aente vort."
"别放箭……"他低声说道,顺从地没有四下张望,"N'aen aespar a me…我为和平而来……"
"N'ess a tearth. Sh'aente."

他照办了,虽然放在琴弦上的手指冰冷而麻木,虽然他的喉咙光是出声都很费力,但那树精的声音里没有敌意。而且该死的,他可是专业歌手。

Ueassan Lamm feainne renn, ess'ell,
Elaine Ettariel,
Aep cor aen tedd teviel e gwen
Yn blath que me darienn
Ess yn e evellien a me
Que shaent te cáelm a'vean minne me striscea…

这次他趁机回头看了一眼。有个东西蹲伏在极近处的树干旁边,看起来像丛缠绕着常春藤的灌木。但那绝不是灌木,因为灌木没有又大又亮的眼睛。

珀迦索斯轻轻地喷了喷鼻子，于是丹德里恩明白，在他身后的黑暗里，有人正在抚摸马儿的鼻子。

"Sh'aente vort."他身后的树精又一次提出要求。她的嗓音就像雨点拍打树叶的轻响。

"我……"他开口道，"我是……猎魔人杰洛特的同伴……我知道杰洛特……我知道格温布雷德在布洛克莱昂森林，跟你们在一起。我是来……"

"N'te dice'en. Sh'aente, va."

"Sh'aent."第二个树精在他身后说道，几乎跟第三个树精异口同声。也许是第四个。他说不准。

"Yea, sh'aente, taedh."诗人刚才错看成小灌木的东西，此刻已站到他前方几步远，正用少女般的清脆嗓音说道，"Ess'laine…Taedh…唱……再唱些伊塔蕊尔的歌……好吗？"

他照做了。

爱慕你是我人生的意义
美丽的伊塔蕊尔
请让我保存并珍视这些回忆
还有那朵魔法之花
它象征着你的誓言与爱意

这次他听到有脚步声接近。

"丹德里恩。"

"杰洛特!"

"是我。你用不着继续鬼叫了。"

"你是怎么找到我的?你怎么知道我在布洛克莱昂?"

"是特莉丝·梅利葛德……该死……"丹德里恩说。他又被绊了一下,差点摔倒,还好一个路过的树精飞快地伸出手,用和体格不相称的惊人力量抓住了他。

"Gar'ean, táedh,"她用清脆的嗓音警告说,"Va cáelm."

"谢谢。实在太暗了……杰洛特?你在哪儿?"

"在这儿。别拖后腿。"

丹德里恩加快脚步,结果又绊了一跤,几乎倒在猎魔人身上——他就站在诗人前方。树精们悄无声息地从他们身边经过。

"这儿黑得跟地狱一样……还很远吗?"

"不远了,很快就到营地。除了特莉丝,还有谁知道我藏在这儿?你透露给其他人没有?"

"我必须告诉文斯拉夫王,因为我需要布鲁格的通行证。我们到底活在什么世道里……我还得求他允许我来布洛克莱昂森林。不过嘛,反正文斯拉夫认识并很赏识你……你能想到吗?他还派了一队士兵护送我。我相信他会保守秘密的,他答应过我。别生气,杰洛特……"

猎魔人靠近了些。丹德里恩看不到他的表情,只能瞧见一头白发,还有好几天没刮的胡楂。即便在黑暗中,这些也很明显。

"我没生气。"猎魔人用手按住丹德里恩的肩头。在诗人听来,杰洛特冰冷的语气似乎有所变化。"你能来我很高兴,你这婊子养的。"

◀━━━▌━━━▶

"太冷了。"丹德里恩在发抖,搞得屁股下面的树枝嘎吱作响,"我们可以生堆火……"

"想都别想。"猎魔人低声道,"你忘了这里是哪儿?"

"你在说笑吧……"吟游诗人胆怯地四下张望,"哦。不能生火,对吗?"

"树木痛恨火。她们也一样。"

"见鬼。所以我们就要坐在这儿冻僵?还在这么黑的地方?我伸手都看不见自己的五指……"

"那就把手放下。"

丹德里恩叹口气,蜷起身子揉搓着手臂。他听到身边的猎魔人正在折断手里的小树枝。

黑暗中突然亮起一个绿色的光点,起先黯淡模糊,接着越来越亮。随着第一个光点出现,又有许多在他们周围闪闪发光。它们起舞腾挪,像是萤火虫,又像沼泽里的鬼火。转眼之间,森林里便充斥着光与影,丹德里恩也开始看到周围树精的轮廓。其中一个走上前来,把一样东西放到他们身边——看起来像团会发光发热的植物。诗人小心翼翼地伸出一只手,拿起来。那绿光没有任何热度。

"杰洛特,这是什么?"

"朽木和某种特殊的苔藓,只生长在布洛克莱昂,而且只有她们知道怎么让它发光。谢谢你,法芙。"

树精没有回答,但也没走开,而是蹲坐到一旁。她的额头戴着花环,一头长发披散在肩头。在光芒中,她的头发像是绿色。也许真是绿色。但丹德里恩知道,树精的发色千奇百怪。

"Taedh。"她用悦耳的嗓音说道,闪亮的双眼看向吟游诗人。她面容姣好,脸上用油彩画了两条平行的黑色斜线。"Ess've vort shaente aen Ettariel? Shaente a'vean vort?"

"不了……也许以后吧。"他礼貌地答道,又为上古语的用词好好斟酌了一番。树精叹口气,俯下身,轻轻抚摸地上那把鲁特琴的琴颈,然后灵活地站起身。丹德里恩看着她的身影融入森林,走近其他树精——她们的身影在绿色"提灯"的光芒中依稀可见。

"我想,我没冒犯她吧?"他小声问猎魔人,"她们用的是自己的语言,而我不知道礼貌的表达方式……"

"看看你肚子上有没有多把刀。"猎魔人的语气既没嘲讽,也无笑意,"树精对冒犯的回应就是捅你一刀。但别担心,丹德里恩。我得说,她们对你可谓相当宽容,不可能计较失言这种小事。你在森林边开的音乐会显然很讨她们的欢心。现在你成了她们口中的 ard táedh,'伟大的诗人'。她们还想听《伊塔蕊尔之花》的下一段。你知道剩下的歌词吗?毕竟这不是你自己的创作。"

"是我翻译的。我还按精灵乐谱做了润色,你注意到没?"

"没有。"

"跟我想的一样。幸好树精比你懂艺术。我看过一份文献说,她们非常喜爱音乐。所以我才想出这个绝妙的计划。顺便一提,这事你还没称赞我呢。"

"了不起。"片刻沉默过后,猎魔人说,"这计划的确巧妙。你也一如既往地走运。她们在两百步内箭无虚发,通常不会等人渡过河流,还来到这边岸上开始唱歌。她们对难闻的味道很敏感。只要尸体掉进缎带河,再被河水冲走,她们就不用忍受臭味了。"

"哦,管他呢。"诗人清清嗓子,又咽了口口水,"最重要的是,我的计划成功了,我也找到了你。杰洛特,你怎么……"

"你带剃刀了吗?"

"嗯?当然带了。"

"明早借我。胡子快让我发疯了。"

"树精难道没有剃刀?唔……我猜没有,她们没有用那东西的必要,对吧?当然,我会借你的。杰洛特?"

"什么?"

"我一点吃的都没带。决定拜访树精时,'伟大的诗人'ard táed 没考虑过晚餐的事。"

"她们不吃晚餐。从来不。布洛克莱昂边界的哨兵甚至连早餐都不吃。你得忍到中午才行。我已经习惯了。"

"可是,等我们到达她们著名的首都、隐藏在森林核心的杜恩·卡纳尔时……"

"我们不去那儿,丹德里恩。"

"什么?我还以为……可你——我是说,她们为你提供庇护。毕竟……她们容忍……"

"你的用词非常准确。"

他们两个沉默良久。

"战争,"诗人最后说道,"战争、憎恨与轻蔑无处不在,在每个人心中。"

"你又诗性大发了。"

"但情况的确如此。"

"没错。好了,告诉我你的消息。告诉我,我在这儿养伤时,这个世界发生了什么。"

"首先,"丹德里恩轻轻咳嗽一声,"告诉我加斯唐宫究竟发生了什么。"

"特莉丝没告诉你?"

"告诉了。但我想听听你的版本。"

"如果你听了特莉丝的版本,那你知道的应该比我更全面,或许也更可信。告诉我吧,我来这儿之后,外面发生了什么大事。"

"杰洛特,"丹德里恩低声道,"我不知道叶妮芙和希瑞怎样了……没人知道,包括特莉丝……"

猎魔人突然动了动,身下的树枝嘎吱作响。

"我问希瑞和叶妮芙了吗?"他的语气变了,"说说战争的事。"

"你什么都不知道?就没有消息传进来?"

"有是有,但我希望你把知道的一切都告诉我。说吧。"

"尼弗迦德人,"诗人沉默片刻,终于开口,"攻击了莱里亚和亚甸。而且是不宣而战。理由应该是德马维的部队攻击了多尔·安格拉的边境要塞,这事发生在仙尼德岛巫师集会期间。有些人说是陷害,说伪装成德马维手下的其实是尼弗迦德人。也许我们永远都没法知道真相了。总之,尼弗迦德人的反击既迅速又猛烈,跨过边界的是一支大军,从规模来看,他们起码在多尔·安格拉集结了几个星期,甚至几个月。史帕拉和史卡拉,这两座莱里亚边境的要塞不到三天就被攻陷。利维亚人做好了被敌方围攻数月的准备,但在两天后就迫于公会和商人的压力而开门投降——因为尼弗迦德人承诺说,只要放弃抵抗并支付一笔赎金,城市就不会遭到洗劫……"

"他们遵守诺言了?"

"遵守了。"

"有意思。"猎魔人的语气又改变少许,"在这样的时代遵守承诺?要我说,在过去,没人会做出这种承诺,因为没人会相信。工匠和商人从来不会打开要塞的大门,他们只会帮忙守城。每家公会都有自己的塔楼和射箭用的堞口。"

"钱可不分国界,杰洛特。那些商人只要能赚钱,根本不在乎统治者是谁。那些尼弗迦德伯爵也不在乎交税的人是谁。而死掉的商人既赚不了钱,也交不了税。"

"继续说。"

"利维亚陷落后,尼弗迦德大军向北高速行军,几乎没遇到任何抵抗。德马维和米薇的军队纷纷撤退,没法组织起像样的防线。尼弗迦德人攻到艾德斯伯格。为防止要塞遭遇围困,德马维和米薇决定亲自加入战斗,可他们部队占据的地势实在不算理想……该死的,要是再亮一点,我可以画给你看……"

"不用画了。另外请长话短说,谁赢了?"

"大人,您听说了吗?"一名后勤副官大汗淋漓地挤开桌边众人,上气不接下气地说,"战场那边的信使回来了!我们赢了!我们打了胜仗!胜仗!今天是属于我们的,我们的!我们打败了敌人。我们把他

们打得溃不成军！"

"安静。"艾佛特森皱起眉头，"你吵得我头都快裂了。是啊，我听到了，听到了。我们打败了敌人。今天是属于我们的，战场和胜利都是我们的。真了不起。"

后勤官们沉默下来，吃惊地看着上司。

"您不高兴吗，首席后勤官大人？"

"高兴，但我想安静地庆祝。"

后勤官们沉默下来，面面相觑。就像一群小狗，艾佛特森心想，一群被胜利冲昏头的自大狂。说实话，我对胜利并不吃惊。不过看在老天的分上，在山上，就连门诺·库霍恩和埃朗·特拉赫——没错，还包括胡须花白的老将军布莱班特——都在欢呼雀跃，相互拍打后背，以资庆贺。赢了！今天属于我们！可今天还能属于谁？亚甸和莱里亚王国只能勉强动员三千骑兵和一万步兵，其中五分之一在入侵最初几天就被围困在堡垒和要塞里，无法与大部队会合。其余部队中，还有一部分要离开最前线去保护侧翼，好应付轻骑兵的长距离奔袭和松鼠党的游击队。最后踏上艾德斯伯格战场的敌人只剩下五六千，其中最多只有一千两百名骑士。而库霍恩派出的攻击部队足有一万三千人，包括十个铁甲团——都是尼弗迦德骑士中的精英部队。现在他却喜出望外，大呼小叫，用权杖拍打着大腿，还叫人拿酒来……胜利！真了不起。

他突然伸手，收拢桌上的地图和文件，然后抬起头，看看四周。

"仔细听好，"他对后勤官们粗鲁地说，"我要下达指示了。"

属下们期待地站直身子。

"你们每一个，"他开口道，"都听到陆军元帅库霍恩昨天向他部下们发表的演说了。但我想指出一点,阁下们:元帅对他手下说的话,并不适用于你们。你们还要执行其他任务和命令——我的命令。"

艾佛特森思索片刻,擦了擦额头。

"'给城堡以战争,给村庄以和平。'库霍恩昨天是这么对手下的指挥官说的。你们也知道这条原则。"他补充道,"你们在军事培训中学过。但这条原则只适用到今天为止。从明天起,你们要忘掉它。从明天起,我们要遵守另一条截然不同的原则,这也将是我们今后的战争口号。把这口号和我的命令传达下去:不留一个活口,不留一草一木。我们要在身后留下焦土。从明天起,我们要越过和约上的停战线。我们也许会撤离,但战线那边只会留下烧焦的土地。让利维亚和亚甸王国化为灰烬!别忘记索登!报仇的时候到了!"

艾佛特森响亮地清清嗓子。

"而在士兵们留下焦土之前,"他对侧耳聆听的后勤官们说,"你们的使命是尽可能运走这片土地上的一切,只要能增加我国的财富,什么都行。你,奥德加斯特,负责装载和运送所有收割的谷物,外加仓库里那些。不管田里有什么,只要还没被库霍恩手下的英勇骑士踩坏,统统运走。"

"可我人手太少,首席后勤官大人……"

"这儿的奴隶足够了,叫他们干活。马尔德,还有你……你叫什么来着……"

"赫尔维特,埃文·赫尔维特。首席后勤官大人。"

"你俩负责家畜。把它们赶到一起,运到指定地点做检疫。小心烂蹄病和其他疾病。把生病或有可能感染的家畜全部宰杀,尸体也要烧掉。其余的沿指定路线运往南方。"

"遵命，大人。"

现在轮到那些特殊任务了，艾佛特森心想，目光扫过下属们。我该交给谁呢？他们都是乳臭未干的毛头小子，见识不多，阅历更少……哦，我都忘了那些久经沙场的老后勤官了。战争，战争，无穷的战争……士兵总是成百上千地死去，但后勤官的阵亡——虽然数量要少得多——却更成问题。士兵从来不会短缺，因为人人都想当兵，部队总有新兵加入。可谁会想当后勤官呢？谁想回到家里，对儿女这么讲呢？——你老爸我威风极了，战争期间，我们要称量粮食与蜂蜡，清点发臭的毛皮，还要带领装满战利品的车队，走上满是车辙印和牛粪的大道，或者驱赶一群群哞哞咩咩叫的牲畜，闻着臭气，吸进大量灰尘和苍蝇……

至于那些特殊任务——古雷特的铸造厂，还有那儿的巨大熔炉；埃森兰的搅炼炉、铸锌厂、年产五百公担的大型炼铁厂；艾德斯伯格的铸造厂和羊毛厂；温格堡的麦芽作坊、酿酒厂、织布厂和染坊……

拆除与搬迁。恩希尔皇帝、这位"在敌人墓上起舞的白焰"如此命令道，拆除与搬迁，就这么简单，艾佛特森。

命令就是命令。命令必须执行。

除了这些，剩下的任务才是最重要的。矿山与矿藏、钱币、贵重物品、艺术品。但这些得由我自己来。我亲自出马。

除了地平线上清晰可见的黑色烟柱，其他地方也接二连三冒起黑烟。军队正在执行库霍恩的命令。亚甸王国化作一片火海。

一支由攻城器械组成的长队正在大道上前进,轮子辘辘作响,掀起阵阵尘云。它们的目的地是仍在顽抗的艾德斯伯格,以及国王德马维所在的首都温格堡。

彼得·艾佛特森在查看、清点和计算,最后核算出开销的总额。彼得·艾佛特森是帝国财务大臣,战时则是部队的首席后勤官。他在这个职位上已经干了二十五年。数字和计算就是他人生的意义。

一台重型投石机的费用是五百弗罗林,普通投石器两百,弩炮至少一百五,最简单的石弩则是八十。一队受过培训的操作人员,每月薪饷是九个半弗罗林。所以这支前往温格堡的小队,包括马、牛和小型滑车在内,价值至少三百马克。一块半磅重的纯铁价值六十弗罗林。一座矿山的年产量,折价就是五千到六千马克①……

一队轻骑兵从旁超过攻城队列。艾佛特森从他们的三角旗图案认出,这是温尼伯格公爵的战术骑兵团,是从辛特拉调来的部队之一。是啊,他心想,这下他们可高兴了。战斗胜利了,亚甸军一败涂地。他们这些后备部队用不着跟正规军硬碰硬了。他们将会追击撤退的敌人,消灭散兵游勇。他们会屠杀、抢劫和焚烧。他们很高兴,因为这只是一场轻松加愉快的扫荡,不会叫人筋疲力尽,更不会叫人送命。

艾佛特森在核算。

战术骑兵团包括十支普通骑兵队,总计两千人。尽管这些温尼伯格人多半不会参与任何大战,但小规模战斗也会让他们折损至少六分之一。他们还会在野外露营,会面临食物中毒、蚊虫叮咬和饮水污染,这也将带来不可避免的后果——斑疹伤寒、痢疾、疟疾,死去的人数

---

① 弗罗林和马克是尼弗迦德帝国的货币,六十弗罗林合一马克。

将不少于四分之一。你还得把突发事件考虑在内，这一因素通常会导致五分之一的减员。最后能回家的只有八百人。只少不多。

骑兵队继续从路边经过，步兵团跟随在后；再往后是身穿黄色短上衣、头戴圆盔的长弓手，头戴壶盔的弩手，以及巨盾兵和长矛手；再后面是持盾兵，这些老兵来自维可瓦罗和爱托里亚，铠甲像螃蟹一样厚实；最后则是一群五颜六色的乌合之众，是来自麦提那、瑟恩、梅契特、吉索和艾宾的雇佣兵……

尽管烈日炎炎，士兵们的脚步却十分轻快，沉重的靴子掀起灰尘，翻腾在路面上方。鼓声回荡，旗帜飘扬，长矛、长枪、长戟和长勾刀的利刃晃动不休。士兵们走得得意，走得欢快。这是一支胜利之师、不败之师。前进吧，小伙子们，向着战场前进！去温格堡！摧毁我们的敌人！为索登之战复仇！享受这场扫荡吧，用战利品塞满钱袋，然后回家。回家！

艾佛特森看着这一切，心中在盘算。

"围城一周，温格堡被攻陷。"丹德里恩续道，"你也许会吃惊，但城里的公会在塔楼勇敢地抵御敌人，并在分派给他们的城墙上抵抗到了最后一刻。也正因如此，全体守军和市民都被屠杀，总数至少六千人。消息传出之后，大逃亡开始了。落败的部队和平民纷纷逃往泰莫利亚和瑞达尼亚，还有大批难民逃去庞塔尔山谷及玛哈坎山口。但不是所有人都能逃脱，有些被尼弗迦德的骑兵部队追上，逃跑路线被堵截……你明白我的意思吧？"

"不,我不明白。我……我对战争了解不多,丹德里恩。"

"我是说俘虏。是奴隶。他们希望尽可能多抓俘虏。对尼弗迦德人来说,这是最廉价的劳动力,所以他们对难民穷追不舍。这是一场大狩猎,杰洛特。猎物唾手可得,因为军队已经溃退,没人留下来保护逃亡的难民。"

"没人?"

"几乎没人。"

◆━━━◆━━━◆

"我们没法及时赶到了……"威利斯气喘吁吁地四下张望,"我们逃不掉……见鬼,就快到边境了……就快……"

蕾拉踩着马镫站起身,看向那条沿着茂盛小山蜿蜒而上的路。在她目力所及之处,路上散落着被人丢弃的行李、死掉的马匹,以及推到路边的马车和手推车。在他们身后,在森林另一头,黑色的烟柱升上天空,尖叫和愈发响亮的喊杀声越来越近。

"他们正在消灭后卫部队……"威利斯擦去脸上的煤灰与汗水,"蕾拉,听到了吗?他们追上了后卫部队,正在展开屠杀!我们没法赶到边境了!"

"现在我们才是后卫部队。"女兵干巴巴地说,"轮到我们了。"

威利斯明显畏缩了,站在旁边的士兵也重重地叹了口气。蕾拉拽动缰绳,同马一起转过身——她的马喘着粗气,连头都快抬不起来了。

"我们不可能逃脱了。"她平静地说,"马也快累倒了。赶到山口之前,他们就会追上我们,把我们杀光。"

"那就把东西全丢掉,然后藏进树林。"威利斯避开她的目光,"大家各自逃命。或许有人……还能活下来。"

蕾拉没有回答。她看着山口,摇了摇头,又看了眼道路,以及路上长长的难民队列的尾巴——他们正朝边境进发。威利斯明白了。他怒骂一声,翻身下马,拄着长剑勉强站定。

"下马!"他扯着沙哑的嗓子冲士兵们大喊,"用你们能找到的一切东西封住道路!看什么看?你们的老娘只生你们一次,你们也只能死一次!我们是军人!我们是后卫部队!我们必须挡住追兵,拖住他们……"

他沉默下来。

"只要我们拖住追兵,那些人就能逃到泰莫利亚境内,就能穿过群山。"蕾拉帮他说完,同时翻身下马,"他们当中有女人和孩子。还发什么呆?这是我们的职责。我们拿饷就是干这个的,不记得了?"

士兵面面相觑。有那么一会儿,蕾拉以为他们会逃跑,会催动浑身是汗、精疲力竭的马做最后一次亡命狂奔,超过难民的行列,奔向山口与平安。但她错了。

他们推倒路上的一辆货车,很快建起路障。一道临时路障,不算高,而且一点用都没有。

他们没等太久。两匹喘着粗气、步履蹒跚的马冲进沟谷,嘴角的白沫甩得到处都是。只有一匹马背上有骑手。

"布莱斯!"

"做好准备……"骑手从马鞍上栽落,倒进一名士兵怀里,"做好准备,该死的……他们就在后面……"

马儿喷着鼻息,朝旁边走了几步,重重地侧身倒地,伸直脖子,发出一声长长的嘶鸣。

"蕾拉……"布莱斯气喘吁吁地转过头,"给我……给我件兵器。我的剑丢了……"

蕾拉看着升向天空的黑烟,朝斜靠在马车旁的斧子偏偏头。布莱斯拿起武器。他的脚步有些蹒跚,左边的裤管早被鲜血浸透。

"布莱斯,其他人呢?"

"都被杀了,"士兵呻吟着说,"整支部队,一个不剩……蕾拉,那些不是尼弗迦德人……是松鼠党……追赶我们的是精灵。他们在尼弗迦德部队前面,负责打头阵。"

一个士兵发出刺耳的哀号,另一个重重地坐在地上,把脸埋进双手。威利斯咒骂一声,紧了紧护胸甲的束带。

"各就各位。"蕾拉大喊,"躲到掩体后面!我向你们保证,没人会被他们活捉!"

威利斯吐了口唾沫,从肩甲上扯下德马维王特殊部队的黑金红三色玫瑰花饰徽章,丢进一旁的灌木丛。蕾拉讽刺地笑笑,把自己的徽章擦得更干净了些。

"扔不扔都一样,威利斯。我说真的。"

"你保证过的,蕾拉。"

"没错,我一向说话算数。各就各位,小伙子们!拿起你们的弩和长弓!"

他们没等太久。

击退第一波进攻后,只剩六人存活。战斗短促而激烈。这些从温格堡调来的士兵打起仗来凶如魔鬼,狠似佣兵。没人活着落入松鼠党手中。他们选择了战死。他们死于箭矢、长枪和刀剑之下。布莱斯躺在地上死去，两个精灵用匕首刺中了他。他们本想把他从路障上拖走，但却没能再站起身，因为布莱斯也有匕首。

松鼠党不给他们喘息之机，第二波人马冲了过来。威利斯第三次被长枪刺中，倒在地上。

"蕾拉！"他含糊不清地叫道，"你保证过的！"

女兵干净利落地又解决一个精灵，晃过身来。

"别了，威利斯。"她用剑尖对准他胸骨下方，用力刺入，"我们地狱见！"

片刻过后，只剩她一人了。松鼠党将她团团包围。蕾拉从头到脚都沾着血迹，她抬起剑来，猛转过身，甩动黑色发辫。她伫立在精灵中间，弓起背脊，面目狰狞，看起来活像个恶魔。精灵纷纷后退。

"来啊！"她凶狠地大吼，"你们还等什么？你们别想活捉我！我可是黑蕾拉！"

"Glaeddyv vort, beanna."一个俊美的金发精灵用平静的声音答道。他的脸有点婴儿肥，那双属于孩童的眼眸呈现出矢车菊的亮蓝色。他骑着雪白色的战马，从畏缩不前的松鼠党中间走出。马儿喷了喷鼻息，猛地晃晃脑袋，精力充沛地刨起染血的沙土地面。

"Glaeddyv vort, beanna."骑手说道，"放下你的剑，女人。"

女兵发出骇人的大笑，用袖口擦了擦脸。汗水、尘土和鲜血混作一团。

"我的剑很值钱，我可不会丢掉它，精灵！"她大喊道，"你想抢走它，除非掰断我的手指！我是黑蕾拉！你们还在等什么？"

她没等太久。

◀━━━┃━━━▶

"没人援救亚甸吗?"漫长的沉默过后,猎魔人问道,"我知道他们缔结了同盟。他们有互助协议……条约……"

"维兹米尔死后,"丹德里恩清清嗓子,"瑞达尼亚陷入混乱。你知道维兹米尔王被谋杀了吧?"

"是的,我知道。"

"海德薇格王后接管了大权,但骚乱和恐惧已蔓延到瑞达尼亚全境。他们大力搜捕松鼠党和尼弗迦德人的密探。迪杰斯特拉迁怒整个王国,行刑台下血流成河。他还是没法走路,外出只能坐轿子。"

"我能想象得到。他找你的麻烦了?"

"没有。他可以这么做,但他没有。哦,别管这个了。总之,瑞达尼亚一片混乱,根本没法组织军队支援亚甸。"

"那泰莫利亚呢?泰莫利亚的弗尔泰斯特王为什么不帮德马维?"

"多尔·安格拉的战斗刚一打响,"丹德里恩轻声说道,"恩希尔·瓦·恩瑞斯就向维吉玛城派去一位使节……"

◀━━━┃━━━▶

"见鬼!"布罗尼伯盯着关紧的房门,怒气冲冲地说,"都过去这么久了,他们到底在讨论什么?弗尔泰斯特干吗屈尊跟他们谈判?他干吗要接见那条尼弗迦德狗?他应该砍了那家伙的脑袋,装在麻袋里!送还给恩希尔!"

"看在诸神的分上,总督大人。"祭司维勒莫尔劝说道,"您别忘了,他可是位使节!使节神圣而不可侵犯!您的说法很不合适……"

"不合适?我来告诉你什么叫不合适!袖手旁观,眼睁睁看着入侵者在我们的盟国境内大肆破坏,这才叫不合适!莱里亚已经陷落,亚甸也撑不久了!光靠德马维自己挡不住尼弗迦德人!我们应该立刻派支远征部队到亚甸去。我们应该从雅鲁加河左岸发起攻击,为德马维解围!敌人在那边的兵力比较薄弱,他们大部分兵团都调到了多尔·安格拉!可我们却守在这儿辩论!我们不去打仗,反而在这儿斗嘴!最夸张的是,我们还在招待尼弗迦德使节!"

"安静点儿,总督,"艾尔兰德公爵希沃德朝老兵投去责怪的眼神,"这就是政治。除了马匹和长枪,别的事你也该多关心点儿。使节是必须接见的。恩希尔皇帝派他来此,自有他的理由。"

"他当然有理由。"布罗尼伯吼道,"此时此刻,恩希尔正在摧毁亚甸。他也知道,只要我们带上瑞达尼亚和科德温的盟军跨过边界,他就会被打败,被赶回到多尔·安格拉那边,被赶回艾宾。他知道,只要我们进攻辛特拉,就能打中他的软肋,迫使他双线作战!这就是他所担心的!所以他来恐吓我们,想阻止我们插手。这就是尼弗迦德使节来这儿的目的。不可能有别的理由!"

"那样的话,我们更该听听使节的说法,"公爵说,"然后做出符合王国利益的决定。德马维不明智地惹恼了尼弗迦德人,也因此尝到了苦果。但我可不想急着去温格堡送命。发生在亚甸的事与我们无关。"

"与我们无关?看在地狱里全部魔鬼的分上,你到底在胡说什么?你以为尼弗迦德人在亚甸和莱里亚、在雅鲁加河左岸、在玛哈坎山脉那边所做的一切全是别人的事?你就没有半点常识吗……"

"别争了。"维勒莫尔警告道,"一个字也别说了。国王陛下就快出来了。"

房门开了。王家议会成员纷纷起立,椅腿连连刮擦地面。很多席位是空的。王国总司令和大多数指挥官正与他们的兵团在一起——在庞塔尔山谷,在玛哈坎山脉,在雅鲁加河畔。通常由巫师占据的席位也空着。巫师……没错,祭司维勒莫尔心想,在维吉玛的王宫中,那些原本坐着巫师的席位将会空置很长一段时间。也许他们不会回来了——谁又说得清呢?

弗尔泰斯特王迅速穿过大厅,站到他的王座旁边,但没落座。他只是俯下身,把双拳放上桌面。他脸色惨白。

"温格堡正遭受围攻,"泰莫利亚国王轻声说道,"随时都会陷落。尼弗迦德人正在无情地向北方推进。遭受围困的部队会继续奋战,但什么也改变不了。亚甸已经失陷,德马维王逃到瑞达尼亚。米薇女王下落不明。"

整个议会沉默不语。

"几天之内,尼弗迦德人就会攻下我们的东部边境,我指的就是庞塔尔山口。"弗尔泰斯特的声音依然很轻,"亚甸最后的堡垒哈吉也撑不了多久了,而哈吉就在我们的东部边境。至于我们的南境……也发生了非常不幸的事。维登国王埃维尔向恩希尔皇帝立下效忠誓言,还打开了雅鲁加河口那些要塞的大门,宣布投降。尼弗迦德部队已经进驻纳史特洛格、洛史洛格和波德洛格,而这些要塞本来会保护我们的侧翼。"

整个议会沉默不语。

"正因如此,"弗尔泰斯特续道,"埃维尔保住了国王头衔,但恩希尔成了他的君主。维登仍旧是王国,但事实上已经变成尼弗迦德帝国的行省。你们明白这事的含义吗?形势倒转了。维登的要塞和雅鲁加河口都已落入尼弗迦德人的掌心。我不能冒险渡河,也不能削弱驻扎在那儿的兵团,让他们组队去亚甸支援德马维。我不能这么做。我要对我的国家、对我的臣民负责。"

整个议会沉默不语。

"恩希尔·瓦·恩瑞斯,尼弗迦德皇帝,"弗尔泰斯特说,"拿出一项提议……一份协定。我已经接受了他的提议。现在,我要把提议的内容告诉你们。听完之后,你们就会明白……也会同意——你们会说……"

整个议会沉默不语

"你们会说……"弗尔泰斯特总结道,"你们会说,我把和平带给了你们。"

"这么说,弗尔泰斯特屈服了。"猎魔人低声说着,又折断一根小树枝,"他跟尼弗迦德人达成了协议。他抛弃了亚甸……"

"是啊。"诗人赞同道,"不过他派部队去了庞塔尔山谷,占领并进驻了哈吉要塞。尼弗迦德人也没攻入玛哈坎山口,更没在索登跨过雅鲁加河。他们没有攻击布鲁格,尽管在埃维尔宣布效忠之后,那片土地已被他们团团围困。这无疑也是让泰莫利亚保持中立的代价之一。"

"希瑞说得对。"猎魔人低声道,"中立……中立向来令人鄙夷。"

"什么?"

"没什么。那科德温呢,丹德里恩?为什么科德温的亨赛特王不帮德马维和米薇?他们毕竟是有盟约的,他们是同盟关系。如果亨赛特也效仿弗尔泰斯特,不把自己在盟约上的签名和印章当回事,以为国王的诺言毫无意义,那他就太蠢了,不是吗?亚甸失陷、泰莫利亚妥协,尼弗迦德人下一个目标就是他,难道他连这都不懂?就算出于理智,科德温也该支援亚甸才对。这个世界上已经没有忠诚和诚实了,但理智总该存在吧。你说呢,丹德里恩?世上还有理智存在吗?还是说,只剩下了卑劣和轻蔑?"

丹德里恩转过头。那些绿色提灯离得很近,将他们围在中央。他先前没注意到,但现在明白了。所有树精都在聆听他的故事。

"你不回答,"杰洛特说,"说明希瑞没说错。柯德林格也没说错。你们都没错。只有我,幼稚、落伍而又愚蠢的猎魔人,错的只有我。"

百夫长迪哥德——他有个众所周知的外号叫"半加仑"——掀开帐篷门帘,气喘吁吁、咒骂连连地走进帐篷。十夫长们跳起身,摆出军人特有的姿态和表情。在百夫长的眼睛适应昏暗之前,札维克敏捷地用一张羊皮盖住马鞍间的一小桶伏特加。他倒不是为了免受惩罚,因为迪哥德并不反对饮酒——无论是值勤中还是在军营内。他的目的是为保住这桶酒。百夫长的外号绝非浪得虚名:据说状态最佳时,他能喝下整整半加仑烈酒,而且速度惊人。他经常一口气喝干满满一大

杯，连一滴都不会浪费。

"呃，百夫长大人？"弓兵十夫长伯德问，"大人物们做决定了？给我们的命令是什么？我们需要过境吗？请告诉我们吧！"

"稍等。"半加仑嘟囔道，"太他妈热了……马上告诉你们。不过嘛，先给我拿点喝的，我的嗓子干透了。别说你们没有。我一里地外都能闻到帐篷里的伏特加味。我知道酒味是从哪儿飘出来的。就从那张羊皮下面。"

札维克暗骂一声，取出酒桶。十夫长们凑上前，碰了碰杯。

"啊啊啊。"百夫长抹了把络腮胡，揉了揉眼睛，"哦哦哦，这玩意儿够劲儿。再倒，札维克。"

"拜托，快告诉我们吧。"伯德已经不耐烦了，"命令是什么？我们是要向尼弗迦德人进军，还是继续在边境转悠，像婚礼宴席上多余的客人？"

"你们手痒了？"半加仑长出一口气，吐了口唾沫，重重地坐上一只马鞍，"等不及要穿过边境去亚甸？真等不及了，对吗？真是群凶猛的狼崽子，除了龇牙咆哮什么都不会。"

"说得没错。"老斯塔勒冷冷地说，重心由一只脚换到另一只。他的腿弯得像蜘蛛腿，但对老骑兵来说，这倒不是坏事。"没错，百夫长大人。昨天已经是我们待命的第五晚了。我们想知道状况。到底是有仗可打，还是要撤回去？"

"我们要过境了。"百夫长粗鲁地宣布，"明天清早。总共五个兵团的人马，褐旗营打头阵。现在听好了，因为接下来，我要把总督大人及尊敬的阿德·卡莱侯爵曼斯菲德——他可是国王陛下派来的——告诉我们这些百夫长和准尉的话说给你们听。竖起你们的耳朵，因为我只说一遍。而且这都不是普通的命令。"

帐篷里安静下来。

"尼弗迦德帝国军已经通过了多尔·安格拉。"百夫长说,"他们粉碎了莱里亚的部队,又在四天内攻到艾德斯伯格,在那场决定性战役里击溃了德马维的军队。然后,他们只用六天时间,就在叛徒的帮助下攻破了温格堡。现在他们正朝北方快速进发,从亚甸返回的部队则被派去了庞塔尔山谷和多尔·布雷坦纳。他们正朝我们、朝科德温逼近。所以给褐旗营的命令是这样的:跨越边境,朝南方的百花之谷急行军。我们要在三天内赶到迪弗尼河。我重复一遍,只有三天,这就意味着我们要让战马小跑前进。等我们赶到那里,不要过河。连过河的念头都不准有。因为要不了多久,尼弗迦德人就会出现在对岸。我们——听好我的话——不能跟他们交战。任何方式都不行,听明白没?就算他们做出渡河的举动,我们也只能……让他们看到我们的服色。让他们明白,我们是科德温的军队。"

虽然不大可能,但帐篷里比刚才更安静了。

"什么?"伯德最后喃喃道,"不能跟尼弗迦德人打?我们到底要不要跟他们开战?百夫长大人,这到底是什么意思?"

"命令就是这样。我们不跟他们开战,而是……"半加仑挠挠脖子,"……而是向兄弟们伸出援手。我们跨越边境,是为保护上亚甸的人民……等等,我说错了……不是亚甸,而是洛马科的人民。尊贵的曼斯菲德侯爵是这么说的。没错,他还说,德马维已经一败涂地。德马维这一跤摔了个嘴啃泥,因为他缺乏统治能力,政治手腕也烂得要命。所以他完蛋了,连带着整个亚甸也跟他一起完蛋。我们的国王借了德马维不少钱,因为德马维帮过他。这么大一笔财富可不能轻易打水漂，所以是时候连本带利讨回来了。我们也不能让洛马科的同胞兄弟被尼弗迦德人俘虏。你们明白的，我们必须解救他们。因为洛马科是我们古老的领土，那片土地曾是我们祖国的一部分，现在该让它回归科德温的怀抱了，直到迪弗尼河边为止。这就是我们的亨赛特国王陛下跟尼弗迦德的恩希尔达成的协议。但不管有没有协议，褐旗营都得驻扎在那条河边。你们听明白了吗？"

没人回答。半加仑皱起眉头，摆了摆手。

"哦，活见鬼。我知道，你们不懂这些乱七八糟的。不过不用担心，因为我也不懂。思考问题的活儿就留给国王陛下、侯爵大人、总督大人和那些贵族吧。我们是军人！只需服从命令：三天之内赶到迪弗尼河边，然后坚如磐石地驻扎在那儿。就这样。倒酒，札维克。"

"百夫长大人……"札维克结结巴巴地说，"要是……要是亚甸的部队反抗呢？或者封堵道路？毕竟我们要全副武装地穿过他们的国家。那样的话，我们怎么办？"

"我们的同胞兄弟，"斯塔勒恶狠狠地说，"我们将要解救的人……怎么会朝我们射箭或丢石头呢？嗯？"

"我们要在三天内赶到迪弗尼河岸。"半加仑用不容置疑的语气说，"只能早，不能迟。任何想拖延或阻止我们的人，毫无疑问都是敌人。对待敌人无须手下留情。不过听好我的话！听好命令！不准焚烧任何村庄、任何农舍，不准拿任何人的东西，禁止抢掠，更不准强奸女人！你们和你们的手下要记住这一点，因为所有违反命令者都得上绞架。总督大人把这句话重复了起码十遍：我们他妈的不是入侵者，我们是去伸出援手的！斯塔勒，你笑啥？这是命令！现在赶紧召集你们各自的手下。叫他们爬起来，把马和挽具擦得像满月一样亮堂！等到今天下午，所有兵团都要集合检阅。总督大人会亲自到场。如果哪队人让我蒙羞，他们的十夫长会长记性的。哦，没错，他会牢牢记住！你们已经听到命令了！"

札维克是最后一个离开帐篷的。他在明亮的阳光下眯起眼睛，看着营地里的骚动。十夫长们飞奔回各自的小队，百夫长们来来往往，咒骂不停，贵族、号手和侍从们也纷纷爬起身。来自班·阿德的重骑兵正在旷野上策马奔驰，掀起阵阵尘云。天热得可怕。

札维克加快脚步，从四个吟游诗人身边走过。他们几个来自阿德·卡莱，昨天刚到，现在正坐在侯爵那顶装饰豪华的帐篷投下的阴影里。诗人们正在谱写一首歌谣，内容是这场成功的军事行动，还有国王的英勇、指挥官的审慎，以及卑微的步兵们的勇敢。就像从前一样，为了节省时间，他们在行动之前就开始谱写了。

"兄弟欢迎我们，送上面包与盐……"一位诗人试唱道，"他们欢迎救星，送上面包与盐……嘿，赫拉菲尔，帮我想个跟'盐'押韵的词儿。"

另一位诗人提出建议，但札维克没听清。

他的小队在池塘边的几棵柳树下扎营。一见到他，士兵纷纷起身。

"做好准备！"札维克站在远处大吼，免得让嘴里的酒味影响下属的士气，"等太阳再爬升四指的高度，会有一次全军检阅！所有东西都要擦得闪闪发亮。武器、马具、制服，还有你们的坐骑。如果哪个人在检阅中让我丢脸，我就打断他的腿！精神点儿！"

"我们要去打仗了。"骑兵克拉斯加飞快地把衬衣下摆塞进裤子，猜测道，"我们是要去打仗吗，十夫长大人？"

"你以为呢？你还想去收获节庆典跳舞吗？我们要过境了。整个褐旗营会在明天黎明出发。百夫长没提如何列队,但我们都知道,我们小队会跟以往一样打头阵。现在,精神点儿,跑起来!等等,回来。我得提前告诉你们,因为以后就没时间了。这不是平时那种战争,伙计们。尊贵的大人们想出了一个时髦的蠢主意,说是解放人民之类。我们不会跟敌人打仗,而是要往我们,呃,自古以来的领土进军,去那里——你们懂的——帮我们的同胞一把。现在仔细听好我的话:你们不准碰亚甸的百姓,也不准抢劫……"

"什么?"克拉斯加嘴巴大张,"您说不准抢劫是什么意思?那我们怎么喂马呢,十夫长大人?"

"你们可以抢些马饲料,但仅此而已。不许伤害任何人,不许烧毁任何屋子,也不许破坏任何谷物……闭上你的嘴,克拉斯加!这儿可不是村里的集市。这儿是军队!不遵守命令,你就得上绞架!我说了:不准杀人,不准杀牲畜,也不准……"

札维克顿了顿,思索一下。

"就算你们要强奸女人,也别弄出动静。找个没人看见的地方。"片刻之后,他补充道。

◆━━◆━━◆

"在迪弗尼河的桥上,"丹德里恩总结道,"他们握了手。阿德·卡莱的曼斯菲德侯爵、尼弗迦德帝国的多尔·安格拉部队总指挥官门诺·库霍恩。他们在流血濒死的亚甸王国之上握手,令人不齿地瓜分了战利品。堪称史上最卑劣的一次握手。"

杰洛特沉默不语。

"既然说到卑劣,"他镇定得惊人,片刻后再度开口,"丹德里恩,那些巫师呢?我是说巫师会和术士评议会那些。"

"没有一个巫师留在德马维身边。"过了一会儿,诗人回答,"弗尔泰斯特把所有为他效命过的巫师都赶出了泰莫利亚。菲丽芭在崔托格帮海德薇格王后平息瑞达尼亚的乱局,特莉丝和另外三个陪着她,但我不记得他们的名字。还有几个去了科德温。大部分巫师逃到柯维尔和亨佛斯。他们选择了中立,如你所知,伊斯特拉德·蒂森和聂达米尔也都保持中立。"

"我知道。威戈佛特兹呢?还有跟从他的人呢?"

"威戈佛特兹不见了。人们本以为他会出现在失陷后的亚甸,担任恩希尔的总督……但他消失得无影无踪。他和他的同伙都不见了,除了……"

"继续说,丹德里恩。"

"除了一位女术士。她当上了女王。"

◆━━▶━━◀━━◆

菲拉凡德芮·艾恩·菲达尔在沉默中等待回答。女王凝视着窗外,同样沉默不语。就在不久前,窗外的花园还是多尔·布雷坦纳上一位统治者——来自温格堡的暴君——的骄傲与珍宝。面对充当尼弗迦德大军前锋的自由精灵,那位人类统治者选择了逃亡。他带走了古老精灵宫殿里的大部分财宝,甚至包括一部分家具。但他没法带走花园,于是将它付之一炬。

"不,菲拉凡德芮,"女王终于开口,"这么做为时尚早。早得很。

我们还是先考虑如何扩张疆域吧,因为目前,我们甚至没法确定自己的领土有多大。科德温的亨赛特没打算按协议从迪弗尼河边撤走。密探回报说,亨赛特完全没有放弃侵略的打算。他随时有可能攻击我们。"

"这么说,我们什么也没得到。"

女王缓缓伸出一只手。一只阿波罗蝴蝶飞进窗子,落上她的蕾丝袖口,尖尖的翅膀开开合合。

"我们得到了很多。"女王轻声说道。她不想吓跑这只蝴蝶。"比原来期望的还多。一百年后,我们终于收复了百花之谷……"

"我可不会这么说。"菲拉凡德芮悲伤地一笑,"大军过境之后,这儿应该叫'灰烬之谷'才对。"

"我们还夺回了自己的国家。"女王看向蝴蝶,"我们不再是流亡者了。而灰烬也将滋养土壤。到了春天,这座山谷将再次百花齐放。"

"这可不够,雏菊。真的不够。我们的标准已一降再降。就在不久前,我们还吹嘘说要把人类赶回海里,赶回到他们的来处。现在我们却把疆域和野心缩小到多尔·布雷坦纳……"

"恩希尔·迪斯温将多尔·布雷坦纳送给我们,这是份厚礼。菲拉凡德芮,你还指望我什么?提出更多要求吗?你别忘了,接受礼物也得适度,尤其是恩希尔的礼物,因为他从不平白无故给人好处。我们必须保住他给我们的土地。而我们的力量只能勉强守住多尔·布雷坦纳。"

"那就把突击队从泰莫利亚、瑞达尼亚和科德温撤回来。"白发精灵提议,"让我们撤回所有正与人类作战的松鼠党部队。你现在是女王了,艾妮德,他们会服从你的命令。现在我们有了自己的一小片国土,再让他们继续战斗已没有任何意义。他们的职责应该是返回并守卫百花之谷,让他们身为自由人保护自己的边疆。而此时此刻,他们正像匪徒一样在森林里死去!"

山谷雏菊低下头。

"恩希尔不允许。"她低声道,"突击队必须继续作战。"

"为什么?那这还有什么意义?"菲拉凡德芮·艾恩·菲达尔突然坐直了身子。

"耐心听我说。我们不能支持、也不能协助松鼠党。这是弗尔泰斯特和亨赛特开出的条件。泰莫利亚和科德温会尊重我们在多尔·布雷坦纳的统治,但条件就是,我们要公开谴责松鼠党的所作所为,并与他们保持距离。"

"那些孩子正在死去,雏菊。他们每天都在死去,在不公平的战斗中消亡。我们与恩希尔达成秘密协议的直接后果,会导致突击队被攻击、被毁灭。他们是我们的子女!我们的未来!我们的血脉!可你却说,我们该跟他们划清界限?Que'ss aen me dicette,艾妮德?Vorsaeke'llan? Aen vaine?"

蝴蝶拍打翅膀,朝窗口飞去,又在夏日的热风中掉头飞回。法兰茜丝卡·芬达贝——又名艾妮德·安·葛丽娜,曾经的女术士,如今则是 Aen Seidhe、自由精灵的女王——抬起头,美丽的蓝眼睛闪烁着泪光。

"突击队,"她轻声重复道,"必须继续作战。他们必须扰乱人类王国,阻挠他们的备战行为。这是恩希尔的命令,而我不能反抗恩希尔。原谅我,菲拉凡德芮。"

菲拉凡德芮·艾恩·菲达尔看着她,深鞠一躬。

"我原谅你,艾妮德。但我不知道他们会不会原谅。"

◆━━━◆━━━◆

"就没有一个巫师因此悔过吗?就算尼弗迦德人正在亚甸杀人放火,也没有一个巫师离开威戈佛特兹或去协助菲丽芭?"

"一个也没有。"

杰洛特沉默良久。

"我不相信。"最后,他低声说,"我不相信当他背叛的理由和后果大白于天下后,会没有一个人离开他。众所周知,我是个幼稚、落伍又愚蠢的猎魔人,但我依然相信,总会有些巫师正受到良心的谴责。"

◆━━━◆━━━◆

蒂莎娅·德·维瑞斯用花哨的字体在信尾熟练地写下自己的名字。思索良久之后,她又在旁边加上一个代表她真名的表意文字。没人知道她这个名字。自打成为女术士那天起,她就再没用过这个名字。那已经是很久以前的事了。

云雀。

她把笔放到羊皮纸上,动作谨慎又端正。很长一段时间内,她端坐在那里,注视着落日的红晕。她站起身,走到窗边,盯着窗外的屋顶又看了好一阵。在那些房屋里,普通人已上床就寝,平凡而又艰辛的尘世生活令他们筋疲力尽;他们的脑海里充斥着普通人对命运和明天的憧憬。女术士看着桌子上的信。看着那封写给普通人的信。大多数普通人不识字的事实并不重要。

她站在镜前，拉直头发，抚平衣裙，从泡泡袖上抹去一粒并不存在的尘埃。她正了正胸前的红宝石项链。

镜子下面的烛台摆放得不大整齐。肯定是她的仆人在清扫时挪动了位置。

她的仆人，一个普通女人，一个普通人类，目光中透出对眼下一切的恐惧。一个在这轻蔑的时代随波逐流的普通人类。正是这个普通人类，在她——一位女术士——身上寻求着希望和安全感……

但她辜负了这个普通人的信任。

有脚步声。士兵沉重的皮靴踩踏地面的声响从街道那边传来。蒂莎娅·德·维瑞斯一动不动地站在窗边，甚至没有转身。是谁的脚步声并不重要。王家士兵？受命逮捕叛徒的守卫？刺客？威戈佛特兹的杀手？她一点儿都不在乎。

脚步声消失在远方。

镜子下面的烛台看起来乱糟糟的。女术士把烛台重新摆好，又正了正桌布，让它的四角和桌角对齐，同时与烛台的四边形底座对称。她解下手腕上的金手镯，整整齐齐地放在平整的桌布上。她又仔细检查一遍桌布，这次挑不出哪怕一丁点儿毛病。一切都整齐又干净。就像她期望的那样。

她拉开梳妆台的抽屉，取出一把骨柄短刀。

她的面孔骄傲又僵硬。全无表情。

房间里安静极了。她甚至能听见一片凋谢的花瓣落在桌布上的声音。

殷红如血的夕阳缓缓沉入那片屋顶之下。

蒂莎娅·德·维瑞斯坐在桌前的椅子上，吹熄一根蜡烛，将羽毛笔再次放在那封信上，然后割断了双腕的动脉。

◆━┃━━┃━◆

旅行一整天带来的疲惫自行浮现。丹德里恩突然醒来，才发现自己在讲述故事的过程中睡着了。他挪挪身子，差点从树枝堆上滚落。杰洛特没躺在他旁边，也就没人帮他维持这张临时床铺的平衡。

"我说到……"他咳嗽着坐起身，"说到哪儿了？哦，那些巫师……杰洛特？你在哪儿？"

"在这儿。"猎魔人的身影在昏暗中依稀可见，"请继续吧。你正要告诉我叶妮芙的事。"

"听着，"诗人清楚，他绝不可能提到猎魔人所说之人，"我真的一无所知……"

"别撒谎。我了解你。"

"如果你真了解我，"吟游诗人有点生气，"那你干吗非要逼我开口？既然你对我了解得如此透彻，就该知道我保守秘密的原因——因为我不想重复自己听到的流言蜚语！你应该猜得到流言的内容，还有我不愿开口的原因！"

"Que suecc's？"睡在附近的一位树精说。他抬高的嗓门吵醒了她。

"抱歉吵到你了。"猎魔人轻声说。

布洛克莱昂森林里，几乎所有绿色"提灯"都熄灭了，只剩几盏还亮着黯淡的光。

"杰洛特，"丹德里恩打破这片沉默，"你总是主张不卷入任何事件，对你来说，什么都不重要……她也许相信了这一点。在她和威戈佛特兹开始这场棋局时，她就相信……"

"够了。"杰洛特说，"一个字也别说了。我听到'棋局'这两个字就想杀人。哦，把剃刀给我。我想刮胡子。"

"现在？这么黑……"

"我不觉得黑。我是个怪胎。"

待猎魔人拿着洗漱用品走去溪边，丹德里恩发现自己已睡意全无。天空已经亮起，黎明眼看就要到来。他站起身，走进森林，小心翼翼地跨过相拥熟睡的树精。

"他的不幸跟你有关吗？"

他猛转过身。倚着松树的树精有一头银色长发，在黎明的黯淡光线中也清晰可见。

"失去一切之人，"她将双臂交叠在胸口，"真是可叹的一幕。要知道，吟游诗人，这真的很有趣。我曾以为没人会真正失去一切，他们总会剩下点儿什么。每次都是。即便在这轻蔑的时代，再幼稚的行为也会导致残酷后果的时代，也不可能有人失去一切。但他……他失去了好几品脱的血、自如行走的能力、左手的部分功能、他的猎魔人之剑、他爱的女人、他凭奇迹得到的女儿，还有他的信念……可是我想，他肯定还剩下些什么。但我错了。他已一无所有。连把剃刀都没了。"

丹德里恩保持沉默。那个树精也没动。

"我问他的不幸是否跟你有关。"片刻过后，她再度开口，"我想，答案已不言自明。显然跟你有关。你是他的朋友，可他依然失去了一切，所以他的朋友显然负有责任——因他们做过或没做的某些事。"

"我又能做什么？"他低声道，"我又能做什么呢？"

"我不知道。"树精回答。

"我没告诉他一切……"

"我知道。"

"但我问心无愧。"

"不，你有愧。"

"不对！我没有……"

他一跃而起，让身下的临时床铺嘎吱直响。杰洛特坐在他身边，正在揉脸。他有股肥皂的味道。

"你没有什么？"他平静地问，"我真想知道你梦到了什么。梦见你变成了青蛙？冷静点儿。你没有。你梦见自己变成个笨蛋？哦，那倒挺合情理的。"

丹德里恩四下张望。空地上只有他们两个。

"她在哪儿？她们在哪儿？"

"在森林边缘。收拾一下吧，你该走了。"

"杰洛特，我刚才在跟一个树精说话。她用的是不带口音的通用语，而且她说……"

"这些树精没一个会说不带口音的通用语。你肯定是在做梦，丹德里恩。这儿是布洛克莱昂，什么梦都有可能。"

一个树精正在森林边缘等他们。丹德里恩立刻认出了她——正是

昨晚为他们拿来提灯,又怂恿他继续唱歌的绿发树精。树精抬起一只手,示意他们停下。她另一只手里握着一把搭箭的弓。猎魔人把手按在吟游诗人肩头,用力捏了捏。

"有事发生?"丹德里恩轻声问。

"没错。安静点儿,别乱跑。"

缎带河的水面上,浓稠的雾气压抑了声音和响动,但丹德里恩还是依稀听到了水花声和马儿的鼻息声。有骑手正在渡河。

"精灵。"他猜测道,"是松鼠党吗?他们想逃进布洛克莱昂森林,对吧?一整支突击队……"

"错。"杰洛特凝视迷雾,低声道。诗人知道猎魔人的视力和听力都精准而敏锐,但他猜不出杰洛特的结论是基于视觉还是听觉。"不是一整支突击队,而是残余的部分。五或六个骑手,三匹空马。待在这儿别动,丹德里恩。我过去看看。"

"Gar'ean,"绿发树精用警告的口气说道,抬起了弓,"Nfe va, 格温布雷德! Ki'rin!"

"Thaess aep, 法芙。"猎魔人回答的语气出人意料地粗鲁, "M'aespar que va'en, ell'ea? 尽管放箭吧,或者把我关起来,但别想吓唬我,因为你根本吓不倒我。我必须跟米尔瓦·巴林谈谈,不管你愿不愿意,我都会这么做。待着别动,丹德里恩。"

树精垂下头,也放下了弓。

九匹马从雾气中浮现,丹德里恩看到,的确只有六匹马上有骑手。他隐约看到几名树精钻出灌木丛,前去迎接。他注意到,有三个骑手要靠她们的帮助才能下马,又在她们的搀扶下走向布洛克莱昂森林。其他树精像幽灵一样穿过山坡——那里到处都是被狂风刮倒的树木

——随后消失在缎带河的浓雾中。对岸传来一声呼喊,一阵马嘶,还有水花的泼溅声。诗人好像听到了利箭破空声,但他不敢确定。

"有人在追赶他们……"他喃喃道。法芙转过身,握紧弓箭。

"唱首歌吧,taedh,"她厉声道,"N'te shaent a'minne,跟伊塔蕊尔无关的歌。哦不,亲爱的。时机不对。没错,现在是杀戮的时刻。没错,唱首歌吧!"

"正在发生的事,"他结结巴巴地说,"不是我的错……"

树精沉默片刻,转过头去。

"也不是我的。"她说着,飞快地消失在灌木之间。

不到一个钟头,猎魔人回来了。他牵着两匹马——珀迦索斯,还有一匹枣红色母马。母马的鞍褥上沾着血迹。

"精灵的马,对吗?那些过河的精灵?"

"对。"杰洛特回答。他的表情和声音都变了,变得陌生。"是精灵的母马,但它暂时归我了。只要有机会,我会拿它再换一匹——那匹马要懂得如何背负受伤的骑手,一旦骑手落马,它还得留在骑手身边。显然这匹母马还没学会。"

"我们要走了?"

"是你要走了。"猎魔人把珀迦索斯的缰绳丢给诗人,"再会了,丹德里恩。树精会带你往上游走几里路,免得你落到布鲁格士兵手中。他们多半还在对岸徘徊呢。"

"那你呢?你要留下?"

"不。我不会。"

"你听说了。从松鼠党口中,你知道了希瑞的事,对吗?"

"再会了,丹德里恩。"

"杰洛特……听我说……"

"听你说什么?"猎魔人大吼道,嗓音突然一阵颤抖,"我不能……不能任她听天由命。她现在独自一人……我不能丢下她不管,丹德里恩。你永远都不会明白的。永远不会有人明白,除了我。如果她独自一人,我遭遇过的一切都会在她身上重演……你永远不会明白……"

"我明白。所以我要跟你一起去。"

"你疯了。你知道我要去哪儿吗?"

"我知道。杰洛特,我……我没把一切都告诉你。我……问心有愧。我当时什么都没做,也不知道自己能做什么。但现在我知道了。我要跟你一起去。跟你同行。我没告诉你……关于希瑞和那些流言的事。我遇到几个柯维尔的熟人,他们听说了几个使节的报告,而那些使节刚从尼弗迦德回来……我想流言应该也传到松鼠党耳中了,而你已经从渡过缎带河的精灵口中得知了一切。所以让我……让我告诉你吧……"

猎魔人站在那里,思考了很久。他的双臂无力地垂在身侧。

"上马吧。"等他最后开口,语气又有了变化,"你可以在路上跟我说。"

那天早上，洛克·格瑞姆宫——皇帝夏天的行宫——发生了不寻常的骚动。更不寻常的是，尼弗迦德贵族表现出少有的激动和兴奋之情，而这些情绪通常会被视为不成熟的表现。在尼弗迦德贵族看来，类似行径理应受到严厉的谴责和蔑视，就连乳臭未干的年轻人——很少有人会要求他们足够成熟——也该尽量避免过于兴奋。

但那天早上，洛克·格瑞姆宫里却没有年轻人。年轻人没有理由来洛克·格瑞姆宫。这座宫殿庞大的王座厅里满是神情刻板而严肃的贵族、骑士和朝臣，每一个都穿着正式的宫廷黑色礼服，只有白色的环状褶领和袖口抵消了些许沉闷。有些男人身边跟着同样刻板而严肃的贵妇，按照习俗，她们用了一点点朴素的珠宝为黑色衣裙稍加点缀。所有人都摆出庄重、刻板而又严肃的表情，但其实他们兴奋得要命。

"听说她很丑。又瘦又丑。"

"可我听说她有王室血统。"

"私生的？"

"完全不是。是婚生子女。"

"她会继承王位吗？"

"如果皇帝陛下下此决定……"

"看在雷霆的分上，看看阿达尔·爱普·达西和德·维特伯爵……看看他们的脸，就像喝了醋……"

"小点声，阁下……他们的表情让您很意外吗？如果传闻没错的话，恩希尔就要给那些老牌家族一记耳光了。他会羞辱他们……"

"传闻不可能是真的。皇帝陛下不会娶那个弃婴的!他不可能……"

"恩希尔想干吗就干吗。注意您的用词,阁下。说话千万当心。有些人也说过恩希尔不能干这个,不能干那个,最后他们都上了绞架。"

"他们说他已经签署了一道命令,要给她提供一份年金。每年三百马克。真是难以置信,对吧?"

"还有公主头衔。你们有谁见过她吗?"

"她来之后,一直由里德塔尔伯爵夫人负责照看,她的住处还有卫兵把守。"

"他们把她交给伯爵夫人,希望能让那小丫头懂点礼貌。他们说,那位公主的言行举止就像个农家姑娘……"

"有什么好奇怪的?她来自北方,野蛮的辛特拉……"

"这就让恩希尔娶她的传闻更叫人怀疑了。不,不,绝不可能。皇帝陛下会按早先的安排,迎娶德·维特的小女儿。他不会娶那个篡位者!"

"他也该结婚了。为了王朝考虑……是时候迎接一位小皇太子了……"

"那就让他结婚,但不能娶个流浪儿!"

"安静,别激动。我向你们保证,尊贵的大人们,这种事不会发生。这样的结合能有什么好处?"

"事关政治,伯爵夫人。我们正在筹备战争。这桩婚姻有政治和战略方面的显著意义……在她所属的王朝中,那位公主头衔合法,还拥有对下雅拉①地区的合法统治权。如果她成为皇帝陛下的配偶……哈,那可是步好棋。看看那边,看看伊斯特拉德王的使节,他们窃窃私语的样子……"

"公爵大人,这么说你支持这桩古怪的联姻喽?还是说您就是这么向恩希尔提议的?"

"支持或不支持什么是我的事,侯爵大人。而且我建议您不要质疑皇帝陛下的决定。"

"他不是已经做出决定了吗?"

"我可不这么认为。"

"那您可就错了。"

"女士,您这话是什么意思?"

"恩希尔把塔恩汉伯爵夫人遣离了王宫。他命令她回到她的丈夫身边。"

"他跟德乌菈·特莱芬·布罗尼分手了?这不可能!德乌菈三年来备受他的宠爱……"

"现在她被逐出了宫廷。"

"的确。他们说金发德乌菈把场面搞得很难看,最后只好出动四个王家卫兵,把她扛进了马车……"

"她丈夫肯定高兴极了……"

"我可不这么认为。"

"看在伟大日轮的分上!恩希尔跟德乌菈分手了?为了一个弃婴跟她分手?为了一个北方蛮子?"

---

①尼弗迦德人对雅鲁加河的称呼。

"小点儿声……老天啊,小点儿声!"

"谁在支持这桩婚姻?哪个派系?"

"我说了,小点儿声。他们都在看咱们……"

"那个乡下丫头——我是说,公主——据说很丑……等皇帝陛下接见她时……"

"你想说,他还没见过她?"

"他没时间。一个小时前他刚从达恩·鲁阿克回来。"

"恩希尔向来不喜欢丑女人。艾妮·德莫特、克拉拉·爱普·格温多林·戈尔……德乌菈·特莱芬·布罗尼更是个绝世美人儿。"

"也许那个弃婴也会越长越漂亮……"

"等她好好洗个澡之后?他们说北方的公主很少洗澡……"

"注意你的用词。你正在谈论的人很可能会成为皇帝陛下的配偶!"

"她还是个孩子,连十四岁都不到。"

"我再说一次,这是政治联姻……纯粹只是形式……"

"如果真是这样,金发德乌菈应该留在王宫才对。出于政治和形式上的考虑,辛特拉弃婴会坐在恩希尔身边的王位……但到晚上,恩希尔会给她戴上后冠,让她玩那些珠宝,然后拜访德乌菈的卧室……至少等到小丫头能安全地生儿育女为止。"

"唔……的确,你说得有些道理。那位公主叫什么?"

"谢蕾拉什么的。"

"不对不对。她叫……齐瑞菈。没错,我记得是齐瑞菈。"

"真是个蛮族的名字。"

"小点儿声,该死的……"

"注意形象。你们这么吵嘴,简直像两个不懂事的孩子!"

"留神你的用词!当心,不然我会觉得你是在侮辱我!"

"如果你想来场决斗,你知道去哪儿找我,侯爵大人!"

"安静!别说话!皇帝陛下……"

传令官没费多少力气,只用木杖敲敲地板,戴着黑色软帽的贵族和骑士们便乖乖地鞠躬行礼,仿佛大风吹过玉米地。王座厅里鸦雀无声,传令官也就没有抬高嗓门的必要。

"恩希尔·瓦·恩瑞斯——迪斯温·雅丹·伊恩·卡恩·爱普·蒙路德驾到!"

"在敌人墓上起舞的白焰"踩着惯常的轻快脚步从伫立两旁的贵族中间走过,同时精力充沛地挥舞着右手。他的黑色服饰与朝臣一般无二,只是没有环状褶领。皇帝陛下蓬乱的黑发上系着一条金发带,显得比平时整洁不少,那条象征皇权的项链在他脖子上闪闪发光。

恩希尔漫不经心地坐上王位,一边手肘拄着扶手,同一只手托着下巴。他没把腿搭上另一边扶手,说明礼节还得遵守。下面一片低垂的头颅连一寸都不敢抬。

皇帝陛下没有改变坐姿,只是大声清了清嗓子。朝臣们呼出一口气,纷纷站直身子。传令官又用木杖敲敲地板。

"辛特拉女王、布鲁格公主和索登女公爵、伊尼斯·阿德·史凯利格与伊尼斯·安·史凯利格的继承人、阿特里及艾伯·雅拉的宗主希瑞菈·菲欧娜·伊伦·雷安伦驾到!"

每一双眼睛都转向门口。高挑端庄的里德塔尔伯爵夫人史黛拉·康格里夫就站在那儿,身边则是那堆冗长头衔的持有者——瘦小、银发、肤色苍白、身形有些佝偻、身穿一条蓝色长裙。那条裙子显然让她既尴尬又不舒服。

恩希尔·迪斯温从王座上站起身，朝臣立刻再次弯腰。史黛拉·康格里夫轻轻推了银发女孩一把，两人从鞠躬的贵族中间穿过，他们都是尼弗迦德帝国显赫家族的成员。女孩走路的姿势既僵硬又犹豫。**她会摔倒的**，伯爵夫人心想。

希瑞菈·菲欧娜·伊伦·雷安伦果然摔倒了。

又丑又瘦的小东西，伯爵夫人走到王座旁，心中暗想。**不但笨拙，还很迟钝。但我会让她变成美人儿。遵从您的命令，恩希尔，我会将她塑造成一位女王。**

王座上的尼弗迦德白焰看着二人，双眼一如既往地眯了起来，嘴角浮现一丝冷笑。

辛特拉女王又一次摔倒。皇帝依然用一边手肘拄着扶手，同一只手摸了摸自己的脸颊。他在笑。史黛拉·康格里夫离得很近，清清楚楚看到他在笑。她惊恐得动弹不得。有什么地方不对头，她心想，**确实不对头。有人要掉脑袋了。看在伟大日轮的分上，有人要掉脑袋了……**

她恢复镇定，行了个屈膝礼，让女孩有样学样。

恩希尔·瓦·恩瑞斯没有起身，但略微点了点头。朝臣们屏住呼吸。

"陛下。"恩希尔说道。女孩缩了缩身子。皇帝没有看她，他正看着聚在王座厅内的贵族们。

"陛下，"他重复道，"我荣幸地欢迎您来到我的皇宫与帝国。我以皇帝的身份向您许诺，您很快就会真正拥有这些头衔，连同您合法继承的国土，还有无可置疑属于您的土地。那些在您的领地上称王的篡位者向我宣战。他们攻击我，还声称是在维护他们的正当权利。愿全世界都知道，您求助的人是我，不是他们。愿全世界都知道，在我的土地上，您正在享受配得上女王之名的尊敬与待遇——虽然在我的敌人看来，您只是个流亡者。愿全世界都知道，在我的国家里，您安全无虞——可我的敌人们不但想要您的王冠，还打算置您于死地。"

尼弗迦德皇帝看着柯维尔国王伊斯特拉德的使节，又看看亨佛斯联盟的国王聂达米尔的大使。

"愿全世界都知道真相，包括那些假装不知何谓正义与公正的国王。愿全世界都知道我将给予您的协助。您的敌人和我的敌人都将一败涂地。和平将再度降临辛特拉、索登、布鲁格和阿特里，还有史凯利格群岛及雅拉三角洲，而您将登上王座，令您的所有臣民和所有珍视正义之人欢欣鼓舞。"

身穿蓝色衣裙的女孩将头垂得更低。

"在那之前，"恩希尔说，"我和我的全体臣民将给予您应得的尊敬。但战争之火仍在您的王国燃烧，所以，为了证明尼弗迦德帝国对您的尊敬、重视和友好，我授予您罗万和亚穆拉克女公爵头衔，并将达恩·罗万城堡的所有权赠送与您，您现在就可以去那儿，以待更加和平与快乐的时日来临。"

史黛拉·康格里夫努力控制住自己，不让神情流露出一丝一毫的震惊。他没打算把她留在身边，她心想，而是把她送去达恩·罗万，送去世界的另一头，送去他从未到过的地方。他没打算追求这个女孩。他考虑的并非闪电式的婚姻。他甚至不想见到她。那他为什么赶走德乌菈？这到底是怎么回事？

她回过神，很快拉起公主的手。觐见结束了。离开王座厅时，皇帝看都没看她们一眼。朝臣再次鞠躬。

她们前脚刚走，恩希尔·瓦·恩瑞斯就把一条腿搭到王座扶手上。

"契拉克，"他说，"过来。"

皇室总管走到礼节规定的距离便停下脚步，躬身行礼。

"近点儿，"恩希尔说，"再近点儿，契拉克。我会把声音放低。我的话只打算让你一人听见。"

"陛下。"

"今天还有什么安排？"

"在几份许可文件上签名，授予柯维尔使节正式的认可证书，"皇室总管飞快地念道，"任命新行省、新领地的总督与地方官，批准伯爵头衔和封地……"

"那我们就把认可证书授予给使节，再私下接见他。其他事务推到明天。"

"遵命，皇帝陛下。"

"通知艾登子爵和史凯伦，接见完使节，我要在图书馆跟他们碰面。私下碰面。你也来，带上你那位有名的巫师，那个预言家……叫什么来着？"

"沙斯希乌斯，陛下。他住在城外一座塔里……"

"我对他住哪儿不感兴趣。派人找他来，带到图书馆。悄悄地来，尽量不要引人注意。"

"陛下……接见占星师，会不会不太明智……"

"这是命令，契拉克。"

"遵命，陛下。"

不到三个钟头，受召的几人便齐聚皇室图书馆。艾登子爵瓦提尔·德·李道克斯对这次召见并不意外。他是军事情报机构的最高长官，经常被恩希尔召见，毕竟现在可是战争时期。史提芬·史凯伦——外号"灰林鸮"——对此也毫不吃惊。他是皇帝的御用验尸官，也是特殊部队的负责人。什么事都不会令"灰林鸮"吃惊。

第三位受召者却显得异常惊讶，尤其是因为皇帝最先跟他打起了招呼。

"沙斯希乌斯大师。"

"尊贵的皇帝陛下。"

"我必须确认某人的所在。这人不是失踪了，就是被人藏起来了，也可能遭到了囚禁。我先前委托的巫师没能办成，你愿意接下这个使命吗？"

"那人的所在之处离这儿有多远——或者可能有多远？"

"如果我知道，就用不着你的巫术帮忙了。"

"请您原谅，尊贵的皇帝陛下……"占星师结结巴巴地说，"问题在于，如果距离过远，会影响星辰占卜的结果，甚至彻底阻止占卜的进行……呃，唔……而且那人也许处于魔法防护之下……我可以试试看，不过……"

"长话短说，大师。"

"我需要时间……还要准备施法需要的材料……如果星辰的排列足够理想，那么……唔，呃……尊贵的皇帝陛下，您提出的是一项艰巨的任务……我需要时间……"

再多说几句,恩希尔就该让你人头落地了,灰林鸮心想。如果巫师继续喋喋不休的话……

"沙斯希乌斯大师,"皇帝带着出人意料的礼貌,用可谓温和的语气插嘴道,"一切需要的东西都随你支配,包括时间。只要理由充分。"

"我会尽我所能,"占星师宣称,"但我恐怕只能确定大概的方位……我是说地区或范围……"

"抱歉,你说什么?"

"占星术……"沙斯希乌斯结结巴巴地说,"在远距离情况下,占星术只能粗略定位……非常粗略的定位,而且误差……误差会相当大。我真不知道自己能不能……"

"你能办到的,大师。"皇帝慢悠悠地说,黑色双眸闪现出凶光,"我对你的能力非常有信心。既然说到误差,你的误差越小,我就会对你越宽容。"

沙斯希乌斯在发抖。

"我必须知道那人的准确出生日期。"他喃喃道,"可以的话,精确到小时……如果能给我那人的物品,帮助将会非常大……"

"头发,"恩希尔平静地说,"头发可以吗?"

"哦哦!"占星师双眼一亮,"头发!这会大大加快占卜的速度……呃,如果还有粪便或尿液的话……"

恩希尔恶狠狠地眯起眼睛。巫师缩缩身子,然后深鞠一躬。

"小人惶恐地向您致歉,尊贵的皇帝陛下……"他嘟囔道,"请原谅我……当然……没错,有头发就足够了……完全足够……我什么时候能拿到?"

"今天之内给你送去，连同出生日期，精确到小时。我就不留你了，大师。回你的塔去，马上开始研究星象吧。"

"愿伟大的日轮永远照耀您，尊贵的……"

"知道了知道了。你可以退下了。"

现在轮到我们了，灰林鸮心想。不知道他给我们准备了什么使命。

"哪怕有人，"皇帝缓缓地说，"敢走漏一个字，我都会把他五马分尸。瓦提尔！"

"在，陛下。"

"那位……公主……是怎么来这儿的？牵涉到哪些人？"

"她从纳史特罗格的要塞来。"瓦提尔说，"护送她来的卫兵是由……"

"见鬼，我不是问这个！那女孩是怎么出现在维登的纳史特罗格的？谁把她带去那座要塞的？目前那里的指挥官是谁？是送来报告的人吗？他是不是叫什么格迪维伦？"

"格迪维伦·皮特卡恩，"瓦提尔·德·李道克斯飞快地说，"想必听说过里恩斯和卡西尔·爱普·契拉克伯爵的任务。仙尼德岛事件的三天后，有两个人出现在纳史特罗格。确切地说，一个是人类，另一个是半精灵。他们提到了里恩斯和卡西尔伯爵的名字，然后把公主交给了格迪维伦。"

"啊哈。"皇帝笑了起来，让灰林鸮的后背一阵发抖，"威戈佛特兹赌咒发誓说能在仙尼德抓到希瑞菈。里恩斯给了我同样的保证。卡西尔·莫瓦·迪弗林·爱普·契拉克也得到了明确的指示。于是在岛上那起耸人听闻的事件发生三天后，希瑞菈被带到雅拉河边的纳史特罗格。带她去的人不是威戈佛特兹，不是里恩斯，不是卡西尔，而是一个人类和一个半精灵。格迪维伦没有逮捕他们？"

"没有。陛下，需要为此给予惩戒吗？"

"不必了。"

灰林鸮咽了口口水。恩希尔沉默不语，揉着额头，他戒指上硕大的钻石闪烁着星辰般的光芒。片刻之后，皇帝抬起头。

"瓦提尔。"

"陛下？"

"出动你的所有下属，命令他们逮捕卡西尔伯爵和里恩斯。我推测，他们两个应该还待在尚未被敌人占领的地区。你可以借助松鼠党或艾妮德女王手下精灵的帮助。抓到他俩之后，送去达恩·鲁阿克，在那里进行拷问。"

"陛下，您想问出哪些信息？"瓦提尔·德·李道克斯眯起眼睛，假装没注意到皇室总管契拉克苍白的脸色。

"什么也不用。等他们的态度软化下来，我再亲自审问。史凯伦！"

"在，陛下。"

"那个老傻瓜沙斯希乌斯，如果他当真达成我的命令，你要在他指明的区域内对某人进行搜寻，届时你会收到外貌和特征描述。说不定占星师指明的地区就在我们控制之下，到那个时候，你必须调动那里的全部人手，包括所有民间和军事机构。这是目前最重要的事务。听明白了吗？"

"明白了，陛下。我可否……"

"不，你还不能走。坐下来听好，灰林鸮。沙斯希乌斯也许不会有任何收获。我命令他找的人也许身在敌国，或有魔法防护措施。我敢用我的人头担保，我要找的人跟我们的好朋友——神秘失踪的洛格伊文的威戈佛特兹——位于同一地点。所以，史凯伦，你要去集结一支特殊部队，由你亲自指挥。动用你手下最优秀的人才。他们必须做好一切准备……而且不能迷信。我的意思是，不能畏惧魔法。"

灰林鸮扬起双眉。

"你的部队，"恩希尔总结道，"将负责攻击威戈佛特兹，我们从前的好朋友和好盟友，并将其俘获。我并不知道他目前的藏身之处，那里多半做过相当完备的伪装，而且戒备森严。"

"遵命，陛下。"灰林鸮面无表情地说，"我是否可以推测，你要找的某人，不能受到一点伤害？"

"你的推测完全正确。"

"那威戈佛特兹呢？"

"他嘛……"皇帝露出残忍的微笑，"他理应受到彻底的伤害。致命的伤害。这一点也适用于在他巢穴发现的所有巫师。无一例外。"

"遵命，陛下。谁来负责找出威戈佛特兹的巢穴？"

"当然是你，灰林鸮。"

史提芬·史凯伦与瓦提尔·德·李道克斯对视一眼。恩希尔靠向椅背。

"都听明白了？明白的话……契拉克，你有什么事？"

"陛下……"皇室总管呜咽着说。直到刚才为止，根本没人留意他。"求您发发慈悲……"

"对叛徒没有慈悲可讲。反抗我旨意的人也一样。"

"卡西尔……我的儿子……"

"你儿子……"恩希尔眯起双眼，"我还不知道你儿子的过错是什么。但愿他只是错在愚蠢和无能，而非背叛。如果是前者，他的下场只是砍头，而不是车轮之刑。"

"陛下！卡西尔不是叛徒……卡西尔不可能……"

"够了，契拉克，一个字也别说了。他的罪行必须受到惩罚。他们想欺骗我，而我不会原谅这一点。瓦提尔、史凯伦，一小时后到我这儿领取签好的指令和授权书，然后你们就可以出发执行任务了。还有一件事，我想不需要我特意叮嘱：对所有人来说，不久前出现在王座厅的女孩仍是辛特拉女王和罗万女公爵希瑞菈。所有人。我命令你们，把这事当作最重要的国家机密看待。"

在场之人都吃惊地看着皇帝。迪斯温·雅丹·伊恩·卡恩·爱普·蒙路德微微一笑。

"你们还不明白吗？他们送来的不是真正的希瑞菈，而是个替身。那些叛徒以为我不认识她。但我认得真正的希瑞。就算世界毁灭，就算身处黑暗的地狱，我也认得出她。"

独角兽的习性令人极其费解。尽管它异常羞怯且畏惧人类，但若遇见尚未和男性有过肉体关系的少女，它便会跑上前去，跪倒在她面前，毫不畏惧地枕在她的膝头。据说在蒙昧的远古时代，有些女子便以这一行业为生。她们终身不嫁并禁欲多年，充当猎人捕猎独角兽时的诱饵。然而人们很快发现，独角兽只会接近年轻处女，却对年老处女不屑一顾。作为一种睿智的生灵，独角兽无疑明白，过于长久地保持处子之身既令人生疑，又违背自然规律。

——《生物论》

第六章

热浪把她烤醒了,还灼伤了她的皮肤,就像拷问者手中滚烫的铁钳。

希瑞的脑袋动弹不得,像被什么东西固定住似的。她拼命抬起头,随即发出痛苦的哀号,因为这一动作扯破了鬓角的皮肤。她睁开双眼,发现脑袋下面的大石头沾满了干涸凝固的污血,已呈现出深棕色。她摸摸鬓角,手指碰到一块坚硬开裂的伤疤,它原本黏在石头上,但已在她抬头时撕裂,现在更是渗出了鲜血。希瑞咳嗽几声,吐出一团混杂了黏稠唾液的沙子。她用手肘撑起身子,坐了起来,四下张望。

周围是片灰红色的平坦石地,被峡谷和断层分割成许多块,散落着成堆的石块和奇形怪状的巨石。在这片石地高处,挂着一颗熊熊燃烧、硕大无朋的金色太阳,将整个天空染成黄色。灼人的阳光扭曲了视线,令空气闪烁微光。

我在哪儿?

她小心翼翼地摸摸自己肿胀挂彩的额头。很疼。疼得要命。*我肯*

定重重摔了一跤,她心想,还在地上滚了很远。她把注意力转向自己破破烂烂的衣服,然后发现了痛楚的其他来源——后背、肩头,还有屁股。她摔倒时,身上沾满了灰尘与砂砾,头发、耳朵、嘴巴甚至眼睛里都有,所以她才会流泪不止。她的双手和手肘都磨破了皮,刺痛一阵阵传来。

希瑞缓慢而小心地伸直双腿,又发出一声呻吟——这个动作让她的左膝剧痛无比。她隔着完好无损的裤子摸索一番,却没发现任何瘀肿。她吸气时,只觉身侧传来令人不安的刺痛,腰背痉挛不止,光是弯下腰都能让她痛得尖叫。我没事,只是有些瘀伤,她心想,但应该没摔断骨头。如果骨头断了,我会疼得更厉害才对。我的身体没什么大碍,只是昏迷了一小会儿。我可以站起来。我也能站起来。

她蹲伏在地上,动作有些尴尬。她小心而缓慢地活动腿脚,换了个能保护受伤膝盖的姿势,然后呻吟着撑起身体。仿佛过了一辈子之久,她终于站了起来,但晕眩感也马上袭来,模糊了她的视线,还让她两脚发软,重重地倒回到石头上。希瑞感到一阵反胃,只好侧卧着蜷起身子。阳光曝晒的石面像炭火一样滚烫。

"我起不来的……"她呜咽道,"我做不到……我会被太阳烤焦的……"

她的脑仁里悸动着顽固又恼人的痛楚,疼痛的程度还在不断增加。她每动一下都让疼痛更加强烈,所以有那么一会儿,希瑞一动不动。她用胳膊护住头,但炎热很快便令她难以忍受。她知道自己必须找个地方避开阳光。她奋力对抗着痛楚,抬起头,手脚并用爬到一块巨石下。在风化作用下,石头的形状就像一朵怪异的蘑菇,不成形的"伞盖"让它的底部只有一条狭小的影子。她蜷成一团,咳嗽几声,抽了抽鼻子。

她躺了很久，直到太阳漫步到天空另一侧，再次投来灼人的热浪。她挪到巨石另一边，却发现根本毫无分别。太阳爬升到最高点，石蘑菇下方连一丝影子都没了。她用双手按住疼痛难当的鬓角……

她全身颤抖着醒来。炽热的太阳失去了耀眼的金色光辉，如今的它低垂在参差不齐的岩石之上，颜色转为橙黄。酷热已然消散。

希瑞费力地坐起身，四下张望。她的头没那么痛了，视野也清晰起来。她摸摸头，发觉阳光已晒干了鬓角的血迹，只留下一块平整坚硬的血痂。但她的身体还很疼，好像全身上下没一处完好。她干咳几声，试着吐出牙缝间的砂砾，但没能成功。她靠向蘑菇状的巨石，石头表面依然带着阳光的热度。至少没那么热了，她心想。太阳已经西沉，热度也可以忍受了，很快……

很快，夜幕就会降临。

她浑身发抖。我究竟在哪儿？我该怎么离开？走哪条路？我该走哪条路？也许我该待在原地，等他们找到我。他们肯定在找我。杰洛特，还有叶妮芙，他们不会抛下我的……

她再次试着吐出砂砾，但又一次失败了。然后她发现了——

干渴。

她想起来了。当初逃离辛特拉时，她也曾忍受过干渴的折磨。她清楚地记得，自己骑着黑马逃向海鸥之塔，马鞍上系着一个木头水壶。但她没能解开绳子带上水壶——她没那个时间。现在马没了。什么都没了。除了滚烫尖锐的岩石，除了鬓角上令她皮肤绷紧的血痂，除了满身的痛楚和干渴的喉咙，她一无所有。她甚至连可吞咽的口水都抿不出来。

我不能留在这儿。我得去找水。如果找不到，我会死的。

扶住石蘑菇试图起身时，她的手指隐隐作痛。她站了起来，迈出一步，结果又哀号着趴到地上，弓起脊背。剧烈的反胃感又一次袭来，痉挛和晕眩占据了她的身体，让她只能再度躺倒。

我又一次孤单一人。所有人都背叛了我，抛弃了我，只留下我一个。就像从前一样……

好像有只无形的钳子正在挤压她的喉咙，她的下巴肌肉紧绷到疼痛的程度，干裂的嘴唇也开始颤抖。再没有比女术士哭鼻子更令人反胃的了，叶妮芙的话语在她脑海中回荡。

可是，等等……这儿没人能看到我……一个人都没有……

希瑞在石蘑菇下缩起身子，不由自主地痛哭起来。尽管她已流不出任何眼泪。

等她睁开肿胀的眼皮，发现热度又消退了不少。不久前，天空还是橘黄色，如今已转为熟悉的钴蓝，而且显得格外晴朗，只飘着几缕细小的白云。通红的日轮垂得更低，但仍将涌动的热浪洒向沙漠。或者那些热气是从滚烫的石头上散发出来的？

她坐起身，发觉头痛和瘀伤都不再折磨她了。此时此刻，跟她空瘪的肚皮和发痒的喉咙带来的不适相比，其他都不算什么了。她忍不住咳嗽起来。

不要放弃，她心想，我也不能放弃。就像在凯尔·莫罕那样，我必须爬起来打败敌人，必须压抑心中的痛苦和软弱。必须站起来，迈开脚步。我现在至少知道方向了。太阳正朝西方落下。我必须迈开脚步。必须找到水和食物。必须。不然我会死的。这儿是沙漠。我落到了沙漠里。我在海鸥之塔走进一道传送门，那是种魔法装置，能把人

传送到极远之地……

托尔·劳拉的传送门很奇怪。她跑到顶层时,那儿什么都没有,连窗户都没有一扇,只有覆满霉斑的墙壁。其中一面墙上有个不规则的椭圆形,里面泛动着彩虹色的光芒。她犹豫片刻,但那扇传送门在吸引她、召唤她、真真切切地邀她进去。而且周围没有别的路,只有那个闪光的椭圆。她闭上眼睛,走了进去。

随后,她看到耀眼的强光和湍急的旋涡。爆炸的冲击力挤压她的肋部,令她几乎窒息。她记得自己飞过寂静、冰冷与空无,然后是一道亮光,她终于又能呼吸了。她的上方是蓝色,下方远处则是模糊的灰暗……

旋涡将她吐到半空中,就像一只幼鹰丢下一条对它而言过大的鱼。她摔到石头上,立刻失去了知觉。她不知道自己昏迷了多久。

我在神殿里读过关于传送门的书,她一边努力回忆,一边甩掉头发里的砂砾。*有些书提到过扭曲或混乱的传送门,它们会把人送到任何地点,送达的位置也毫无规律。海鸥之塔的传送门肯定也是这样。它把我丢到世界尽头的某个角落。我完全不知道这是哪儿。没人会来这里找我,也没人能找到我。如果留在这儿,我会死的。*

她站起身,凝聚全身的力气,手扶巨石走出第一步。然后是第二步。第三步。

刚走几步,她就发现右边鞋子的带扣不知何时扯脱了,松动的鞋帮让走路变得更艰难。她小心翼翼地坐下来,检查自己的衣服和随身物品。她专心致志地检查,一时忘记了疲惫和痛楚。

她首先发现一把短刀。短刀的皮鞘滑到了背后,她都忘记了它的存在。接下来是个系着皮绳的小口袋,那是叶妮芙送她的礼物,里面装着"女士从不离身的物品"。希瑞解开皮绳。不幸的是,这套女士标准装备没能预见目前的状况。袋子里有一把玳瑁梳、一把小刀、一把剪刀、一把指甲锉、一卷消过毒的亚麻棉布,还有一个翡翠小盒,里面是护手油膏。

希瑞立刻把油膏涂到干裂的脸和嘴唇上,又贪婪地舔了舔嘴唇。她不假思索地把小盒舔了个干净,品尝着里面的油脂和少得可怜却令人宽慰的水分。用来给油膏添香的甘菊、龙涎香和樟脑让它的味道令人作呕,但也让她精神振奋。

她从袖子上扯下一块布条,把鞋子绑到脚踝上,然后站起身,试着跺几下脚。她展开亚麻棉布,做成一条宽大的头带,遮住受伤的鬓角和晒伤的额头。

她站在那里,正了正腰带,将短刀挪到身体左侧,本能地拔刀出鞘,用拇指试了试刀刃。这把短刀很锋利,跟她预料的一样。

我有武器,她心想。我是个猎魔人。不,我不会死在这儿。饥饿?我受得了。梅里泰莉神殿经常有禁食仪式,最久时长达两天。但是,水……我必须找到水。我得继续前进,直到找到水为止。这片沙漠虽然可憎,但总有尽头。如果它很大,我得知道关于它的信息。我应该在雅尔的地图上看到过。雅尔……不知他现在正在干吗……

我该出发了,她下定决心。我要往西走。我能看到日落的方位。这是我唯一能确定的方向。毕竟,我从来不会迷路。我向来知道该往哪儿走。有必要的话,可以走上一整夜。我是猎魔人。等力气恢复,我还能跑起来,就像在凯尔·莫罕的杀手路上一样。那样的话,能更快赶到沙漠边缘。我能坚持下去。我必须坚持……哈,我敢打赌,杰洛特经常穿越这样的沙漠,说不定环境比这儿还恶劣……

出发吧。

<hr />

最初一个小时,地貌没有任何改变。除了岩石,周围依然别无他物——那些灰红色的锐利岩石常有几块会松动,迫使她时刻保持警惕。这里还有干燥多刺的矮小灌木,自岩石的缝隙里向她伸出扭曲的枝条。遇到第一丛灌木时,希瑞停下脚步,希望能找见几片树叶或嫩枝,好叫她吮一吮、嚼一嚼。但那灌木只有尖锐的棘刺,还划伤了她的手指。它甚至连能充当拐杖的长枝条都没有。第二和第三丛灌木也毫无区别,于是她经过时不再停留。

黄昏迅速降临,太阳悬停在参差不齐的地平线上,天空浮现出红色和紫色的光。黑暗到来的同时,周围也冷了起来。起先她感觉很愉快,因为凉爽的空气抚慰了她晒伤的皮肤。但没过多久,寒意愈发强烈,冻得她牙齿打战。她加快脚步,想让身子暖和些,但又牵动了腰间和膝盖的伤。痛楚再次浮现,她只能一瘸一拐地前行。更要命的是,太阳彻底沉下了地平线,天色极速地暗淡下来。今晚只有弯弯的月牙,希瑞很快就看不清眼前的地面了,在夜空中眨眼的星星也帮不上什么忙。她摔倒了好几次,手腕的皮肤被石头蹭得生疼。她两度踩进岩缝,幸好她训练有素,及时做出反应,才没扭伤甚至折断脚踝。她知道,这么走下去没个好。在黑暗中走路实在太危险了。

她坐在一块平坦的玄武岩板上,绝望压倒了一切:她不知自己走的方向是否正确,而且她早就找不到太阳消失在地平线下的位置了。日落后头一个小时,还有光芒指引她前行,如今光亮却消失得无影无踪。在她周围，除了天鹅绒般难以穿透的黑暗，只剩刺骨的寒冷。寒冷令她身体麻木，关节刺痛，迫使她佝偻起身子，把脑袋缩进因痛苦而耸起的双肩。希瑞开始怀念太阳，尽管她知道，它的归来意味着难以忍受的酷热。这酷热会再次洒到岩石上，这酷热会阻止她继续前行。她又有了想哭的冲动，绝望和无助感压倒了她。而且这一次，绝望和无助转化成了愤怒。

"我不会哭的！"她冲着黑暗大吼，"我是猎魔人！我是……"

女术士。

希瑞抬起双手，掌按太阳穴。*魔力无处不在。在水里，在空气中，在大地里……*

她飞快地站起身，双手前伸，缓缓地、犹疑地迈出几步，狂热地搜寻着地下水脉。她很幸运。几乎同一时间，她听到熟悉的涌流声在耳中悸动，也感受到地下深处水脉散发的能量。她小心翼翼地汲取魔力，然后缓缓释放出来，因为她知道自己很虚弱，在现在的状态下，突然的大脑缺氧会导致她人事不省，从而让她前功尽弃。缓缓地，魔力填满了她的身体，让她体会到熟悉而短暂的狂喜。她的肺部活动开始加强、加快。希瑞控制住自己急促的呼吸——让大脑过多过快地摄入氧气，同样会招来致命的后果。

汲取完成。

首先是疼痛，她心想。*首先是让我的肩膀和大腿没法动弹的疼痛。然后是寒冷。我必须升高体温……*

她渐渐想起了手势和咒语。她做了个手势，但念咒时过于匆忙，导致一阵突然的痉挛与抽搐。突如其来的晕眩令她跪倒在地。她坐在玄武岩板上，让颤抖的双手平静下来，让凌乱的呼吸恢复正常。

她重念一遍咒语，强迫自己保持平静和精确，以便专注于目标。这次立刻有了结果。她将手中的暖意揉进大腿和脖子。她站起身，感觉疲惫已经消失，酸痛的肌肉也放松下来。

"我是女术士！"她得意地高举双臂，大喊道，"来吧，不朽之光！我召唤你！Aen'drean va, eveigh Aine！"

一个温暖而小巧的光球从她手中飘出，仿佛蝴蝶一般，在石面上投下不断变幻的光影。她缓缓活动双手，稳住光球，引导着它，让它悬浮在身前。这个主意不算好，因为光芒让她什么也看不清。她把光球转到身后，结果同样令人失望，因为她的影子被投射到前方，能见度反而比刚才更低。最后，希瑞将光球缓缓移到身侧，悬停在右肩之上。比起真正的行家，她这光球还差得远呢，但女孩很是为自己的成果自豪。

"哈！"她骄傲地说，"要是叶妮芙看到该多好！"

她得意扬扬、精力充沛地迈开大步，步伐轻快又自信，借着光球摇曳而模糊的光芒挑选落脚之处。她一边走，一边努力回忆其他咒语，却想不出有哪个魔法能改善当前的状况或派上用场。另外，有些咒语很耗精力，除非很有必要，否则她不太敢也不想使用。最不幸的是，她不会念咒创造水或食物。她知道有这样的咒语，但她不知如何施展。

在魔法光球的映照下，原本死气沉沉的沙漠有了生气。丑陋而富有光泽的甲虫和长着茸毛的蜘蛛在她脚边仓皇逃走。一只橘红色小蝎子拖着节状的尾巴，从她前方飞快地爬过，钻进一道石缝。一只尾巴长长的绿蜥蜴沙沙地爬过岩石，消失在昏暗之中。一只啮齿动物，看起来像只大老鼠，敏捷地跑离她身边，凭借后腿高高跃起。她在黑暗中好几次看到眼睛的反光，还在一堆石头旁听到了恐怖的嘶嘶声。她考虑过抓些动物来吃,但那嘶嘶声彻底打消了她在岩石间翻找的念头。她开始更加谨慎地观察脚下,脑海中浮现出在凯尔·莫罕看过的插图。巨蝎、猩红怪、恐惧虫、幽魂、拉弥亚、蟹蜘蛛,以及栖息于沙漠的众多怪物。她继续前进,提心吊胆地四下张望,仔细聆听,汗津津的手掌握紧短刀的刀柄。

几个钟头后,光球渐渐黯淡,投下的光圈也慢慢缩小和模糊。希瑞费力地集中精神,又念了一遍咒语。起初几秒,光球的光芒变强了,但又很快黯淡下来。这番努力让她头晕目眩,步履蹒跚,眼前闪烁着黑红两色的光点。她重重地坐下来,身下的砂砾和松动的石块嘎吱作响。

光球终于彻底熄灭了。希瑞没再尝试其他咒语——疲惫、空虚和无力感彻底抹消了她成功的机会。

前方远处,模糊的光芒在地平线上升起。*我走错路了*,她惊恐地想到。*我搞砸了……我一开始是朝西边走,可现在,太阳却出现在前方,这说明……*

压倒性的疲惫和倦意袭来,就连寒冷也无法压抑。*我不会睡着的*,她下定决心。*我不能睡……不能……*

◆━━━◆━━━◆

刺骨的寒意和渐强的亮光令她醒来,也唤醒了在她腹中肆虐的饥饿,以及喉咙中火烧火燎的干渴。希瑞试图起身,却办不到。僵硬、疼痛的四肢辜负了她。摸索周围时,她突然发现手指是湿的。

"水……"她用沙哑的嗓音说道,"水!"

她颤抖着趴在地上,把嘴凑近玄武岩板,疯狂地舔舐聚在光滑石面上的水滴,又吮吸起石面凹陷处的积水。一道凹痕里有将近半捧露珠,她把水和砂砾一起舔进嘴,却又不敢吐出。她四下张望。

为了一点水都不浪费,她小心翼翼地用舌头收集悬垂在低矮灌木上的晶莹水珠——天知道这些灌木是怎么从石缝间长出来的。她的短刀躺在地上,她不记得自己什么时候拔出了刀。刀刃上盖着一层薄薄的水汽,显得黯淡无光。她谨慎地舔着冰冷的金属,一丝不落。

她压下令身体僵硬的痛楚,继续爬动,在其他岩石上寻找露水。但金色的日轮已升到地平线之上,耀眼的黄色光辉洒满整个沙漠,立刻烤干了露水。希瑞欣喜地迎接着新生的温暖,但她也清楚,再过不久,阳光就会无情地灼烤她,让她再度渴望夜晚的凉爽。

她转过身,背对阳光。太阳正在东方闪耀,而她必须往西走。必须。

热度飞快增长,很快变得难以忍受。到中午时分,她已精疲力竭,所以尽管很不情愿,也只能改换路线,寻找荫凉的地方。她终于有了收获:一块形状很像蘑菇的巨石。她爬到石头旁边。

她看到石头上放着一样东西。是个翡翠小盒,曾经装着护手油膏,早被舔得一干二净。

她连哭的力气都没有了。

◆━━◆━━◆

饥饿与干渴压过了疲惫和气馁。她再次摇摇晃晃地迈开脚步。太阳仍旧倾泻着热浪。

远处地平线上，透过闪闪发光的热气，她看到像是山脉的地貌。一片极其遥远的山脉。

等到夜幕降临，她竭尽全力汲取魔力，经历数次失败后终于成功变出魔法光球，这时她已经累得走不动路了。在此之前，她想施展取暖和舒展肌肉的咒语，但每次尝试都以失败告终，她也因此耗光了力气。变出光球给了她勇气，也振奋了她的精神，但与此同时，寒冷也削弱了她的力量。刺骨的酷寒让她颤抖不止，直至黎明。希瑞不耐烦地等待日出。她把短刀拔出鞘，小心翼翼地放在石头上，让水汽在金属刀刃上凝结。她早已精疲力竭，但饥饿和干渴赶走了睡意。她一直撑到黎明时分。天还没完全亮，她便贪婪地舔舐刀刃上的水珠。等到天亮，她立刻俯身，在石头的缝隙和凹痕里寻找积水。

她听到一阵嘶嘶声。

一只色彩斑斓的大蜥蜴坐在附近的岩架上，朝着她张开没有牙齿的嘴巴，竖起硕大的肉冠，鼓起腮帮，还用尾巴抽了下石面。在蜥蜴前方，她看到一条小小的、积满水的裂缝。

希瑞的第一反应是惊恐地后退，但不顾一切的愤怒情绪很快占据了她的心。她用颤抖的双手四下摸索，抓起一块有棱角的石头。

"那是我的水！"她咆哮道，"我的！"

她丢出石头，但没能命中。蜥蜴吓得一跃而起，敏捷地钻进乱石堆成的迷宫。希瑞趴倒在岩石上，吮吸着缝隙里剩下的水。然后，她看到了。

隔着岩石有块环形洼地，发红的砂砾中半埋着七枚蛋。女孩没有浪费时间。她跪倒在巢穴中，抓起一枚蛋，一口咬了下去。皮革般的蛋壳在她手中破碎，黏稠的蛋液流进她的袖子。希瑞把那枚蛋吸了个干净，连胳膊也舔了一遍。她光吞咽都很费力，根本尝不出任何味道。

她把蛋都吃光了，但仍趴在地上，身上黏糊糊、脏兮兮的，沾满了沙子，牙缝间残留着蛋黄。她疯狂地刨着沙子，发出骇人的啜泣声。她的动作突然僵住。

坐直了，小公主！别把胳膊肘放到桌上！盛菜时小心点儿！你会弄脏袖子的蕾丝边！用手帕把嘴擦干净，喝汤时别这么大声！看在诸神的分上，没人教过这孩子餐桌礼仪吗？希瑞菈！

希瑞把头埋在膝盖间，痛哭失声。

她一直跋涉到中午，终于无法抵挡热浪的侵袭，被迫停下休息。她藏身在一处岩架下的阴影里，打了很久的瞌睡。阴影算不上凉爽，但总比受烈日曝晒好得多。最后，饥饿和干渴又一次赶走睡意。

远处的群山在阳光下闪闪发光，仿佛着了火。山顶上也许有积雪，她心想。也许有冰。也许会有溪水。我必须到那里去。我必须尽快赶去。

她走了将近一整晚。虽然打算靠夜空辨认方向，但看着满天星辰，希瑞不禁后悔上课时没仔细听，后悔当初不愿钻研神殿图书馆里的星象图。当然了，她知道最重要的星座——七山羊座、水壶座、镰刀座、天龙座和冬之少女座，但那些星辰离得很远，很难用来判别方位。最后她选了一颗明亮的星星，认定它能指引正确的方向。但她不知道它叫什么，于是给它取名叫"夜眼星"。

◆━━┥◆┝━━◆

她继续走，但与山脉间的距离半点都没缩短。它仍像昨天一样远在天边,好在它能引领她的方向。

前进的同时,她也仔细地观察四周。她找到另一只蜥蜴的巢穴,里面有四颗蛋。她注意到一颗不超过她小指长的绿色植物,奇迹般地从岩石间生长出来。她还找到一只硕大的棕色甲虫、一只腿脚细长的蜘蛛。

她统统吃了下去。

到了中午,她把吃下去的东西全都吐了出来,然后晕了过去。醒来后,她找到一块阴影,双手捂住疼痛的肚子,蜷起身子。

日落时分,她重新上路。她的动作格外僵硬。她一次次摔倒,但每次都会爬起身,继续向前。

她继续走。她必须走。

◆━━◆━━◆

傍晚。休息。晚上。夜眼星指引方向。她不断前进,直到精疲力竭。时间离日出还早。休息。断断续续的睡眠。饥饿。寒冷。这里魔力稀缺——当她想用魔法制造光源和温暖时,才发现这个不幸的事实。清晨舔舐刀刃和岩石上的露珠之后,她的干渴反而更加强烈。

等到太阳升起,希瑞在逐渐增长的暖意中睡着了。灼人的阳光将她唤醒。她站起身,继续走。

步行不到一个钟头,她昏厥了过去。等她醒来时,太阳升到了最高点,酷热令她无法忍受。但她没有力气寻找阴凉处。她甚至没有力气站起。但希瑞还是爬了起来。

她继续前行。她没有放弃。她走了几乎整个下午,外加半个晚上。

女孩又一次在最炎热时沉沉睡去，蜷缩在一块半埋在沙子里的倾斜巨石下面。睡眠断断续续，令她疲惫不堪。她梦到了水，能喝的水。广大的白色瀑布，周围飘着薄雾，浮现出彩虹。汩汩的溪流。蕨类植物围绕下的林间泉水。宫殿里的喷泉，散发着大理石打湿后的味道。长满青苔的水井，桶里的水满溢出来……冰柱融化，落下水滴……水。冰冷而爽口的水，冷到让你牙齿刺痛，但口感美妙，无可比肩……

她苏醒过来，随后一跃而起，朝来时的方向走去。她转过身，摇晃几下，几乎摔倒。她必须回去！她之前经过了水边。她经过了一条在岩石间奔涌的小溪！她怎么这么蠢！

她的头脑恢复了理智。

热浪开始消退，傍晚即将到来。落日指示着西方。那是山脉的方向。太阳不应该——也不可能——位于她身后。希瑞赶走了幻想，压下啜泣的冲动。她转过身，继续前行。

希瑞走了一整个晚上，但速度非常缓慢，没能走出太远。她在走路时睡着了，又一次梦到水。太阳升起时，她坐在一块石头上，盯着短刀的刀刃和赤裸的前臂。

血也是液体。也能喝。

她赶走了这些幻觉和噩梦。她舔净覆盖露珠的刀刃，开始前行。

◆━━◆━━◆

她昏了过去。炽热的阳光和滚烫的岩石唤醒了她。

在前方，越过闪闪发光的热浪，她看到参差不齐的山脉。

近了。明显近了。

但她已经没有力气了。她强撑着坐起身。

手里的短刀反射着阳光,热得烫手。它很锋利。她清楚这一点。

何苦折磨自己?耳畔响起女术士蒂莎娅·德·维瑞斯学究似的平静嗓音。何必让自己继续承受痛苦?是时候结束这一切了!

不。我不会放弃。

你忍不下去的。你知道渴死的人是什么样子吗?从现在开始,你随时都有可能失去理智,到时就太迟了。到那时,你连自行了断的能力都将失去。

不。我不会放弃。我会忍耐下去。

希瑞把短刀收回刀鞘,站起身,又摇晃着摔倒。她再次爬起,摇晃几下,开始前行。

在她头顶,黄色天空的高处,她看到一只秃鹫。

◆━━━◆━━━◆

再次醒来时,她完全不记得自己是在何时倒下的。她也不记得躺了多久。她抬头看着天空。那儿又多了两只秃鹫,和先前那只一起在她上方盘旋。她没有起身的力气。

她明白,这就是结局了。她平静地接受了现实,从而松了口气。

◆━━━◆━━━◆

有东西在碰她。

它温柔而谨慎地推推她的肩膀。尽管疲惫不堪,但这么长时间的独处过后,在被了无生气的岩石包围这么久之后,这碰触还是让她绷紧了身子。她试着起身。碰触她的东西喷喷鼻子,向后一跳,跺脚的声音格外响亮。

希瑞费力地坐起,用指节揉揉砂砾包裹的眼角。

我肯定疯了,她心想。

在她前方几步远处站着一匹马。她眨眨眼。不是幻象。真是一匹马。一匹小马,不比马驹大多少。

她彻底清醒了,舔舔开裂的嘴唇,不由自主地清了清嗓子。马儿吓了一跳,跑到稍远处,马蹄摩擦着松动的石头。它的动作十分古怪,毛色也很不寻常——既不是茶色,也不是灰色。或许只是她的错觉,是在它背后闪烁的阳光玩的把戏。

马儿喷喷鼻子,朝她走近几步。现在她看得更清楚了。除了与众不同的毛色,她发现它的体型也很古怪:小小的头,细长到惊人的脖子,纤细的骸骨,浓密的长尾巴。马儿站定,打量着她,脑袋始终歪向一边。希瑞轻轻地惊叹一声。

马儿圆圆的额头上长着一支角,至少两掌长。

简直是不可能中的不可能,希瑞心想。她渐渐恢复了理智和思考能力。这个世界没有独角兽,它们早就灭绝了,就连凯尔·莫罕的猎魔人典籍里都没有!我只在神殿的《神话故事》中读到过……哦,我在吉安卡迪阁下的银行里看过《生物论》,那上面倒有一幅独角兽的插图……但跟马相比,插图上的独角兽更像山羊,有蓬松的距毛和山羊的胡须,角也至少两厄尔长……

她惊讶地发现,虽然这事仿佛发生在几百年前,自己却清楚地记得一切。突然一阵头晕,腹内痛如刀绞,希瑞呻吟着蜷起身子。独角兽喷喷鼻息，朝她走近一步，然后停了下来，高抬起头。希瑞猛然想起书上对独角兽的描述。

"请靠近些……"她用沙哑的嗓音说道，试图起身，"你可以靠近，因为我是……"

独角兽喷了喷鼻子，向后一跃，撒蹄飞奔，尾巴甩动不休。片刻之后，它停了下来，晃晃脑袋，用一只蹄子刨着地面，发出响亮的嘶鸣。

"不是那样的！"她绝望地呜咽起来，"雅尔只亲过我一次，那不算！回来！"

说话带来疲惫，这模糊了她的视线，让她无力地坐倒在石头上。等她终于有力气抬起头，发现独角兽又来到近前。它垂下脑袋，轻轻喷鼻，好奇地打量她。

"别怕我……"她轻声道，"你没必要怕我……你看得出，我快死了……"

独角兽嘶鸣一声，摇摇脑袋。希瑞昏厥过去。

----◆----

再次醒来，她又是孤单一人。疼痛，僵硬，干渴，饥饿，孤单。独角兽只是海市蜃楼，是幻觉，或者是个梦。现在连梦也消失了。她深知这一点，也能接受，但仍感到遗憾与失望。独角兽好像真的存在过，曾经陪伴她，随后又抛弃了她。跟所有人一样，它抛弃了她。

希瑞试图起身，但办不到。她把脸贴上岩石，手缓缓伸向腰间，摩挲着短刀的刀柄。

血也是液体。我必须喝点儿什么。

她听到了啪嗒啪嗒的啼声，还有鼻息。

"你回来了……"她轻声说着，抬起头，"真的回来了？"

独角兽响亮地喷喷鼻子。她看到它的蹄子就在身边。蹄子是湿的，有水珠不时滴落。

◆─◁──▷─◆

希望带来力量，让她振作精神。独角兽走在前面，希瑞跟在后面，但她不确定自己是否在梦中。疲惫再次袭来，但她没停，而是手脚并用往前爬。

独角兽领着她又穿过几块岩石，来到一座小山谷，谷底覆盖着砂砾。这段爬行几乎耗光了希瑞仅剩的力气，但她没有放弃。因为沙子也是湿的。

独角兽在一个格外显眼的沙坑前停下脚步，嘶鸣起来，用蹄子用力刨地，一次，两次，三次。她明白了。她爬到沙坑，开始帮它的忙。她挖啊挖，折断了指甲，把沙子扒向两旁。她也许哭过，但她自己已经记不清了。当浑浊的液体出现在坑底时，她立刻把嘴贴了上去，舐舐着混了沙子的脏水，贪婪地把水舐得一干二净。希瑞好不容易才控制住自己。她用短刀将坑挖得更深些，然后坐起身，等待着。她感受着齿缝间的沙子，急得全身发抖，但还是等坑底再次灌满水，然后才喝起来。这次她喝了很久。

到第三次，她等砂砾稍稍沉淀下去，又喝了大概四口没有沙子的水。这时，她才终于想起独角兽。

"你肯定也渴了吧，小马。"她说，"但你不能喝泥水。马不能喝泥水的。"

独角兽嘶鸣一声。

希瑞把坑底挖得更深，又用石头撑住沙坑的侧面。

"等一下，小马。让水沉淀一会儿……"

"小马"喷喷鼻子，跺跺脚，转过头去。

"别生气。喝吧。"

独角兽小心翼翼地将鼻口伸向坑底。

"喝吧，小马。这不是梦。是真的水。"

希瑞逗留了好一会儿，不想离开这股泉水。她刚刚发明了新的喝水方法：把手帕用水打湿，盖在嘴上，这样就能滤掉大部分沙子和泥土。但独角兽不肯放弃。它在嘶鸣，跺着蹄子，跑开又回来，催促她继续前进，还帮她指引方向。希瑞考虑了很长时间，终于听从了建议。它是对的。是时候离开这片沙漠，朝山脉进发了。她跟在独角兽身后，扫视四周，将泉水的位置记在心里。如果需要回来的话，她可不想迷路。

整个白天，她们结伴前进。独角兽走在前面，它已经记住了"小马"这个名字，而它的确是匹古怪的小马。它会啃食干枯的草杆，别说普通的马，就连饿得半死的山羊都不会碰那东西。它发现一队在岩石间漫步的大蚂蚁，开始大快朵颐。希瑞先是吃惊地看着它，很快也一起吃了起来。她饿坏了。

蚂蚁酸得要命，或许正因如此，她反而没反胃。而且蚂蚁的数量相当可观，她终于又能活动僵硬的嘴巴了。独角兽吃蚂蚁都是整只吞下，而她会细细品尝它们的腹部，吐出坚硬的几丁质甲壳。

她们接着走。独角兽找到好几丛发黄的蓟草，津津有味地吃了起来。这次希瑞没跟着一起吃。但等小马在沙子里找到几颗蜥蜴蛋，就换成它看着她独自进食了。她们继续前行。希瑞注意到一丛蓟草，指给小马看。过了一会儿，小马朝她示意一只硕大的黑蝎子，尾巴至少有一掌半长。希瑞踩死了这只丑恶的生物。见她不打算吃，独角兽独自大嚼起来。没多久，它又帮她找到一个蜥蜴巢。

她们的合作很有效率。

她们继续前行。

山脉越来越近。

等天色彻底变黑，独角兽停下脚步，站着睡着了。希瑞对马很了解，于是试着说服它躺下。这一来，她睡觉时就能靠在它身上取暖了。但她的努力全然徒劳，小马很生气，转身走开，跟她保持一段距离。它的表现跟学术书籍上的描述完全不同，根本没打算把头枕到她的膝盖上。希瑞困惑不已。她开始怀疑，书上关于独角兽和处女的说法纯属撒谎。当然还有一种可能，这只独角兽显然非常年轻，也许对处女还没什么了解。她是做过几个怪梦，但她不相信小马真能觉察到，更别提当真了。谁又会把梦当真呢？

◆━━━◆━━━◆

她对它有些失望。她们走了两天两夜，虽然它一直在找，但没能再找到下一个水源。它有好几次停下脚步，扭过脑袋，转动独角，然后跑到远处，用蹄子拨弄石缝，或在沙子里翻找。它找到了蚂蚁、蚁卵和幼虫。它找到了蜥蜴巢。它找到一条色彩斑斓的蛇，随后迅速踩死。但它没能找到泉水。

希瑞发现，独角兽前进时并非在走直线，而是到处游荡。她得出一个合理的结论：它不是这片沙漠的居民。跟她一样，它也迷路了。

◀━━━▶

她们经常找到的蚂蚁含有带酸味的体液，但希瑞越来越认真地考虑回到泉水边去。如果继续前进又找不到水，她恐怕会撑不下去。毕竟天气还是热得要命，徒步跋涉又很耗费体力。

她正打算向小马解释，它突然长嘶一声，摇晃着尾巴，飞快地跑到几块参差不齐的岩石中间。希瑞跟在它身后，一边走一边吃蚂蚁。

岩石间的宽阔空地上，有个宽大的沙坑。沙坑中央明显向下凹陷。

"哈！"希瑞高兴地说，"小马，你真是一匹聪明的小马驹。你又找到一眼泉水。这儿肯定有水！"

独角兽用力喷喷鼻子，绕着沙坑小步走动。希瑞靠近些。沙坑很大，至少二十尺宽，形状是个整齐而精准的圆形，看起来像个漏斗，仿佛有人把一颗硕大的蛋按进了沙子里。希瑞立刻意识到，这么整齐的形状不可能天然形成，但为时已晚。

坑底有东西在动，一团砂砾和小石子击中希瑞的脸。她往后一跳，身子失去平衡，发现自己正往下滑。石子不光击中了她，还有沙坑的边缘，大量砂砾顿时成股地流向坑底。她尖叫一声，像溺水一样拼命扑腾，徒劳地寻找立足之处。但她马上发现，剧烈挣扎只会让她处境更糟，只会让脚下的沙子滑得更快。她转过身，躺在沙子表面，脚跟踩进沙里，同时伸展双臂。底部的沙子翻滚起伏，她看到一对至少一码长的棕色钩状巨螯从沙中探出。她再次尖叫起来，这次更加响亮。

雨点般的小石子突然不再向她倾泻，而是飞向沙坑对面。小马人立而起，狂乱地嘶鸣着，脚下的沙地开始崩塌。它试图挣脱不断下滑的沙子，但却白费力气。它越陷越深，也朝坑底越滑越快。那对可怕的螯剧烈地一开一合。独角兽绝望地嘶叫，奋力挣扎，无助地用前蹄踢打滑落的砂砾，后腿彻底陷进了沙子。滑到坑底时，可怕的巨螯钳住了它。

听到小马发出痛苦而狂乱的嘶鸣，希瑞尖叫着朝下冲去，短刀出鞘。等她到了坑底，才意识到自己犯了多大的错。那只怪物藏得很深，短刀甚至没能穿透它上方的沙子。独角兽被硕大的螯紧紧夹住，被拖向更深处。它痛苦地狂啸，胡乱踢打前蹄，全然不顾骨折的危险。

在这坑底，猎魔人的步法和剑招全无用武之处，但有个简单的咒语却能派上用场。希瑞汲取魔力，使出心灵传动咒语。

一团沙云飞向空中，露出潜藏其下的怪物，它正紧咬着嘶鸣不止的独角兽的大腿不放。希瑞惊恐地叫出声。无论是在图画书上，还是在猎魔人的典籍里，她这辈子从没见过如此令人作呕的东西。她也想象不出会有这般丑恶的生物。

怪物的身体呈脏兮兮的灰色，肚子圆滚滚，像只吸饱血的虱子。在它水桶状躯干的狭小体节上，覆盖着稀疏的刚毛。它似乎没有腿，那对螯足却有整个身体那么长。

身形暴露之后，怪物立刻放开独角兽，迅速而匆忙地扭动浮肿的身体，试图钻进沙地。它的动作极具效率。与此同时，独角兽挣扎着想要逃离陷阱，又将成堆的砂砾推向身后，等于帮了怪物的忙。愤怒和复仇的渴望占据了希瑞的心，她纵身扑向怪物，短刀刺进它半圆形的后背。

她从后方发起攻击，谨慎地避开不断开合的巨螯——因为她发现，怪物的动作比预想灵活得多。她又刺出一刀。那生物继续掩埋自己，速度惊人，但它钻进沙子不为逃跑，而是为了进攻。它又扭动两下，身体彻底钻进沙子，同时猛喷出一大团石子，几乎将希瑞的腿完全埋住。她奋力挣脱，向后退去，但这里根本无处可逃。她身处深坑之中，脚下只有松散的沙子，每个动作都会让她陷得更深。坑底的沙子骤然隆起，仿佛波涛般向她逼近。砂砾波浪中伸出了可怕的钩状巨螯。

小马救了她。它滑进深坑，用蹄子踢中那道暴露怪物行踪的沙浪。这狠命的一脚踢开了砂砾，露出怪物灰色的背脊。独角兽低下头，用角刺向怪物，正中它的头部与浑圆躯体相连之处，而那对不断挥舞的巨螯就长在它的脑袋上。希瑞看到怪物的螯嵌在地上，无助地耙着沙土，于是跳上前去，用短刀深深地刺进它扭动的身体。她拔出刀刃，刺出第二下、第三下。独角兽拔出尖角，用前蹄狠狠踏中怪物水桶般的身子。

怪物不再试着掩埋自己。它不再动弹，绿色的体液浸透了周围的沙子。

她们费力地爬出深坑。希瑞跑出几步，瘫倒在沙地上。她呼吸沉重，身体颤抖不止，肾上腺素仍在侵袭她的喉咙和太阳穴。独角兽在她身边绕起圈子。它步履蹒跚，鲜血从伤口滴下，顺着腿流到距毛上，让它身后留下一条鲜红的足迹。希瑞用双手撑起身体，剧烈地呕吐。

片刻后,她站了起来,摇晃几下,蹒跚走到独角兽身边。但小马不肯让她碰自己。它转身跑开,躺倒,在地上滚了几圈。它数次将角插进沙子,擦去残留的怪物体液。

希瑞也把短刀擦拭了一番,同时不安地看着附近的沙坑。独角兽爬起身,嘶叫一声,朝她走来。

"让我看看你的伤,小马。"

小马又叫了一声,晃晃长着独角的脑袋。

"随便吧。如果你能走路,我们就出发。还是别留在这儿比较好。"

◆━━┥◆┝━━◆

没走多久,前方又出现一片宽阔的沙洲,其中到处都是深坑,几乎紧挨着周围的岩石。希瑞惊恐地看着沙坑,其中一些至少有先前那个的两倍。

她们没敢穿过沙洲。希瑞相信,沙坑是诱捕粗心猎物的陷阱,而那些潜伏在坑底、长着巨螯的怪物只会攻击掉进去的生物。只要足够小心并远离深坑,肯定也能安全穿过沙洲,不用担心怪物突然出现追赶她们。她相信这么做没有危险,但她不想尝试。独角兽的观点跟她一致。它喷喷鼻子,领着她远离那片沙地。为了跟危险地带保持距离,她们绕了些远路,始终走在坚硬的石地上。那种怪物显然挖不动石头。

前进的同时,希瑞的目光始终不离沙坑。她数次看到死亡陷阱里喷出沙子。其中一些沙坑离得很近,甩出的石子会落进旁边的坑里,从而惊动藏在坑底的怪物,紧接着便是一场可怕的连环炮轰,沙石带着破空之声飞出,像冰雹一样重重地落地。

希瑞不由好奇，这些沙地怪物在干燥荒凉的野外能吃到什么呢？她没等多久，一块黑乎乎的东西就从附近的沙坑飞出，划出长长的弧线，砰的一声落在附近。希瑞犹豫片刻，离开岩石的包围，踏上沙洲瞧个究竟。飞出深坑的是某种啮齿动物，看起来像兔子，至少皮毛很像兔子毛。但它的身体已经缩了水，坚硬干瘪得像块骨头，且像豌豆荚一样中空，连一滴血都没剩下。希瑞打了个哆嗦，现在她知道怪物吃什么了。

独角兽发出一声警告的嘶鸣，希瑞抬起头。她的旁边没有沙坑，地面平坦又光滑。但紧接着，就在她面前，光滑又平坦的沙地突然隆起，朝她飞快地逼近。希瑞丢掉干瘪的残骸，飞快地跑回石地。

绕开沙洲的决定果然明智。

她们继续走，一路绕开或大或小的沙地，脚下始终踩着石头。

独角兽走得很慢，一瘸一拐，大腿的伤口仍在流血。但它始终拒绝让她靠近并察看伤势。

沙洲越来越窄，也越来越蜿蜒曲折。细小松散的沙子转为粗糙的砂砾，渐渐又换成小石子。她们已经很久没看见沙坑了，于是决定穿过沙洲。干渴和饥饿令希瑞疲惫不堪，但她反而加快了脚步。她看到了希望。这片多石的沙洲其实是条干涸的河床，其源头就在群山之间。河床里没有水，却有好几眼地下泉。泉眼很小，涌出的水不足以填满河道，但足够让她们喝个饱了。

希瑞再次加快脚步，但又慢了下来，因为独角兽跟不上她。它步履艰难，一瘸一拐地拖着伤腿，蹄子落地的姿势也很笨拙。等到夜晚降临，它躺倒在地，等她靠近也没起身。这一次，它让她检查了伤口。

在它那条严重肿胀、红得吓人的大腿两侧，分别有一道割伤。两条伤口都发了炎，也都在渗血，黏稠发臭的脓液随着鲜血一起滴落。

那只怪物有毒。

第二天，状况更严重了。独角兽光走路都很费力。天黑了，它躺在石头上不肯起来。希瑞跪倒在它身旁。它朝受伤的大腿晃晃脑袋和角，嘶鸣一声，声音里满是痛苦。

脓水越流越多，气味令人作呕。希瑞拔出短刀。独角兽发出一声尖锐的嘶鸣，试图起身，但又无力地倒在石头上。

"我不知道该怎么做……"她看着短刀，啜泣道，"我真不知道……我只知道应该割开伤口，挤出脓水和毒液……可我不知道具体怎么办。我也许会让你伤得更厉害。"

独角兽试着抬头，叫了一声。希瑞坐在石头上，双手抱住脑袋。

"他们没教我怎么护理伤口。"她语气苦涩，"他们只教我怎么杀人，还说这就是救人的方法。真是个弥天大谎，小马，他们骗我。"

夜幕正在降临，天色渐渐变暗。独角兽躺在地上，希瑞拼命想办法。她去河床边拔了些蓟草和干枯的草秆，但小马不想吃。它的脑袋无力地靠在石头上，不再试图抬起。它能做的只有眨眼而已。它的嘴边泛出白沫。

"我帮不了你，小马。"她闷闷不乐地说，"我什么都不会……"

除了魔法。

我是个女术士。

她站起身,伸出一只手。什么也没发生。她需要大量魔力,可这里半点儿都没有。这出乎她的意料。令她吃惊。

等等,地下水脉无处不在!

她走了几步,先朝一个方向,然后转向另一边。她开始绕着圈子走,接着往后退。

什么都没有。

"该死的沙漠!"她挥拳大吼,"你这儿什么都没有!没有水,没有魔力!魔力本该无处不在!这也是个谎言!所有人都骗我,所有人!"

独角兽嘶鸣一声。

魔力无处不在。地、气、水……

还有火。

希瑞气恼地敲敲额头。她早先没想到这个,是因为光秃秃的岩石间没任何东西可烧。不过现在,她有干燥的蓟草和草杆,想要制造一个小小的火花,只要动用剩下的一丁点儿魔力……

她又拔了些草杆,堆成一堆,在旁边撒上干枯的蓟叶。她小心翼翼地伸出手。

"Aenye!"

草杆堆发出明亮的光,火舌摇曳着燃烧起来,吞噬了蓟叶,火势迅速增强。希瑞又丢了几根草杆进去。

现在怎么做? 她看着燃起的火焰,思索起来。*应该可以汲取魔力了,可我该怎么做?叶妮芙禁止我接触火焰魔力……可我没得选择!*

我也没时间了！必须立刻行动。草杆和叶子烧得很快……火会熄灭的……火……美丽又温暖……

不知何时发生，不知如何发生。就在她凝视火焰的同时，太阳穴突然剧烈跳动起来。她捂住心口，觉得胸腔仿佛要炸开。一股痛楚在她的腹部、胯部和乳头悸动，随即又转为可怖的快感。她站起身。不，不，她没站起。她飘浮起来了。

魔力仿佛融化的铅，填满她的身体。夜空中的星辰翩翩起舞，好像湖面繁星的倒影。西方的夜眼星绽放光芒。她接受了那道光，还有伴随而来的力量。

"Hael，Aenye！"

独角兽狂乱地嘶吼起来，用前蹄推地，试图起身。希瑞不由自主地抬起手臂，她的手掌自行做出手势，嘴巴也自动念出咒语。波浪般的明亮光芒自她指尖涌出。那堆草杆熊熊燃烧。

波浪般的光芒碰到独角兽的伤腿，开始汇聚、渗入。

"我希望你痊愈！这是我的愿望！Vess'hael，Aenye！"

魔力在她体内爆发，狂喜充斥她的心房。火焰冲天而起，周围的一切都明亮起来。独角兽抬起头，嘶叫一声，突然站起身，笨拙地走了几步。它弯曲脖颈，脑袋靠向大腿，翕动鼻翼，接着连连喷着鼻息，仿佛不敢相信似的。它发出一声响亮的长啸，跺跺蹄子，甩甩尾巴，绕着火堆奔跑起来。

"我治好你了！"希瑞骄傲地喊道，"我治好你了！我是个女术士！我从火焰中汲取了魔力！我得到了那股魔力！我可以随心所欲了！"

她转过身。火焰咆哮起来，迸射出火花。

"我们不用再找泉水了！我们也不用再喝泥浆了！我拥有了这股力

量！我能感受到火焰中的力量！我会让雨水在这该死的沙漠降下！我会让石头涌出水来！我会让鲜花在这儿生长！还有青草！卷心菜！我能办到任何事！任何事！"

她抬起双臂，尖叫着念出咒语，施展法术。她不理解那些咒语，也不记得自己是在何时学会——她连学没学过都不记得。但这不重要。她感受到了魔力，感受到火中熊熊燃烧的力量。她就是火。充盈全身的魔力令她颤抖。

夜空突然被一道闪电撕裂，狂风拍打着岩石与蓟草。独角兽一声长嘶，人立而起。火焰爆散开来。草杆和蓟叶早被烧成灰烬，如今连岩石都燃烧起来。但希瑞毫无察觉，她感受着魔力。她看到的只有火焰。她听到的也只有火焰。

你无所不能，火焰低语道。你拥有我们的力量。你无所不能。世界向你臣服。你无比伟大。你无比强大。

火焰中现出一个身影。是个高大的年轻女子，有一头漆黑如炭的长发。女子疯狂而残忍地微笑，火焰在她身周翻腾起舞。

你无比强大！有人伤害过你，但他们不知道自己招惹了谁！复仇吧！让他们付出代价！让他们全都付出代价！让他们惊恐地在你脚下颤抖，牙齿打战，不敢直视你的面孔！让他们乞求怜悯，但你不会给他们怜悯！让他们付出代价！让他们为一切付出代价！复仇！

黑发女人身后冒出火焰与浓烟，烟雾中浮现出成排的绞架，成排削尖的木桩和断头台，还有堆积如山的尸体。那是尼弗迦德人的尸体，是占领并洗劫辛特拉、杀死伊斯特国王和外婆卡兰瑟、又大肆屠杀街上民众之人。有个穿黑铠甲的骑士悬挂在绞架上，绞索嘎吱作响，透过羽翼盔的面甲，乌鸦争相啄食他的眼球。其他绞架沿着地平线蔓延开去，上面吊死的是松鼠党，是在科德温杀死保利·达尔伯格、又在仙尼德岛追赶希瑞之人。巫师威戈佛特兹在一根高耸的尖桩上摇晃，英俊而富有欺骗性的高贵面孔扭曲不堪，因痛楚呈现出深蓝色，木桩染血的尖端从他的锁骨间伸出……仙尼德岛的其他巫师跪在地上，双手反绑在身后，更多尖桩在等待他们。

堆满柴薪的木桩绵延至熊熊燃烧的天边，缎带般的烟柱标出它们的位置。最近的木桩上，有个人被铁链捆绑着，她是……特莉丝·梅利葛德。再过去是玛格丽塔·劳克斯-安蒂列……南尼克嬷嬷……雅尔……法比奥·塞克斯……

不。不。不。

对，对，对。黑发女人尖叫道。他们都得死！向所有人复仇。蔑视他们吧！他们全都伤害过你，或者想要伤害你！他们也许会在未来伤害你！用轻蔑对待他们，因为轻蔑的时代终于到来！轻蔑、复仇和死亡！全世界都要死亡！死亡、毁灭和鲜血！

你手上的鲜血，你裙上的鲜血……

他们背叛了你！戏弄了你！伤害了你！现在你有了力量，所以，复仇吧！

叶妮芙的嘴唇破碎不堪，涌出血来。她的双手双脚都砸着镣铐，被沉重的铁链拴在地牢潮湿肮脏的墙上。周围的暴民尖叫起来，诗人丹德里恩把头搁到断头台上，刽子手的斧头在他头顶闪闪发光。街头的流浪儿聚在断头台下，摊开手帕，等着它洒上鲜血……暴民的尖叫声淹没了斧头重重落下的沉闷声响，整个断头台随之摇晃……

他们背叛了你！他们欺骗并戏弄了你！对他们来说，你只是个棋子，只是个提线木偶！他们利用了你！是他们让你挨饿，让你承受炽热的阳光，忍受干渴、孤独和痛苦！轻蔑和复仇的时代已经到来！你有力量！你无比强大！让全世界在你脚下颤抖！让全世界在上古血脉面前颤抖！

现在，被带上断头台的换成了猎魔人——维瑟米尔、艾斯卡尔、柯恩、兰伯特，还有杰洛特……杰洛特步履蹒跚，浑身是血……

"不！"

火焰包围了她，而在火墙另一边，传来一声愤怒的嘶鸣。独角兽群人立而起，摇晃着头颅，蹄子敲打地面。它们的鬃毛像破碎的战旗，尖锐的长角恍如刀剑。独角兽们都身躯魁梧，壮如战马，比她的小马高大得多。它们从哪儿来？这么多独角兽是从哪儿来的？火焰伴着咆哮冲天而起。黑发女子抬起双手，手上满是鲜血。热浪令她长发飘舞。

让火烧起来吧，法尔嘉，让一切都燃烧吧！

"走开！滚！我不需要你！我不需要你的力量！"

让火烧起来吧，法尔嘉，烧起来吧！

"我不想这样！"

你想！这正是你的渴望！渴望和欲望在你心中翻腾，就像一团火！那种快感征服了你！这就是魔力！是力量！是伟大的法力！它是全世界最令人享受的快感！

闪电。雷霆。狂风。马蹄声和独角兽的嘶鸣，它们正绕着火堆疯狂地奔跑。

"我不要这种力量！我不要！我放弃！"

不知是火焰熄灭了，还是双眼被遮蔽了，总之她无力地倒在地上，感受到第一滴雨水落在脸上。

这个生灵的存在应当被剥夺。不能允许它再存在下去。这个生灵很危险。是否同意?

不同意。这个生灵召唤力量不为自己,是为救伊瓦拉夸克斯。这个生灵拥有同情心。多亏这个生灵,伊瓦拉夸克斯才又回到我们中间。

但这生灵拥有力量。若它加以利用……

它没法再使用力量了。永远不能。它选择了放弃。它放弃了力量。彻底放弃。力量消失了。真是太奇怪了……

我们永远也没法理解这些生灵。

我们不需要理解它们!我们可以抹去这个生灵的存在。趁现在还为时未晚。是否同意?

不同意。我们离开这儿。我们离开这个生灵。我们留下它自生自灭吧。

◆━━◆━━◆

她不知自己在岩石上躺了多久。她浑身颤抖,看着天空变幻的色彩——它在黑暗与光明,冰冷和火热间不断转换。而她无力地躺在那儿,干涸得就像那只被吸干体液的啮齿类动物的残骸。

她的头脑一片空白。她独自一人。她空空如也。现在她一无所有,脑袋空空荡荡。没有了干渴,没有了饥饿,没有了疲惫或恐惧。一切都消失了,就连生存的意志也一并消散。她成了一团庞大、冰冷而可怕的空无。她用全部身心、用身体每一个细胞感受着那种空虚。

她感到有血流下大腿内侧。但她不在乎。她空空荡荡。她失去了一切。

天空的色彩在变化,但她没动。在这样的虚无中,移动又有什么意义？

当马蹄声在她周围响起，当蹄铁的叮当声传来时，她也没动。她对喊叫和呼号、对激动的人声、对马儿的鼻息全无反应。她一动不动，任凭坚硬而有力的手抓住她。他们抬起她时，她的手和脚无力地垂下。她对颠簸和摇晃、对咄咄逼人的质问全无反应。她不明白他们的话，也不想明白。

她空无而漠然。她漠然面对泼在脸上的水。当水壶放到嘴边时，她也没呛到。她漠然地把水喝下。

后来的事，她同样漠不关心。她被人拖到马鞍上。她的胯部柔软而疼痛。她全身发抖，因此他们用毛毯裹住她。她麻木而又无力，随时都会昏厥，于是他们用腰带把她同身后的骑手绑在一起。那名骑手一身汗味和尿骚味，但她不在乎。

到处都是骑手。很多骑手。希瑞漠然地看着他们。她空空如也。她失去了所有。对她来说，一切都不再重要。

一切。

包括指挥所有骑手的骑士——他的头盔上装饰着一对猛禽的羽翼。

．

当犯人脚下的柴堆被点燃，火焰即将吞没她时，她开始向聚集在广场的骑士、贵族、巫师和议员们连声咒骂，用词令所有人惊恐不已。起先，柴堆里只有潮湿的木柴，以免这个女恶魔死得太快，从而品尝不到焚烧的痛苦。但此时，他们却下令找来干燥的柴火，好尽快结束这场折磨。这时，名副其实的恶魔占据了罪人的身体：尽管肉体正遭受灼烤，她口中吐出的却并非痛苦的呼号，而是更加可怕的咒骂。"从我血脉中将诞生一个复仇者，"她大吼道，"从我受玷污的上古血脉中，将有一个复仇者诞生，他会血洗各大王国，横扫整个世界！他将为我的痛苦复仇！死吧，你们和你们的子孙都将面对死亡与复仇！"在被火焰彻底吞噬之前，她能说出的只有这些。这便是法尔嘉之死，这便是对她挥洒无辜人之血的惩罚。

——《世界历史》第二卷
罗德里克·德·诺温布瑞　著

第七章

"瞧瞧她,晒得黝黑,全身是伤。她肯定是个流亡者,喝起水来像鱼,吃起东西像狼。照我看,她肯定是从东边来的。她穿过了科拉兹沙漠。她穿过了煎锅。"

"胡说八道!没人能活着穿过煎锅。她来自西边,翻过群山,沿苏查克河道走到这儿。她连科拉兹的边儿都没摸到,但对她来说已经够受了。我们发现她躺在地上,跟死了没两样。"

"可西边还有几里长的沙漠,她是从哪儿走过去的?"

"她不是用走的,她骑了马。鬼知道有多远!她身边有马蹄印,肯定是在苏查克河谷摔下了马,所以才会遍体鳞伤。"

"我倒想知道,尼弗迦德人为啥这么看重她?总督派我们搜查时,我还以为是哪个了不起的贵妇失踪了呢。可她?她只是个普普通通的流浪儿,衣衫褴褛,还是个哑巴。斯科穆里克,不知道咱们有没有找对人……"

"是她没错,但她可不普通。她要是普通,咱们找到的应该是具尸体。"

"也没差多少了。肯定是那场雨救了她。见鬼，就连我祖父辈里年纪最大的那些，也不记得煎锅上一次下雨是什么时候了。云彩倒是经常从科拉兹上头飘过……可就算河谷里下雨，也不会有一滴落进沙漠啊！"

"瞧她狼吞虎咽的样子，好像一个星期没碰过吃的了……喂，你，小丫头！喜欢猪油吗？还有干面包？"

"用精灵语问她，或用尼弗迦德语。她听不懂通用语。应该是精灵的后代吧……"

"她是个傻子，脑子不对劲儿。我今早把她抬上马时，感觉就像抱个木头娃娃。"

"你们没长眼睛吗？"名叫斯科穆里克的秃头壮汉龇了龇牙，"连她都看不透，你们还算什么捕兽人？她一不蠢，二不呆。她是在装傻，这只机灵古怪的小小鸟。"

"那尼弗迦德人为啥这么在乎她？他们答应会给奖赏。这儿到处都有巡逻兵……为啥？"

"我怎么知道？不过可以问问她……往她背上来一鞭子兴许管用……哈！瞧见她看我的眼神没？她听得懂，听得仔细呢。喂，丫头！我是斯科穆里克，是个猎人，也叫捕兽人。瞧这个，这是鞭子，也叫皮鞭！想保住你背上的皮吗？那就听好了……"

"够了！安静！"

响亮、严肃又不容置疑的命令声从另一堆营火旁传来。那边坐了个骑士，旁边是他的侍从。

"捕兽人，你们很无聊是吧？"骑士恶狠狠地说，"那就去干点儿活。该喂马了,我的铠甲和武器也需要擦拭,再去森林里砍点柴火。别碰那女孩!听明白没,你们这群乡巴佬?"

"明白了,尊贵的斯维尔大人。"斯科穆里克嘟囔道。他的同伴们露出胆怯的表情。

"去干活儿!执行命令!"

捕兽人忙碌起来。

"摊上这个混球真是倒血霉了。"其中一个嘀咕道,"咳,总督居然让我们听那个混球骑士的命令……"

"太自以为是了。"另一个捕兽人低声说着,悄悄打量周围,"而且说到底,是我们捕兽人找到了那个女孩……是我们凭直觉跑去苏查克河谷。"

"说得没错。功劳是我们的,奖赏却归那个骑士老爷。我们连个格罗特都瞧不见……他们只会丢给咱们一个弗罗林。'拿去,好好感谢主人的慷慨吧,捕兽人。'"

"闭上你们的臭嘴。"斯科穆里克嘶声道,"他会听见的……"

希瑞发现自己独自坐在火边。骑士和侍从好奇地看着她,但一言不发。

那骑士是个中年男子,体格健壮,满脸伤疤。骑马时,他会戴上饰有羽翼的头盔,但那对翅膀跟希瑞在噩梦里和在仙尼德岛上见到的并不一样。他是个尼弗迦德骑士,但不是辛特拉的黑骑士。发号施令时,他的通用语说得很流利,但带着明显的口音,跟精灵很像。而跟侍从——一个不比希瑞大多少的男孩——讲话时,他用的是某种类似上古语的语言,只是更难听懂,也没那么悦耳。那一定是尼弗迦德语。希瑞的上古语学得不错,因此能听懂大部分词汇,但她装作什么也没听懂的样子。在那片名叫"煎锅"或"科拉兹"的沙漠边缘,他们第一次停下来休息时,尼弗迦德骑士和他的侍从问了她各式各样的问题。她没有回答,因为那时的她又漠然又呆滞,而且十分困惑。骑行几天后,等他们离开遍地石头的河谷,来到绿意盎然的山谷中时,希瑞彻底恢复了神志。她开始留意周围的世界,终于能做出反应了,但她依然冷漠,始终对问题充耳不闻。于是骑士不再对她讲话,他好像已经不再注意她了。只有那些无赖——自称"捕兽人"的家伙们——对她很感兴趣。他们还想审问,或者说,拷问她。

但头戴翼盔的尼弗迦德骑士立刻责骂了他们。谁是主,谁是仆,这下一目了然了。

希瑞伪装成愚蠢的哑巴,但她听得十分仔细。她渐渐明白了自己的处境。她落入尼弗迦德人手中,对方一直在搜捕她,现在终于找到了她。托尔·劳拉的传送门毫无规律可言,但他们却查出了她会被传送到哪儿。叶妮芙与杰洛特没能做成之事,翼盔骑士和捕兽人却办到了。

叶妮芙和杰洛特在仙尼德岛发生了什么?她现在又在哪儿?希瑞担心极了。捕兽人和他们的头儿斯科穆里克说的通用语又简单又粗俗,却没有尼弗迦德口音。他们只是一群喽啰,是那位尼弗迦德骑士的手下。他们正在期待总督付报酬给他们,给他们弗罗林。

既使用弗罗林,又为尼弗迦德人效命的国家,只有位于南方远处、由帝国派驻的总督管辖的尼弗迦德行省。

等到次日,在一条河边停下休息时,希瑞开始考虑逃脱的可能性。魔法也许能帮上她的忙。她小心翼翼地施展了最简单的法术,一次微不足道的心灵传动。但她的恐惧成真了。她连一丝一毫的魔力都没剩下。那次愚蠢地玩火之后，她的魔法能力彻底消失了。

她再度变得漠然。对一切漠然。她沉默寡言，面无表情，这一次持续了很久。

直到有一天，穿越荒原时，一位蓝骑士带人挡住了他们的路。

"哦天哪，哦天哪。"斯科穆里克盯着挡路的骑手，"有麻烦了。他们是萨尔达要塞的瓦恩哈根家族……"

骑手们走近了些。为首的是个魁梧男子，身穿上釉的蓝色铠甲，跨骑一匹灰色高头大马。另一名重甲骑手紧随其后。殿后的二人身穿朴素的茶色制服，显然是仆人。

头戴翼盔的尼弗迦德人拍马小跑上前，然后勒住马。他的侍从握住剑柄，在马鞍上转过身。

"留在后面，看好那个女孩。"他冲斯科穆里克和捕兽人们大吼，"不许插手！"

"我还没那么蠢。"等侍从骑马走远，斯科穆里克轻声说道，"没蠢到插手尼弗迦德贵族间的世仇……"

"斯科穆里克，他们会打起来吗？"

"肯定会。斯维尔和瓦恩哈根两家世世代代都是血仇。下马，保护好那个丫头。她可是我们最重要的宝贝和财富。只要我们运气好，就能拿到全部酬劳。"

"瓦恩哈根家肯定也在找这女孩。如果他们打败我们，就会把她抢走……而我们只有四个人……"

"五个。"斯科穆里克龇了龇牙，"我没看错的话，那边有个仆人是我亲戚。等着瞧吧，这场骚乱的好处只会落到我们头上，而不是那些贵族老爷……"

蓝甲骑士勒住灰马。翼盔骑士停下来，面对着他。蓝骑士的侍从策马上前，停在骑士身后。他戴着一顶古怪的头盔，面甲上垂下两条皮带，看上去活像两根长长的胡须，又像是海象的长牙。"海象牙"将武器横放到马鞍上，那东西的外观很吓人，看起来像是辛特拉卫兵用的短矛，只是握柄短得多，矛尖却特别长。

蓝骑士与翼盔骑士短促地说了几句。希瑞听不清内容，但她绝不会听错双方的语气。这场对话算不上友善。蓝骑士突然在马鞍上坐直身子，猛地指向希瑞，高声又愤怒地说了些什么。作为回答，翼盔骑士也愤怒地大喊起来，挥了挥包裹在铁手套里的拳头，显然是要蓝骑士马上离开。

然后，战斗打响了。

蓝骑士用马刺狠戳马腹，向前冲锋，同时从马鞍桥上抽出战斧。翼盔骑士拔出长剑，催促枣红马正面迎敌。没等两名骑士开始交手，海象牙抢先发难：他用矛柄一拍坐骑，叫它飞奔起来。翼盔骑士的侍从也拔出长剑，朝他杀去。但海象牙踩着马镫站了起来，将短矛径直扎进侍从的胸口。长长的矛刃咔嚓一声贯穿了护喉甲和锁子甲，侍从痛呼一声，重重地摔在地上，手里还紧紧抓着对方的兵器。那把短矛刺进他的身体，只剩护手暴露在外。

蓝骑士与翼盔骑士撞在一起，发出一声清响和一声闷响。战斧杀伤力较大，但长剑速度更快。蓝骑士肩膀中剑，一块上釉的肩甲旋转着落到地上，束带拖曳在后。蓝骑士在马鞍上颤抖一下，蓝色铠甲染上了几道鲜红。冲击力迫使二人各自后退。头戴翼盔的尼弗迦德人转过马头，海象牙随即朝他冲来，双手握剑，摆出攻击的架势。翼盔骑士迅速拉住缰绳，海象牙用两腿控制住马，从旁边疾驰而过。在他经过时,翼盔骑士成功击中了他。希瑞看到海象牙的金属臂甲扭曲变形,鲜血从铠甲下喷出。

蓝骑士卷土重来,挥舞战斧,连声怒吼。两名骑士使出浑身解数,过了几招,剑斧交击声恍若雷鸣,然后二人各自分开。海象牙再次冲向翼盔骑士,他们的战马和长剑相互碰撞。海象牙砍中了翼盔骑士,劈开了他的上臂甲和护腋甲。翼盔骑士坐直身子,从右方挥出沉重的一剑,正中海象牙的侧面胸甲,后者在马鞍上摇晃起来。翼盔骑士也踩着马镫站起,长剑再次挥出,刺中对方凹陷破裂的肩甲和头盔。海象牙绷紧身体,浑身发抖。两匹马面对面站立,用力跺着地面,牙齿狠咬马嚼。翼盔骑士抓住马鞍桥,借力将长剑抽出海象牙的身体。海象牙翻身落马。接着传来一阵马蹄踩踏金属的响声,他被自己的坐骑踩到了脚下。

蓝骑士转过灰马,举起战斧,再度发起进攻,但手臂的伤势让他难以操控坐骑。翼盔骑士察觉到这一点,灵巧地转向右边,随后踩着马镫,长剑猛劈而下。蓝骑士用战斧格挡,打落了翼盔骑士的剑。两匹战马再次撞到一起。蓝骑士壮得惊人,他挥舞沉重的斧头,就像甩动一根小树枝。翼盔骑士的铠甲被斧头击中,胯下的枣红马立时坐倒在地。翼盔骑士摇晃几下,但仍坐在马鞍上。没等战斧再次落下,他放开缰绳,左手抓起腰间的沉重钉头锤,狠狠打中蓝骑士的头盔,发出钟鸣般的巨响。这下轮到蓝骑士在马鞍上摇晃了。两匹战马都不肯后退,它们高声嘶鸣,企图用牙齿啃咬对方。

刚才那一锤显然让蓝骑士头晕目眩,但他依然抄起战斧,再度猛劈。随着一声闷响,斧头砍中对手的胸甲。这两人还能坐在马鞍上,本身就已是个奇迹,当然了,这得归功于他们足够高的鞍桥和鞍尾。

鲜血滴落在两匹战马的身侧，在灰马的淡色马衣上显得更为扎眼。希瑞惊恐地看着这一幕。她在凯尔·莫罕学过如何战斗，但她想象不出该怎么对付这两人中的任何一个。换作是她，恐怕连一招都挡不下。

蓝骑士用双手抓住战斧的握柄，斧刃早已深深陷进翼盔骑士的胸甲。他身体前倾，用力一抬，想把对手掀下马鞍。翼盔骑士却用钉头锤重重击打他的身体。一下、两下、三下。鲜血从盔顶喷溅而出，洒在蓝色的铠甲和灰马的脖子上。翼盔骑士催促枣红马转身后退，顺势摆脱了嵌进铠甲的战斧。蓝骑士在马鞍上摇晃几下，松开了斧柄。翼盔骑士将钉头锤交到右手，拍马上前，凶狠地挥出一锤，让蓝骑士的脑袋撞上灰马的脖子。他用空出的手抓住灰马的缰绳，再挥一锤。蓝色铠甲发出铸铁锅般的嗡鸣，鲜血从扭曲变形的头盔中喷出。又是一锤过后，蓝骑士栽倒在灰马的马蹄边。灰马快步走开了，但翼盔骑士的枣红马显然受过训练，它立刻扬起蹄子，踩了下去。蓝骑士依然活着，那声绝望的痛呼便是证明。枣红马继续踩踏，用力之猛，让受伤的翼盔骑士没法坐稳马鞍，砰的一声掉到了地上。

"见鬼，终于打完了。"抓着希瑞的捕兽人嘟囔道。

"尊贵的骑士们，愿他们都得瘟疫和天花！"另一个捕兽人不屑地说。

蓝骑士的两个仆人远远看到这一幕，纷纷调过马头。

"站住，雷米兹！"斯科穆里克喊道，"你要去哪儿？回萨尔达？赶着上绞架吗？"

仆人们停了下来。其中一个手搭凉棚，朝这边打量。

"斯科穆里克，是你吗？"

"对，是我！过来，雷米兹，别担心！骑士打架跟咱们没啥关系！"

希瑞突然受够了等待。她敏捷地挣脱捕兽人的手，跑到蓝骑士的灰马旁边，轻轻一跃便跳上马鞍，尽管它的鞍桥特别高。

要不是那些仆人的马匹精力充沛，她也许真能逃脱了。但他们毫不费力地追上了她，从她手里夺走缰绳。其中一个在飞驰中抓住她的头发，把她拽下了马。希瑞一声尖叫，赶忙抱住他的胳膊，身体在空中晃荡。骑手把她扔到斯科穆里克脚边。皮鞭啪的一声抽下，希瑞哀号着缩起身子，双手护头。鞭子再度挥出，打得她的手背皮开肉绽。她滚到一旁，但斯科穆里克穷追不放，又踢了她几脚，最后用靴子将她踩住。

"你这小毒蛇，还想跑吗？"

皮鞭抽下，希瑞哀号起来。斯科穆里克又踢一脚，皮鞭再次抽到她身上。

"别打了！"她瑟缩身子，尖叫起来。

"这下你会说话了，小婊子？猫把你的舌头叼走了吗？那我就教教你……"

"冷静，斯科穆里克！"一个捕兽人大吼道，"你想打死她吗？那赏金可就没了！"

"活见鬼。"雷米兹跳下马，"尼弗迦德人花了一星期就为找她？"

"没错。"

"哈！所有驻军都出来找她了。她可是尼弗迦德人眼里的重要人物。他们说她就在附近，有位强大的巫师是这么占卜的。至少萨尔达的人都这么说。你们在哪儿找到她的？"

"在煎锅里。"

"这不可能！"

"是真的。"斯科穆里克皱起眉头,愤愤地说,"我们找到了她,奖赏属于我们。你们干吗还傻站着?把这只小小鸟捆起来放到马鞍上!赶紧走,伙计们!打起精神!"

"我想,那位可敬的斯维尔,"一个捕兽人说,"还能喘气……"

"喘不了多久了。让他见鬼去!我们直接去阿玛瑞罗,伙计们,去见总督。把这丫头交给他,然后领走赏金。"

"去阿玛瑞罗?"雷米兹挠挠后脑勺,朝两败俱伤的骑士看了一眼,"然后直接上绞架?你想怎么对总督讲?说两个骑士互相搏斗致死,而你们却完好无损?你敢这么说,总督就敢吊死你们,再把我们押回萨尔达……瓦恩哈根家族会拿到奖赏。你要去阿玛瑞罗,我宁可逃进森林……"

"你可是我妹夫,雷米兹。"斯科穆里克说,"虽然你这婊子养的经常暴打我妹妹,但你毕竟是她丈夫,所以我会饶你一命。我说了,我们要去阿玛瑞罗。总督知道斯维尔和瓦恩哈根两家有世仇,他们只要见面就会拼个你死我活。这对他们来说很平常,我们又能做什么?而且我们——听好我的话——在他们死后才找到这丫头。是我们捕兽人找到的。你现在也是捕兽人了,雷米兹。总督根本不清楚斯维尔带走了几个捕兽人。他看不出任何问题……"

"斯科穆里克,你是不是忘了点什么?"雷米兹慢吞吞地说,看向另一名萨尔达仆人。

斯科穆里克缓缓转身,用闪电般的速度抽出一把短刀,狠狠扎进仆人的喉咙。那人发出一声短促而刺耳的尖叫,无力地倒在地上。

"我什么也没忘。"斯科穆里克冷冷地说,"这下咱们都脱不了干系了。没有人证,也没有多余的人瓜分赏金。上马吧,伙计们,去阿玛瑞罗！我们跟赏金之间还有段距离呢，所以别再磨磨蹭蹭了！"

----◆----

离开一片阴暗潮湿的山毛榉林，他们看到山脚下有个村庄。一圈低矮的围栏与河道相邻，里面有十来栋茅草小屋。

风带来炊烟的气息。希瑞动了动麻木的手指——他们用一根皮绳把她的手绑到了鞍桥上。她全身僵硬，屁股痛得难受，还得忍受尿意的折磨。她从黎明时起就坐在马鞍上，昨晚也没能好好休息，因为她的双手被分别绑在左右两边的捕兽人的手腕上。每次稍微一动，两个捕兽人就咒骂连连，还威胁要打她。

"是个村子。"一个捕兽人说。

"我看得见。"斯科穆里克回答。

他们骑马下坡，马蹄一路碾过高大干燥的野草。他们很快找到一条通往村庄的小道，再往前是座木桥，以及村庄的大门。

斯科穆里克勒住马，踩着马镫站起身。

"这是哪个村子？我从没来过。雷米兹，这一带你熟吗？"

"几年前，"雷米兹说，"这儿叫白河村。不过动乱开始后，有些村民加入了反叛军，于是萨尔达的瓦恩哈根家族把这里付之一炬，村民要么被杀，要么入监。现在住这儿的都是尼弗迦德移民，是之后搬来的，村子也改名叫格莱斯文了。新移民不好惹。听我的，别在这儿逗留了，继续走比较好。"

"我们得让马歇歇脚，"一个捕兽人抗议道，"让它们吃点东西。现在我饿得连铜皮都能吃下去。干吗担心那些移民？不过是群乌合之众。一群废物。我们只要拿出总督的命令状,在他们面前晃晃就行。我是说,总督跟他们一样,也是尼弗迦德人。等着瞧吧,他们会对我们服服帖帖。"

"这我真要瞧瞧看了,"斯科穆里克咆哮道,"有谁见过尼弗迦德人服软吗?雷米兹,这个格莱斯文有没有酒馆?"

"有。瓦恩哈根家没烧酒馆。"

斯科穆里克在马鞍上转过身,看着希瑞。

"咱们得给她解开绳子,"他说,"不能让别人认出她……给她一条斗篷,再用兜帽遮住她的头……喂,你!兔崽子,你要去哪儿?"

"我得去灌木丛……"

"讲究个屁,你这小贱货!就在路边解决!还有,记住喽:在村里一个字也别说。别耍小聪明!你敢叫一声,我就割断你的喉咙。我拿不到赏钱,别人也休想拿到。"

他们慢慢靠近村子。马蹄声在桥面上响起时,一群手持长枪的移民出现在围栏后。

"他们在守卫大门。"雷米兹喃喃道,"真不知道为啥。"

"我也不知道。"斯科穆里克低声说道,踩着马镫站起身,"他们在守卫大门,而围栏就在磨坊边上。这桥连马车都能通过……"

他们靠近些,勒住马匹。

"阁下们,你们好啊!"斯科穆里克大喊。他的语气很快活,就是显得不太自然。"祝你们愉快。"

"你们是谁?"个子最高的移民粗鲁地问道。

"兄弟,我们是当兵的。"斯科穆里克坐回马鞍,撒谎道,"是阿玛瑞罗总督的手下。"

移民放下长枪,冲斯科穆里克皱起眉头。他显然不记得自己何时跟对方成了兄弟。

"是总督大人派我们来的。"斯科穆里克继续扯谎,"他让我们瞧瞧他的子民,看看格莱斯文的百姓们过得怎么样。总督大人致以问候,还问格莱斯文的居民是否需要帮助。"

"还过得去。"移民回答。希瑞注意到,他讲通用语的口音有点像那位翼盔骑士,虽然他正在模仿斯科穆里克那懒洋洋的腔调。"我们习惯自己照顾自己。"

"听到这个,总督一定很高兴。酒馆开门了吗?我们渴得……"

"开了。"移民阴沉地说,"目前还开着。"

"目前?"

"目前。因为很快就要拆了,墙板和椽子用来盖谷仓。酒馆对我们没用。我们整天在田里干活,从来不去酒馆。只有旅客会去,但大多数我们不喜欢。正有几个在那儿喝酒呢。"

"是谁啊?"雷米兹的脸色有些发白,"不会是从萨尔达要塞来的吧?是不是可敬的瓦恩哈根家族?"

移民面露苦相,动动嘴唇,像要吐口水似的。

"可惜不是。是男爵大人的手下——尼西尔团。"

"尼西尔团?"斯科穆里克皱起眉头,"他们打哪儿来?管事儿的是谁?"

"指挥官是个高个子,黑发,胡须像鲶鱼。"

"啊!"斯科穆里克转头看向同伴,"我们走运了。我们认识一个人,就是这副长相,对吧?肯定是那个老伙计,外号'相信我'的维克塔。记得他吗?兄弟,尼西尔团来这儿干吗?"

"尼西尔团的老爷们要去泰菲,"移民阴着脸解释道,"正赏脸在这儿下榻。他们在押送一名囚犯。他们逮到了一个耗子帮的成员。"

"是啊是啊,"雷米兹不屑地说,"他们咋不说抓到尼弗迦德皇帝了呢?"

移民皱起眉头,握紧枪杆。他的同伴们在窃窃私语。

"进酒馆吧,大人们。"移民说道,下巴的肌肉不时抽动,"去跟你们熟悉的尼西尔团谈谈。你们自称总督的手下,那就问问尼西尔团的大人们,为什么要押罪犯去泰菲,而不是按总督的命令,就地把他穿在木桩上。再提醒一下那些大人,在这儿,管事的是总督,不是泰菲的男爵。我们已经给牛上了轭,木桩也削尖了。要是尼西尔团的大人们不想弄脏手,我们可以代劳。就这么告诉他们。"

"我会的。交给我吧。"斯科穆里克冲同伴们意味深长地眨眨眼,"再会了,阁下们。"

他们穿行于村舍之间。整个村子看起来冷冷清清,一个人影都看不到。只有一头瘦骨嶙峋的猪在栅栏边刨地,几只脏兮兮的鸭子在泥巴里嬉戏,一只硕大的黑色公猫从路上跑过。

"呸,呸,该死的猫。"雷米兹弯腰吐了口唾沫,画了个抵御黑魔法的手势,"这狗娘养的从我们的路上过去了!"

"希望它吃老鼠时噎死!"

"怎么回事?"斯科穆里克转过身。

"有只猫,漆黑的猫,从我们面前跑过去了。呸呸。"

"让它见鬼去。"斯科穆里克扫视四周,"瞧瞧这儿,空空荡荡。但我看到屋子里有人,他们也在看我们。我还看到那边的门口有枪尖的反光。"

"他们在保护自己的女人。"刚刚诅咒过猫的捕兽人大笑道,"村里有尼西尔团!你没听到那个乡巴佬的话?他们不喜欢那些家伙。"

"一点儿不奇怪。'相信我'那伙人从不放过任何讨人嫌的机会。那群家伙早晚会自作自受。男爵叫他们'和平守护者',这也是他们收钱该干的事——维持秩序,守卫道路。可你随便找个农夫,在他耳边说一句'尼西尔',那可有得瞧了,他会吓得拉在裤裆里。不过他们会有报应的。他们杀了太多牛,强暴了太多姑娘,迟早会有农夫用草叉把他们撕碎。等着瞧吧。你注意到大门口那些家伙的狠样没?他们是尼弗迦德移民,惹上他们没好果子吃……哦,酒馆到了……"

他们催马前进。

酒馆的茅草屋顶有些凹陷,上面爬满苔藓。虽然酒馆位于破败围栏的正中央,还有两条穿村而过的道路在这儿相交,但它跟村舍和农房都隔着一段距离。附近仅有的一棵大树投下一块阴影,盖住两处围场:一个是牛圈,一个用来存放马匹,后者当中站着五六匹无鞍马。通往酒馆正门的台阶上,坐着两个身穿皮制短上衣、头戴尖顶皮帽的男人,都端着陶土酒杯。两人中间放着一只碗,里面装满了骨头——上面连一丝肉都没剩下。

"什么人?"看到斯科穆里克及其同伴下了马,其中一个大喊道,"想干什么?走开!这家酒馆被法律和秩序的捍卫者包下了!"

"别嚷,尼西尔团的伙计们,别嚷。"斯科穆里克把希瑞拽下马鞍,"还有,打开门,我们想进去。你们的指挥官维克塔是我朋友。"

"我不认识你!"

"因为你只是个小毛孩。好些年前,尼弗迦德人还没统治这里时,我跟维克塔可是战友。"

"好吧,如果真是这样……"那家伙犹疑地放开剑柄,"那你进去吧。反正对我来说都一样……"

斯科穆里克推了希瑞一把,另一个捕兽人拽起她的领子。他们走了进去。

酒馆内阴暗闷热,弥漫着烟味和烘烤食物的味道。屋子里几乎是空的,只有一张铺着兽皮的桌子旁坐着人。光线透过一扇小窗照在桌上,一小群人坐在桌边。酒馆老板在房间后方的壁炉边忙碌,啤酒杯在他手中叮当作响。

"尼西尔团的各位,向你们致意!"斯科穆里克高声说道。

"我们不跟无赖握手。"坐在桌旁的某人咆哮道,往地上吐了口痰。另一人摆摆手,制止了他。

"冷静点儿。"他说,"是朋友,不记得了?是斯科穆里克跟他的捕兽人。欢迎,欢迎!"

斯科穆里克笑逐颜开,朝桌边走去,但发现同伴们都盯着支撑房梁的柱子时,他停下了脚步。那根柱子底下有张凳子,坐着个身材纤细的金发年轻人,背脊挺得异常笔直。希瑞发现,他那不寻常的姿势缘于双手被绑在身后,还有一条皮带把他的脖子绑到了柱子上。

"真是活见鬼了。"拽着希瑞领子的捕兽人惊呼道,"瞧啊,斯科穆里克。是凯雷!"

"凯雷?"斯科穆里克歪了歪头,"耗子帮的凯雷?不是吧!"

一个坐在桌边、头顶梳着发髻的胖子洪亮地大笑起来。

"正是他本人。"他舔着勺子说,"罪大恶极的凯雷。这次早起还挺值。抓到他,我们至少能拿到价值半马克的弗罗林,还是帝国造的良币。"

"你们逮到了凯雷。哎呀哎呀。"斯科穆里克皱起眉头,"这么说,那些尼弗迦德农夫说的是实话……"

"该死,三十弗罗林啊。"雷米兹叹了口气,"这数目可不少……是泰菲的卢兹男爵掏钱吗?"

"没错,"另一个黑发黑须的男人确认道,"尊贵的卢兹男爵,我们的主子和金主。耗子帮在大道上劫了他的管家。他暴跳如雷,开出赏金。而我们,斯科穆里克,将会拿到这笔钱,相信我。哈,瞧啊,伙计们,瞧瞧他,鼻子都给气歪了!逮到耗子的是我们,不是他,所以他很不高兴!"

"捕兽人斯科穆里克,"梳着发髻的胖子用汤匙指指希瑞,"也抓到了什么人。维克塔,瞧见没?是个小姑娘。"

"我瞧见了。"黑须男人龇了龇牙,"这算什么,斯科穆里克?你已经穷到靠绑架小孩勒索赎金了?这个脏小鬼是谁?"

"不关你的事!"

"干吗这么敏感?"梳着发髻的胖子大笑道,"我们只想知道她是不是你女儿?"

"女儿?"黑须维克塔大笑道,"可能性不大。没种的人生不出女儿。"

尼西尔团的众人放声狂笑。

"滚你妈的,你们这群白痴!"斯科穆里克愤怒地大吼,"我可以告诉你,维克塔,等到周末之前,你会听到结果的。你会听到大家谈论的是你和你的耗子,还是我跟我的战利品。我们也会瞧见谁更慷慨——是你的男爵,还是阿玛瑞罗的总督!"

"死去吧你们,"维克塔轻蔑地说着,喝了口汤,"你和你的行政长官、你的皇帝,还有整个尼弗迦德帝国都去死吧。用不着抓狂。我很清楚,尼弗迦德人这一星期都在搜捕某个小女孩,掀起的灰尘让人瞧不见路面。我知道他们给她开出了重赏,但我不在乎。我不替尼弗迦德人卖命,我瞧不上他们。我现在是卢兹男爵的手下,我只听他的命令。"

"可你的男爵跟你不一样。"斯科穆里克粗声粗气地说,"他会吻尼弗迦德人的手,舔尼弗迦德人的靴子。当然了,你不用这么干,所以你站着说话不腰疼。"

"别激动啦。"维克塔用安慰的语气说道,"我不是针对你,相信我。你能找到尼弗迦德人想要的丫头也是好事,我很高兴你能拿到赏金,而不是那些愚蠢的尼弗迦德人。你在为总督卖命吗?没人能选择自己的主子,选择权在他们手里,对吧?来吧,坐过来。相请不如偶遇,我们应该喝一杯。"

"说得对。"斯科穆里克赞同道,"不过嘛,先给我条绳子。我得把这丫头绑在耗子旁边的柱子上。"

桌边众人再度大笑。

"瞧瞧她,简直让人闻风丧胆!"头梳发髻的胖子咯咯笑道,"就像尼弗迦德大军一样吓人!把她绑起来吧,斯科穆里克,绑得牢牢的。记得用铁链,因为你那重要的俘虏随时都能挣断绳索,照你脸上来一拳,然后逃走。她看起来好危险哦,我都吓得浑身发抖了!"

这一次,就连斯科穆里克的同伙也忍不住笑出了声。斯科穆里克涨红了脸,拽拽腰带,走到桌边。

"我只想确保她不会逃走……"

"你想干吗就干吗。"维克塔掰开一块面包,打断他的话,"如果你想聊聊,就坐下来喝几杯。只要你想,把她倒吊在天花板上也行,我不在乎。我只觉得好笑,斯科穆里克。也许你和你的总督真觉得她很重要,但在我看来,她只是个又瘦又小还被吓坏了的孩子。你要把她绑起来?相信我,她连站都站不稳,更别提逃跑了。你到底在怕什么?"

"我来告诉你我怕什么。"斯科穆里克抿住嘴唇,"这儿是尼弗迦德人的定居点。那些移民可没拿面包和盐欢迎我们。他们还说已经帮你的耗子削尖了木桩,而且法律站在他们那边。因为总督颁布了一条法令,要将抓获的任何强盗就地正法。如果你们不把那家伙交出去,他们也要帮你们削尖木桩了。"

"哦天哪,哦天哪。"梳发髻的胖子说,"这些无赖,也就吓吓鸟儿。他们最好别管我们的事,不然这地方就得见血。"

"我们不会把耗子交出去的。"维克塔补充道,"他是我们的,而且他得去泰菲。这事就让卢兹男爵跟总督去谈吧。咱们就别操这个心了。坐下。"

几个捕兽人正正佩剑的腰带,快活地坐到桌边,朝酒馆老板大喊大叫,还一致指向斯科穆里克,示意由他付钱。斯科穆里克把一条凳子踢到柱子旁边,抓着希瑞的胳膊,把她拽了过去,重重推了她一把。耗子帮的少年被绑在柱子上,希瑞摔倒时,肩膀撞到了他的膝盖。

"坐好!"斯科穆里克吼道,"你敢动一下,我就像打狗一样抽死你!"

"你这卑鄙小人!"少年咆哮着,皱起眼睛看着他,"你这狗娘……"

愤怒的男孩吼出一串字眼,希瑞大多听不懂,但从斯科穆里克的表情判断，肯定都是肮脏无礼的下流话。捕兽人气得脸色发白，扬起拳头，狠狠打在男孩的脸上，还揪住他的金色长发，用力一推，把他的后脑勺撞到柱子上。

"喂！"维克塔大喊道，从桌边站了起来，"那边怎么回事？"

"这只癞皮耗子，我要打得他满地找牙！"斯科穆里克大吼，"我要打断他的狗腿！"

"过来，别喊了。"维克塔坐下来，一口喝光杯中酒，擦了擦胡子，"你的俘虏你爱怎么揍怎么揍，但别碰我的。还有你，凯雷，别逞英雄了，乖乖坐好，想想卢兹男爵为你造的绞刑台是个什么样子吧。你将遭受的刑罚已经写满了一张清单，相信我，那清单足有三厄尔长。半个镇子的人已经开始打赌了，赌你能撑到第几项。所以省省力气吧，耗子。我也会拿一小笔钱出来，赌你不会让我失望——所以你最好能撑到阉割那一项。"

凯雷吐了口唾沫，在绑住脖子的绳索允许的范围内转过头去。斯科穆里克抬了抬腰带，恶狠狠地看看凳子上的希瑞，然后走到桌边。刚刚坐下，他又咒骂起来，因为酒馆老板端来的酒只剩下了一点儿泡沫。

"你是怎么抓到凯雷的？"他向老板示意添酒，"还是活捉？我可不信你把耗子帮的其他人都干掉了。"

"说实话，"维克塔从鼻孔里抠出来一块东西，一脸严肃地打量它，"我们撞了大运。他落单了。他离开那伙人，溜去新熔炉村跟女友风流快活。村长知道我们离得不远，于是派人跑来报信。我们在日出前赶到，就在干草堆里逮住了他。他连吭都没吭一声。"

"然后我们跟他的女人快活了。"梳发髻的胖子咯咯笑道，"不知道凯雷昨晚有没有满足她，不过没关系，我们让她爽翻了。到了早上，她连腿都合不拢了！"

"哎呀，听我说，你们这群没用的傻瓜。"斯科穆里克用嘲弄的语气大声说道，"你们这群蠢货错过了一大笔钱。与其在那丫头身上浪费时间，你们还不如拿根烧红的铁棍，逼这耗子说出他那伙人昨晚在哪儿过夜。你们可以抓住更多人，包括吉赛尔赫和瑞夫他们。萨尔达的瓦恩哈根家族一年前就给吉赛尔赫开出二十弗罗林的悬赏。至于那个婊子，叫……米希尔的，对吧？总督肯定会拿出更多赏金，因为耗子帮在杜鲁格抢了他外甥的车队，她还对他做出了那种事。"

"你，斯科穆里克，"维克塔皱起眉头，"你是生下来就这么蠢，还是过了太久的苦日子，脑袋已经硬成石头了？我们只有六个人。你指望我们靠六个人抓住整个耗子帮？而且我们不会错过赏金的。卢兹男爵会在地牢里帮凯雷暖暖脚。他会慢慢折磨他，相信我。凯雷会大声坦白，说出耗子帮的根据地和所有藏身之处，然后我们会集结大批人手，把他们一网打尽，就像从麻袋里拣蜊蛄那么简单。"

"哦是啊，他们会在原地乖乖等着你们。发现凯雷被抓，他们肯定会换个藏身处，或者干脆钻进灌木丛。不，维克塔，你还是面对现实吧：你们搞砸了。你们拿赏金换了个女人。还是老样子……一无是处，脑子缺根筋！"

"滚你妈的！"维克塔从桌边跳了起来，"既然你这么热心，干吗不带着你手下这些大英雄去追捕耗子帮？不过当心点儿，尊贵的尼弗迦德跟屁虫大人，耗子可不像你的小丫头这么好对付！"

两伙人开始对骂。酒馆老板连忙端些啤酒出来，又从梳发髻的胖子手里夺过空酒杯——他正准备用它去砸斯科穆里克。啤酒很快缓和了气氛，冷却了双方的喉咙，平息了怒火。

"拿吃的来！"胖子冲酒馆老板喊道，"炒鸡蛋和香肠。豆子、面包、奶酪！"

"还有啤酒！"

"你瞪什么眼睛，斯科穆里克？我们今天有的是钱！我们拿了凯雷的马、钱袋、他衣服上那些小玩意儿，还有他的剑、马鞍和羊皮鞍褥，统统卖给了矮人！"

"我们卖了那丫头的小红鞋，还有她的串珠项链！"

"哈，够买好几轮酒了！真是个好消息！"

"你乐啥？有钱的是我们，不是你。你只配帮你的俘虏擦鼻涕、抓虱子！钱袋的大小能反映俘虏的水准，哈哈！"

"你们这群婊子养的！"

"哈哈，坐吧。用不着骂人，我只是在说笑！"

"我们用酒解决分歧吧！我们请客！"

"该死的，老板，炒蛋怎么还没好？快点儿！"

"别忘了我们的酒！"

希瑞缩在凳子上，抬起头，正好对上凯雷蓬乱金发下那对愤怒的绿色眸子。她不由发起抖来。凯雷的面孔虽然英俊，却透出一股邪气。希瑞看得出，这男孩虽然不比她大多少，做起事来却不择手段。

"肯定是诸神派你来的。"耗子低声说道，绿眸子射出锐利的光，"想想吧。虽然我不信神，可他们却派来了你。别东张西望，你这小白痴。你必须帮我一把……仔细听好，小鬼……"

希瑞更加用力地蜷起身子，垂下头。

"听着，"凯雷嘶声道，像耗子一样亮出牙齿，"酒馆老板很快会来，你得叫住他……看在魔鬼的分上，仔细听我说……"

"我不干。"她轻声回答，"他们会揍我……"

凯雷抿住嘴唇，希瑞突然意识到，跟她未卜的命运相比，斯科穆里克的殴打根本算不了什么。虽然斯科穆里克是个大块头，而凯雷身形瘦小，又被绑着，但她本能地察觉出这二人谁更可怕。

"只要你帮我，"凯雷低声说，"我也会帮你。你以为我势单力孤吗？我的伙伴不会抛弃需要帮助的朋友……听明白没？等我伙伴赶到，等他们打起来，我可不能被绑在柱子上。那些无赖会把我大卸八块……该死的，仔细听好。我告诉你该怎么做……"

希瑞把头垂得更低，嘴唇微微颤抖。

捕兽人和尼西尔团大口吞吃炒蛋，像野猪一样吧唧着嘴。酒馆老板搅了搅一只大锅里的东西，又拿来一大壶酒和一条黑面包。

"我饿了！"按照凯雷的指示，希瑞尖声说道。她的脸色微微发白。酒馆老板停下脚步，友好地看着她，又看了看饮酒狂欢的众人。

"阁下，我能给她拿点吃的吗？"

"滚开！"斯科穆里克口齿不清地吼道。他涨红了脸，吐出一块炒蛋。"离她远点儿，你这该死的废物，趁我还没打断你的腿！什么都不准给她！还有你，你这流浪儿，给我坐着别动，不然我……"

"嘿，斯科穆里克，你他妈是疯了还是咋地？"维克塔努力咽下一片夹了好些洋葱的面包，打断他的话，"小伙子们，瞧瞧，这家伙真是个铁公鸡。他靠别人请客吃饱肚子，却对个小姑娘这么小气。给她个碗，老板。付账的人是我，谁有得吃谁没得吃我说了算。谁敢有意见，我他妈就叫谁好看！"

斯科穆里克的脸涨得更红了，但他什么也没说。

"这倒提醒我了,"维克塔补充道,"耗子也得吃点东西,免得他在路上饿死。要是男爵没法活剥他的皮,就得剥我们的了。让小丫头喂他。嘿,老板!给他们弄点吃的!还有你,斯科穆里克,你又嘟囔啥呢?哪道菜不合你胃口?"

"得找人盯着她。"捕兽人冲希瑞点点头,"因为她是只古怪的小小鸟。如果她只是个普普通通的小丫头,尼弗迦德人不会来找她,总督也不会开出悬赏……"

"我们很快就能知道她普不普通了。"梳发髻的胖子笑着说,"我们只要瞧瞧她两腿之间!你们说呢,伙计们?要不要带她去谷仓待会儿?"

"你们敢碰她试试!"斯科穆里克吼道,"我绝不允许!"

"哦,是吗?好像我们需要你允许似的!"

"要是没法把她完好无损地送到,我的赏金和脑袋就危险了!阿玛瑞罗的总督……"

"操你妈的总督。酒钱是我们掏的,你却不让我们找乐子?喂,斯科穆里克,别这么一毛不拔!再说你不会惹上麻烦的,别害怕,你的赏金也少不了!你会完好无损地把她送到。她又不是鱼鳔,捏一下还能破了咋地?"

尼西尔团的成员们大笑起来,斯科穆里克的同伴也随声附和。希瑞脸色苍白,颤抖着抬起头。凯雷露出嘲弄的笑。

"现在懂了?"他从微笑的嘴角边吐出话语,"等他们喝醉了,就会冲你下手。他们会强暴你。我们在同一条船上。乖乖照我说的做。如果我能逃走,你也能……"

"吃的好了!"酒馆老板大喊道。他没有尼弗迦德口音。"过来拿吧,小姑娘。"

"刀。"希瑞从他手中接过碗,轻声说道。

"什么?"

"刀。快点儿。"

"不够多拿点儿!"老板不自然地说,偷眼瞧瞧桌边的众人,又往碗里加了些燕麦,"拿了赶紧回去。"

"刀。"

"再不走我就叫他们了……不行……他们会把酒馆烧了。"

"刀。"

"不行。我同情你,小姐,但我不能。你要明白,我不能。走吧……"

"这些人,"她用颤抖的嗓音重复凯雷的话,"谁都别想活着离开。刀。快点儿。一旦开打,你就快跑。"

"拿好碗,你这蠢货!"酒馆老板大叫着转过身,帮希瑞打起掩护。他脸色发白,牙齿微微打战。"煎锅旁边。"

她摸到厨刀冰冷的刀刃,连忙插进腰带,又用外套遮住刀柄。

"很好。"凯雷嘶声道,"坐下,挡在我前面。把碗放我膝盖上。左手拿勺,右手拿刀。割绳子吧。不是那边,蠢货。在我手肘下面,靠近柱子的位置。当心点儿,他们在看。"

希瑞喉咙发干。她的脑袋几乎垂进碗里。

"喂我几口,你也吃点儿。"眯起的双眼里,那双绿色眸子让她看得入了神,"继续割绳子。拿点干劲儿出来,小家伙,只要我能逃掉,你也能……"

的确,希瑞一边想,一边割着绳子。厨刀散发着铁和洋葱的味道,刀刃也因经常使用而满是缺口。他说得对。我怎么知道那些无赖会把我带到哪儿？我怎么知道那个尼弗迦德总督会对我做什么？在阿玛瑞罗等待我的也许是审问，或是车轮、手钻、铁钳和滚烫的铁条……我不能像待宰羔羊一样被他们牵走。最好抓住时机……

一根树桩撞进窗户，带着窗框和破碎的玻璃一起落下。它落到桌子上，砸坏了碗碟和酒杯。跟着树桩一起进来的，是个金色短发的年轻女人，身穿红色紧身上衣和闪闪发亮的及膝长靴。她蹲伏在桌上，长剑在头顶画了个圆圈。最慢的尼西尔团成员来不及起身跳开，就带着长凳仰天倒下，鲜血从残破的喉咙喷溅而出。女孩敏捷地滚下桌子，让出空位，一个身穿镶边羊皮短外套的男孩随即跳进窗子。

"是耗子帮！"维克塔大叫道，奋力去拔缠在腰带上的剑。

梳发髻的胖子拔出武器，跳向跪倒在地板上的女孩，用力一砍。女孩虽然跪在地上，却灵巧地挡开了这一击，然后旋身后退。这时，身穿羊皮外套的男孩跳上前来，重重一剑砍中胖子的太阳穴。胖子倒在地上，一动不动了。

酒馆大门被人踢开，又有两个耗子帮成员冲了进来。为首的高大黝黑，身穿镶钉长袍，额扎深红头带。他迅猛地挥出几剑，将两个捕兽人逼退，又在维克塔面前摆好架势。另一位是个宽肩膀的金发大汉，他横着挥出一剑，把斯科穆里克的妹夫雷米兹砍成两截。其他人跑向厨房，还想逃走，但被耗子帮挡住去路。一个穿彩色衣服的黑发女孩突然跳出厨房，飞快地刺穿一个捕兽人，又挥剑逼退另一个。酒馆老板来不及表明身份，也被她砍翻在地。

酒馆里充斥着叫喊和刀刃交击声。希瑞躲到柱子后面。

"米希尔！"凯雷大喊道。他已经拽断了切开一半的绳子，正在奋力拉扯绑住脖子的皮绳。"吉赛尔赫！瑞夫！这边！"

但耗子帮正忙着打斗，只有斯科穆里克听到凯雷的叫声。捕兽人转身，举剑，打算把凯雷钉到柱子上。希瑞本能地做出反应。她的动作快如闪电，就像在荀斯·维伦和仙尼德岛上战斗时一样。她流畅地使出从凯尔·莫罕学到的步法，仿佛这些无须她本人的控制。她从柱子后面跳出来，原地旋身，屁股重重地撞上斯科穆里克。瘦小的身体不足以撞退捕兽人，但却成功地打乱了他的步调，也把他的注意力转向了她。

"小婊子！"

斯科穆里克挥出一剑，利刃呼啸着划过空气。希瑞再次本能而灵巧地避开，捕兽人被剑势带着前冲，差点失去平衡。他狠狠地咒骂着，再次刺出一剑，用上了全身的力气。希瑞敏捷地避开，左脚稳稳踩上地面，随即朝另一个方向旋身。斯科穆里克的剑再度挥出，但连她的头发都没碰着。

维克塔突然倒在二人中间，鲜血飞溅在他们身上。斯科穆里克后退几步，四下张望。周围全是尸体，耗子帮成员手握刀剑，从四面八方朝他逼近。

"别动。"戴红色头带的黑肤男人说道，他们终于解放了凯雷，"不知道为什么，但他确实很想砍死那个女孩。我也不知道他为啥总是砍不中。但我们可以给他个机会，看看他究竟有多想。"

"也给她一个机会，吉赛尔赫。"宽肩膀的男人说，"让他们来场公平的打斗。给她找件兵器，伊思克菈。"

希瑞掂量一下手中接到的剑柄。对她来说，这把剑有点儿沉。

斯科穆里克恼火地喘着粗气，挥剑朝她攻去。他的动作太慢了。

希瑞虚晃一下,转体半周,避开所有倾泻而来的剑招,且丝毫没有格挡的打算。只在闪避时,她才用剑维持一下平衡。

"难以置信。"短发女孩大笑道,"她是个玩杂耍的!"

"动作真快。"五彩衣服的女孩说道,就是她把剑递给希瑞的,"快得像个女精灵。喂,胖子!你还是别招惹她比较好!你在她面前没有半点机会!"

斯科穆里克后退几步,扫视四周,用苍鹭捕食的姿势向希瑞刺出一剑。希瑞短促地虚晃,避开这一剑,立刻旋身退开。有那么一瞬间,她清清楚楚地看到斯科穆里克脖子上跳动的青筋。她知道对方不可能避开她的剑,也不可能做出格挡。她知道该攻向哪儿,也知道该如何刺出那一剑。

但她没能刺出。

"够了。"

一只手按上她的肩头。身穿彩色衣服的女孩把她推到一边,与此同时,另外两个耗子帮成员——一个穿着短羊皮外衣,一个留着短发——把斯科穆里克逼到酒馆一角,用剑堵住他的去路。

"嬉闹到此为止。"衣着艳丽的女孩又说一遍,转过希瑞的身体,"你们玩得够久了。这得怪你,小姑娘。你完全可以干掉他的,但你没能下手。看来你这辈子不可能长寿了。"

希瑞在发抖。她看着那对硕大的杏仁状黑眼睛,看着她露出牙齿的微笑。她的牙很小,这让她的笑容显得残忍。她的眼睛也跟人类有所不同。这女孩是个精灵。

"该走了。"戴红头带的吉赛尔赫尖声道——他显然是这群人的首领。"我们真的浪费了太多时间!米希尔,干掉这个杂种。"

短发女孩走上前，抬起剑。

"饶命！"斯科穆里克跪到地上，尖叫起来，"别杀我！我孩子年纪还小……非常小……"

女孩腰肢一扭，长剑狠狠刺出。粉刷过的墙壁洒上一条蜿蜒的殷红血线。

"我最受不了小孩子。"短发女孩说着，用手指飞快地拭去剑刃上的血迹。

"别傻站着，米希尔。"红头带催促道，"上马！我们该走了！这是尼弗迦德人的村子，我们在这儿没有朋友！"

耗子帮成员飞快地跑出酒馆。希瑞不知如何是好，但她没时间思考了。短发女孩米希尔推着她跑向门口。

在酒馆外，在破碎的酒杯和嚼过的骨头中间，躺着门口那两个守卫的尸体。手持长枪的移民从村庄那边跑来，但看到冲出酒馆的耗子帮，他们立刻躲进农舍。

"会骑马吗？"米希尔冲希瑞吼道。

"会……"

"那就快走。找匹马骑上去！我们的脑袋都有悬赏，这儿又是尼弗迦德人的村子！他们把弓箭和长矛都拿出来了！跳上马，跟着吉赛尔赫！记得走在路中间，离屋子远点儿！"

希瑞跨过一道矮栅栏，抓住一匹马的缰绳——它曾是某个捕兽人的坐骑——跳上马鞍，用剑身拍拍马屁股。她始终没放下那把剑，这会儿又派上了用场。希瑞让马飞奔起来，超过凯雷和名叫伊思克菈的精灵，跟着耗子帮飞快地跑向磨坊。她看到一栋农舍后面冒出个男人，手里的十字弓对准了吉赛尔赫的背脊。

"砍他！"有个声音从她身后传来，"解决他，姑娘！"

希瑞在马鞍上仰起身子，拉住缰绳，脚踝发力，强迫马匹改变方向，自己则举起剑来。手持十字弓的男人在最后一刻转过身，她看到他的脸因恐惧而扭曲。希瑞本打算刺出一剑，这时却迟疑了片刻，奔马立刻带着她从那人身旁跑过。她听到弓弦一响，她的马嘶鸣起来，臀部抽搐一下，人立而起。希瑞纵身一跃，双脚脱离马镫，用蹲伏的姿势灵巧地落地。伊思克菈驾马飞驰而来，身体探出马鞍，用力挥出长剑，砍中那人的后脑。他跪在地上，身体前倾，栽进一摊泥水，烂泥四下飞溅。受伤的马长嘶一声，在他身边乱踢一通，最后朝农舍飞奔而去。

"你这蠢货！"女精灵从希瑞身边全速跑过，口中大吼，"你这该死的蠢货！"

"跳上来！"凯雷尖叫道，驾马朝她奔来。希瑞跑过去，抓住男孩伸出的手。冲力让她的肩关节嘎吱作响，但她成功地跳上马背，紧紧抱住金发男孩。他们飞奔而去，追上伊思克菈。精灵掉转马头，朝另一个十字弓手追去。后者丢下武器，正朝一座谷仓狂奔。伊思克菈毫不费力地追上他。希瑞转过头去。她听到十字弓手发出一声短促而狂乱的哀号，活像一头野兽。

米希尔也追了上来，手里牵着一匹上了鞍但没人骑的马。她朝希瑞喊了句什么，她没听清，但立刻明白过来。她放开凯雷，飞快地跳到地上，跑向那匹离农舍近得危险的马。米希尔松开缰绳，四下张望，大声发出警告。希瑞及时转身，敏捷地转体半周，避开一根阴险刺来的长矛。握矛的是个身材矮胖的移民，正站在猪圈里。

之后发生的事让她做了很久的噩梦。她记得当时的每一样东西，每一个动作。让她避开矛尖的转体动作提供了理想的方位。长矛手的身体过于前倾，既没法后跳躲避，也来不及用手上的矛杆保护自己。希瑞反向转了半圈，直直刺出一剑。有那么一瞬间，她看到一张几天没刮胡子的脸，还有大张的、正在尖叫的嘴。她看到额头上方那块光秃秃的浅色头皮，平时多半都被帽子遮着。接着，眼前的一切都被鲜血遮蔽。

她的手里依然握着缰绳，但马却吓得连连后退，长声嘶鸣。它不安地跑来跑去，把她撞得跪倒在地。希瑞没有松开缰绳。受伤的移民发出呻吟和喘息声，在稻草和烂泥里抽筋似的甩动手脚，鲜血从体内喷溅而出，活像一头正被宰杀的猪。她感觉有东西涌上喉头。

伊思克菈在旁边勒住马，抓住不断跺脚的马的缰绳，然后用力一拽，把握着缰绳的希瑞拉得站起身。

"上马！"她喊道，"我们离开这儿！"

希瑞忍住呕吐，跳上马鞍，手中的剑还沾着血。希瑞想把它丢得远远的，但又忍住了。

米希尔从农舍中间冲出来，追赶着两个男人。其中一个跳过栅栏逃跑了，另一个被她一剑刺中，跪倒在地，双手抱住脑袋。

米希尔和伊思克菈策马飞奔，但片刻之后又勒住马，在马背上做好准备，因为吉赛尔赫和其他耗子帮成员纷纷从磨坊那边退回。在他们身后，一群全副武装的移民冲了过来，他们大喊大叫，好给自己壮胆。

"跟上！"吉赛尔赫大喊道，全速从她们旁边经过，"快跟上，米希尔！去河边！"

米希尔侧过身子，用力拉扯缰绳，让马掉过头。她跟着吉赛尔赫一路疾驰，跃过了好几道矮篱。希瑞将脸贴上坐骑的鬃毛，跟在米希尔身后。伊思克菈与希瑞并肩奔驰，风吹起她漂亮的黑发，露出一只小巧的、戴着金丝耳环的尖耳朵。

被米希尔刺伤的男人还跪在路中央，双手抱着血淋淋的脑袋，前后摇晃。伊思克菈突然掉转马头，飞奔过去，用尽全力往下一劈。受伤的男人哀号起来。希瑞看到他手指飞扬，像砍柴时的木屑一样纷纷落地，仿佛几截肥胖的白色蛆虫。

她强压下呕吐的冲动。

米希尔和凯雷在围栏缺口处等着她们。耗子帮的其他成员已经跑远了。四人让马迈步飞奔，迅速穿过河水，溅起的水花甚至高过马首。他们身体前倾，贴紧马鬃毛，爬上一片沙土坡，飞快穿过长满羽扇豆的紫色草地。伊思克菈一马当先——她的坐骑速度最快。

他们跑进森林，来到潮湿的树阴下，置身于山毛榉树之间。他们追上吉赛尔赫等人，但也只是暂时放慢了速度。穿过森林，步入荒野之后，他们再度策马疾驰。没过多久，希瑞和凯雷就被甩到最后——捕兽人的马匹没法跟上耗子帮的漂亮纯种马。希瑞还有另一个问题要面对：她几乎碰不到这匹高头大马的马镫，而且马一直在跑，她没法调节马镫的高度。她只能在不踩马镫的情况下尽量前进，但她知道，凭这种姿势，自己没法长时间骑在飞驰的马背上。

幸运的是，又过了几分钟，吉赛尔赫放慢了马速，招呼前面几人停下，希瑞和凯雷终于赶了上来。希瑞让马小跑前进，可她还是没法调节马镫的高度，因为皮带上没有固定扣环用的孔洞。她没有放慢马速，而是将一条腿跨过鞍桥，侧坐在马鞍上。

米希尔看到女孩的姿势，不由大笑起来。

"吉赛尔赫，瞧见没？她不光会玩杂耍，还在马戏团待过！哦，凯雷，你是在哪儿遇到这个小怪物的？"

伊思克菈勒住漂亮的栗色马——它连一滴汗都没流，而且渴望继续奔跑——让它走上前去，撞在希瑞的斑纹灰马身上。斑纹灰马嘶鸣一声，后退几步，甩甩脑袋。希瑞抓紧缰绳，身子向后一仰。

"你这白痴，知道自己为什么还活着吗？"精灵拂开额前的头发，厉声说道，"你仁慈放过的农民扣扳机扣得太快，所以他只射中了马，而不是人。不然那支箭会刺穿你的后背！你拿剑是干吗用的？"

"别烦她了，伊思克菈。"米希尔摸摸马匹汗津津的脖子，"吉赛尔赫，我们得放慢速度，不然马会累坏的！你看，现在已经没人追我们了。"

"我想尽快穿过维尔达河，"吉赛尔赫说，"到河对岸再休息。凯雷，你的马状况如何？"

"撑得住。虽然不是赛马，但它很强壮。"

"那就好，快走吧。"

"等等。"伊思克菈说，"这小丫头怎么办？"

吉赛尔赫回过头，正正深红色头带，目光落在希瑞身上。他的面孔和表情跟凯雷有几分相似：同样眯起的双眼，同样恶毒的眼神，还有同样瘦削而突出的下颌。但他比凯雷年长些，脸颊上有块皮肤呈青色，说明他已经开始刮胡子了。

"哦，没错。"他粗鲁地说，"小丫头，我们该拿你怎么办呢？"

希瑞垂下头。

"她帮了我。"凯雷连忙道，"要不是她，那个肮脏的捕兽人早就把我钉死到柱子上了。"

"村民看到她跟我们一起逃跑。"米希尔补充道,"她还砍倒了其中一个,我觉得他多半已经死了。他们是尼弗迦德来的移民,如果这女孩落到他们手里,会被乱棍活活打死。我们不能丢下她。"

伊思克菈愤怒地哼了一声,但吉赛尔赫摆摆手,示意她安静。

"她可以跟我们走。"他做出决定,"一起去维尔达,到那儿再说。骑马的姿势正常点儿,小姑娘。要是你跟不上,我们可不会管你。听明白了吗?"

希瑞急切地点点头。

"说话,丫头。你是谁?打哪儿来?叫什么名字?为什么他们会押送你?"

希瑞垂下头。在刚才的骑行中,她有足够的时间编故事,而且不止编一个。但这位耗子帮的领袖不像是会轻信的人。

"听着,"吉赛尔赫不依不饶,"你跟着我们骑了好几个钟头,现在还跟我们一起休息,我却没听你说过一句话。你是哑巴吗?"

火堆越烧越旺,火花宛如上升的瀑布,金色光辉照亮了废弃的牧羊人小屋。就连火焰似乎也在听从吉赛尔赫的命令,照亮了希瑞的面孔,以便众人更容易发觉潜在的谎言与虚伪。但我不能告诉他们真话,希瑞绝望地心想。他们是强盗,是匪徒。如果发现尼弗迦德人和捕兽人抓我是为了赏金,他们说不定会去自己领赏。而且话说回来,真相本来就太过离奇,他们也不可能相信的。

"我们把你从那村子救出,"耗子帮领袖缓缓说道,"还把你带到这儿——我们的一个藏身处。我们给了你食物。你正坐在我们的营火边。所以告诉我们吧,你到底是谁?"

"别问了。"米希尔突然开口,"吉赛尔赫,你这样子让我想起了尼西尔团、捕兽人,还有那群尼弗迦德杂种。就像我自己被铁链拴在地牢的刑具上,正在接受审讯一样!"

"米希尔说得对。"穿羊皮短上衣的金发男孩说道。一听到他的口音,希瑞不由浑身发抖。"女孩显然不想说出她的身份,而且她也没做错。我加入时也没说几句,因为我不希望你们知道,我也曾是那些尼弗迦德杂种的一员……"

"别说傻话,瑞夫。"吉赛尔赫摆摆手,"你的情况不一样。还有你,米希尔,你错了,这不是审讯。我只希望她告诉我她是谁,打哪儿来。等我知道这些,我会告诉她怎么回家,仅此而已。如果我连她住哪儿都不知道,又该怎么……"

"你什么都不知道。"米希尔转头看着他,"甚至不知道她有没有家。我猜她没有。捕兽人在路上发现了她,见她没人陪,于是把她抓走。那些懦夫经常这么干。如果你让她独自离开,她甚至没法活着穿过那座山脉。她会被野狼撕碎,或者饿死。"

"那我们拿她怎么办?"一个肩膀宽阔的男孩用青涩的男低音问道。他拿起木棍,捅捅火堆。"在某个村子把她丢下?"

"真是个好主意,埃瑟。"米希尔嘲笑道,"你不知道农夫都是什么人吗?他们缺少劳动力,所以会叫她去放牛,但首先会打伤她一条腿,免得她逃跑。到了晚上,她就不是个人财产了:换言之,她属于所有人。为了换取住处和食物,你知道她得付出什么代价。等到明年春天,她会在肮脏的猪圈给某人生下个小崽子,然后患上产褥热。"

"如果给她一匹马和一把剑,"吉赛尔赫慢吞吞地说,目光始终不离希瑞,"就算我是农夫,也不敢考虑打伤她的腿,或叫她怀孕。你们没瞧见她在酒馆里跟捕兽人跳舞的样子吗?就是米希尔后来解决的那个,他的剑只能刺到空气。而她闪躲起来,根本就是闲庭信步……哈,没错,比起她的名字和家族,我对她在哪儿学到这些把戏更感兴趣。我想知道……"

"可这些把戏救不了她。"一直忙着磨剑的伊思克菈尖声道,"她只知道怎么躲闪。想生存下去,还必须懂得怎么杀人。可惜,她不懂。"

"我觉得她懂。"凯雷咧嘴笑笑,"她劈中那家伙的脖子时,鲜血足足喷出六尺高……"

"而她差点没晕过去。"精灵不屑地说。

"因为她还是个孩子。"米希尔插嘴道,"我能猜到她是谁,又是从哪儿学来这些技巧的。我见过这样的女孩。她要么是个舞者,要么就在某个旅行剧团表演杂耍。"

"我们什么时候开始关心舞者和杂耍艺人了?见鬼,都快午夜了,我困得要命。闲聊已经够久了。我们得好好睡一觉,明天黄昏才能赶到新熔炉村。我想用不着我提醒:既然那个村长敢把凯雷出卖给尼西尔团,所以整个村子都该瞧瞧夜空被染红的样子。至于这个女孩?她有一匹马,还有一把剑。这是她应得的。我们给她食物。为感谢她救了凯雷,再加一点钱。然后她想去哪儿就去哪儿吧。让她自己照顾自己……"

"好吧。"希瑞抿紧嘴唇,站起身。沉默笼罩了四周,只有劈啪的火声不时将其打破。耗子帮好奇而期待地看着她。

"好吧。"她重复一遍,怪异的语气令她自己都感到惊讶,"我不需要你们。我对你们没有任何要求……我也不想跟你们待在一起!我会离开……"

"所以说你不是哑巴。"吉赛尔赫严肃地说,"你不但会说话,还很自大。"

"看看她的眼睛。"伊思克菈嘲讽地说,"看看她抬头的屌样。她是头猛禽!一只年轻的猎鹰!"

"你想离开。"凯雷说,"我能问问你要去哪儿吗?"

"你们在乎吗?"希瑞尖叫道,双眸泛动着绿光,"我问过你们要去哪儿吗?我一点也不在乎!我不在乎你们!你们对我没有任何用处!我会想办法……我自己能应付!靠我自己!"

"靠你自己!"米希尔重复一遍,露出古怪的笑容。希瑞陷入沉默,垂下头。耗子帮也沉默不语。

"已经是晚上了。"过了好一会儿,吉赛尔赫才说,"没人会在晚上骑马。更没人会在夜晚独行。小姑娘,独自走夜路的人是活不下去的。马匹旁边有毛毯和兽皮,需要什么自己拿。山里的夜晚很冷的。你干吗瞪着绿眼睛看我?给自己铺张床,然后睡一觉。你需要休息。"

思考片刻后,她照做了。等她拿着毛毯和兽皮铺盖回来时,耗子帮不再围坐在营火旁。他们站成一个半圆,眼眸里映射着火焰的红光。

"我们是边境的耗子帮。"吉赛尔赫自豪地说,"我们能在一里外嗅出财宝的清香。我们不畏惧任何陷阱。没有我们咬不穿的铁箱。我们是耗子帮。过来吧,小姑娘。"

她照他说的做。

"你一贫如洗。"吉赛尔赫递给她一条镶嵌白银的皮带,"至少拿上这个。"

"你无人陪伴,一贫如洗。"米希尔笑着说完,将一条缎子面料的绿色束腰外衣披在她肩头,又把一件绣花衬衣塞进她手里。

"你一贫如洗。"凯雷的礼物是把匕首,刀鞘上镶着宝石,"你无人陪伴。"

"你无人陪伴。"埃瑟重复他的话。希瑞拿到一条漂亮的项链。

"你没有家人。"瑞夫用尼弗迦德口音说道,递给她一副柔软的皮手套,"你没有家人,所以……"

"你永远都是局外人。"伊思克菈看似不经意地帮他说完,把一顶野鸡羽毛装饰的软帽戴在希瑞头顶,动作迅速而又随意,"永远格格不入,永远与众不同。年轻的猎鹰,我们该怎么称呼你呢?"

希瑞看着她的双眼。

"Gvalch'ca."

精灵大笑起来。

"年幼的猎鹰,你刚开始说话,就用上好几种语言了!那就这样吧。你就用那个上古种族的名字吧。用你自己选择的名字。你是法尔嘉①。"

------◆------

法尔嘉。

她无法入睡。马在跺脚,在黑暗中喷着鼻息。狂风吹得冷杉树冠

---

① 法尔嘉在上古语中就叫 Gvalch'ca,意思是"年幼的猎鹰"。

飒飒作响。夜空中星辰闪耀。夜眼星尤为明亮——在布满岩石的沙漠中,正是它为她忠实地指引了许多天方向。夜眼星指示着西方,但希瑞不再确定那个方向是否正确。她什么都没法确定。

虽然许多天来头一次感到安全,但她还是无法入睡。好在她不再是孤单一人。她用树枝给自己搭了张临时床铺,位置距耗子们稍远——在这废弃的牧羊人小屋里,他们都睡在被火堆烤热的黏土地面上。她远离他们,但仍能感觉到他们的陪伴与存在。她不再孤单。

她听到静静的脚步声。

"别害怕。"

是凯雷。

"我不会告诉他们,尼弗迦德人正在找你。"金发男孩轻声说着,跪到地上,朝她俯下身子,"我不会告诉他们,阿玛瑞罗的总督给你开出了悬赏。你在酒馆救了我的命,我会报答你。我会让你见识些好东西。就现在。"

他缓慢而谨慎地躺到她身边。希瑞想起身,但被凯雷按了回去。他的动作坚定有力,却又算不上粗鲁。他用手指轻轻捂住她的嘴,虽然根本没这个必要。希瑞吓得动弹不得,就算她想尖叫,发干而绷紧的喉咙也叫不出声,何况她根本不想叫。寂静和黑暗更好、更安全、更熟悉。恐惧和羞愧笼罩了她,令她呻吟起来。

"安静,小家伙。"凯雷轻声说道,缓缓解开她的衬衣搭扣。他缓慢而轻柔地拉开兽皮,掀起她臀部上方的衬衣。"别怕。你很快就能领略到其中的美妙了。"

他的手干燥、坚硬而又粗糙。在他触碰之下,希瑞开始发抖。她一动不动地躺着,身体僵硬而紧绷,难以抵挡的恐惧洪流将她的意志席卷而去，强烈的厌恶感随之袭来，让她的太阳穴和脸颊一阵阵发烫。凯雷让她枕着自己的左臂，紧紧搂住她的身子，试图拨开她紧紧抓住衬衣下摆、徒劳地向下拉扯的手。希瑞浑身发颤。

她感到黑暗中有阵突如其来的躁动，身子又颤抖几下，随后听到脚踢的声音。

"米希尔，你疯了吗？"凯雷略微仰起身，咆哮道。

"别碰她，你这猪猡。"

"滚一边去。睡你的觉。"

"我说了，别碰她。"

"我碰她又咋了？她是叫了还是挣扎了？我只是想抱抱她，哄她入睡。你别多管闲事。"

"滚开，不然我砍了你。"

希瑞听到短刀与金属刀鞘的摩擦声。

"我没跟你开玩笑。"米希尔的身影在黑暗中显得模糊不清，"快滚，回男生那边睡去。马上。"

凯雷坐起身，低声咒骂一句，然后站了起来，快步走开。

希瑞的泪水滚落脸颊，而且越来越快，仿佛扭动的蛆虫在耳边的头发里乱爬。米希尔躺到她身旁，用兽皮轻轻盖住她。但她没帮希瑞整理凌乱的衬衣，任由它保持原样。希瑞又开始发抖。

"冷静，法尔嘉。现在没事了。"

米希尔身子温暖，散发着树脂和烟火的味道。她的手比凯雷小，更纤细，也更柔软，更温柔。但她的触碰让希瑞再一次全身僵硬，恐惧和厌恶又占据了她的身心，令她牙关咬紧，喉咙紧绷。米希尔躺在她身旁，保护似的抱着她，低声说着宽慰的话。但与此同时，她的小手也在不屈不挠地往下挪,像一只温暖的小蜗牛,镇定、自信而又坚决,而且很清楚自己的路线和目的地。希瑞感觉得到,像铁钳一样攫住她的厌恶和恐惧在慢慢退却。她的身体不断下沉,沉入温暖而潮湿的井底。现在她只能感觉到放弃与顺从。这顺从令她厌恶,令她羞愧,同时却也令她心情愉快。

希瑞轻柔又绝望地呻吟起来。米希尔的呼吸灼痛了她的脖颈,天鹅绒般湿润的双唇拂过她的肩膀和锁骨,又无比缓慢地向下滑去。希瑞再次呻吟起来。

"安静,猎鹰。"米希尔轻声说道,将手臂缓缓伸到希瑞的脖子下方,"你不再孤单了。再也不会了。"

第二天一早,希瑞在晨光中醒来。她小心翼翼地钻出兽皮,免得吵醒米希尔——她双唇分开,用前臂遮住双眼,仍在睡梦之中,胳膊上起了一层鸡皮疙瘩。希瑞给女孩轻轻盖上兽皮,然后迟疑片刻,俯下身,在米希尔像刷子一样翘起的短发上轻柔地吻了一下。米希尔说了句梦话。希瑞擦掉脸颊上的一滴泪水。

她不再孤身一人。

其他耗子帮成员仍在熟睡,其中一个鼾声如雷,另一个放了个响屁。伊思克菈的手臂靠着吉赛尔赫的胸口,浓密的头发杂乱不堪。马儿喷着鼻息,跺着蹄子。一只啄木鸟在松树上啄得正欢。

希瑞跑到溪边,花了很长时间清洗,冰凉的河水让她瑟瑟发抖。她用颤抖的双手拼命地洗,想洗净那些不可能洗净的东西。泪水流下她的脸颊。

法尔嘉。

溪水泛起泡沫,绕过岩石,潺潺流向远方,流进雾气之中。

一切都流向远方,流进雾气。

一切。

━━◆━━

他们是流浪儿。他们是战争、灾祸和轻蔑创造的怪异混合体。战争、灾祸和轻蔑让他们聚集到一起,又将他们甩到岸上,就像泛滥的河水把被石块打磨过的黑色木片甩上河岸。

凯雷在烟雾、火焰和血泊中醒来,发现自己身处一座遭受洗劫的要塞,躺在养父母和兄弟的尸体中间。他拖动身体,穿过遍地尸骸的庭院,然后撞见了瑞夫。瑞夫是讨伐部队的士兵,恩希尔·瓦·恩瑞斯皇帝派他们前来镇压艾宾的叛乱。围攻两天之后,讨伐部队夺取并洗劫了要塞,可随后,瑞夫的战友就抛弃了他,尽管他当时还能喘气。对尼弗迦德特殊部队的杀手来说,他们可没有照顾伤者的习惯。

一开始,凯雷打算杀掉瑞夫,但他不愿孤单一人。而瑞夫和凯雷一样,当时只有十六岁。

他们舔舐彼此的伤口,一道抢劫并杀了一个税吏,一道在酒馆里痛饮啤酒,骑着抢来的马在村庄穿行,把剩下的钱扔得到处都是,同时大笑不止。

他们一道躲避尼西尔团和尼弗迦德人的巡逻队。

吉赛尔赫是个逃兵。他逃离的也许是跟艾宾叛军结盟的吉索领主的军队，但只是"也许"，因为他也不清楚抓壮丁的家伙究竟想要他参加哪支部队。他当时喝得烂醉，醒来后尝到教官的第一顿鞭打，于是就逃跑了。起初他独自游荡，等尼弗迦德人粉碎了叛军的势力，森林里又出现了许多难民和逃兵。他们很快结成几个匪帮，吉赛尔赫加入了其中一个。

匪帮劫掠并烧毁村庄，攻击护卫队和运输车队，但在尼弗迦德骑兵队的穷追猛打之下，他们的数量越来越少。在一次逃亡中，匪帮在密林里遇到几个森林精灵，并因此遭遇了毁灭：无形无影的死亡化作来自四面八方的灰色利箭，伴着嘶嘶的破空声朝他们扑来。有支箭射穿了吉赛尔赫的肩膀，把他钉到树上。第二天早上，一个名叫安雅维迪恩的精灵拔出箭头，帮他包扎好伤口。

吉赛尔赫始终不明白，为什么精灵要流放安雅维迪恩？她到底做错了什么，竟被同胞们逼进死地？对自由精灵而言，独自留在分隔精灵与人类的无人地带也就意味着死刑。如果她找不到伴侣，势必会迎来死亡。

但安雅维迪恩找到了伴侣。她的名字——粗翻过来就是"火焰之子"——对吉赛尔赫太过难念，而且过于诗意。于是他叫她伊思克菈。

米希尔来自北梅契特的瑟恩城，出生于富有的贵族家庭。她父亲是鲁迪格公爵的属下，曾加入叛军，在兵败后消失得无影无踪。听说了臭名昭著的"吉米瑞亚调节者"正朝瑟恩进军的消息，市民们纷纷逃出城市，米希尔一家也在其中。在恐慌的人群中，她跟家人失散。这个从小锦衣玉食、娇生惯养、连出行都有软轿接送的女孩根本没法跟上难民的脚步。独自游荡三天后，她落入跟随尼弗迦德人到来的奴隶贩子手中。十七岁以下的女孩销路很好，当然前提是她们仍是处子之身。确认米希尔还是处女之后,奴隶贩子没碰她。那天晚上,米希尔在哭泣中度过。

在维尔达河谷,奴隶贩子的车队遭到一伙尼弗迦德强盗的劫杀。所有奴隶贩子和男性俘虏都死了,唯独女孩们活了下来。她们不知道自己为什么能活命,但这无知没能持续太久。

最后幸存的只有米希尔。当铁匠之子埃瑟把她从水沟里拖出来时,米希尔赤身裸体,全身都是瘀青、烂泥和凝固的血块。三天来,埃瑟一直在追杀这伙尼弗迦德人,他疯狂地渴望复仇——这伙强盗折磨并杀害了他的父母和姐姐,当时他躲在一块大麻田里,目睹了一切。

在吉索一个村落参加收获节庆典时,所有成员相遇了。那时,上维尔达地区尚未彻底落入战争与灾祸的魔爪——这里的村庄依然按照传统,用喧闹的聚会和舞蹈庆祝"镰刀之月"的开始。

没花多少时间,他们就在欢乐的人群中发现了彼此。他们太与众不同了,彼此之间也有太多相似之处。他们都喜爱造型花哨、色彩斑斓又异想天开的装束,喜爱偷来的小饰品,喜爱漂亮的马,还有刀剑——他们在跳舞时都不会取下武器。他们引人注目,因为他们的傲慢与狂妄,因为他们的自大、刻薄和冲动。

还因为他们轻蔑的态度。

他们诞生于轻蔑的时代。他们轻蔑其他人。对他们来说,重要的只有力量;只有运用武器的技巧——在劫掠生涯中,他们很快学会了这些;只有坚定的意志;以及快马加利剑。

还有同伴、同志,或者说,同伙。因为孤单之人必将死去——死于饥饿,死于刀剑,死于箭矢,死于农夫粗劣的棍棒,死于绞索,死于火焰。孤单之人必将死去——死于利器戳刺或拳打脚踢——还会像多次易手的玩具一样污秽与肮脏。

他们在收获节相遇。吉赛尔赫面容冷酷，黑色头发，又瘦又高；凯雷身材瘦削，留着长发，恶毒的眼神和嘴巴定格成可憎的苦相；瑞夫一张嘴仍带着尼弗迦德口音；米希尔双腿修长，个子高挑，稻草色的短发根根竖立，活像一把大刷子；精灵伊思克菈长着大眼睛，嘴唇纤薄，牙齿小巧，衣服五颜六色，跳起舞来轻盈优雅，杀起人来迅捷致命；埃瑟则肩膀宽阔，金色卷发垂在脸颊旁边。

吉赛尔赫成了领袖。他们给自己取名叫"耗子帮"。有人曾经这么叫过他们，他们很喜欢这个称呼。

他们抢掠、谋杀。他们的残忍家喻户晓。

起初，尼弗迦德的总督们对耗子帮视而不见。他们相信，就像其他匪徒一样，耗子帮成员也会死在成群的愤怒农夫手下，或因分赃不均而分道扬镳甚至自相残杀。他们对其他匪帮的判断是正确的，但耗子帮不一样。这些轻蔑之子对战利品不屑一顾。他们攻击、抢劫和杀戮只为取乐。他们从运输部队手上抢来马、牛、粮食、饲料、食盐、木焦油和布料，然后分发给村民。他们将大把金银付给裁缝与工匠，换取他们的最爱——武器、服装和饰品。受过恩惠的村民会给他们食物和饮水，为他们提供住处和掩护。即便被尼弗迦德人和尼西尔团的鞭子打得皮开肉绽，村民们也不会供出耗子帮的藏身处，以及他们经常出没的路线。

总督们给出了可观的悬赏。起初，的确有人对尼弗迦德人的黄金动了心。但到晚上，告密者的农舍便被付之一炬，逃出火海之人也会死在徘徊于烟雾中、身影如鬼魅的骑手的刀刃下。耗子帮的攻击方式的确像耗子，安静、狡猾而残忍。他们热爱杀戮。

总督们开始动用其他手段,比如在耗子帮安插内应。这一招对付其他匪帮可谓屡试不爽,但这一次,他们失败了。耗子帮谁都不接受。诞生于轻蔑时代的六人,彼此之间忠诚而团结。他们不要任何外人。他们蔑视其他人。

直到有一天,一个银色头发、沉默寡言、身手像杂耍艺人般灵巧的女孩出现在他们面前。对于这个女孩,耗子们一无所知。

除了一个事实:她跟过去的他们一样,跟他们每个人都一样。她孤苦无依又满心怨恨,因为这个轻蔑的时代从她手中夺走了太多。

而在轻蔑的时代里,孤单之人必将死去。

吉赛尔赫、凯雷、瑞夫、伊思克菈、米希尔、埃瑟,还有法尔嘉。当阿玛瑞罗的总督听说耗子帮成员增加到七人时,不禁大惊失色。

◆━━━◆━━━◆

"七个?"阿玛瑞罗总督问道,他用难以置信的眼神看着面前的士兵,"现在是七个,不是六个了?你确定?"

"我敢用脑袋担保。"大屠杀唯一的幸存者答道。

虽然整个脑袋和半张脸都包着染血肮脏的绷带,但他不像是在撒谎。总督对搏斗并不陌生,他知道劈中士兵的剑是从上方左侧挥下——而且用的是剑尖。对方手法老练,速度惊人,无比精准地劈中了士兵的右耳和脸颊。那是头盔和护喉甲保护不到的位置。

"继续说。"

"我们当时正沿维尔达河赶往瑟恩。"士兵开口道,"我们受命护送艾佛特森大人的运输队去北方。在一座断桥边渡河时,他们袭击了我们。一辆马车陷进烂泥，所以我们牵来其他车上的马，把那辆车拖了出来。其他护卫队继续前进，我和另外五人外加后勤官殿后。这时他们发起进攻。后勤官遇害之前，只来得及大喊一声，说他们是耗子帮，然后对方就扑了过来……所有人都死了。我看到这一幕……"

"你看到这一幕，"总督皱着眉头说，"于是驾马掉头就跑，但没能全身而退？"

"他们中的第七个成员撞见了我。"士兵垂下头，"我刚开始没看到第七个人。那是个年轻姑娘，比孩子大不了多少。我以为耗子们把她留在后面，是因为她年纪小，而且缺乏经验……"

总督的客人从阴影里站起身。

"是个姑娘？"他问，"长什么样子？"

"跟其他耗子一样，脸涂油彩，好似女精灵，身上像鹦鹉一样五颜六色，挂着各种饰物，穿丝绒和锦缎衣服，帽子上饰有羽毛……"

"是银色头发吗？"

"我想是的，大人。看到她时，我加快速度，觉得自己起码能干掉一个，就算给战友们报仇了，以血还血，以牙还牙……我从右边偷袭，以为能轻松解决她……我不知她是怎么做到的，但我失手了，好像我攻击的是个幻影或幽灵……我不知道那个女魔鬼是怎么做到的。我举剑防守，可她毫不费力地攻破了我的防御。她一剑就刺中我的脸……大人，我上过索登战场，也在艾德斯伯格打过仗。可现在，我这辈子都得带着那个小丫头留下的疤痕过活了……"

"你应该庆幸才对，毕竟你还活着，"总督嘟囔一声，看向客人，"没有沦为河边的碎尸。现在你是英雄了。要是你没动过手就逃之夭夭，要是你没带着疤痕就回来报告，那你很快就会在绞索上晃荡了！"

很好，解散，去战地医院吧。"

士兵离开了。总督转过身，面对他的客人。

"您也看到了，尊贵的御用验尸官阁下，在这儿服兵役可算不上轻松。没有休息时间，还得忙得团团转。您在首都时，总觉得行省的人除了游荡、喝酒、玩女人和赌博之外什么都不干。没人想过多派几个人，或者多拨些资金，他们给的只有命令：给我做这个，干那个，找到这个，搜捕那个，把所有人集合起来，从早到晚东奔西跑……其实，光是我自己的麻烦就让我头痛欲裂了。像耗子帮这样的匪徒，在这儿还有五六拨。的确，耗子帮是最难缠的，还没有哪一天……"

"够了够了。"史提芬·史凯伦抿住嘴唇，"我知道你这些抱怨是出于何种目的，总督大人。但你在浪费时间。没人会撤回那些命令。别指望了。不管有没有耗子帮，不管有多少匪徒，你都得继续搜寻。用上所有可能的手段，直到有进一步通知为止。这是帝国的命令。"

"我们已经找了三周，"总督面露苦相，"还不知道要找的是谁，或者什么——是幻影、鬼魂，还是大海里的一根针。结果呢？反倒有几个人消失得无影无踪，无疑死在了叛军或强盗手上。我再说一遍，御用验尸官大人，如果到现在都没找到您要的女孩，那恐怕永远都找不到了。前提是真有长得像她的人存在，而这一点我持怀疑态度。除非……"

总督停了口，沉思片刻，然后冲御用验尸官皱起眉头。

"那个小丫头……耗子帮的第七人……"

灰林鸮轻蔑地挥挥手，试图让他的手势和表情都令人信服。

"不，总督大人，别指望走什么捷径。衣着华丽的半精灵和身披锦缎的女土匪，这些肯定不是我们要找的人。肯定不是她。继续搜寻。"

这是命令。"

总督阴沉着脸,看向窗外。

"至于那个匪帮,"史提芬·史凯伦——恩希尔皇帝的御用验尸官,有时人称"灰林鸮"——故作冷漠地说,"那些叫'耗子'还是什么的家伙……把他们捉拿归案,总督。必须维护行省的秩序。开始干活儿吧。抓住他们,然后绞死,省去多余的繁文缛节。绞死所有人。"

"说得容易。"总督嘀咕道,"但我会竭尽所能的,这点您可以让皇帝陛下放宽心。不过我想,是否有必要活捉新加入耗子帮的那个女孩,以免……"

"不。"灰林鸮打断他的话,努力让嗓音保持镇定,"绞死所有人。全部七个,无一例外。我再也不想听到他们的事了。一个字也不想。"

卷四完